U0016888

當代名家

靈山

高行健／文・攝影

西元二〇〇〇年諾貝爾文學獎授予中文作家高行健，「以表彰其作品放諸四海皆準的價值、刻骨的洞察力和精妙的語言，為中文小說藝術和戲劇開闢了新的道路。」

——瑞典皇家學院

藝術的退位與復位——序高行健《靈山》

／馬森

小說，在我國的文學傳統中，本就站在邊緣的地帶，不能登大雅之堂的。以儒家自居的道學之士甚至於斥小說(外加戲曲)爲壞人心術、誨淫誨盜之作，嚴禁子弟接近。因此之故，早期的中國小說家，如《金瓶梅》和《紅樓夢》的作者，絕不敢在作品上署名，以致使後人澆潑了無數墨汁來費盡心機考證追索作者的蹤跡。

小說開始受到重視，並且爲學者領首、專家默認爲文學中不可或缺的一環，是受了西方觀念影響以後的事，大概在五四運動前後，人們對小說的看法才開始發生了根本的轉變。雖則如此，細查那一代的小說作家，使用真名實姓的仍然很少，寫起小說來，周樹人叫魯迅，沈德鴻叫茅盾，李芾甘叫巴金，蔣冰之叫丁玲，張乃瑩叫蕭紅，舒慶春叫老舍等等。固然借用筆名也許是那時代一時的風尙，但心理上多少因此產生一些隱蔽感也是可以想像的理由。

很不幸的是，小說受到重視以後，不見得就立時獲得了應有的藝術地位。藝術，對一個苦難的國家和貧窮的人民，是一個奢侈的概念。五四以來的中國文人，很少有敢於奢談藝術而不受撻伐的。胡適的〈文學改良芻議〉和陳獨秀的〈文學革命論〉，都集中火力攻擊舊文學的陳腐，卻並不強調藝術。著名的「文學研究會」對文學的主張，用茅盾的話來說是「文學應該反映社會現象，表現並且討論一些有關人生的一般的問題。」（《新文學大系・小說一集導言》）「創造社」被時人目為「為藝術而藝術」的一群，但「創造社」的大將鄭伯奇曾矢口否認說：「若說創造社是藝術至上主義者的一群，那更顯得是不對……真正的藝術至上主義者是忘卻了一切時代社會的關心而籠居在『象牙之塔』裡面，從事藝術生活的人們。創造社的作家，誰都沒有這樣的傾向。」（鄭伯奇〈創造社的傾向〉）而「創造社」也確是不負眾望，不久就轉向到革命陣營裡去。後來的「文藝自由論戰」和梁實秋所引起的「文學與抗戰無關論」的筆伐，使我們看到主張自由創作的人無不受到其他文人的痛剿。自由創作尚且不准，遑論藝術？

因此，從第一篇新小說——魯迅的〈狂人日記〉——起，中國的現代小說就採取了兩種姿態出現在中國的文壇上：一是謙卑地為人民大眾而服務，二是雄赳赳地擔負了捍衛國家民族利益的重任。在這兩種姿態中，都沒有留下自我修飾的餘地。既然另有使命和更重要的實用目的，小說藝術不獨不會引起人們的關注，反倒有被人誤會為故意搔首弄姿的可能。

在小說的批評上，批評家們也就常愛用「血的」、「淚的」、「愛國的」等字眼，把小說的創作引上了宣洩民族感情的道路。宣洩民族感情本沒有什麼不好，但是以是否宣洩了民族感情，或以宣洩民族感情的多寡來定小說的良窳，那就會產生不可彌補的後遺症了。例如有人把老舍的《四世同堂》和《駱駝祥子》等量齊觀，甚至認爲前者是一部偉大的描寫抗日戰爭的史詩小說，只因爲《四世同堂》宣洩了民族的情感，就有充分的理由忽略其藝術上的粗糙。

小說在兼任了救國救民的重任之餘，幸好從五四運動到一九四九年中共攫取政權之間，尚不曾釐定出不可違拗的文藝政策，也沒有密不通風的嚴密組織，小說藝術就在這種疏忽的寬忍之下默默地苟活著，居然也產生了一些不講藝術而自有藝術的佳作，例如魯迅、茅盾、郁達夫、沈從文、王魯彥、張天翼、吳組緗等的一些短篇，以及老舍的《駱駝祥子》、李劼人的《大波》、巴金的《寒夜》、錢鍾書的《圍城》等長篇，都爲那個時期的小說創作留下了光輝的紀錄。

一九四九年以後，既然主張革命文學和普羅文學的作家們在政治上取得了絕對的勝利，那麼小說的藝術更不可能重見天日了。首先毛澤東〈在延安文藝座談會上的講話〉成了眾人必須恪遵的創作圭臬。其中只談立場問題、態度問題、工作對象問題、學習馬列思想問題，就是不談藝術問題。也並非完全不談，而是對藝術加以斷然否定說：「和政治並行或互相獨立的藝術，實際上是不存在的。無產階級的文學藝術是無產階級整個革命事業的一部分，如同列寧所說，是整個革命機器中的『齒輪和螺絲釘』。」因此，如果也有個藝術標準的話，就不得不重重地壓在「政治標準」之下了。

在意識觀念的領域裡既已立下了小說創作的標竿，更難脫逃的則是所有小說家都納入了共產黨所領導的作家協會，直接受到黨的監督，而所有的文學刊物也都成了只代表黨的利益的喉舌。在這般嚴密的組織運作之下，小說藝術又何處容身呢？於是我們所看到的《山鄉巨變》、《青春之歌》、《林海雪原》、《紅旗譜》、《三家巷》，以至於《豔陽天》、《金光大道》數百部長篇以及無數的中、短篇小說，所寫的都是一件事：過去的社會有多麼多麼的悲慘黑暗，現在的社會有多麼多麼的幸福光明，這一切都是由於共產黨的偉大和毛主席的英明領導，這些小說，用中共官定的政治標準來衡量，都在九十分以上。屈居第二的藝術標準呢？只是備位而已，從來沒有人敢公開地使用過。

由於中共在消滅了外在的敵人以後，矛頭內轉，內鬥日急，作爲革命機器的齒輪和螺絲釘的文學，自然也不可避免地流爲鬥爭的工具，於是從救國救民一變而爲「爲工農兵服務」，再變而爲「爲共產黨服務」，三變而爲「爲黨中央服務」，最後竟變爲「捍衛毛主席的英勇戰士」。小說，到了這步田地，也就越來越難寫了。在文化大革命期間，原來在政治標準的衡量下超過九十分的《青春之歌》、《林海雪原》什麼的，一日之間都變成了危害社會主義革命事業的大毒草！正像劉再復所說，一個占人類五分之一人口的大國的文學變成，只剩兩種東西的荒原：八個樣板戲和兩部小說——姚雪垠的《李自成》第一卷和浩然的《金光大道》（劉再復〈近十年的中國文學精神和文學道路〉）。

藝術本來在小說的創作中就一天天地稀釋淡化，現在應該說完完全全退位了。不但不會有人膽敢談論藝術的問題，連使藝術默默苟活的空間也不再有。數十年的革命經驗已經培養起一批嗅覺特別銳敏的鷹犬，虎視眈眈地在等待著「藝術」不小心會在什麼地方冒出頭來，以便一把揪住，痛加撻伐。

這種情況一直延續到毛澤東死亡、四人幫垮台，作家們才在舔舐創口自療的過程中，逐漸看清楚數十年來小說的創作是在何等的魔咒下苟延殘喘。這時候好似冬眠的枯草受到春風的吹拂，一夜之間噴射出萬箭齊發的創造源泉。我們看到了「傷痕」的、「反思」的、「尋根」的、意識流的、心理寫實的、魔幻寫實的、超現實的……種種的小說新形貌。劉再復曾從思想的角度總結這一現象，認爲「主要表現爲三個特點：一是對歷史的反思，二是人的重新發現，三是對文學形式的新探求。」(劉再復〈中國現代文學史上對人的三次發現〉)藝術的潛能終於在新形式的探索下自然地爆發了出來。

在這一代關心小說藝術的作家中，高行健是相當突出的一位。他除了以創作新型的戲劇(如一九八二年的《絕對信號》、一九八三年的《車站》、一九八五年的《野人》、一九八六年的《彼岸》等)聞名外，還於一九八一年出版了一本《現代小說技巧初探》，引介了西方現代主義以來的小說藝術，足以說明他個人再也無法忍耐一直作爲政治的一枚螺絲釘的小說的地位了。他這本小冊子立刻獲得了其他作家的共鳴，王蒙、劉心武、馮驥才、李陀都曾先後發表意見和書評。

當然，談論小說的藝術是一回事，在創作上把藝術表現出來是另一回事。在同代的小說作家中，鍾阿城、韓少功、莫言、古華、張賢亮、史鐵生、賈平凹、殘雪、李銳、葉之蓁、鄭萬隆等都表現出了極不相同的獨特風格，高行健也是其中的一位。雖然他的聲名主要來自戲劇的創新，但他在小說方面卻一直在默默地耕耘，所流的汗水，並不下於在戲劇創作方面的辛勞。他在小說創作上第一張出色的成績單，是《聯合文學》於一九八九年爲他出版的《給我老爺買魚竿》短篇小說集，共收錄了十七個短篇。關注小說藝術的人，不難發現高行健不想重複寫實主義所遵循的反映社會人生的老路，甚至於他企圖擺脫一向認爲是小說核心成分的情節和人物。那麼一篇小說，既不企圖反映社會和人生，又不專注於情節的建構和人物的塑造，還能剩下些什麼呢?用高行健自己的話來說：「我以爲小說這門語言的藝術，歸根結柢是語言的實現，而非對現實的摹寫。小說之所以有趣，因爲用語言居然也能喚起讀者真切的感受。」(《給我老爺買魚竿・跋》)

把小說的寫作提升到語言藝術的層次，其實也正是偉大的小說家早已服膺的原則。戴索緒(Ferdinand de Saussure)的《語言學通論》(*Cours de Linguistique Générale*)有兩個基礎的概念：一是「意符」(Signifiant)與「意旨」(Signifié)之間的相應關係；二是這二者的關係所具有的「符號的專斷性」(L'arbitaire de Signe)。十九世紀的小說家所追求的正是意符與意旨的相應。福樓拜曾強調每一片樹葉都是獨一無二的，好的小說家必須尋找出最恰當的詞彙(意符)，準確地顯示事物的內涵(意旨)。這是小說的語言藝術的第一步。語言的專斷性表現在意符的多元化，不同的語言各有不同的意符，意旨的傳達取決於意符之間的「差異」，是故每一種語言都自成一個自足的體系。這一個概念使用在文學言談(discours)上，就給予了每一個作家在共同的語言上，仍具有有限的專斷之可能。獨特的語彙和語法架構在個人專斷的操縱下，形成獨特的文體和風格。這是小說語言藝術的第二步。在我國現代的小說家中，能達成個人獨特的文字風格的可說寥寥無幾。魯迅的冷雋辛辣是一個，老舍的幽默風趣也是一個。但是只有獨特的文字風格尚不足以使小說的藝術達到圓滿的境界，否則老舍的《四世同堂》便與他的《駱駝祥子》無分軒輊。細析《四世同堂》的粗糙，並非來自文字的風格，而是出於經驗的虛矯。由此看來，文字或語言的藝術，在表現專斷的獨特風格的同時，還得加上在文字(意符)背後所欲傳達的作者個人的真實經驗(意旨)。《四世同堂》的缺漏正在於作者欠缺抗日戰爭淪陷區的實地經驗，更欠缺被國人詆爲「漢奸」的賣國者的心理的深刻瞭解，個人獨特的文字風格便發揮不出名實相應的藝術魅力。由此而論，小說的語言藝術的第二步必須以第一步爲前提，能喚起讀者真切感受的語言，必須具有特定的真實的人生經驗作爲內涵，雖然不必是對現實的摹寫。

另一方面，高行健所強調的是語言的實現，也就是說把流於政治附庸的「主題掛帥」的小說矯枉過正地扭轉回本位的「語言藝術」中來。我所說的「矯枉過正」，是因爲在扭轉的過程中，同時也犧牲了小說藝術另一重心：情節和人物。如果只用「語言的藝術」來爲小說定位，其與詩及散文之間的界線就模糊不清了。當然，我們並沒有理由限制小說的散文化或詩化，任何一門藝術的發展，前進的路程都該是敞開的，無庸預先設障。那麼強調小說中語言藝術的特性，縱然有與詩及散文混融的可能，也不見得就是一件不可行的事。詩中已經有散文詩，散文中也有詩化的散文，小說的散文化或散文的小說化，在語言藝術的自然發展中，似乎也沒有事先釐清的必要。朱自清的〈背影〉其實就介於小說與散文之間，全靠讀者自己的認定。高行健的小說的確是走上了散文化的途徑，請看這一段：

到郊外去！到我老爺曾經帶我去過的郊外河邊上去——釣魚？我記得我老爺帶我到河邊去過，釣沒釣上魚我可記不清了，可我記得我有個老爺，也有過童年，童年我媽給我在院子裡光屁股洗澡的時候，我周身不自在，我也尋找過我小時候住過的房子，我也還記得有一次半夜裡就起來跟人去打獵，跟的並不是我老爺，跑了一整天，打死了一頭野貓，被當成了狐狸，我又想起一首詩，詩中的那我，渾身披掛著叮噹作響的獵刀，一隻沒有尾巴的蜻蜓，撲打著翅膀在原地旋轉，批評家的眼睛裡長著倒刺，還有一個很寬的下巴，我想寫一篇大有深意的小說，深深的淹得死蒼蠅，後來，就看見了我老爺，蹲坐在一張小板凳上，躬著背，吧嗒吧嗒在抽菸，老爺，我就叫他了，他沒有聽見，我到他跟前又叫了一聲老爺，他這才轉過身來，並沒有拿著菸袋鍋，他老淚縱橫，眼睛就像被煙子燻得布滿了血絲，冬天為了取暖，他總喜歡蹲在灶膛邊上燒柴禾，你幹麼哭呢，老爺？我問，他擤了把鼻涕，就手一抹，還倒吸了一口氣，那手就把鼻涕抹在鞋幫子上，卻並不在鞋面上留下痕跡，他穿的是我姥姥給他做的鞋底納得特厚的老布鞋，他紅紅的眼睛望著我不說話，我給您買了一根帶手輪的魚竿，我說，他喉嚨裡含混地呼嚕了一聲，沒有表現出怎樣的熱情，就這樣，我來到了河邊沙地上，腳下的沙子在窸窸作響，像是我姥姥在嘆氣，我姥姥就好嘮嘮叨叨，可沒有一句聽得清楚，你要故意問她，姥姥，你講什麼？她就會立刻失神，抬起頭來，半天才說，啊，你下學回來啦？或是說，你餓不餓？廚房籠屜裡蒸得了白薯，她嘮嘮叨叨的時候，你最好別打斷，她講的都是自己做姑娘時的事，可你要是從椅子背後去偷聽，她就好像總是在說掩蓋了掩蓋了掩蓋了掩蓋了掩蓋了什麼都掩蓋了什麼，這些回憶就都在你腳底下的沙子底下作響。（《給我老爺買魚竿》）

這的確是散文的句子、散文的段落，但誰又規定不能放在小說裡？西方的散文(prose)就蘊含在論說文(essay)和敘述文(narrative)裡，幾乎不能獨立自成一個文類。然而在我國卻有厚實的散文傳統，漢魏六朝文、唐宋八大家的文章、公安、竟陵的小品、桐城派的古文，以至新文學運動以來的眾多的散文作品，不獨可以與小說、戲劇媲美，甚至在數量上遠遠超過其他的文類之上。小說的確有向散文學習的空間。然而，小說的散文化，在我國不能不產生被散文吞噬的危機。為了證明他所寫的是一種新體的小說，而並非散文，高行健接著又完成了一部博大的巨構——《靈山》。

《靈山》確是一部小說，不可能錯認為是一篇特長的散文，理由是不但其所運用的語言藝術足以喚起讀者真切的感受，而且它發揮了小說中想像、虛構的特質，並利用雙重觀點的交插觀照，把小說的敘述體朝前推進了一步。

《靈山》是怎麼寫出來的？這該從我認識高行健說起。我在倫敦大學執教的那些年代，每年都舉辦一次「大英中國研究學會」(British Association for Chinese Studies)的年會。在四人幫垮台以後，中國的作家、學者終於可以外放的時候，我們總利用年會的機會邀請一兩位中國作家來訪，像曹禺、唐弢、北島、古華和高行健就是這樣在不同的年代到了英國。高行健來訪的那一次，年會好像是在牛津大學舉行的，我恰恰跟高行健住在一牆之隔的兩個爬滿青藤的房間，會前會後便有不少交談的機會。他是一個健談的人，記得最清楚的是，他談到在北京時因爲抽菸過度的緣故，被醫生診斷爲患了來日無多的肺癌。這樣的一種宣告，使他驟然間覺得萬念俱灰，在徬徨無依的心情下，放下了北京人藝的編劇工作，離開了親人，背起了一個簡單的行囊，一心只想在僅有的數月的生命中一覽中國富麗奇幻的深山大川。他踏上了中國西南邊區人跡罕到的探險征途。等他遊蕩了數月又返回北京之後，肺部疑似癌症的黑影竟然奇蹟般地消褪了。他如此神奇地奪回了即將失去的生命，也神奇地再度迸發出文學的創造力。《靈山》就是這樣產生的。

《靈山》採用了第二人稱和第一人稱交互運用的敘述方式。「你」和「我」可能是一個人，也可能不是一個人，這並不十分重要，重點是他們都是敘述的主體，前者是分析式的，後者是綜合式的，共同體現一個向靈山朝聖的心路歷程。在這部也可以稱作是「尋根」的巨大的架構中，高行健有意擺脫了傳統的編織情節和塑造人物的累贅，把所有的力量都灌注在語言的實現上，使語言澄澈猶如雪山的澗流，直接呈現出敘述者的心象。

這樣的寫法，仍然算是一種散文化的小說模式。就其篇幅的巨大而論，這是一種嶄新的嘗試，端看他語言的藝術是否承托得起這巨大的篇幅所帶來的重量。如果說傳統小說的「人物—情節」模式早已經形成讀者固定的審美經驗，那麼任何小說的新模式都將訴求於讀者審美經驗的調整，拒斥的心理和新景觀的刺激將會同時產生。

《靈山》的中文版還沒有出版的時候，這部小說的手稿已經放在瑞典皇家學院馬悅然教授的案頭，在進行瑞典文的翻譯了。久居四川的馬悅然，大概是受了書中西南邊區神祕氣氛的迷惑吧！然而把書中精心營構的語言譯成另一種截然不同的文字，又是多麼艱巨的工程呀！

如果說高行健和他同代的作家都在努力使小說回歸到語言的藝術這一個原始的課題上來，那麼可以說中國大陸上在小說中退位已久的藝術，到了八〇年代，終於又找回了它應有的位子。

（一九九〇年九月廿七日於台南古城）

目次

1980年代，作者在旅途中

一

你坐的是長途公共汽車，那破舊的車子，城市裡淘汰下來的，在保養得極差的山區公路上，路面到處坑坑窪窪，從早起顛簸了十二個小時，來到這座南方山區的小縣城。

你背著旅行袋，手裡拎個挎包，站在滿是冰棍紙和甘蔗屑子的停車場上環顧。

從車上下來的，或是從停車場走過來的人，男的是扛著大包小包，女的抱著孩子。那空手什麼包袱和籃子也不帶的一幫子年輕人從口袋裡掏出葵花籽，一個接一個扔進嘴裡，又立即用嘴皮子把殼兒吐出來，吃得乾淨俐落，還嗶剝作響，那份優閒，那種灑脫，自然是本地作風。這裡是人家的故鄉，活得沒法不自在，祖祖輩輩根就扎在這塊土地上，用不著你遠道再來尋找。而早先從此地出走的，那時候當然還沒有這汽車站，甚至未必有汽車，水路得坐烏篷船，旱路可雇獨輪車，實在沒錢則靠兩張腳底板。如今，只要還有口氣在，那怕從太平洋的彼岸，又都紛紛回來了。坐的不是小臥車，就是帶空調的大轎車。有發財了的，有出了名的，也有什麼都不是，只因爲老了，就又都往這裡趕，到頭來，誰又不懷念這片故土？壓根兒也沒有動過念頭死也不離開這片土地的，更理所當然，甩著手臂，來去都大聲說笑，全無遮攔，語調還又那麼軟款，親暱得動人心腸。熟人相見，也不學城裡人那套虛禮，點個頭，握個手。他們不是張口直呼其名，便從背後在對方肩上猛擊一掌，也還作興往懷裡一摟，不光是女人家同女人家，而女人家倒反不這樣。沖洗汽車的水泥槽邊上，就有一對年紀輕輕的女人，她們只手拉著手，嘰嘰喳喳個不停。這裡的女人說話就更加細軟，叫你聽了止不住還瞟上一眼，那背朝你的紮著一塊藍印花布頭巾，這頭巾和頭巾的紮法也世代相傳，如今看來，分外別致。你不覺走了過去，那頭巾在下巴頦上一繫，對角尖尖翹起，面孔果真標致。五官也都小巧，恰如那一抹身腰，你挨近她們身邊走過，始終絞在一起的那兩雙手都一樣紅，一樣糙，指節也都一樣粗壯。她們該是走親友或是回娘家的新鮮媳婦，可這裡人媳婦專指的是兒子的老婆，要照北方老侉那樣通稱已婚的年輕婦女，立刻會招來一頓臭罵。做了老婆的女人又把丈夫叫做老公，你老公，我老公，這裡人有這裡人的語調，雖然都是炎黃子孫，同文同種。

你自己也說不清楚你爲什麼到這裡來，你只是偶然在火車上，閒談中聽人說起這麼個叫靈山的地方。這人就坐在你對面，你的茶杯挨著他的茶杯，隨著行車的震盪，兩只茶杯的蓋子也時不時碰得錚錚直響。要是一直響下去或是響一下便不再出聲倒也罷了。巧就巧在這兩個茶杯蓋錚錚作響的時候，你和他正想把茶杯挪開，便都不響了。可大家剛移開視線，兩只蓋子竟又碰響起來。他和你都一齊伸手，卻又都不響了。你們於是不約而同笑了笑。把茶杯都索性往後挪了一下，便攀談上了。你問他哪裡去？

「靈山。」

「什麼？」

「靈山，靈魂的靈，山水的山。」

你也是走南闖北的人，到過的名山多了，竟未聽說過這麼個去處。

你對面的這位朋友微瞇眼睛，正在養神。你有一種人通常難免的好奇心，自然想知道你去過的那許多名勝之外還有什麼遺漏。你也有一種好強心，不能容忍還有什麼去處你竟一無所聞。你於是向他打聽這靈山在哪裡。

「在尤水的源頭，」他睜開了眼睛。

這尤水在何處你也不知道，又不好再問。你只點了點頭，這點頭也可以有兩種解釋：好的，謝謝，或是，噢，這地方，知道。這可以滿足你的好勝心，卻滿足不了你的好奇。隔了一會，你才又問怎麼個走法，從哪裡能進山去。

「可以坐車先到烏伊那個小鎮，再沿尤水坐小船逆水而上。」

「那裡有什麼？看山水？有寺廟？還是有什麼古蹟？」你問得似乎漫不經心。

「那裡一切都是原生態的。」

「有原始森林。」

「當然，不只是原始森林。」

「還有野人。」你調笑道。

他笑了，並不帶揶揄，也不像自嘲，倒更刺激了你。你必須弄明白你對面的這位朋友是哪路人物。

「你是研究生態的？生物學家？古人類學家？考古學家？」

他一一搖頭，只是說：「我對活人更有興趣。」

「那麼你是搞民俗調查？社會學家？民族學家？人種學？要不是記者？冒險家？」

「都是業餘的。」

你們都笑了。

「都是玩主！」

你們笑得就更加開心。他於是點起一支菸，便打開了話匣子，講起有關靈山的種種神奇。隨後，又應你的要求，拆開空香菸盒子，畫了個圖，去靈山的路線。

北方，這季節，已經是深秋。這裡，暑熱卻並未退盡。太陽在落山之前，依然很有熱力，照在身上，脊背也有些冒汗。你走出車站，環顧了一下，對面只有一家小客棧，那是種老式的帶一層樓的木板鋪面，在樓上走動樓板便格吱直響，更要命的是那烏黑油亮的枕蓆。再說，洗澡也只能等到天黑，在那窄小潮濕的天井裡，拉開褲襠，用臉盆往身上倒水。那是農村裡出來跑買賣做手藝的落腳的地方。

離天黑還早，完全可以找個乾淨的旅店。你背著旅行袋，在街上晃蕩，順便逛逛這座小縣城，也還想找到一點提示，一塊招牌，一張廣告招貼，那怕一個名字，也就是說只要能見到靈山這兩個字，便說明你沒有弄錯，這番長途跋涉，並沒有上當。你到處張望，竟然找不到一點跡象。你一同下車的，也沒有一個像你這樣的旅遊者。當然，你不是那種遊客，只說的是你這一身裝束。你穿的一雙輕便結實專用於登山的旅遊鞋，肩上掛的是帶背帶的旅行包，這街上往來的也沒有你這種打扮 。這裡自然不是新婚夫婦和退休養老通常去的旅遊勝地。那種地方一切都旅遊化了，到處都停的旅遊專車，到處都有導遊圖可賣，所有的小店鋪裡都擺滿印有字樣的旅遊帽。旅遊汗衫、旅遊背心、旅遊手帕，連接待外國人專收外匯券的賓館和只憑介紹信接待內賓的招待所和療養院，更別說那些相爭拉客的私人小客店，都以這塊寶地的名字為標榜。你不是到那種地方去湊那分熱鬧，在人看人，人挨著人、人擠人的山陽道上，再拋些瓜果皮、汽水瓶子、罐頭盒子、麵包紙和香菸屁股。這裡想必早晚也逃不脫這種盛況。你總算乘那些鮮豔奪目的亭台樓閣尚未修建，趕在記者的照相機和名人題字之前，你不免暗自慶幸，同時，又有些疑惑。這街上竟無一點招來遊客的跡象，會不會以訛傳訛？你只憑揣在上衣口袋裡的香菸盒子上畫的那麼個路線，在火車上偶然碰到那麼個玩主，更何況他也是道聽塗談，你還無法證實是不是信口開河。你沒有見到一則確鑿的遊記，連最新出版的旅遊大全也沒有收進這樣的條目。當然，靈台、靈丘、靈岩，乃至於靈山這類地名，你翻閱分省地圖冊的時候，並不難找到。你也還應該知道，那浩瀚的史書典籍中，從遠古巫卜的《山海經》到古老的地理志《水經注》，這靈山並不是真沒有出處，佛祖就在這靈山點悟過摩訶迦葉尊者。你並非愚鈍之輩，以你的敏慧，你得先找到那畫在香菸盒子上的烏伊小鎮，進入這個靈山必經的通道。

你回到車站，進了候車室，這小山城最繁忙的地方，這時候已經空空盪盪。售票處和小件寄存的窗口都被背後的木板堵個嚴實，你再敲打也紋絲不動。無處可以問訊，你只好仰頭去數售票窗口上方一行行的站名：張村、沙鋪、水泥廠、老窯、金馬、大年、漲水、龍灣、桃花塢……越來越加美好，可都不是你要找的地方。別看這小小的縣城，線路和班次可真不少。有一天多至五、六趟班車的，可去水泥廠絕非旅遊的路線。最少的則只有一趟班車，想必是最偏僻的去處。而烏伊居然出現在這路線的終點，毫不顯眼，像任何一個普通的地名，沒有絲毫靈氣。可你就像從一團無望解開的亂麻中居然找到了個線頭，不說高興得要死，也總算吃了顆定心丸。你必須在明早開車前一個小時先買好票。經驗告訴你，這種一天只有一趟的山區班車，上車就如同打架一樣，你要不準備拚命的話，就得趕早站隊。

此刻，你有的是時間，只不過肩上的旅行袋稍嫌累贅。你信步走著，裝滿木材的卡車連連揿著高音喇叭，從你身邊駛過。你進而注意到穿縣城而過的狹窄的公路上，往來的車輛，帶掛斗的和不帶掛斗的，都一律揿起刺耳的高音喇叭，而客車上的售票員，還把手伸出窗口，使勁拍打車幫子上的鐵皮，更爲熱鬧。也只有這樣，行人才能讓道。

兩旁貼街的老房子一律是木板的鋪面，樓下做的生意，樓上曬著衣服，從小兒的尿布到女人的乳罩，補了襠的短褲到印花的床單，像萬國的旗幟，在車輛的喧鬧聲和揚起的灰塵中招展。路旁水泥電線桿子上，齊目高的地方，貼滿了各式各樣的廣告。有一張治療狐臭的特別引起你的興趣，並不是因爲你有狐臭，而是那廣告的文字來的花稍，在狐臭之後還打了個括號：

「狐臭(又名仙人臭)是一種討厭的疾病，其味難聞，令人欲吐。爲此影響朋友交往耽誤婚姻大事的不乏其人。青年男女還屢屢遭到從業參軍的限制，無限痛苦，不勝煩惱。現我處採用新式綜合療法，能立即完全徹底乾淨根除臭味，療效高達九七・五三%。爲您生活愉快，未來幸福，歡迎前來治療……。」

之後，你到了一座石橋上，沒有狐臭。清風徐來，涼爽而適意，石橋架在寬闊的河面上，橋上雖然是柏油路面，兩邊斑駁的石柱子上刻的猴子還依稀可辨，肯定很有一番年代了。你倚著水泥加固了的石欄杆，俯視由石橋連接的這座縣城，兩岸都是黑色的瓦頂，鱗次櫛比，讓人總也看不盡望不透。兩山之間，一條展開的河谷，金黃的稻田上方鑲的綠色的竹林。河水藍澄澄的，悠悠緩緩，在河床的沙灘間流淌，到了分水的青麻石橋基下，變得墨綠而幽深，一過橋拱，便攪起一片嘩嘩的水聲，湍急的漩渦上飄出白色的泡沫。石條砌的河堤總有上十米高，留著一道道水漬，最新的一層灰黃的印子當是剛過的夏天洪水留下的痕跡。這就是尤水？它的源頭則來之靈山？

太陽就要落下去了，橙紅的團團如蓋，通體光明卻不刺眼。你眺望兩旁山谷收攏的地方，層巒疊嶂之處，如煙如霧，那虛幻的景象又黑悠悠得真真切切，將那輪通明的像在旋轉的太陽，從下端邊緣一點一點吞食。落日就越加殷紅，越加柔和，並且將金爍爍的倒影投射到一灣河水裡，幽藍的水色同閃爍的日光便連接一起，一氣波動跳躍。坐入山谷的那赤紅的一輪越發安詳，端莊中又帶點嫵媚，還有聲響。你就聽見了一種聲音，難以捉摸，卻又分明從你心底響起，彌漫開來，竟跳動了一下，像踮起腳尖，顫了一下，便落進黝黑的山影裡去了，將霞光灑滿了天空。晚風從你耳邊響了起來，也還有駛過的汽車，照樣不斷撳出刺耳的喇叭聲。你過了橋，發現橋頭有塊新鑲嵌的石板，用紅漆描在筆劃的刻道裡：永寧橋，始建於宋開寶三年，一九六二年重修，一九八三年立。這該是開始旅遊業的信號。

橋頭擺著兩趟小吃攤子。你在左邊吃一碗豆腐腦，那種細嫩可口作料齊全走街串巷到處叫賣一度絕跡如今又父業子傳的豆腐腦；你在右邊又吃了兩個從爐膛裡現夾出來熱呼呼香噴噴的芝麻葱油燒餅，你還又在，在哪一邊已經弄不清楚了，吃了一顆顆比珍珠大不了許多甜滋滋的酒釀元宵。你當然不像遊西湖的馬二先生那樣迂腐，卻也有不壞的胃口。你品嘗祖先的這些吃食，聽吃主和小販們搭訕，他們大都是本地的熟人，你也想用這溫款的鄉音同他們套點交情，也想同他們融成一片。你長久生活在都市裡，需要有種故鄉的感覺，你希望有個故鄉，給你點寄託，好回到孩提時代，撿回漫失了的記憶。

你終於在橋這邊還鋪著青石板的老街上找到一家旅店，樓板都拖洗過了，還算乾淨。你要了個小單間，裡面放了張鋪板，鋪了一張竹蓆子。一床灰棉線毯子，不知是洗不乾淨還就是它本色，你壓在竹蓆子底下，扔開了油膩的枕頭，好在天熱，你不必鋪蓋。你此刻需要的是擱下變得沉重的旅行袋，洗一洗滿身的塵土和汗味，赤膊在鋪上仰面躺下，叉開

水鄉

兩腳。你隔壁在吆三喝四，有人玩牌，摸牌和甩牌都聽得一清二楚。只一板之隔，從捅破了的糊牆紙縫裡，可以看見虛虛晃晃幾個赤膊的漢子。你也並不疲倦得就能入睡，敲了敲板壁，隔壁卻哄了起來。他們哄的並不是你，是他們自己，有贏家和輸家，總是輸的在賴帳。他們在旅館裡公然聚賭，房裡板壁上就貼著縣公安局的通告，明令禁止一是賭博，二是賣淫。你倒想看看法令在這裡究竟起不起效應。你穿上衣服，到走廊上，敲了敲半掩的房門。敲與不敲都一個樣，裡面照樣吆喝，並沒有人答理。你乾脆推門進去，圍坐在當中一塊鋪板上的四條漢子都轉身望你，吃驚的並不是他們，恰恰是你自己。四個人四張怪相，臉上都貼的紙條，有橫貼在眉頭上的，也有貼在嘴唇鼻子和面頰上的，看上去又可惡又可笑。可他們沒有笑，只望著你，是你打擾了他們，顯然有些惱怒。

「啊，你們在玩牌呢，」你只好表示歉意。

他們便繼續甩著牌。這是一種長長的紙牌，印著像麻將一樣的紅黑點子，還有天門和地牢。輸的由贏家來罰，撕一角報紙站在對方指定的部位。這純粹是一種惡作劇，一種發洩，抑或是輸贏結帳時的記號，賭家約定，外人無從知曉。

你退了出來，回到房裡，重新躺下，望著天花板上電燈泡四周密密麻麻的斑點，竟是無以計數的蚊子，就等電燈一滅好來吸血，你趕緊放下蚊帳，網羅在窄小的圓錘形的空間裡，頂上有一個竹篾做的蚊帳圈。你好久沒有睡在這樣的帳頂下了，你也早過了望著帳頂可以睜眼遐想或是做夢的年紀，今天不知道明天會有什麼衝動，該見識的你都一一領教了，你還要找尋什麼？人到中年，該安安穩穩過日子，混上一個不忙的差事，有個不高不低的職位，做妻子的丈夫，孩子的父親，安一個舒適的小窩，銀行裡存上一筆款子，月月積累，除去養老，再留點遺產？

二

我是在青藏高原和四川盆地的過渡地帶，邛崍山中的中段羌族地區，見到了對火的崇拜，人類原始的文明的遺存。無論哪一個民族遠古的祖先都崇拜過給他們帶來最初文明的火，它是神聖的。他坐在火塘前喝酒，進嘴之前，先要用手指沾了沾碗裡的酒，對著炭火彈動手指，那炭火便噗哧噗哧作響，冒起藍色的火苗。我也才覺得我是真實的。

「敬灶神爺呢，多虧的他，我們才有得吃喝，」他說。

跳動的火光映照著他削瘦的面頰，高高的鼻梁和顴骨。他說他是羌族人，底下耿達鄉的人。我不便就問有關鬼神的事，只是說我來了解這山裡的民歌。這山裡還有沒有跳歌庄的？他說他就會跳，早先是圍著火塘，男男女女，一跳通宵達旦，後來取締了。

「爲什麼？」我明知故問，這又是我不真實之處。

「不是文化革命嗎？說是歌詞不健康，後來就改唱語錄歌。」

「後來呢？」我故意還問，這已經成爲一種積習。

「後來就沒人唱了。現今又開始跳起來，不過，現今的年輕人會的不多，我還教過他們。」

我請他做個示範，他毫不遲疑，立刻站起來，前一腳後一腳踏著步子唱了起來。他聲音低沉而渾厚，有一副天生的好嗓子。我確信他是羌族人，可這裡管戶口的民警就懷疑，認爲申報爲藏族或羌族的都是爲了逃避計畫生育，好多生孩子。

他唱了一段又一段。他說他是個好玩的人，這我也信。他解脫了鄉長的職務，重又像一個山裡人，一個山裡好熱鬧的老頭子，可惜過了風流的年紀。

他還能唸好多咒語，是獵人進山時使的法術，叫黑山法，或是叫邪術。他並不迴避，他確信這種咒語能把野獸趕進設下的陷阱，或是讓牠踏上安的套子。這使邪術的又不光是人對野獸，人與人之間也用來報復。如果被人使用了黑山法，就注定在山裡走不出來。這就像我小時候聽說過的鬼打牆，人在山裡走夜路，走著走著，眼面前會出現一道牆，一座峭壁，或是一條深深的河，怎麼也走不過去。破不了這法，腳就是邁不出這一步，就不斷走回頭路。於是，到天亮才發現不過在原地轉圈。這還算好的，更糟的還能把人引向絕境，那就是死亡。

他唸著一串又一串咒語，不像他唱歌時那樣悠緩從容，都喃喃吶吶，十分急促。我無法完全聽懂，卻感受到了這語言的魅力，這種魔怪森然的氣息就瀰漫在被煙子熏得烏黑的屋子裡。火舌黏著燉羊肉的鐵鍋，將他那雙眼睛映得一閃一閃，這都真真切切。

你找尋去靈山的路的同時，我正沿長江漫遊，就找尋這種真實。我剛經歷了一場事變，還被醫生誤診爲肺癌，死神同我開了個玩笑，我終於從他打的這堵牆裡走出來了，暗自慶幸。生命之於我重又變得這樣新鮮。我早該離開那個被汙染了的環境，回到自然中來，找尋這種實實在在的生活。

在我那個環境裡，人總教導我生活是文學的源泉，文學又必須忠於生活，忠於生活的真實。而我的錯誤恰恰在於我脫離了生活，因而便違背了生活的真實，而生活的真實則不等於生活的表象，這生活的真實或者說生活的本質本應該是這樣而非那樣，而我所以違背了生活的真實就因爲我只羅列了生活中一系列的現象，當然不可能正確反映生活，結果只能走上歪曲現實的歧途。

我不知道我此刻是否走上了正道，好歹總算躲開了那熱鬧的文壇，也從我那間總煙霧騰騰的房間裡逃出來了，那屋子裡堆滿的書籍也壓得我難以喘氣。它們都在講述各種各樣的真實，從歷史的真實到做人的真實，我實在不知道這許多真實有什麼用處。可我竟然被這些真實糾纏住，在它們的羅網裡掙扎，活像隻落進蛛網裡的蟲子。幸虧是那誤診了我的大夫救了我的命。他倒是挺坦誠，讓我自己對比著看我先後拍的那兩張全胸片，左肺第二肋間一塊模糊的陰影蔓延到了氣管壁。即使把左肺葉全部摘除也無濟於事，這結論不言自明。我父親便死於肺癌，從發現到去世只三個月，也是他診斷的，我相信他的醫術，他相信科學。我在兩個不同的醫院拍的兩張胸片都一模一樣，不可能是技術上的差錯。他又開了一張做斷層照相的單子，登記預約的日期在半個月之後。我沒什麼可著急的，無非再確定一下這腫瘤的體積。我父親去世前都做過，我掊與不掊都步他的後塵，並不是什麼新鮮的事。而我竟然從死神的指縫裡溜出來了，不能不說是幸運。我相信科學，也相信命運。

我見過一位人類學家三十年代在羌族地區收集到的一段四寸多長的木頭，刻畫成一個用雙手倒立著的人形，頭上有墨迹點出的五官，身軀上寫著兩個字「長命」，叫做「倒立悟猖」，很有點惡作劇的味道。我問這位退休鄉長，現在還有沒有這種保護神，他說這叫做「老根」。這木偶得同新生兒共生死，人死後，也同屍體一起送出家門，死人埋葬了，它便擱在山野裡，讓靈魂也回歸自然。我問他能不能替我找到一件，我好帶在身上。他笑了笑，說這是獵人上山揣在懷裡辟邪的，對我這樣的人沒用。

「能不能找到一位懂得這種邪術的老獵人，跟他一起去打獵？」我又問。

「那石老爺最有本事了，」他想了想，說。

「能找到他嗎？」我立刻問。

「他在石老爺屋。」

「這石老爺屋在哪裡？」

「從這裡再往上去二十里到銀廠溝，從溝裡進到山澗的盡頭，就有個石屋。」

「這是個地名，還就是他石老爺的屋？」

他說是個地名，也真有一間石屋，石老爺就住在裡面。

「你能帶我去找他嗎？」我追問。

「已經死啦。他躺在鋪上，就睡死過去了。太老了，他活到九十好幾，也有說一百好幾十，總歸，沒有人說得清他的歲數。」

「那他後人還在嗎？」我少不得又問。

「我老爺一輩，我剛記事，他就這樣一個人過。」

「也沒有老伴？」

「他就一個人住在銀廠溝裡，從山溝裡進去，高處獨家獨戶，一個人，一間屋。噢，屋裡牆上還掛著他那桿槍。」

我問他這話什麼意思。

他說這是一個好獵手，一個法術很高的獵手，現今是找不到這樣的獵手了。人都知道他屋裡還掛著他那桿槍，百發百中，就是沒有人敢去取。

「爲什麼？」我更不明白了。

「進銀廠溝的路斷了。」

「再也進不去了？」

「進不去啦。早先有人在那裡開過銀礦，成都來的一家字號，雇了一批工開礦。後來銀廠遭搶，人也跟著散了夥。開礦時修的進溝裡的棧道垮的垮了，沒垮的也朽了。」

「那是哪年的事？」

「我老爺還在世，有頭五十年了吧。」

可不，他都已退休，也成了歷史，真實的歷史。

「就再沒有人進去過？」我越發想打聽個究竟。

「說不準，總歸不好進去。」

「那屋也朽了？」

「石頭搭的那能朽了。」

「我說那房梁。」

「噢，那倒是。」

他不想領我進去，不想介紹個獵人才這樣唬弄我，我想。

「那怎麼知道槍還掛在牆上？」我還要問。

「都這麼說，總有人見到。都說這石老爺也真怪，屍首都不爛，也沒有野物敢碰它，直挺挺躺在鋪上，乾瘦乾瘦的，牆上就掛的他那桿槍。」

「這不可能，山裡水氣這樣重，屍體不可能不腐爛，槍都該鏽成一堆鐵鏽了，」我反駁道。

「不曉得，好多年了，人都這樣講，」他不以為然，照樣講他的。火光在他眼睛裡跳動，透出一層狡猾，我以為。

「你不是沒見嗎？」我仍然不放過。

必經之道

「有人見過的講，他就像睡著了一樣，乾瘦乾瘦的，頭前牆上就掛著的他那桿槍，」他繼續說，不動聲色。「他會邪術，不要說沒有人敢去偷他那桿槍，野物都不敢沾邊。」

這獵手已經被神化了。歷史同傳說混爲一談，一篇民間故事就這樣誕生的。真實只存在於經驗之中，而且得是自身的經驗，然而，那怕是自身的經驗，一經轉述，依然成了故事。真實是無法論證的，也毋須去論證，讓所謂生活的真實的辯士去辯論就得了，要緊的是生活。真實的只是我坐在這火塘邊上，在這被油煙熏得烏黑的屋子裡，看到的他眼睛裡跳動的火光，真實的只是我自己，真實的只是這瞬間的感受，你無法向他人轉述。那門外雲霧籠罩下，青山隱約，什麼地方那湍急的溪流嘩嘩水聲在你心裡作響，這就夠了。

三

你於是來到了這烏伊鎮，一條鋪著青石板的長長的小街，你就走在印著一道深深的獨輪車轍的石板路上，一下子便走進了你的童年，你童年似乎待過的同樣古舊的山鄉小鎮。不過你已經見不到手推的獨輪車了，代替那抹上豆油的棗木軸的吱呀聲是滿街直響的自行車鈴聲。這裡騎自行車得有耍雜技的本事，車座上掛著沉甸甸的麻袋，在往來的行人，挑的擔子，拉的板車和屋簷下的攤販間搖晃穿行，少不了惹來叫罵，而叫罵在這一片叫賣討價調笑聲中倒也顯得生機勃勃。你吸著醬菜，豬下水，生皮子，松油柴，稻草和石灰混雜的氣息，兩邊的小鋪面南貨，醬園，油坊，米店，中西藥鋪，綢布莊，鞋攤，茶館，肉案，裁縫店，開水爐子，草繩瓷器，香燭紙錢的雜貨鋪子，讓你目不暇顧，一家緊挨一家，從前清以來就未曾有過多大變化。總敲著煎鍋貼的平底鍋的老正興也恢復了被砸了的字號，一品香樓上的窗戶如今又酒旗高挑。最氣派的當然還數國營的百貨公司，新翻蓋的三層水泥樓房，一面玻璃櫥窗就頂得上一家老的鋪面，只是櫥窗裡的灰塵總也不見打掃。比較顯眼的再就是照相館了，掛滿了搔首弄姿或戲裝打扮的姑娘，都是當地有名有姓的美女，不像電影招貼畫上的那些明星遠在天邊。這地方還真出美人，一個個如花似玉，托著香腮，做著眉眼，都經過攝影師精心擺布，只是著的顏色紅的過紅，綠的太綠。彩色擴印當然也有了，貼著告示，二十天取像，顯然少說也得拿到縣城裡去沖洗。你如果不是命運的機緣，也許就在這小鎮上出生，長大，成親，也娶上個這樣的美人，也早給你生兒育女。想到這裡，你就笑了，趕緊走開，免得人以爲你相中了哪位，無端的想入非非。你還就有那麼多遐想，望著店面上的那些閣樓，掛著窗帘，擺著盆景或花，不由得想知道這裡的人過的什麼樣的生活？有一幢門上掛著鐵鎖的危樓，柱子都傾斜了，朽了的雕花的椽頭和欄杆都說明當年的氣派，這房主和他後代的命運就耐人尋思。旁邊的一家店面裡則賣的港式衣衫和牛仔褲，還吊著長統絲襪，貼著外國女人露出大腿的商標。門前又掛了塊明晃晃的金字招牌，「新新技術開發公司」，也不知開發的是哪門技術。再往前，有一家堆滿生石灰的鋪面，這就到了街的盡頭，前面大概是一家粉廠，一塊空場子上釘著樁子，拉

烏伊鎮

著鐵絲，掛滿了米粉。你折回頭，從茶水爐子邊上的一條小巷進去，拐了一個彎之後，便又迷失在回憶裡。

一扇半掩著的門裡一個潮濕的天井。一個荒蕪的庭院，空寂無人，牆角堆著瓦礫。你記得你小時候你家邊上那個圍牆倒塌的後院讓你畏懼還又嚮往，故事裡講的狐仙你覺得就從那裡來的。放學之後，你總提心吊膽止不住一個人去探望，你未見過狐仙，可這種神祕的感覺總伴隨你童年的記憶。那裡有個斷裂的石凳，一口也許乾枯了的井。深秋時分，風吹著枯黃的瓦楞草，陽光十分明朗。這些院門緊閉的人家都有他們的歷史，這一切都像陳舊的故事。冬天，北風在巷子裡呼嘯，你穿著暖和的新棉鞋，也跟孩子們在牆角裡跺腳，你當然記得那一首歌謠：

月亮湯湯，騎馬燒香，燒死羅大姐，氣死豆三娘，三娘摘豆，豆角空，嫁濟公，濟公矮，嫁螃蟹，螃蟹過溝，踩著泥鰍，泥鰍告狀，告著和尚，和尚念經，念著觀音，觀音撒尿，撒著小鬼，把得肚子疼，請個財神來跳神，跳神跳不成，白費我二百文。

屋頂上的瓦楞草，乾枯的和新生的，細白的和蔥綠的，在風中都輕微抖動，有多少年沒見過瓦楞草了？你赤腳在印著深深的獨輪車轍的青石板上噼噼叭叭拍打著，從童年裡跑出來了，跑到如今，那一雙光腳板，汙黑的光腳板，就在你面前拍打，你拍打過沒拍打過光腳板這並不重要，你需要的是這種心象。

你在這些小巷子裡總算繞出來了，到了公路上，從縣城來的班車就在這裡掉頭，當即再回轉去。路邊上是汽車站，裡面有一個買票的窗口和幾條長凳，你剛才就在這裡下的車。斜對面有一家旅店一趟平房，磚牆上刷的石灰，上面寫著「內有雅室」，看上去倒也乾淨，你好歹也得找地方住下，便走了進去。一位上了年紀的女服務員在掃走廊，你問她有房間嗎？她只說有。你問她這離靈山還有多遠？她白了你一眼，這就是說公家開的旅店，她按月拿的是國家的工資，沒有多餘的話。

「二號，」她用掃帚的把手指了指開著的房門。你拎著旅行包進去，裡面有兩個鋪位。一張床上蹺腿躺著個人，抱了本《飛狐外傳》，書名寫在包著封面的牛皮紙上，顯然是書攤上租來的。你同他打個招呼，他也放下書衝你點頭。

「你好。」

「來了？」

「來了。」

「抽根菸。」他甩根菸給你。

「多謝，」你在他對面的空床上坐下。他也正需要有個人談談。

「來這裡多時了？」

「上十天了。」他坐起來，給自己點上一支菸。

「來採購的？」你琢磨著問。

「弄木材。」

「這裡木材好弄嗎？」

「你有指標嗎？」他反問你，滿有興趣。

「什麼指標？」

「國家計畫的指標呀。」

「沒有。」

「那不好辦。」他重又躺下。

「這林區木材也短缺？」

「木頭倒是有，價格不一樣。」他懶洋洋的，看出你是個老外。

「你是等便宜的價格的？」

「嗨，」他漫聲應答了一下，便抄起書看。

「你們跑採購的見多識廣呀，」你還得奉承他兩句，好向他打聽。

「那裡，」他謙虛了。

「這靈山怎麼個去法？」

他沒有應答。你只好說你是來看風景的，哪裡有好的去處？

「河邊上有個涼亭，坐在那裡看對面的山水，風景都不錯。」

「您好生歇著！」你寒暄道。

你留下旅行袋，找服務員登了個記，便出了旅店。公路的盡頭是河邊的渡口。石條砌的台階陡直下去，有十多公尺，石級下停靠著幾隻插著竹篙的烏篷船。河面並不寬但河床開闊，顯然還不到漲水季節。對面河灘邊上有一隻渡船，有人上下，這邊石階上坐的人都等那船過渡。

碼頭上方，堤岸上，還真有個飛簷跳角的涼亭。涼亭外擺著一副副差不多是空的籮筐，亭裡坐著歇涼的大都是對岸趕集賣完東西的農民。他們大聲聒噪，粗粗聽去，頗像宋人話本中的語言。這涼亭新油漆過，簷下重彩繪的龍鳳圖案，正面兩根柱子上一副對聯：

歇坐須知勿論他人短處
起步登程盡賞龍溪秀水

你再轉到背面，看那兩根柱子，竟然寫道：

別行莫忘耳聞萍水良言
回眸遠矚勝覽鳳裡靈山

你立刻有了興致。渡船大概是過來了，歇涼的紛紛挑起擔子，只有一位老人還坐在涼亭裡。

「老人家，請問這對子——」

「你是問這楹聯？」老者糾正道。

「是，老先生，請問這楹聯是哪位的手筆？」你問得更加恭敬。

「大學士陳先寧先生！」他張開口，露出幾顆稀疏的黑牙，一板一眼，咬字分明。

「沒聽說過，」你只好坦白你的無知，「這位先生在哪個大學裡任教？」

「你們當然不知道，都上千年的人了。」老人不勝鄙夷。

「您別逗，老人家，」你解嘲道。

「你又不戴眼鏡子，看不見嗎？」他指著亭子的斗栱說。

你抬頭看見那未曾著色的一道橫樑上，果真用朱筆寫著：大宋紹興十年歲次庚申孟春立，大清乾隆十九年歲次甲戌三月二十九重修。

四

我從自然保護區的招待所出來，又到那位退休的羌族鄉長家去了，門上掛著一把大鎖。我已經去過三次，再也沒有碰上他。這扇可以爲我打開通往那個神祕世界的門對我已經關上了，我想。

我信步走去，細雨迷濛。我好久沒有在這種霧雨中漫步，經過路邊上的臥龍鄉衛生院，也清寂無人的樣子，林子裡非常寂靜，只有溪水總不遠不近在什麼地方嘩嘩流淌。我好久沒有得到過這種自在，不必再想什麼，讓思緒漫遊開去。公路上沒有一個人影，沒有一部車輛，滿目蒼翠，正是春天。

路邊有一座空寂的大房子，該是昨晚保護區的幹事講的土匪頭子宋國泰的巢穴吧？四十年前，只有一條馬幫走的山道經過這裡，往北翻過五千多公尺高的巴朗山，進入青藏高原的藏族地區，往南則通往岷江河谷，進入四川盆地。南來的鴉片煙土和北來的鹽巴，走私販都要在這裡乖乖丟下買路錢，這還算是賞臉的，要鬧翻了撕破面皮，就有來無還，都去見閻王。

這是一座全部木結構的老房子，兩扇笨重的大門敞開，裡面有個被樓房環抱荒蕪了的大院子，容得下整個馬幫數十頭牲口。想當年，只要大門一關，這四周圍著木欄杆的樓上廊簷裡都會站滿持槍的匪徒，那過夜的馬幫就如同甕中捉鱉。就是槍戰的話，這院裡也沒有一處是火力夠不到的死角。

有兩處樓梯，也都在院子裡。我走上去，樓板格支格支直響。我越加大步走著，故意表明有人來了。但這樓上也空寂無人，推開一個又一個空盪盪的房間，一股塵土和霉味。只有掛在鐵絲上的一條灰白的毛巾和一只破鞋表明這裡竟有人住過，也該是幾年前的事了。自從這裡建立自然保護區，集中在這所大房子裡的供銷社，土產收購站，糧油站，獸醫站以及一個山鄉的全部機構和人員便都遷到保護區管理處修建的那條一百米長的小街上去了，聚集在這樓上宋國泰手下那一百來條漢子和一百來條槍當然更留不下一點蹤影。他們當年躺在草薦子上，抽著鴉片，摟著女人，那些被搶來的女人白天得爲他們做飯，夜裡就輪流姦宿。有時爲分贓不均，有時爲個年輕女人，時不時還發生火併，這樓板上想必也熱鬧非凡。

「只有匪首宋國泰能鎮得住他們。這傢伙手狠心毒，狡猾得出名。」他是搞政治工作的，說起話來，振振有詞，他說他給來這裡實習的大學生們做報告，從保護大熊貓講到愛國主義，可以把女學生們講得痛哭流涕。

他說被土匪搶來的女人中還有紅軍女戰士，三六年紅軍長征過毛爾蓋草地的一支隊伍，有個團就在這裡遭到土匪的襲擊。洗衣隊的十幾個從江西來的姑娘都被搶走姦汙了，最小的只有十七、八歲，就她一個人活了下來，幾經轉手，後來被山裡的一個羌族老漢買了去當老婆，現今就住在這附近的一個山沖裡。她還能報出來她當年屬於幾支隊幾分隊幾連的連指導員的姓名，人如今可是當了大官，他很有番感慨。他說他當然不能給學生們講這些，便又回到這匪首宋國泰身上來。

這宋國泰原先小夥計出身，他說，跟個商人跑鴉片生意。這商人被盤踞這裡的匪首陳老大擊斃了，便投靠了新的主子。七混八混，不久當上了老大的心腹，進出這樓後面的老大住的小院。這小院後來被解放軍吊迫擊炮炸毀了，現今都長成了雜樹林子。當年這可是個小重慶，土匪頭子陳老大同他一窩子小老婆們就在裡面花天酒地。能在裡面伺候他的男人只有這宋國泰一人。有一回，從馬爾康過來了一支馬幫，其實也是群土匪，看中了這條可以坐吃現成的地盤，雙方激戰了兩天，互有死傷，卻未分勝負，便商議說和，歃血為盟。於是開了大門，把對方迎了進來，樓上樓下，兩股土匪，混同一起，猜拳舉碗。其實是老大的一計，把對方都灌醉了好一舉收拾。他又叫他小老婆們解開奶子，在桌間粉蝶似的飄來盪去。豈止對方，兩股人馬，誰能抵擋得住？無不喝得爛醉。只有兩名匪首還端坐在桌上，按事先約好的，老大舉手打個響屁，宋國泰上前添酒，一手抓過那匪首擱在桌上的快慢機，說時遲，那時快，一槍一個，連同老大，當即撂倒了，便問：還有哪個不服的沒有？土匪們一個個面面相覷，那還敢有半個不字。這宋國泰就此住進了老大的小院，那些小老婆也統統歸他所有。

他說得這般有聲有色，做報告能把女學生都說哭了，並非吹牛。他還說五〇年進山剿匪，兩個連的兵力夜裡把這樓和那個小院包圍了，拂曉進行喊話，叫他們放下武器，改邪歸正，大門口就好幾挺機槍火力封鎖，一個也別想逃得出去，好像他親自參加了戰鬥。

「後來呢？」我問。

「開始當然頑抗，就用迫擊炮把小院轟了。土匪們活著的都把槍扔了，出來投降，可就沒有宋國泰，進到小院裡搜查，也只有些哭成一團的婆娘。都說他屋裡有一條通山上的暗道，可也沒有發現，他人也沒再亮相。如今，都四十多年了，有說他還活著，有說他死了，都沒有確鑿的證據，只是種分析。」他靠在藤圈椅上，捏著扶圈的手指彈動著，分析道：

「關於他的下落，有三種說法。一說他逃走了，流竄在外地，在哪裡隱姓埋名，落下腳來，種田當了農民。二是他可能在當時槍戰中被打死了，土匪們不說。土匪有土匪的規矩，他們裡面可以打得天翻地覆，對外人卻不吐一點內情。他們有他們的道德，江湖義氣，另一方又手狠心毒，土匪也有他們的兩面性。那些女人，本來是搶來的，一旦進了這窩子，也就等於入了夥，一方面受他蹂躪，又還爲他保守祕密。」他搖搖頭，不是不理解，而是感慨人世之複雜，我想。

「當然，也不排斥第三種可能，跑進山裡出不來了，就餓死在山裡。」

「也有迷失在這山裡就死在裡面的？」我問。

「怎麼沒有？別說外地進來挖藥材的農民，就是本地的獵人也有困死在山裡的。」

「哦？」我對這更有興趣。

「去年就有個打獵的，進山十多天了，也沒有回來。他們家屬這才找到鄉政府，鄉里又找到我們。我們同林區派出所聯繫，放出了警犬，讓牠嗅了嗅他的衣服，跟蹤搜索，最後找到了，人卡在岩石縫裡，就死在裡面。」

「怎麼會卡在石縫裡？」

「什麼情況都有，心慌嘛，偷獵，保護區裡禁止狩獵的。也還有哥哥打死弟弟的。」

「那爲什麼？」

「他以爲是熊。兄弟兩個一起進山裡安套子，弄麝香，這可來錢呢。安套子如今也現代化了，把林場施工工地上的鋼絲纜索擰開，一小股鋼絲就能弄個套子，上山一天可安上幾百個套子。這麼大的山，我們哪看得過來？都貪心著呢，沒有辦法。這兄弟倆在山上安

雲山

套子，安著安著就走散了。要照他們山裡講的又成了迷信，說是中了邪法。兩個人圍著個山頭轉了個圈，正巧碰上。山裡霧氣大，他哥看見他弟的人影，以爲是熊，揣槍就打，做哥的就把弟弟打死了。他半夜裡還回家了一趟，把他弟的槍也帶了回來，將兩根槍並排靠在他家豬圈的籬笆門上，早起他媽餵豬食時就可以看見。他沒有進家門，回轉到山裡，找到他弟死的地方，用刀把自己的脖子抹了。」

我從這空盪盪的樓上下來，在那容得下一個馬幫的院子裡站了一會，走到公路上來。路上也還是沒有人，沒有車輛。我望著對面的霧雨迷濛中蒼綠的山上，有一條灰白的放木材的陡直的滑道，植被已經完全破壞了。早先，公路未通之前，這兩邊山上也該是森森的林木。我總想到這山巔背後的原始森林裡去，我說不出爲什麼那總吸引著我。

細雨不斷，而且越加集密了，成爲一層薄幕，把山梁都籠罩住，山谷和溝壑就更加朦朧。雷聲滾動，在山背後，沉悶，隱隱約約。我突然發覺更爲喧響的還是來自公路下方的河水，總也不停息，總在咆哮，總這樣充沛的流量，從雪山下來注入岷江的這條河，流得這樣急促，帶有一股震懾人的凶險勁頭，是平川上的河流絕對沒有的。

五

你就在這涼亭邊上碰上了她，是一種說不分明的期待，一種隱約的願望，一次邂逅，一次奇遇。你黃昏又來到河邊，麻條石級下，棒槌清脆的搗衣聲在河面上飄盪。她就站在涼亭邊上，像你一樣，望著對岸蒼茫的群山，而你又止不住去望她。這山鄉小鎮上，她那麼出眾，那身影，那姿態，那分茫然的神情，都非本地人所有。你走了開去，心裡卻惦記著，等你再轉回到涼亭前，她已經不在了，夜色已暗，涼亭裡亮著兩點煙火，明明暗暗，有人在輕聲說笑。你看不清他們的面目，但從聲音上大致可以辨出是兩男兩女，也不像是本地人，他們無論調情還是發狠，都嗓門響亮。進而細聽，這兩對青年男女講的好像是各自的把戲，怎麼瞞過父母，哄騙他們工作單位的頭兒，找種種藉口溜出來逍遙。講得那麼得意，還止不住格格直笑。你已經過了這年紀，用不著受誰的約束，唯獨沒有他們這分快樂。他們或許是乘下午的車剛到，可你記得從縣城裡來只有早上的一趟班車，總歸他們有他們的辦法。她似乎並不在他們之中，也不像他們這樣快活。你離開涼亭，沿著河岸，逕直走下去。你已經用不著辨認，這河岸上幾十戶家門，只最後一家開著賣菸酒手紙的半爿店面，石板路便折向鎮裡，然後是高的院牆，右手昏黃的路燈下，漆黑的門洞裡便是鄉政府。裡面帶望樓的高屋大院想必是早年間鎮上富豪的舊宅。再過去，一片用殘磚圍住的菜園子，菜地對面有一個醫院。隔一條小巷，便是近年來才蓋的影劇院，正放映一部武打功夫片。這小鎮你已經轉過不止一遍，連晚場電影開演的時間你都不用湊近去看。從醫院邊上的小巷子裡可以穿插到正街上，一出巷口，便面對龐大的百貨公司，這你都清清楚楚，彷彿這鎮上的老住戶。你甚至可以導遊，倘有人需要，而你自己尤其需要同人交談。

你未曾想到的是，這條小街入夜了竟還這麼熱鬧。只有百貨公司鐵門緊閉，玻璃櫥窗前的鐵柵欄也都拉起上了鎖。別的店鋪大都照舊開著，只不過白天在門前擺著的許多攤子收了起來，換上些小桌椅或是竹床鋪板。當街吃飯，當街搭訕，或是望著鋪子裡的電視，邊吃邊看邊聊天，樓上的窗帘則映著活動的人影。還有吹笛子的，還有小孩哭鬧，家家都把聲音弄得山響。錄音機裡放的是都市裡前幾年流行過的歌曲，唱得綿軟，帶點嗲味，還都配上電子樂強烈的節奏。人就坐在自家門口，隔著街同對面交談。已婚的婦女這時候也就只穿著背心和短褲，趿著塑料拖鞋，端著澡盆，把髒水潑到街心。那半大不小的小子則成群結夥，滿街亂竄。朝手勾著手的小丫頭們擦肩而過。而你，突然，又看見了她，在一個水果攤子前。你加快腳步，她在買柚子，才上市的新鮮柚子。你便湊上前。也去問價。她手摸了一下那透青的滾圓的柚子，走了。你也就說，是的，太生。你跟上她，來玩兒的？你似乎就聽見她唔了一聲，還點了點頭，她頭髮也跟著抖動了一下。你忐忑不安，生怕碰一鼻子灰，沒想到她答得這麼自然。你於是立即輕鬆了，跟上她的步子。

你也爲靈山而來？你還應該講得再俏皮一些。她頭髮又抖動了一下，這樣，就有了共同的語言。

你一個人？

她沒有回答。在裝有日光燈的理髮鋪子前，你於是看到了她的臉，年紀輕輕，卻有點憔悴，倒更顯得楚楚動人。你望著套上電吹風頭罩燙髮的女人，說現代化就數這最快。她眼睛動了一下，笑了，你也跟著就笑。她頭髮散披在肩上，烏黑光亮，你想說你頭髮真好，又覺得有點過分，沒有出口。你同她一起走著，再沒說什麼。不是你不想同她親近，而是你一時找不到語言。你不免尷尬，想盡快擺脫這種窘境。

我可以陪你走走嗎？這話又說得太笨。

你這人真有意思。你彷彿聽見她在嘟囔，又像是責怪，又像是允諾。可看得出來她故意顯得輕快，你得跟上她輕捷的腳步。她畢竟不是孩子，你也不是毛頭小伙，你想試著招惹她。

我可以當你的嚮導，你說，這是明代的建築，至今少說有五百年的歷史，你說的是這中藥鋪子背後那座封火牆，那山牆上的飛檐，黑暗中襯著星光翹起的一角。今晚沒有月亮。五百年前的明代，不，那怕就幾十年前，這街上走個夜路，也得打上燈籠。要是不信，只要離開這條正街，進到黑古隆冬的巷子裡，不只幾十年，只是幾十步，你就回到了那古老的時代。

說著，你們便走到了一品香茶館門前，牆角和門口站了好些人，大人小孩都有。踮腳朝裡一望，你們也都站住了。門面狹窄進深很長的茶館裡，一張張方桌都收了起來。橫擺著的條凳上伸著一顆顆腦袋，正中只一張方桌，從桌面上垂掛下一塊鑲了黃邊的紅布，桌後高腳凳上，坐的一位穿著寬袖長衫的說書人。

「太陽西下，濃雲遮月，那蛇公蛇婆率領眾妖照例來到了藍廣殿，看到童男童女，肥胖雪白，豬牛羊擺滿兩旁，心中大喜。蛇公對蛇婆說：託賢妻的福，今天這份壽禮，甚是豐厚。那邊道：今天是太夫人大壽，理該少不了管弦樂器，還需洞主操心。」拍的一響！他手上的醒堂木拍在桌子上，「真是謀高主意多！」

他放下醒堂木，拿起鼓錘，在一面鬆了的鼓皮上悶聲敲了幾下，另一隻手又拿起個穿了些鐵片的鈴圈，緩緩晃了晃，錚錚的響，那老腔啞嗓子便交代道：

「當下蛇公吩咐，各方操辦，不一會，把個藍廣殿打扮得花花綠綠，管弦齊奏。」他猛然提高嗓門，「還有那青蛙知了高聲唱，貓頭鷹揮舞指揮棒。」他故意來了句電視裡演員的朗誦腔調，惹得聽眾哄的一陣笑。

你望了她一下，你們便會心笑了。你期待的正是這笑容。

進去坐坐?你找到了話說。你便領著她，繞過板凳和人腳，揀了張沒坐滿的條凳，擠著坐下。就看這說書人要得好生熱鬧，他站了起來，把醒堂木又是一拍，響亮至極。

「拜壽開始!那眾小妖魔——」他唔依依哎呀呀，左轉身拱手作拜壽狀，右轉身擺擺手，做老妖精唱道：「免了，免了。」

這故事講了一千年了，你在她耳邊說。

還會講下去，她像是你的回聲。

再講一千年?你問。

嗯，她也抿嘴應答，像個調皮的孩子，你非常開心。

「再說那陳法通，本來七七四十九天的路程，他三天就趕到了這東公山腳下，碰上了王道士，法通頂禮道：賢師有請。那王道士答禮，客官有請。請問這藍廣殿在何處？問那做甚？那裡出了妖精，可厲害呢，誰敢去呀？在下姓陳，字法通，專為捉妖而來。那道士嘆了口氣說，童男童女今天剛送去，不知蛇妖入肚了沒有？法通一聽，呀，救人要緊！」

啪的一聲，只見這說書人右手舉起鼓錘，左手搖著鈴圈，翻起白眼，口中念念有詞，渾身哆嗦起來……你聞到一種氣味，濃烈的菸草和汗味中的一絲幽香，來自她頭髮，來自於她。還有噼噼剝剝吃瓜子的聲音，那吃瓜子的也目不轉睛盯著罩上了法衣的說書人。他右手拿神刀，左手持龍角，越說越快，像用嘴皮子吐出一串滾珠：

「三下靈牌打打打三道催兵符盡收廬山茅山龍虎山三山神兵神將頃刻之間哦呀呀啊哈哈達古隆冬倉嗯呀——呀——呀——嗚呼，天皇皇地皇皇吾乃真君大帝敕賜弟子斬邪除妖手持通靈寶劍腳踏風火輪左旋右轉——」

她轉身站起，你跟著也邁過人腿，人們都轉而對你們怒目而視。

「急急如律令！」

你們身後哄的一聲笑聲。

你怎麼了？

沒什麼？

幹麼不聽下去？

有點想吐。

你不舒服？

不，好些了，裡面空氣不好。

你們走在街上，街旁閒坐聊天的人都朝你們望。

找個安靜的地方？

嗯。

你領她拐進個小巷，街上的人聲和燈光落在身後，小巷裡沒有路燈，只從人家的窗戶裡透出些昏黃的光亮。她放慢了腳步，你想起剛才的情景。

你不覺得你我就像被驅趕的妖精？

她噗哧笑出聲來。

你和她於是都止不住格格大笑，她也笑得都彎下了腰。

她皮鞋敲在青石板上格外的響。出了小巷，前面一片水田，泛著微光，遠處模模糊糊有幾幢房舍，你知道那是這市鎮唯一的中學，再遠處隆起的是山崗，匍伏在灰濛濛的夜空下，星空隱約。起風了，吹來清涼的氣息，喚起一種悸動，又潛藏在這稻穀的清香裡。你挨到她的臂膀，她沒有挪開。你們便再沒有說什麼，順著腳下灰白的田埂，向前走去。

喜歡嗎？

喜歡。

小巷

你不覺得神奇？

不知道，說不出來，你別問我。

你挨緊她的手臂，她也挨緊你，你低頭看她，看不清她的面目，只覺得她鼻尖細小，你聞到了那已經熟悉了的溫暖的氣息。她突然站住了。

我們回去吧，她吶吶道。

回哪裡去？

我應該休息。

那我送你。

我不想有人陪著。

她變得固執了。

你這裡有親友？還是專門來玩的？

她概不回答。你不知道她從哪裡來，又回哪裡去。你還是送她到了街上，她逕自走了，消失在小街的盡頭，像一則故事，又像是夢。

六

在海拔兩千五百公尺觀察大熊貓的營地，到處在滴水，被褥都是潮濕的。我已經住了兩夜，白天穿著這營地裡的羽絨衣，身上也總潮呼呼的。最舒服的時候，是在火堆前吃飯，喝著熱湯。一口大鋁鍋用鐵絲吊在伙房棚子的橫樑上，底下架著的樹幹不用鋸斷，架起在灰燼上順著燒，火苗冒起足有一兩尺高，又可以照明。每當圍著火堆吃飯，有一隻松鼠總來，蹲在棚子邊上，滾圓的眼睛直轉。也只有在吃晚飯的時候，人才聚齊。開幾句玩笑。吃完晚飯，天也就全黑了，營地被黢黑的森林包圍著，人都鑽進棚子裡，在煤油燈下做自己的事情。

他們長年在深山裡，該說的都已說完，沒有新聞。只有一位雇的羌族山民，從海拔兩千一百公尺的臥龍關，進山後最後的一個村落，每隔兩天，用背簍背來些新鮮的蔬菜和整片的羊肉或豬肉。保護區管理處離村子也還遠。他們只有一個月或幾個月才輪流下山休息一兩天，去管理處理髮、洗澡，改善一下伙食。平時的假日都積攢起來，到時候乘保護區的車子到成都去看女朋友，或是回到其他城市他們自己的家，對他們來說，那才是生活。他們沒有報紙，也不收聽廣播，雷根，經濟體制改革，物價上漲，清除精神汙染，電影百花獎，等等等等，那個喧囂的世界都留給了城市，對他們來說這都太遙遠了。只有一位去年才分配來這裡工作的大學畢業生總戴著耳機。我湊近他身邊，才聽出他在學英語。再有一位在油燈下看書的青年人，他們都準備報考研究生，好離開這裡。還有一位，把白天接收到的無線電訊號，按測定的方位，一一畫在一張航空測繪的座標圖上，這些訊號是由被誘捕套上無線電頸圈再放回林海中去的大熊貓身上發射出來的。

同我一起進山在這山裡連續轉了兩天的那位老植物學家早已躺下不知是否睡著了，這潮濕的被褥裡我怎麼也暖和不過來，和衣躺著，連腦子也好像凍僵了，而山外正是陽春五月。我摸到了一隻草蚤，叮在我大腿內側，是白天在草叢中轉從褲腿裡爬上來的，有小指甲這麼大，硬得像塊傷疤。我按住使勁揉搓，也還拔不出來。我知道再使勁就會拔斷，牠那緊緊咬住的頭嘴就只能長久長在我皮肉裡。我只好向我旁邊鋪位上的營地的一位工作人員求援，他讓我脫光了，在我大腿上猛一巴掌，就手把這吸血鬼擰了出來。扔進燈罩裡，冒出一股肉餡餅的氣味。他答應明天給我找一副綁腿。

棚子裡十分安靜，聽得見棚子外、林子裡，到處都在滴水。山風由遠及近，並不到跟前來，就又退了回去，只在幽遠的山谷裡喧譁。後來，我頭頂上的板壁也開始滴水了，好像就滴在被子上。漏雨了？我無意起身，裡外反正都一樣潮濕，就由它一滴，一滴，滴著……後來，聽見了砰地一聲，清晰又沉悶，在山谷裡迴盪。

「在白崖那個方向，」有人說了一句。

「媽的，偷獵的，」另一個人罵道。

人都醒了，或者說，就都沒睡著。

「看一看時間？」

「十二點差五分。」

就再沒有人說話，似乎等著槍聲再響。而槍聲也就不再響。這種破碎了又懸置的沉寂

貓熊觀察營地

中，只有棚子外的滴水聲和抑鬱在山谷裡的風潮。你就似乎聽見了野獸的蹤跡。這本是野獸的世界，人居然還不放過牠。四下的黑暗中都潛伏著騷亂和躁動，這夜顯得更加險峻，也就喚醒了你總有的那種被窺探，被跟蹤，被伏擊的不安，你依然得不到靈魂中渴求的那分寧靜……

「來了！」

「誰來了？」

「貝貝來了！」那大學生喊道。

棚子裡一片忙亂，大家都起來了，跳下了床。

棚子外面呼哧呼哧噴著鼻息，這就是他們援救過的，產後病了的，飢餓的，來找尋食物的熊貓！他們就等著牠來。他們就相信牠會再來。已經又有十多天了，他們都算著日子，他們說牠肯定會來，在新竹筍長出之前，牠就還要再來，而牠就來了，他們的寵兒，他們的寶貝，用爪子扒搔著板壁。

有人先開了一線門縫，拎著一桶玉米粥閃了出去，大家跟著都跑出去了。朦朧的夜色中，一隻灰黑的大傢伙正一搖一擺，走動著。那人將玉米粥立刻倒在盆裡，牠跟上前去，呼哧呼哧喘著粗氣，手電光全落到這黑腰圍黑眼睛身軀灰白的野獸身上。牠也不理會，只顧著吃，頭都不抬一下。有人搶著拍照，閃光燈直亮，大家輪流湊近牠身旁，叫牠，逗牠，摸一下牠那硬得像豬棕樣的皮毛。牠抬起頭來，人又都匆忙逃開，鑽進棚裡。畢竟是野獸，一隻健壯的熊貓可以同豹子格鬥。牠第一次來把盛食物的鋁盆也嚼碎了一起吃下，消化不了的一顆顆鋁豆再排泄出來，他們都追蹤過牠的糞球。曾經有一位記者，爲了宣傳大熊貓像貓咪一樣可愛，在山下管理處誘捕到的熊貓飼養場裡，企圖摟住牠合影，被一爪子抓掉了生殖器，當即用車子送到成都去急救。

牠終於吃完了，抓了根甘蔗，咬著，搖晃肥大的尾巴，鑽進營地邊上的冷箭竹和灌叢中去了。

「我說過貝貝今天要來的。」

「牠多半是這時候來，總在二點到三點之間。」

「我聽見牠呼哧呼哧在抓搔門板。」

「牠知道討吃了，這壞東西！」

「餓壞了，一大桶全都吃光了。」

「牠胖了些，我摸的。」

他們談論得這樣熱情，講述每一個細節，誰怎麼先聽見的，誰先開的門，怎麼從門縫裡看見牠，牠怎麼跟蹤人，怎麼把頭伸進桶裡，又怎麼在盆子邊上還坐下了，怎樣吃得津津有味，誰又說在玉米粥裡還放了糖，牠也喜歡吃甜的！他們平時都很少交談，可談起這貝貝，就像是大家的情人。

我看了看錶，這前後總共不超過十分鐘，他們談起來卻沒完沒了。油燈都點亮了，好幾位索性坐在床上。可不，山上這單調寂寞的生活，就靠這點安慰。他們從貝貝又講到了憨憨。先頭那一聲槍聲，叫大家都擔心。貝貝之前的憨憨，就是被山裡的一個叫冷治忠的農民打死的。他們當時收到憨憨的信號，好多天都在一個方位不曾移動。他們判斷牠大概病了，情況嚴重，便出發去找尋。結果在林子裡一堆新土下挖出了憨憨的屍骨和還在播放無線電訊號的頸圈。又帶著獵犬跟蹤搜索，找到了這冷治忠的家和吊在屋簷下捲起的皮子。另一隻也誘捕過戴上了頸圈的莉莉的訊號就乾脆消失在茫茫的林海裡，再也不曾接收到。是被豹子捕食時也把頸圈咬碎了，還是碰上個更爲精明的獵人，用槍托把頸圈也砸了，就無從知道。

天將亮時分，又聽見兩聲槍響，來自營地下方，都很沉悶，回響在山谷裡拖得很長。就像退膛時槍膛裡的煙子，迴旋著不肯消散。

七

你後悔你沒同她約定再見，你後悔你沒有跟蹤她，你後悔你沒有勇氣，沒有去糾纏住她，沒有那種浪漫的激情，沒有妄想，也就不會有豔遇。總之，你後悔你的失誤，你難得失眠，但你竟然一夜沒有睡好。早起，你又覺得荒唐，幸虧沒有莽撞。那種唐突有損你的自尊，可你又討厭你過於清醒。你都不會去愛，軟弱得失去了男子的氣概，你已經失去了行動的能力。後來，你還是決定，到河邊去，去試試運氣。

你就坐在涼亭裡，像那位採購木材的行家說的那樣，坐在亭子裡看對岸的風景。早起，渡口十分繁忙。渡船上擠滿了人，吃水線到了船幫子邊上。船剛靠碼頭，纜繩還沒有拴住，人都搶著上岸，挑的籮筐和推著的自行車碰碰撞撞，人們叫罵著，擁向市鎮。渡船來來回回，終於把對岸沙灘上候船的人都載了過來，渡口這邊也才清靜。只有你還坐在涼亭裡，像一個傻瓜，煞有介事，等一個沒有約定的約會，一個來無蹤去無影的女人，像白日做夢。你無非是活得無聊，你那平庸的生活，沒有火花，沒有激情，都煩膩透了，還又想重新開始生活，去再經歷再體驗一回？

河邊不知何時又熱鬧起來了，這回都是女人。一個挨著一個，都在貼水邊的石階上，不是洗衣服就是洗菜淘米。有一條烏篷船正要靠岸，站在船頭撐篙的漢子衝石階上的女人叫喊。女人們嘰嘰喳喳也都不讓，你聽不清是打情罵俏還是真吵，你於是竟又見到了她的身影，你說你想她會來的，會再來這涼亭邊上，你好向她講述這涼亭的歷史。你說是一位老人告訴你的，他當時也坐在這涼亭裡，乾瘦得像根劈柴，兩片風乾了的嘴皮子嚅嚅囁囁活像個幽靈，她說她害怕幽靈，那便不如說嗚嗚的像高壓線上吹過的風。你說這鎮子《史記》裡早有記載，而眼前的渡口早年間叫做禹渡，傳說大禹治水就從這裡經過。岸邊還有塊圓圓的刻石，十七個蝌蚪般的古文字依稀可見。只因為沒人認識，建橋取石才被炸掉，又因為經費籌集不足，橋也終於未能建成。你讓她看這廊柱上的聯楹，都出於宋代名士之

烏篷船

手，你來找尋的靈山，古人早已指明。世世代代生活在這裡的鄉里人卻不知道這裡的歷史，他們甚至都不知道他們自己。就這鎮子上一個個天井和閣樓裡住的些什麼樣的人家，一生又一生又怎樣打發，要不加隱瞞，不用杜撰，統統寫出來，小說家們就都得傻眼。你問她相信不相信？比方說，那位坐在門檻上望呆的老太婆，牙全都掉光了，布滿褶皺的臉皮像醃了的蘿蔔，活脫一具木乃伊，只有深陷的眼窩裡兩點散漫無光的眼珠還會動彈。可當年，人也有過水靈靈的年紀，那方圓幾十里地，也還是數一數二的美人，誰見了不得看上兩眼？現今誰又能想像她當年的模樣？更別談她做了土匪婆之後那番風騷。土匪頭子則是這鎮上的二大爺，不管是他本家弟兄中他排行老二，還是金蘭結義，換帖拜的把子，總歸鎮上的人老少當時都叫他二大爺，有幾分巴結，更多的是敬畏。別看她坐的門檻裡天井不大，可一進院子套著一進，從烏篷船上當年抬進的大洋都用籮筐來裝。她這會兒呆望著那些烏篷船，早就是從這烏篷船搶了來的。那時候她也像石階上那些長辮子搗衣的少女。只不過趿的木屐而不是塑料拖鞋，拎著竹籃下河邊洗菜，一條烏篷船就在她身邊靠岸。她未曾明白過來，便被兩個漢子擰住胳膊，拖進船艙，也未曾來得及呼救，一團麻線便堵住了嘴。船撐出不到五里地，就被幾個土匪輪流霸占了，在這河上漂流了一千年的一模一樣的烏篷船裡，拉上竹篾編的篷子，光天化日之下就可以幹這種勾當。第一宿，她赤條條躺在光光的船板上，第二宿就得上船頭生火做飯……

你再說，說什麼呢？說二大爺和她，和她怎麼成為土匪的老婆？說她總坐在門檻上？

那時候不像如今有眼無光，她懷裡還總擱著篾匾，手上做著針線。那雙養得白胖了的手指繡的不是鴛鴦戲水，便是孔雀開屏。烏黑的辮子也挽成了髮髻，插上一根鑲了翡翠的銀簪子，畫了眉毛還絞了臉，她那番風騷竟沒有人敢去搭訕。明底細的自然知道，那匾裡面上擱的五彩絲線，底下卻是一對烏黑發亮的二十響，子彈全都上了膛。只要那攏岸的船裡，鑽出來官兵，這一雙繡花的巧手就能把他們一個個撂倒，而神出鬼沒的二大爺，這時候準在屋裡睡大覺。這婆娘被二大爺看中獨占了，也就隨了嫁雞隨雞嫁狗隨狗的婦道。這鎮上就沒有人告發？連兔子也懂得不吃窩邊草。她就活下來了，像一個奇蹟。至於有過善人美名的土匪頭子二大爺，不論旱路水路黑道上來的朋友，誰也討不到他的便宜，臨了竟還死在這婆娘手裡。又爲什麼？二大爺手狠，這婆娘更狠，要狠，男人狠不過女人。不信，盡可以去問這鎮上中學校裡的吳老師，他正在編一本這烏伊鎮的風物歷史故事，受的是縣裡新成立的旅遊辦公室的委託。旅遊辦的主任是吳老師姪媳婦的娘舅，要不這差事也落不到他頭上。凡土生土長的肚子裡都有些掌故，能寫文章的這鎮上也不只他一個。誰又不想青史留名？更何況還可以預支些不叫稿費叫加班費作爲報酬。再說，這吳老師也是本地世家，文化革命中查抄出來當眾燒掉的黃綾裱的宗譜就一丈二尺長，祖上也曾顯赫過，從漢文帝的中郎將到光緒年間的翰林，到了他父親一輩，趕上土改分田，背上個地主出身的包袱，才倒了幾十年的楣。如今，眼看快到退休的年紀，流落海外音訊斷絕的長兄居然在外國當了教授，由副縣長陪同，坐了小汽車回家鄉觀光。還給他帶回來一部彩色電視機，鎮上的幹部對他也就刮目相看。不談這些。好，講長毛造反，夜裡打著火把，將一條街燒了大半。早先，這市鎮碼頭沿岸才是正街，現今的汽車站就在正街的盡頭龍王廟的舊址。說的是龍王廟未成瓦礫堆之前，一到農曆正月十五，元宵佳節夜裡，站到這龍王廟的戲台上看燈最爲精采。兩岸四鄉的龍燈都匯集到這裡，一隊隊清一色的包頭布，紅黃藍白黑，耍什麼顏色的龍就紮什麼顏色的包頭。鑼鼓齊鳴，滿街上人頭跟著攢動。沿岸的店鋪，家家門口都撐出竹竿，掛的紅包，或多或少都包幾個賞錢，一年的生意誰又不圖個吉慶。通常，總是龍王廟斜對面米行錢老闆的紅包最大，雙股五百響的炮仗從樓上一直掛下來。耍燈的就在這噼噼叭叭火光四濺中大顯身手，一條條龍燈舞得在地上轉著打滾，挑頭耍繡球的則最賣氣力。說著就來了兩條，一條是鄉里谷來村的赤龍，一條是這鎮上吳貴子領的青龍——你不要說了，不，你還是說下去。說這條青龍？說這耍青龍的吳貴子是這鎮上盡人皆知的一把好手？年輕風流的媳婦們見了沒有不眼熱的，不是叫貴子，喝口茶吧，就是給他端一碗米酒。德行！什麼？你說你的。這吳貴子引著青龍一路耍來，渾身早已熱氣蒸騰，到了龍王廟前，索性把布搭子也解了，就手扔給街上看熱鬧的熟人，他胸脯上就刺得青龍一條，兩旁的小子們不由得一陣子叫好。這時，谷來村的赤龍也從下街頭到了。二十來個一扎齊的後生，一個個血氣方剛，也來搶米行錢老闆的頭彩。當下各不相讓，都耍了起來。這一青一赤兩條龍燈裡都點的蠟燭，就見兩條火龍在人頭腳底滾動，說昂首都昂首，說擺尾都擺尾，那吳貴子舞著火球，更是赤膊在石板路上打滾，惹得這青龍轉成一道火圈。那赤龍也不含糊，緊緊盯住繡球，往來穿梭，像一條咬住了活物的大蜈蚣。雙股五百響的鞭炮剛放完，又有夥計炸了幾個天地響。兩隊人馬，氣喘吁吁，汗津津都像剛出水的泥鰍，一起擁到櫃台邊上來搶挑在竹竿上的紅包，竟被谷來村一個小子躍起一把抓住手心。吳貴子們那能受這委屈，當下雙方的叫罵便代替了鞭炮，進而這一青一赤兩條龍便糾纏在一起，難解難分。旁觀的也說不清誰先動的手，總歸是拳頭發癢，武鬥往往就這樣開場。驚叫的照例是小孩和婦人家，站在門口凳子上看熱鬧的女人抱了孩子，躲進門裡，留下的板凳便成了相互格鬥的凶器。這鎮公所裡倒有一名巡警，這時節不是被誰人拖去喝酒，便是站在那張牌桌邊上看人打牌，好抽點頭子算做香錢，維持治安，總不能白幹。這一類民事糾紛又不吃官司，武鬥的結果，青龍隊死了一個，赤龍隊死了倆，還不算小瑩子他哥，看熱鬧去無端的被人擠倒了，當胸口踩上一腳，斷了三根肋條骨，幸虧貼了掛紅燈籠的喜春堂隔壁唐麻子祖傳的狗皮膏藥，才撿回來一條性命。都是瞎編的。可也算是故事，也還可以再講下去。人不要聽。

八

營地下方，那片槭樹和椴樹林子裡，同我一起上山來的那位老植物學家，發現了一棵巨大的水青樹，一百萬年前冰川時代孑遺植物的活化石，有四十多公尺高。光光的樹梢上，仰望才能看見一些細小的新葉。樹幹上有個大洞，可以做熊的巢穴。他讓我爬進去看看，說是有熊的話，也只冬天才待在裡面。我鑽進去了，洞壁裡面也長滿了苔蘚。這大樹裡外都毛茸茸的，那盤根錯節，龍蛇一般，爬行在周圍一大片草木和灌叢中。

「這才是原始生態，年輕人，」他用登山鎬敲著水青樹幹說，他在營地裡把所有的人都叫做年輕人。他少說也六十出頭了，身體很好，拄著這把登山鎬作爲枴杖，也還能滿山跑。

「他們把珍貴成材的樹砍了，要不是這麼個樹洞，它也早完了。這種已經沒有嚴格意義上的原始森林，充其量只能算原始次森林，」他感慨道。

他來採集大熊貓的食物冷箭竹的標本的。我陪他鑽進一人多高枯死的冷箭竹叢中，沒有找到一棵活的竹子。他說這冷箭竹從開花到結籽枯死到種子再發芽成長再到開花，整整六十年，按佛教的輪迴轉世說，正好一劫。

「人法地，地法天，天法道，道法自然，」他大聲說道，「不要去做違反自然本性的事情，不要去做那不可爲的事情。」

「那麼這搶救熊貓有什麼科學上的價值？」我問。

「不過是個象徵，一種安慰，人需要自己欺騙自己，一方面去搶救一個已經失去生存能力的物種，一方面卻在加緊破壞人類自身生存的環境。就這岷江兩岸，你沿途進來，森林都砍光了，連岷江都成一條烏泥江了，更別說長江。還要在三峽上攔壩修水庫！異想天開，當然很浪漫。這地質上的斷層，歷史上就有過許多崩塌的紀錄，攔江修壩且不說破壞長江流域的整個生態，一旦誘發大地震，這中上游的億萬人口都將成爲魚鱉！當然，沒有人會聽我這個老頭子的，人這樣掠奪自然，自然總要報復的！」

在林子裡穿行，周圍是齊腰深的貫眾，一圈圈輪生的葉子像巨大的漏斗。更爲碧綠的則是七片葉子輪生的鬼燈檠，到處都一片陰濕的氣息。

「這草莽中有蛇嗎？」我不禁問。

「還不到季節，初夏的時候，天暖和了，牠們才凶猛。」

「野獸呢？」

「可怕的不是野獸，可怕的是人！」他說他年輕的時候，曾經一天中碰到三隻虎，一頭母虎帶隻幼虎，從他身邊走開了。另一隻公虎迎面而來，他們只相互望了望，他把眼光挪開，那虎也就走了。「虎一般不襲擊人，而人到處追殺老虎，華南虎都已經絕跡了。你現在要碰到老虎還真算你運氣。」他嘲笑道。

「那到處賣的虎骨酒呢？」我問。

「假的！連博物館都收不到老虎的標本，近十年來全國就沒有收購到一張虎皮。有人到福建哪個鄉里總算買到了一副虎骨架子，一鑑定，原來是用豬和狗的骨頭做的！」他哈哈大笑，喘著氣，靠在登山鎬上歇了一會，又說：

「我這一生中幾次死裡逃生，都不是從野獸的爪子底下。一次是被土匪逮住，要一根金條贖人，以爲我是什麼富家子弟。他們哪裡知道，我這個窮學生去山裡考察，連塊手錶還是找朋友借的。再一次是日本飛機轟炸，炸彈就落在我住的那房屋的屋樑上，把屋瓦全都砸飛了，就是沒炸。再就是後來被人告發，打成右派，弄到農場去勞改，困難時期，沒有吃的，全身浮腫，差一點死掉。年輕人，自然並不可怕，可怕的是人！你只要熟悉自然，它就同你親近，可人這東西，當然聰明，什麼不可以製造出來？從謠言到試管嬰兒，另一方面卻在每天消滅兩到三個物種，這就是人的虛妄。」

這營地裡我只有他是可以交談的，也許因爲畢竟都從那個繁華的世界來的，其他人長年在這山裡，都像樹木一樣沉默寡言。幾天之後，他也下山回去了。我爲我無法同他們交流有些苦惱。我當然也知道我在他們眼裡不過是個好奇的旅遊者。而我跑到這山裡來又爲的什麼？是體驗一下這種科學考察營地的生活？這種體驗又有什麼意義？如果僅僅爲了逃避我遇到的困境，也還可以有更輕鬆的辦法。那麼，也許是想找尋另一種生活？遠遠離開煩惱不堪的人世？既然遁世又何必同人去交流？不知道找尋什麼才是真正的苦惱。太多的思辨，太多的邏輯，太多的意義！生活本身並無邏輯可言，又爲什麼要用邏輯來演繹意義？再說，那邏輯又是什麼？我想，我需要從思辨中解脫出來，這才是我的病痛。

我問替我抓草蚤的老吳這裡還有沒有原始森林？

他說這周圍早先都是。

我說那當然，問題是現在哪裡還能找到？

「那你去白石頭，我們修了一條小路，」他說。

我問是不是營地下方，有一條通往一個峽谷的小路，峽谷上方，一塊裸露的岩壁，遠看像蒼莽的林海中冒出來的一塊白石頭。

他點頭說是。

那裡我也已經去過了，林相要森嚴得多，可山澗裡也還倒著未被山水沖下去的一棵棵巨樹烏黑的軀幹。

「也已經採伐過了，」我說。

「那是在建立保護區之前，」他解釋道。

「這保護區裡究竟還有沒有沒有人工痕跡的原始森林？」

「當然有，那得到正河。」

「能去得了嗎？」

「別說是你，連我們帶著各種器材和裝備都沒進到核心區，全都是地形複雜的大峽谷！周圍是五千到六千多公尺的大雪山。」

「我有什麼辦法能看到這真正的原始森林？」

「最近處也得到十一M，十二M，」他講的是航空測繪的他們專用的地圖上的座標號，「不過你一人去不了。」

他說去年有兩位新分配來工作的大學畢業生，拿了包餅乾，帶著羅盤，以爲沒事，當

遙望11M

晚便沒回得來。直到第四天頭上，他們中的一個總算爬到了公路上，才被進青海的車隊看見，又下到山谷裡去找另一個，也已經餓得昏迷了。他告誡我一個人絕不能走遠，我實在想要進原始森林看看的話，只有等他們有人去十一M十二M作業，收集大熊貓活動信號的時候。

九

你有心事？你說，逗著她玩。

你怎麼看得出來？

這明擺著，一個女孩子獨自跑到這種地方來。

你不也一個人？

這是我的嗜好，我喜歡一個人遊蕩，可以沉思冥想。可像你這樣一個年輕姑娘——

得了吧，不只是你們男人才有思想。

我並沒有說你沒有思想。

恰恰是有的男人並沒有思想！

看來你遇到了困難。

思想人人都有，並不非要有困難。

我沒有同你爭吵。

我也沒有這意思。

我希望能對你有些幫助。

等我需要的時候。

你現在沒有這種需要？

謝謝，沒有。我只需要一個人，誰也別來打擾我。

這就是說你遇到了煩惱。

隨你怎麼說。

你患了憂鬱症。

你說得也太嚴重了。

那你承認你有煩惱。

煩惱人人都有。

可你在自尋煩惱。

爲什麼？

這不需要很多學問。

你這人真油。

如果還不至於討厭的話。

並不等於喜歡。

可也不拒絕，一起沿河岸走走？你需要證明你還有吸引姑娘的能力。她居然隨同你，沿著堤岸，向上游走去。你需要找尋快樂，她需要找尋痛苦。

她說她不敢朝下望，你說你就知道她害怕。

害怕什麼？

害怕水。

她哈哈笑了起來，你聽出那笑聲有些勉強。

你就不敢跳下去，你說著便故意貼著堤岸走，陡直的堤岸下，河水滾滾。

我如果就跳下去呢？她說。

我跟著就跳下去救你。你知道這樣說能博得她的歡心。

她說她有點暈眩，又說那是很容易跳下去的，只要閉上眼睛，這種死法痛苦最少，又令人迷醉。你說這河裡就跳下過一位同她一樣從城市裡來的姑娘，比她年紀還小，也比她還要單純，你不是說她就怎麼複雜，你是說今天的人較之昨天也聰明不了許多，而昨天就在你我面前。你說那是個沒有月亮的夜晚，河水更顯得幽深。這撐渡船的駝背王頭的老婆後來說，她當時還推了一下王頭，說她聽見鎖纜繩的鐵鍊在響。她說她當時要起來看一看就好了，她後來就聽見了嗚咽聲，以爲是風。那哭聲想必也很響，夜深人靜，狗也不曾叫喚，才想不會是有人偷船，就又睡去了。迷糊之中，那嗚咽聲還持續了好一陣子，她睡了一覺醒來也還聽見，撐船的駝背王頭的老婆說，當時要有個人在就好了，這姑娘也不會尋短見，都怪這老鬼睡得太死。平常也是，真要夜裡有急事渡河的，會敲窗戶大聲叫喊。她不明白的只是這姑娘尋短見，爲什麼又搬弄鐵鍊子，莫非想弄船好去縣裡，從縣城再回到城市裡她父母身邊？她完全可以乘中午縣裡來的班車，沒準是怕人發現？誰也說不清她死前想的什麼。總歸一個好端端的女學生，從城市莫名其妙弄到這一不沾親二不帶故的鄉里來種田，叫個書記給蹧蹋了，真是罪孽啊。天亮以後，在離這裡三十里的下沙鋪，才被放木排的撈了起來。上身赤條條的，衣服也不知在河灣被那根樹杈子掛住了。可她一雙球鞋卻端端正正留在那塊石頭上，那塊石頭將刻上「禹渡」的字樣，再用油漆描紅，旅遊的都將爬到那石頭上拍照，留念的又只是這後來的題字，渡口上屈死的冤魂將統統被忘掉。聽著嗎？你問。

說下去，她輕聲答道。

早先，那地方總是死人，你說死的不是孩子，就是女人。小孩子夏天在石頭上扎猛子，扎下去不見浮起的叫做找死，被前世的父母收了回去。屈死的總歸是女人。有城裡被趕下來無依無靠的女學生，有受婆婆和丈夫虐待的年輕媳婦，也有的是倩女殉情。所以，這禹渡在鎮上的吳老師考證之前，鄉里人又叫做怨鬼崖，小孩子去那裡玩水，大人總不放心。也還有人講，子夜時分，總看見穿白衣服的女鬼在那裡出現，唱著一支總也聽不清唱詞的歌謠，有點像鄉里的兒歌，又像是要飯花子的花鼓調。這當然都是迷信，人往往自己被講的嚇著了。可這地方，確有一種水鳥，當地人叫做青頭，讀書人說是青鳥，能從唐詩中得到了引證。這青頭拖著長長的頭髮，自然也是鄉里人的說法。這鳥兒你當然見過，個兒不大，靛藍的身子，頭頂有兩根碧藍的翎毛，長相精神，靈巧至極，非常耐看。牠總歇在堤岸下的陰涼裡，或是在水邊長著茂密的竹林子邊上，左顧右盼，從容自在。你盡可以盯住牠欣賞不已，可只要一挪動腳步，即刻就飛了。《山海經》裡講的給西王母啄食的青鳥是一種神鳥，同這鄉里的青頭不是一回事，可也都充滿靈氣。你對她說這青鳥就像是女人，愚蠢的女人自然也有，這裡講的是女人中的精靈，女人中的情種。女子鍾情又難得有好下場，因爲男人要女人是尋快活，丈夫要妻子是持家做飯，老人要兒媳爲傳宗接代，都不爲的愛情。這你就講到了么妹，她專心聽著。你說么妹就屈死在這河裡，人都這麼說，她也跟著點頭，就這麼傻聽著，傻得讓你覺得可愛。

你說這么妹也許給了人家，可婆家來領人的時候，她就不見了，跟了她的情哥哥，鄉里的一個小伙子。

他也玩龍燈嗎？她問。

鎮上玩龍燈武鬥的那夥是下面谷來村的，這小伙子家在上水旺年，相隔有五十里地，也差了好幾個輩分，可當年都是上好的後生。說的是這么妹的情哥，沒錢沒勢，家中只兩畝旱地九分水田。這地方只要人手腳勤快，倒是餓不著。當然也還要沒有天災，沒有兵禍，要都趕上了，一村子死他十之八九，也不是不曾有過。還是說這么妹子，這么妹子的

一片屋瓦

情哥，要娶上么妹這樣標致靈巧的姑娘，那點家當就不夠了。么妹有么妹這樣的姑娘的賣價，一副銀手鐲子的定錢，一挑子八個糕點盒子的聘禮，兩擔描金的衣櫃衣箱的嫁妝，都出在買主頭上。買姑娘的這主就住在水巷，現今的照相館後面，那老房如今也早換了主人，說的是當年的老闆，正房裡一味只生丫頭，這財東心想兒子才決定納妾。又碰上么妹她娘這樣精明的寡婦，替女兒倒也算來算去，與其跟個窮漢種一輩子田，不如上富人家去當個姨娘。經中人往來說合，花轎算是不抬了，裡外的衣裳都一一做得，說好了接人的日子，姑娘夜裡卻偷偷跑了。她只挎了個包袱，裹了幾件衣服，半夜裡敲她情哥哥的窗戶，把這後生招了出來，那乾柴烈火，當下便委身於他。又抹著眼淚，發下山盟海誓，說好投奔山裡，燒山開荒為生。雙雙來到河邊渡口，望著滾滾的河水，這後生竟躊躇了，說是回家去拿把斧子，抄幾樣做活的傢伙，不料被娘老子發覺。做老子的拿起柴禾就打，打這不孝之子，做娘的又心疼得不行，可也不能放兒子離鄉背井。做老子的打來做娘的哭，哭哭鬧鬧天跟著就亮了。早起擺渡的還說看見過一個拎包袱的女子，後來就起了大霧。天越見亮，晨霧越濃，從河面上騰騰升起，連太陽都成了一團暗紅的炭火。擺渡的加倍小心，碰上行船還算事小，叫放排的撞上可就遭殃。岸上聚集許多趕集的人，這墟場迄今少說也有三千年，三千年來趕墟場的總有人聽見，霧裡傳來一聲喊叫，剛出聲又噎了回去，水聲撲騰了一下，耳尖的說還不止一下哩，人又都在講話，就什麼聲音也聽不清了。這真是個繁忙的渡口，要不大禹也不會從這裡過渡，滿滿的一船柴、炭、穀子、香菇、黃花、木耳、茶葉、雞蛋和人和豬，竹篙打得彎彎的，吃水到了船沿，白濛濛的河面上怨鬼崖那塊岩石也只是灰灰的一道影子。貧嘴的婦人會說，那天早起就聽見老鴉在叫，聽見老鴉叫總是不祥的徵兆，那黑老鴉叫著在天上盤旋，準聞到了死人的氣味，人要死未死之前先發出死亡的氣息，這如同晦氣，你看不見，聞不到，全憑感覺。

我帶著晦氣？她問。

你不過自己同自己過不去，你有種自殘的傾向。你故意逗她。

才不是呢？生活就充滿痛苦！你也就聽見她叫喚。

十

樹幹上的苔蘚，頭頂上的樹枝丫，垂吊在樹枝間鬚髮狀的松蘿，以及空中，說不清哪兒，都在滴水。大滴的水珠晶瑩透明，不慌不忙，一顆一顆，落在臉上，掉進脖子裡，冰涼冰涼的。腳下踩著厚厚的綿軟的毛茸茸的苔蘚，一層又一層，重重疊疊。寄生在縱橫倒伏的巨樹的軀幹上，生生死死，死死生生，每走一步，濕透了的鞋子都呱嘰作響。帽子頭髮羽絨衣褲子全都濕淋淋的，內衣又被汗水濕透了，貼在身上，只有小腹還感到有點熱氣。

他在我上方站住，並不回頭，後腦勺上那三片金屬葉片的天線還在晃動。等我從橫七豎八倒伏的樹幹上爬過去，快到他跟前，還沒喘過氣來，他就又走了。他個子不高，人又精瘦得像隻靈巧的猴子，連走點曲折的之字形都嫌費事，不加選擇，一個勁往山上直竄，早起從營地出發，兩個小時了，一直不停，沒同我說過一句話。我想他也許用這種辦法來擺脫我，讓我知難而退。我拚命尾隨他，距離卻越拉越大了，他這才時不時站住等我一下，乘我喘息的時候，打開天線，戴上耳機，找尋信號，在小本子上記上一筆。

經過一塊林間隙地，那裡設置了一些氣象儀器。他查看做些紀錄，順便告訴我，空氣的濕度已經飽和了，這是他一路上同我說過的第一句話，算是友好的表示。前去不久，他又向我招手，讓我跟他拐進一片枯死的冷箭竹叢，那裡立著個用圓木釘的大囚籠，一人多高，閘門洞開，裡面的弓子沒有安上。他們就是用這種囚籠誘捕熊貓，然後打上麻醉槍，套一個發射無線電訊號的頸圈，再放回森林裡去。他指著我胸前的照相機，我遞給他，他爲我拍了一張在囚籠前的照片，幸好不在囚籠裡面。

在幽暗的椴木和槭樹林子裡鑽行的時候。山雀總在附近的花楸灌叢中呿呤呿呤叫著，並不感到寂寞。等爬到二千七、八百公尺高度進入針葉林帶，林相逐漸疏朗，黑錚錚的巨大的鐵杉聳立，枝幹虯勁，像傘樣的伸張開。灰褐的雲杉在三、四十公尺的高度再超越一層，高達五、六十公尺，長著灰綠新葉的尖挺的樹冠越發顯得俊秀。林子裡不再有灌叢，可以看得很遠，杉樹粗壯的軀幹間，幾株團團的高山杜鵑足有四公尺多高，上下全開著一蓬蓬水紅的花，低垂的枝丫彷彿承受不了這豐盛的美，將碩大的花瓣撒遍樹下，就這樣靜悄悄展現它凋謝不盡的美色。這大自然毫不掩飾的華麗令我又有一種說不清的惋惜。而這惋惜純然是我自己的，並非自然本身的屬性。

前前後後，有一些枯死了又被風雪攔腰折斷的巨樹，從這些斷殘的依然矗立的龐大的軀幹下經過，逼迫我內心也沉默，那點還折磨我想要表述的欲望，在這巨大的莊嚴面前，都失去了言辭。

一隻看不見的杜鵑在啼鳴，時而在上方，時而在下方。時而在左邊，時而到了右邊，不知怎麼的總圍著轉，像要把人引入迷途，而且好像就在叫喚：哥哥等我！哥哥等我！我禁不住想起兄弟倆去森林裡點種芝麻的那個故事，故事中的後娘要甩掉丈夫前妻的孩子，卻被命運報復到她自己親生的兒子身上，我又想起迷失在這森林裡的兩位大學生，有種無法抑制的不安。

他在前面突然站住，舉手向我示意，我趕緊跟上，他猛拉了我一把，我跟他蹲下，立即緊張起來，隨即也就看見前面樹幹的間隙裡，有兩隻灰白帶麻點的赤足的大鳥，在斜坡上疾走。我悄悄往前邁了一步，這一片沉寂頓時被空氣的搏擊聲打破。

「雪雞。」他說。

只一瞬間，空氣又彷彿凝固了，坡上那對生機勃勃灰白帶麻點赤足的雪雞，就像根本不曾有過，讓人以爲是一種幻覺，眼面前，又只有一動不動的巨大的林木，我此刻經過這裡，甚至我的存在，都短暫得沒有意義。

他變得比較友善了，不把我甩遠，走走停停，等我跟上。我和他的距離縮短了，但依然沒有交談。後來他站住看了看表，仰面望著越見疏朗的天空，像用鼻子嗅了嗅似的，然後陡直往一個坡上爬去，還伸手拉了我一把。

我喘息著，終於到了一片起伏的台地，眼前是清一色的冷杉純林。

「該三千公尺以上了吧？」我問。

他點頭認可，跑到這片台地高處的一棵樹下，轉過身去，戴上耳機，舉起天線四面轉動。我也轉著看，四周的樹幹一樣粗壯，樹與樹之間距離相等，一律那麼挺拔，又在同樣的高度發杈，也一樣俊秀。沒有折斷的樹木，朽了就整個兒倒伏，在嚴峻的自然選擇面前，無一例外。

沒有松蘿了，沒有冷箭竹叢，沒有小灌木，林子裡的間隙較大，更爲明亮，也可以看得比較遠。遠處有一株通體潔白的杜鵑，亭亭玉立，讓人止不住心頭一熱，純潔新鮮得出奇，我越走近，越見高大，上下裹著一簇簇巨大的花團，較之我見過的紅杜鵑花瓣更大更厚實，那潔白潤澤來不及凋謝的花瓣也遍撒樹下，生命力這般旺盛，煥發出一味要呈獻自身的欲望，不可以遏止，不求報償，也沒有目的，也不訴諸象徵和隱喻，無須附會和聯想，這樣一種不加修飾的自然美。這潔白如雪潤澤如玉的白杜鵑，又一而再，再而三，卻總是單株的，遠近前後，隱約在修長冷峻的冷杉林中，像那隻看不見的不知疲倦勾人魂魄的鳥兒，總引誘人不斷前去。我深深吸著林中清新的氣息，喘息著卻並不費氣力，肺腑像

雲霧縹緲

洗滌過了一般，又滲透到腳心，全身心似乎都進入了自然的大循環之中，得到一種從未有過的舒暢。

霧氣飄移過來，離地面只一公尺多高，在我面前散漫開來，我一邊退讓，一邊用手撩撥它，分明得就像炊煙。我小跑著，但是來不及了，它就從我身上掠過，眼前的景象立刻模糊了。隨即消失了色彩，後面再來的雲霧，倒更爲分明，飄移的時候還一團團旋轉。我一邊退讓，不覺也跟著它轉，到了一個山坡，剛避開它，轉身突然發現腳下是很深的峽谷。一道藍靄靄奇雄的山脈就在對面，上端白雲籠罩，濃厚的雲層滾滾翻騰，山谷裡則只有幾縷煙雲，正迅速消融。那雪白的一線，當是湍急的河水，貫穿在陰森的峽谷中間。這當然不是幾天前我進山來曾經越過的那道河谷，畢竟有個村寨，多少也有些田地，懸掛在兩岸的鐵索橋從高山上望下去，顯得十分精巧。這幽冥的峽谷裡卻只有黑森森的林莽和崢嶸的怪石，全無一丁點人世間的氣息，望著都令人脊背生涼。

太陽跟著出來了，一下子照亮了對面的山脈，空氣竟然那般明淨，雲層之下的針葉林帶霎時間蒼翠得令人心喜欲狂，像發自肺腑底蘊的歌聲，而且隨著光影的游動，瞬息變化著色調。我奔跑，跳躍，追蹤雲影的變化，搶拍下一張又一張照片。

灰白的雲霧從身後又來了，全然不顧溝壑，凹地，倒伏的樹幹，我實在無法趕到它前面，它卻從容不迫，追上了我，將我繚繞其中。景象從我眼前消失了，一片模糊，只腦子裡還殘留剛才視覺的印象。就在我困惑的時刻，一線陽光又從頭頂上射下來，照亮了腳下的苔蘚，我才發現這腳下竟又是個奇異的菌藻植物的世界，一樣有山脈、林莽、草甸和矮的灌叢，而且都晶瑩欲滴，翠綠得可愛。我剛蹲下，它又來了，那無所不在的瀰漫的霧，像魔術一樣，瞬間又只剩下灰黑模糊的一片。

我站了起來。茫然期待。喊叫了一聲，沒有回音。我又叫喊了一聲，只聽見自己沉悶顫抖的聲音頓然消失了，也沒有回響，立刻感到一種恐怖。這恐怖從腳底升起，血都變得冰涼。我又叫喊，還是沒有回音。周圍只有冷杉黑呼呼的樹影，而且都一個模樣，凹地和坡上全都一樣，我奔跑，叫喊，忽而向左，忽而向右，神智錯亂了。我得馬上鎮定下來，得先回到原來的地方，不，得先認定個方向，可四面八方都是森然矗立的灰黑的樹影，已無從辨認，全都見過，又似乎未曾見過，腦門上的血管突突跳著。我明白是自然在捉弄我，捉弄我這個沒有信仰不知畏懼目空一切的渺小的人。

我啊——喂——哎——叫喊，我沒有問過領我一路上山來的人的姓名，只能歇斯底里這樣叫喊，像一頭野獸，這聲音聽起來也令我自己毛骨悚然。我本以爲山林裡都有回聲，那回聲再淒涼再孤寂都莫過於這一無響應更令人恐怖。回聲在這裡也被濃霧和濕度飽和了的空氣吸收了，我於是醒悟到連我的聲音也未必傳送得出去，完全陷入絕望之中。

灰色的天空中有一棵獨特的樹影，斜長著，主幹上分爲兩杈，一樣粗細，又都筆直往上長，不再分枝，也沒有葉子，光禿禿的，已經死了，像一隻指向天空的巨大的魚叉，就這樣怪異。我到了跟前，竟然是森林的邊緣。那麼，邊緣的下方，該是那幽冥的峽谷，此刻也都在茫茫的雲霧之中，那更是通往死亡的路。可我不能再離開這棵樹，我唯一可以辨認的標誌，我在記憶中努力搜索一路來見到過的景象，得先找到像它這樣可以認定的畫面，而不是一連貫流動的印象。我似乎記起了一些，想排列一下，建立個順序，作爲退回去的標誌。可記憶就這般無能，如同洗過的撲克牌，越理越失去了頭緒，又疲憊不堪，只好在濕淋淋的苔蘚上就地坐下。

我同我的嚮導就這樣失去了聯繫，迷失在三千公尺以上航空測繪的座標十二M一帶的原始森林裡。我身上一沒有這航測地圖，二沒有指南針，口袋裡只摸到了已經下山了的老植物學家前幾天抓給我的一把糖果。他當時傳授給我他的經驗，進山時最好隨身帶一包糖果，以備萬一迷路時應急。手指在褲袋裡數了數，一共七顆，我只能坐等我的嚮導來找我。

這些天來，我聽到的所有迷路困死在山裡的事例都化成了一陣陣恐怖，將我包圍其中。此刻，我像一隻掉進這恐怖的羅網裡又被這巨大的魚叉叉住的一條魚，在魚叉上掙扎無濟於改變我的命運，除非出現奇蹟，我這一生中不又總也在等待這樣或那樣的奇蹟？

十一

她說，她後來說。她真想去死，那是很容易的。她站在高高的河堤上，只要眼睛一閉，縱身跳下去！如果只跳到岸邊的石級上，她不寒而慄，不敢想像腦袋迸裂腦漿四濺那慘死的景象，這太醜惡了。要死也應該死得很美，讓人同情，讓人都惋惜，都爲她哭。

她說，她應該順河岸向上游走去，找到個河灘，從堤岸下到河灘上去。當然，不能讓任何人看見，也不會有人知道，她將在夜裡走進黑黝黝的河水中去，連鞋子也不脫，她不要留下痕跡，就穿著鞋向水中走去，一步步涉水，到齊腰深處，還不等水沒到胸口呼吸難受的時候，河水湍急，一下子就把她捲進急流中去，捲入河心，再也漂浮不出水面，身不由己，就是掙扎，那本能求生的欲望也無濟於事。最多只手腳掙扎兩下，那也很快，沒有痛苦，還來不及痛苦人就完了。她不會喊叫，完全絕望，而且即使喊叫也即刻嗆水，人同樣聽不見，更無法去救。她這多餘的生命就這樣無影無蹤從這個世界上消失。既然無法擺脫這種痛苦，只好以死來解脫，一了百了，乾乾淨淨，死得也清白，只要是真能死得這樣清清白白就好。死了之後，屍體如果擱淺在下游某個沙洲上，被水泡脹，太陽曬過，開始腐爛，讓一群蒼蠅去叮，她又不由得一陣子惡心。沒有比死更惡心的了。她怎麼都擺脫不了，擺脫不了，擺脫不了這種惡心。

她說沒有人能認出她來，沒有人知道她的姓名，連她住旅店登記時填寫的名字都是假的。她說她家裡沒有任何人能找得到她，誰也想像不到她會跑到這麼個山鄉小鎮上來，她倒是想像得出她父母是什麼樣子。繼母朝她工作的醫院裡打電話準甕聲甕氣，像感冒了一樣，甚至帶點哭腔，而且準是在她父親一再央求之下。她知道她就是死了，她繼母也不會真哭，這家裡她只是個累贅，繼母有她自己親生兒子，都老大不小的小伙子。她要回家過夜，弟弟只好搭個鋼絲床在過道裡睡。他們就等她那間房子，巴不得她早早出嫁。她也不願意待在醫院裡，那幾間給值夜班的護士休息的宿舍裡，總有股消毒水的氣味。一天到晚，白的床單，白的大褂，白的蚊帳，白的口罩，只有眉毛底下的眼睛才是自己的。酒精，鉗子，鑷子，剪子和手術刀的碰撞聲，一遍又一遍洗手，整個手臂都浸在消毒液中，直到皮膚浸得發白，先失去光澤，再失去血色。在手術室工作的人長年下來，手上的皮膚如同白蠟，有一天她也會只剩下一雙失去血色的手，擱在河灘上，爬滿蒼蠅，她又感到惡心了。她討厭她的工作，她的家，也包括她的父親，窩窩囊囊，只要繼母嗓門一高，就沒主意。你少講兩句好不好？他即使抗議也不敢聲張。那你說，你把錢掉哪兒了？人沒老就先胡塗了，還怎麼讓你身上放錢？一句能招來十句，繼母的嗓門還總那樣高。他就一聲不吭。他碰過她的腿，在飯桌子底子，摸摸索索，繼母和弟弟不在家。就他們兩人，他喝多了。她原諒了他。可她又不能原諒他，那麼沒出息，她恨他那麼軟弱。她沒有一個令人羨慕的父親，一個有男子氣概可以依靠的父親，讓她能引爲自豪。她早就想離開這個家，一直盼望有個她自己的小家庭。可這也那麼惡心，她從他褲子口袋裡翻出了避孕套。她爲他定期吃藥，從來沒讓他操過心。她不能說她一見鍾情就愛上他。可他是她遇到的第一個敢於向她求愛的男人。他吻了她。她開始想他。他們又遇見了，便約會。他要她，她也給了他，期待著，陶醉了。迷迷糊糊，心直跳，又害怕，還又心甘情願。這一切都自然而然，幸福的，美好的，羞澀的，也是無邪的。她說，因爲她知道，她先要愛他，也被他愛。然後會做他的妻子。將來也會做母親，一個小母親，可是她吐了。她說她不是懷孕，是他剛同她做愛之後，她從他脫下的褲子屁股上的口袋裡摸到了那東西，他不讓她翻，她還是翻出來了，她便吐了。她那天下了班，沒有回到宿舍，也沒吃一口東西，趕到他那裡。他都沒讓她喘過氣來，剛進門，就吻著她，就同她做愛。他說過要享受青春，享受愛，盡情的，她就在他懷裡，也都答應。先不要孩子，無憂無慮，好好玩幾年，攢點錢也爲的遊山玩水，先不置家，只要有這麼間房子，他也已經有了，她只要有他，他們就瘋狂，無止盡，永遠永遠……還來不及品味，就只剩下惡心。她止不住惡心，苦膽水翻出來了，後來就哭了，歇斯底里，她詛咒男人！可她愛他，愛過他，都已經過去了。她愛他背心上那股汗味，那怕洗淨了她也聞得出來。他竟然這樣不值得人愛，可以對任何女人隨時都做那樣的事，男人就這麼骯髒！她剛剛開始的生活就也被弄得這樣骯髒。像那小旅店裡的床單，誰都來睡。也不換洗，散發著男人的汗臭，她不該到這種地方來！

那麼，到哪裡去？你問。

她說她不知道，她不明白自己怎麼一個人跑到這地方來。她又說她就找這麼個誰也不可能認識她的地方，就她自己一個人，沿著河岸，往上游去，什麼也不想，一直走下去，到筋疲力竭，倒斃在路上……

你說她是個任性的孩子。

不！她說沒有人理解她。你也一樣。

你問她能同你過河嗎？去河對岸，那邊有一座靈山，可以見到種種神奇，可以忘掉痛苦，可以得到解脫，你努力引誘她。

她說她對家裡人說的是醫院裡要組織一次旅行。她對醫院裡又說她家中父親生病要她照看，請了幾天的假。

你說她還是夠狡猾的。

她說她又不是傻瓜。

十二

我做這次長途旅行之前，被醫生判定爲肺癌的那些日子裡，每天唯一可做的事情便是到城郊的公園裡去走一趟。大家都說這汙染了的城市只有公園裡空氣好些，城郊的公園裡空氣自然更好。城牆邊的小山丘本來是火葬場和墳山，改成公園不過是近幾年的事。也因爲新建的居民區已經擴展到本來荒涼的墳山腳下，再不圈起來，活人就會把房子蓋到山頭上去奪死人的地盤。

如今只山頭上還留著一片荒草，堆著些原先用來做墓碑未曾用完的石板。附近的老人每天早晨來這裡打打太極拳，會會鳥兒。到九點多鐘，太陽直射山頭，他們又都拎著鳥籠子回家去了。我儘可以一個人安安靜靜，從口袋裡掏出一本《周易》。看著看著，在秋日暖和的陽光下，瞌睡來了，在當中的一塊石板仰面躺下，將書枕在後腦勺，默念剛剛讀過那一爻。陽光的熱力下通紅的眼瞼上便浮現出藍瑩瑩的那一爻的卦象。

我本已無意讀書，再多讀一本，少讀一本，讀和不讀無非一樣等著火葬。我所以看起《周易》純屬偶然，我兒時的一位朋友，聽說我的情況，特地來看望我，問我有什麼事情他能幫忙的，於是談到了氣功。他聽說有用氣功治癒癌症的，又說他認識個人在練一種功夫，同八卦有關。他勸說我也練練，我明白他的好意。人既到了這地步，只能死馬當成活馬醫，我便問他能不能給我找本《易經》來，我還一直未曾讀過。過了一天，他果真拿來了這本《周易正義》。我受了感動，便說，小時候，我曾經懷疑他偷了我才買的一把口琴，錯怪過他，後來又找到了，問他是否還記得？他胖胖的圓臉笑了，有些不自在，說，還提這幹什麼？窘迫的竟然是他而不是我。他顯然記得，對我還這樣友善。我才覺得我也有罪過，並非只是人加罪於我。這是在懺悔嗎？莫非也是死前的心態？

我不知道我這一生中，究竟是人負於我多還是我負於人多？我知道確實愛我的如我已亡故的母親，也有憎恨我的如我離異的妻子，我這剩下的不多的日子又何必去做一番清算。至於我負於人的，我的死亡就已經是一種抵償，而人負於我的，我又無能爲力。生命大抵是一團解不開恩怨的結，難道還有什麼別的意義？但這樣草草結束又爲時過早。我發現我並未好好生活過，我如果還有一生的話，我將肯定換一種活法，但除非是奇蹟。

我不相信奇蹟如同我本不相信所謂命運，可當人處於絕境之中，唯一可以指望的不就只剩下奇蹟？

十五天之後，我如期來到醫院，做預約的斷層照相。我弟弟放心不下，一定要陪我去醫院，這是我不情願的。我不願意在親人面前流露感情。一個人的話，我更容易控制自己，但我拗不過他，他還是跟去了。醫院裡還有我一位中學時的老同學，他領我直接找到放射科主任。

這主任照例戴著眼鏡，坐在轉椅上，看了我病歷上的診斷，又看了我那兩張全胸片，說還要再拍一張側位的胸片。他當即寫了個條子，讓我拿到另一處去拍，說是定影之後即刻把濕片子提來。

秋天的陽光真好。室內又特別蔭涼，坐在室內望著窗外陽光照射的草地更覺無限美好。我以前沒這麼看過陽光。我拍完側位的片子坐等暗房裡顯影的時候，就這麼望著窗外的陽光。可這窗外的陽光離我畢竟太遠，我應該想想眼前即刻要發生的事情。可這難道還需多想？我這景況如同殺人犯證據確鑿坐等法官宣判死刑，只能期望出現奇蹟，我那兩張在不同醫院先後拍的該死的全胸片不就是我死罪的證據？

我不知什麼時候，未曾察覺，也許就在我注視窗外陽光的那會兒，我聽見我心裡正默念南無阿彌陀佛，而且已經好一會了。從我穿上衣服，從那裝著讓病人平躺著可以升降的設備像殺人工廠樣的機房裡出來的時候，似乎就已經在禱告了。

這之前，如果想到有一天我也禱告，肯定會認爲是非常滑稽的事。我見到寺廟裡燒香跪拜喃喃吶吶口念南無阿彌陀佛的老頭老太婆，總有一種憐憫。這種憐憫和同情兩者應該說相去甚遠。如果用語言來表達我這種直感，大抵是，啊！可憐的人，他們可憐，他們衰老，他們那點微不足道的願望也難以實現的時候，他們就禱告，好求得這意願在心裡實現，如此而已。我不能接受一個正當壯年的男人或是一個年輕漂亮的女人也禱告。偶爾從這樣年輕的香客嘴裡聽到南無阿彌陀佛我就想笑，並且帶有明顯的惡意。我不能理解一個人正當盛年，也做這種蠢事，但我竟然祈禱了，還十分虔誠，純然發自內心。命運就這樣堅硬，人卻這般軟弱，在厄運面前人什麼都不是。

我在等待死刑的判決時就處在這樣一種什麼都不是的境地，望著窗外秋天的陽光，心裡默念南無阿彌陀佛。

我這老同學等不及，敲開了暗房的門，我弟弟跟了進去，他隨後又被趕了出來，只好守在出片子的窗口。一會兒，我這老同學也出來了，也到窗口去等候。他們把對死囚的關心放到對他的判決書上。這比喻也不恰當。我望著他們進出，像一個無甚關係的旁觀者，只心中守護那句反反覆覆默念著的南無阿彌陀佛。後來，我突然聽見他們驚叫起來：

「怎麼？」

「沒有？」

「再查查看！」

「下午只有這一張側位胸片。」暗房裡的回答沒好氣。

他們倆用架子夾著片子，舉起來看，技師也從暗房裡出來，看了一眼，隨便又說了句什麼，就不再理會他們了。

佛說歡喜。佛說歡喜是最先替代那南無阿彌陀佛的字句的，然後便成爲皆大歡喜這更爲普遍的表達。這是我擺脫絕境後最初的心態，也是最實在的幸福。我受到了佛的關照，奇蹟就這樣出現了。但我還只是竊喜，不敢貿然坦露。

我還不放心，捏著濕的片子又去戴眼鏡的主任那裡驗證。

他看了片子，做了個非常戲劇化的動作，雙臂揚起，說：

「這不很好嗎？」

「還需不需要做？」我問的是那斷層照相。

「還需要做什麼？」他呵斥我，他是救人性命的，他有這樣的權利。

他又叫我站到一架有投影屏的愛克司光透視機前，叫我深呼吸，叫我吐氣，叫我轉身，左轉，右轉。

「你自己都可以看見。」他指著影屏說，「你看，你看。」

事實上我什麼都沒看清，我頭腦裡一團漿糊，只看見明明暗暗的影屏上一副胸骨架子。

「這不什麼都沒有？」他大聲呵斥，彷彿我故意同他搗蛋。

「可那些胸片上又怎麼解釋？」我止不住還問。

「沒有就是沒有了，消失了。還怎麼解釋？感冒、肺炎，都可能引起陰影，好了，就消失了。」

我只是沒有問心境，心境會不會引起陰影？

「好好活著吧，年輕人。」他扭轉靠椅，對我不再理會。

可不是，我好比撿了一條新的生命，比新生的嬰兒還年輕。

我弟弟騎著自行車趕緊走了，他本來還有個會。

這陽光也重新屬於我，歸我享受，我同我這位同學乾脆在草坪邊上的椅子上坐下，開始討論起命運，人的命運又總是在用不著討論的時候才加以討論。

「生命就是種奇妙的東西。」他說，「一個純粹偶然的現象，染色體和染色體的排列有多少可能，可以計算。但這一個特定的機會，落在那一個胚胎上，能預先算定嗎？」他滔滔不絕，他是學遺傳工程的，寫畢業論文時做實驗得出的結論同指導他的系主任意見不合，被系黨總支書記找去談話，他頂撞了一下，畢業後便把他分到大興安嶺的一個養殖場去養鹿。後來他費了好大的周折才弄到唐山一所新成的大學裡去教書，不料又被弄成反革命黑幫分子的爪牙被揪出來批鬥。又折騰了將近十年，才落得個「此案查無」。唐山大地震前十天他剛調離了，整他的人沒想卻砸死在倒塌的樓房裡，半夜一個也沒跑得出來。

「冥冥之中，自有命運！」他說。

而我，倒是應該想一想，我撿來的這條性命如何換個活法？

十三

前面有一個村落，全一色的青磚黑瓦，在河邊，梯田和山崗下，錯落有致。村前有一股溪水，一塊條石平平架在溪流上。你於是又看見一條青石板路，印著深深的一道獨輪車轍，通向村裡。你就又聽見赤腳在石板上拍打的聲音，留下潮濕的腳印，引導你走進村裡。又是一條小巷，像你兒時見過的模樣，留在青石板上的泥水印子斷斷續續。你居然發現這一塊塊石板的縫隙下也汩汩流著溪水，從石板路下穿村而過。家家門口，都掀起一塊石板，可以用水，可以刷洗，粼粼的波紋上也還有碎青菜葉子漂過，也還可以聽見大門後院子裡雞啄食爭鬥格格在撲打。村巷裡見不到一個人影，沒有孩子，也沒有狗，好一個清幽的所在。

屋角上射來的陽光照著一面抹了石灰的封火牆，十分耀眼，巷子裡卻很陰涼。一家的門楣上晃著一面鏡片，鏡片周圍畫的八卦。你站到門檐下，便發現這避邪的八卦鏡正沖著封火牆的跳角，把對面挑來的晦氣再反射回去。可你從這裡取景拍照的話，那明亮的陽光中泛黃的封火牆同巷子裡灰藍的陰影和路上青灰的石板，不同色調的這種對比視覺上只令人愉悅，會造成一種寧靜，還有那飛檐上斷殘的瓦片，磚牆上的裂縫，又喚起一種鄉愁。

或者換一個角度，拍這邊的人家的大門，八卦鏡片上的反光和被小孩們的屁股蹭得光亮的石頭門檻，在照片中都可以拍得真真切切，而這兩家世世代代的冤仇卻找不到一點痕跡。

你講的都是野蠻可怕的故事，我不要聽，她說。

那你要聽什麼？

講些美的人和美的事。

講朱花婆？

我不要聽巫婆。

朱花婆不同於巫婆，巫婆都是些又老又惡的老太婆，朱花婆卻是漂亮的少婦。

像那二大爺的土匪婆？我不要聽那種凶殘的故事。

朱花婆可是又妖嬈又善良。

出了村口，沿溪澗而上，巨大的石頭被山水沖得渾圓光滑。

她穿著皮鞋在這潮濕的長著苔蘚的石頭上走，你說她注定走不遠，她便讓你拉住她的手。你提醒過她，可腳下還是一滑。你就手把她摟進懷裡，說你並非是故意，可她說你壞，蹙著眉頭，嘴角卻掛著笑容，抿住的嘴唇繃得很緊，你止不住去吻，她雙唇即刻鬆弛了，綿軟得又讓你吃驚。你享受著她溫香的氣息，說是山裡經常發生這樣的事情，她誘惑你，而你又受了誘惑。她於是就靠在你懷裡，閉上眼睛。

你說呀。

山村

說什麼？

說朱花婆。

她專門引誘男人，在山裡，山陰道上，突然一個拐彎處，往往在山嶺的涼亭裡……

你見到過？

當然見過，她就端坐在涼亭的石凳上，涼亭建造在山道當中，山道從涼亭裡兩條石凳中穿過。你只要走這山道，沒法不經過她身邊。一位年紀輕輕的山裡的女人，穿著件淺藍的竹布褂子，腰間脅下都布鎖的鈕釦，領子和袖口滾的白邊，紮了一坎蠟染的頭巾，紮法也十分仔細。你不由得放慢腳步，在她對面的石凳上故意歇下。她若無其事掃你一眼，並不扭過頭去，抿著薄薄的豔紅的嘴唇，那烏黑的眉眼也都用燒了的柳條描畫過。她深知自己的魅力，毫不掩飾，眼裡閃爍挑逗的目光，不好意思的往往竟是男人。你倒首先不安，起身要走，在這前後無人的山陰道上，立刻被她迷了心竅。你自然知道這風流俊俏的朱花婆只能愛三分，敬七分，只能相思，不敢造次。你說這都是石匠們告訴你的，你在他們山上採石的工棚裡過夜，同他們喝了一夜的酒，談了一夜的女人。你說你不能帶她去那種地方過夜，女人去了難保不惹禍，這些石匠也只有朱花婆才能制伏。他們說是凡朱花婆都會點穴，手指上的功夫可是世代相傳，一雙巧手專治男人治不了的疑難雜症，從小兒驚風到半身不遂，而婚喪喜事，男女陰私，又都靠她們一張巧嘴調配排解。山裡碰到這種野花只看得採不得。他們說，有一回，三個後生拜把子兄弟，就是不信，山道上碰到了個朱花婆，起了邪念。哥兒三個還對付不了一個女人？三人合計了一下，一哄而上，把這朱花婆硬拖到山洞裡。她畢竟是個女人，擰不過三個大小伙子，頭兩個幹完事了，輪到這小老三。朱花婆便央求道，善有善報，惡有惡報，你年紀還小，別跟他們造孽，聽我的把我放了，我告訴你一個祕方，日後派得上用場，到時候足夠你正經娶個姑娘，好好過日子。小伙子將信將疑，人到底年輕，見女人弄成這樣，倒也動了惻隱之心，把她放過了。

你是冒犯了，還是也把她放了？她問。

你說你起身走了，又止不住回頭再看一眼，就看見了她那邊面頰，一朵豔紅的山茶花插在鬢角，她眉梢和唇角都閃亮了一下，像一道閃電，把個陰涼的山谷突然照亮，你心頭火熱，跟著跳動了一下，立刻明白你碰到了一位朱花婆。她活生生端坐在那裡，淺藍的竹布褂子下聳起結實的胸脯，手臂還挽著個竹籃，籃子上蓋條嶄新的花毛巾，腳上穿的也是雙藍布貼花的鞋，分明得如同剪紙的窗花。

你過來呀！她向你招呼。

她坐在石頭上，一手拎著她那高跟皮鞋，一雙赤腳在滾圓的卵石上小心試探，清亮的溪水裡潔白的腳趾蠕動，像幾隻肉蟲子。你不明白事情是怎麼開始的，你突然把她的頭按倒在水邊的野蒼蒲上，她挺直了身腰，你摸到了她脊背上胸罩的搭釦，解開了的渾圓的乳房在正午的陽光下白得透亮。你看見那一顆粉紅挺突的乳頭，乳暈下細小的青筋都清清楚楚。她輕輕叫了一聲，雙腳滑進水裡。一隻黑色的鳥兒，白的腳趾，你知道這鳥兒叫伯勞，就站在溪澗當中一塊像乳房一樣渾圓灰褐色的岩石上，石頭邊緣映著溪水粼粼的閃光。你們都滑進水裡，她直惋惜弄濕了裙子，而不是她自己，潤濕的眼睛像溪水中反映的陽光，閃閃爍爍。你終於捕捉住她，一頭頑強掙扎的小野獸在你懷裡突然變得溫順，無聲哭了起來。

這黑色的伯勞，白的腳趾，左顧右盼，頻頻翹起尾巴，一隻蠟紅的喙上下點動。你剛走近，就起飛了，貼著溪流，在前面不遠的一塊岩石上停下，依然轉過身來，再衝著你，點頭擺尾。逗你走近了再飛起，並不遠去，依然在前面等你，咭……咭……細聲尖叫。這黑色的精靈，那就是她。

誰？

她的靈魂。

她又是誰？

你說她已經死了，那些雜種帶她夜裡到河裡去游泳，都回來了，說是上岸以後，才發現只少了她。全是鬼話，可他們都這麼說，還說可以驗屍，不信儘管去找法醫。她父母不同意，忍受不了，女孩子死的時候剛十六周歲。而你當時比她還小，可你知道那全是預謀。你知道他們不止一次約她夜裡出去，把她堵在橋墩下，一個個從她身上蹭過去，再碰頭交流經驗。他們笑話你不吃不摸才是傻瓜。他們早就預謀，要得到她。你不只一次聽見他們汙齷的談論，都提到她的名字。你偷偷告訴過她，夜裡當心不要跟他們出去。她也同你說過，她害怕他們。可她又不敢拒絕，還是去了。她太膽小，你不也怕？你這個懦夫！就是這些雜種把她害了，又不敢承認。可你也不敢揭發，多少年來，她在你心頭，像個噩夢。她的冤魂不讓你安寧，總顯現成各種模樣，而她從橋墩下出來那一回模樣，卻總也不曾改變。她總在你面前，咭……咭……這黑色的精靈，白趾紅唇的伯勞。你拉住荊條，抓住石縫裡一棵黃楊的根，從溪澗裡爬了上來。

這裡有路，從這裡上來，你說你拉住她的手，叫她用腳抵住石頭。

她叫了一聲。

怎麼啦？

歪腳了。

穿這高跟鞋就沒法爬山。

就沒準備爬山。

可既然進山了，就準備吃苦吧。

十四

這雞腸小巷裡的老房子樓上，從窗戶裡望出去，可以看見一片片瓦頂，歪歪斜斜，相互連接，沒個盡頭。還可以望見兩個屋脊之間冒起的小閣樓的窗戶，窗戶下的屋瓦上曬著

人家

鞋。這小房間裡放了一張硬木的雕花架子床，掛著蚊帳，一個鑲著圓鏡子的紅木衣櫃，窗口放了張藤靠椅，門邊上還有一條凳子。她讓我同她在這窄條凳上坐下，房裡幾乎就沒有可以走動的地方。我同她前一天晚上才認識，在一位記者朋友家裡，我們一起抽菸，喝酒，聊天，說到有關性的玩笑，她也毫不避諱，在這小山城裡，顯得很新潮。後來談到我這事情，我那位朋友便說，這事需要女人家作嚮導。她答應得很爽快，果然領我來了。

她在我耳邊竊竊說著本地方言，急切告誡我：「她來了你要請香，請香還要下跪三叩頭，這些規矩你可要做的啊。」那聲調和舉止全都還原為本地的女人家了。同她挨著，擠在又短又窄的條凳上，我頓時覺得很不是滋味，像是在這小縣城裡有了個私通的女人，這裡人人又都相識，就只能到這種地方來偷情。我聞到了一種醃菜的酸臭味。可這房裡一塵不染，連那當中一小塊地板都擦洗得露出了木頭的本色，門板後面也貼的是乾乾淨淨的糊牆紙，這房裡就沒有放醃菜罈子的地方。

她頭髮碰著我的臉，湊在耳邊說：

「來了！」

先進來的是一位剛過中年的胖婦人，跟著進來了一位老女人。胖婦人解下圍裙，撣了撣衣衫，那衣衫雖然洗褪了色，卻也乾淨。她剛從樓下做完飯上來。後進來的那瘦小的老女人朝我們點了點頭，我這位女友便立刻提醒我：

「你跟她去。」

我起身跟隨她到樓梯邊上，她拉開一扇不顯眼的小門，進去了。裡面是一間極小的房間，只放了一張桌子，設了個香案，供著太上老君、光華大帝和觀世音菩薩的牌位，案子上供著糕點，水果，清水和酒。板壁上下掛了許多紅布做成的鑲著黑邊或黃色犬牙的旗幟，都寫著求吉利祛災禍的話。陽光從屋頂上一片明瓦透了進來，一炷點燃的香菸在光柱中冉冉上升，造成一種禁聲的氣氛，我也才明白我這位女友爲什麼一進房裡便在我耳邊私語。老女人從香案下面的格檔裡取出一紮黃裱紙包著的線香，我便按照我那位女友預先的囑咐，立即塞給她一元錢，接過香來，在她用火柴點燃的紙楣子上再把香燒著，雙手握住，跪到香案前的蒲團上，著實拜了三拜。老女人朝我抿了一下癟嘴，表明讚許我這分虔誠，接過香去，分成三束，插進香爐裡。

回到房裡，胖女人已經收拾停當，端坐在藤靠椅上，垂著眼皮，通神的靈姑看來是她。老女人坐在另一頭的床沿，同她低聲說了幾句話，轉而便向我這位女友問我的生辰八字，我說了我陽曆的生日，陰曆的日子記不清了，但可以推算。老女人又問我出生的時辰，我說我父母雙亡，已無從知道。那老女人顯得非常爲難，同靈姑又低聲商量。靈姑說了一句什麼，我明白那意思是說不要緊的。然後，她雙手放在膝蓋上，閉目靜坐。她背後窗外屋瓦上落下一隻鴿子，咕咕打鳴，頸脖子上一圈閃著紫色光澤的羽毛蓬鬆起來，我自然明白那是隻公鴿子在發情。這靈姑突然倒抽一口氣，鴿子飛走了。

我看見屋瓦總有種惆悵，披鱗含接的屋瓦總喚起我童年的記憶，我想到了雨天，雨天屋角的蜘蛛網上沾著透亮的水珠，在風中哆嗦，就又聯想到我不知道爲什麼來到這世界上，屋瓦有一種魔力，能削弱人，讓人無法振作。我有點想哭，可我已經不會哭了。

靈姑又哽噎了一聲，想必是神靈附體。她不斷打噎，排除胃氣。她居然有那麼多胃氣可以排除，我就止不住也想打噎。可我沒有敢打，只哽噎在胸口，怕敗壞了她的情緒，誤認爲我特地來同她搗蛋，拿她開心。我確實誠心誠意，儘管我並不真信。她止不住噎越打越頻繁，全身開始抽搐，也不像故意做作。她身上這種自發的抽搐，我想也許是靜坐時氣功的效應，渾身直顫，手指突然指向空中，也就是說，衝我而來。可她眼睛依然緊閉，十指張開，十指中的兩個食指，又都分明衝著我。背後是板壁，我無處可退，只得挺直了腰桿。我沒敢看我那位女朋友，她肯定比我更加恭敬，儘管她來是陪我算命。藤靠椅在這胖女人身軀的搖晃下嘰咕嘰咕不斷出聲，她語義含糊念著咒語，說的大概是王母娘娘天地君親神靈的靈筒屋裡一棵松足踏天輪地輪牛鬼蛇神統統打殺百無禁忌，她越說越快，越來越急促，這確實要一番功夫，我相信她已經入境了。老女人耳朵湊近她，聽完，沉下臉對我說：

「你這人流年不利，可要當心啊！」

靈姑還繼續嘀嘀咕咕，詞句已全然聽不清了。老女人又解釋道：

「她說，你遇到了白虎星！」

我聽說白虎指的是一種非常性感的女人，一旦被纏住，便難以解脫。我倒巴不得有被這種女人糾纏的福氣，問題是能否逃脫厄運。老女人搖搖頭說：

「你這險境難得逃脫了。」

我看來不是個幸運的人，也似乎沒有過十分幸運的事。我盼望的總實現不了，不指望的倒屢屢出現。這一生中總劫數不斷，也有過同女人的糾紛和煩惱，對了，也受到過威脅，倒並不一定來自女人。我同誰其實也沒有實實在在的利害衝突，我不知道我妨礙過誰，只希望人也別妨礙我。

「你眼前就有大災大難，你被小人包圍了，」老女人又說。

我也知道小人是什麼東西，《道藏》中就有過描述，這些叫三屍的赤身裸體的小人平時寄生在人的身體裡，躲在咽喉下，吃人的唾液，還專等人打盹的時候偷上天庭，向上帝報告人的罪行。

老女人還說有眼中流血的惡人要懲治我，我就是燒香還願也難逃脫。

胖女人已經從藤椅上滑坐到地上，在地板上打滾，怪不得地板都擦得這麼乾淨，我即刻又覺得我這思想不潔才招致她的詛咒。而她還就詛咒我，說包圍我的白虎達九頭之多。

「那我還有救嗎？」我望著她問。

她口吐白沫，眼白翻出，神情可怕，多半是自己對自己實行催眠，已經進入歇斯底里狀態。房裡沒有地方足夠她滾，身體都碰到我的腳。我連忙抽回腳，站了起來，望著這女人瘋狂滾動的肥胖的身軀，不由得有種恐懼，不知是對自己命運的恐懼還是被她詛咒得害

烏臼樹

怕了，我花錢戲弄她終究會得到懲罰，人與人之間的關係有時候也確實令人懼怕。

靈姑還不斷喃吶，我轉而問那老女人是什麼意思。她只搖頭不再解說了。我就看見腳下這堆肥胖的身軀抽搐著，漸漸弓起了背，又慢慢收縮在藤椅腳下，像一頭受傷了的動物。人其實就是這麼種動物，受了傷害會特別凶狠，這不是東西的人讓人畏懼的又是人的癲狂，人一旦癲狂了就又被絞殺在自己的癲狂裡，我想。

她長長舒了口氣，聲音在喉管裡含糊滾動，又有些像野獸的呻吟。她依然閉著眼睛，隨後摸索著站了起來，老女人趕忙上前去扶，幫她在藤椅上坐下。我相信她確實歇斯底里發作了一通。

她的感覺並不錯，我來尋開心，她就該報復，詛咒我的命運。倒是陪同我來的這位女友甚爲著急，同老太婆商量，問能不能替我做一個會，爲我燒香還願。老女人又問靈姑，靈姑含含糊糊說了些什麼，依舊閉著眼睛。老女人便解釋說：

「靈姑說了，你這會也做不好的。」

「我多買些香燭呢？」我問。

我這位女友便問老女人要多少錢？老女人說二十元。我想無非等於請朋友上飯館吃頓飯，更何況爲的是我自己，立刻答應了。老女人又同靈姑商量了一會，回答我說：

「做也做不好的。」

「那我就沒法逃脫厄運了？」我問。

老女人把我這話也傳達過去，靈姑又嘀咕了一句，老女人說：

「那就要看啊。」

看什麼？看我的虔誠？

窗外傳來鴿子的打鳴聲，我想那隻公鴿子一定跳到了母鴿子身上。我也還是得不到寬恕的。

十五

村口那棵烏桕樹霜打過了，葉子變得深紅，樹下依鋤站著個面色死灰的男人。你問他這叫什麼村子？他兩眼直勾勾望著你，不作回答。你轉身對她說這傢伙是盜墓的，她忍不住直笑。等走過了，她在耳邊也對你說，是水銀中毒的緣故。你說他盜墓時在墓道裡待得太久，兩人一夥，另一個中毒死了，就剩下他還活著。

你說，他太爺一輩就幹的這個，他太爺的太爺也幹這行，這行當只要祖上有人幹過，洗手也難。又不像抽鴉片，到頭來傾家蕩產，盜墓的卻無本萬利，只要狠下心來，下得了手，撈著一回，世世代代跟著上癮。你對她這般說著，好生快活。她挽住你手，也百依百順。

你說他太爺的太爺的太爺，那時候乾隆皇帝出巡，各地官員誰不巴結聖上？千方百計

宗祠

不是挑選當地的美女，就收羅前朝的珍寶。他太爺的太爺的太爺他爸，祖上只兩畝薄田，農忙下田，閒時熬他幾斤糖稀，染上各種顏色，做成糖人挑副擔子去遠近村鎮上叫賣。做個小娃娃的雞巴叫子，做個豬八戒背媳婦，又能有好大的賺頭？他太爺的太爺的太爺小名叫李三，整天遊遊逛逛，無心學做糖人，卻開始想背媳婦那事，見婦人家就搭訕，村裡人又都叫他皮漏。有一天村裡來了個蛇郎中，拿著竹筒、通條和鐵鉤子，背著個裝蛇的布口袋，在墳間亂鑽。他覺得好玩，便跟上這蛇郎中，替他拿個傢伙。這蛇郎中也就給他一顆黑豆屎樣的蛇藥，讓他含在嘴裡，甜絲絲的，倒也清涼潤嗓。跟了半個月下來，他也就看出了門道，人拿蛇是幌子，挖墓是真。這郎中也正想找個幫手，他就這樣發跡了。

這李三再回到村裡來，頭上戴頂黑緞子瓜皮帽，還綴了顆翡翠頂子，自然也是舊的，烏伊鎮街上陳大麻子的當鋪裡弄來的便宜貨，說的是鎮上那條老街還沒有被長毛燒掉的時候。他著實神氣了一番。用村裡人的話說，叫抖起來了，跟著就有人跨進他家門檻，向他老頭子提親。他隨後討了個小寡婦，也弄不清是那小寡婦先勾搭的他，還是他先把小寡婦弄上了手。總歸，他豎起大拇指說，烏伊鎮下街頭那挑紅燈籠的喜春堂他李三也不是沒逛過，出手就一錠白花花的銀子，他當然不會說那銀子在墓穴裡叫石灰雄黃水早浸得發黑，多虧他在鞋幫子上使勁擦了又擦。

那墓在落鳳坡東二里一個亂石崗上，雨後，有一股水直往一個洞子裡流，叫他師傅發現了。洞越捅越大，從下午到天將黑時分，挖得剛能鑽進一個人，自然是他先進去。爬著爬著，他奶奶的，人就掉了下去，把他的魂都嚇掉了一半。泥水中居然摸到好些罎罎罐罐，一不做二不休，他統統砸了。還有一面銅鏡，是他從朽得像豆腐渣樣的棺材板裡摸出來的，竟烏亮的不生一點銅綠，給娘兒們梳頭那真叫棒。他說他要有半句謊話就是狗養的，可惜都叫他師傅那老傢伙弄走了，只給了他一包銀子。吃一回黑，長一回乖，摸出門道他自己也能幹。

你便來到了這村中的「李氏宗祠」，門楣上有塊早先的鶴鹿松梅的石刻安在這新修的門垛上。你推開虛掩的大門，立刻有個蒼老的聲音問你做什麼？你說來看看的，廊廡下的一間房裡便出來了一位矮小而並不萎縮的老者，看守宗祠顯然也是一分榮耀的差事。

他說這外人不讓看的，說著便推你出去。你說你也姓李，這宗族的後裔，多少年在外漂泊，如今回來看望故里。他蹙著白毛滋生的眉頭，從上到下打量你一番。你問他知道不知道這村裡早年有個盜墓的？他臉上的摺皺加深了一層，一副教人痛苦的表情，回憶又多半少不了痛苦，你不知道他是搜索記憶還是在努力辨認，你總之不好意思再看他這張變形了的老臉。他含糊嘟囔了好一陣子，不敢貿然相信這穿旅遊鞋而不穿麻鞋的子孫，半天終於哦哦的說出一句，不是死了嗎？也不知是誰死了？總歸是老子而不是兒孫。

你說這李家的子孫在外國都發了橫財，他嘴張得就更大，終於讓開，彎下腰，恭恭敬敬，領你來到宗祠堂下，像一個老的管家。他早先就穿的皂鞋，提著鑰匙，說的是這祠堂還沒有改作小學校的時候，現今又改了回來，小學校倒另挪了地方。

他指著出土文物樣的那塊橫匾，漆皮剝落，可「光宗耀祖」那墨飽意酣的楷書卻毫不含糊。橫匾下方有個鐵鉤，當然是掛宗譜的地方，只不過平時不拿出來張掛，歸村長他老爹保存。

你說那是裱在黃綾子上一幅中堂樣的卷軸，他說一點不錯，一點不錯。土改分田時燒掉了一回，後來又偷偷重修了一張，藏在閣樓上，清查成分的那陣子拆了樓板搜了出來，又燒了一回。現今這張還是李氏三兄弟憑記憶拼湊，找到小學校的老師毛娃兒他爸新修的，毛娃兒也已經有八歲的閨女了，還想要個兒子。現今不是生育都要計畫嗎？生第二個罰款不說，戶口都不給上！你說可不是嗎，又說你想看看這張宗譜。他說一準有你，一準有你，這村裡姓李的人家都修了進去。還說只有三戶外姓，也都娶過李家的姑娘，要不，休想在村裡待住。不過外姓人總歸是外姓人，而婦人家一概都上不了這譜。

你說這你都明白，唐太宗李世民做皇帝之前就有了這姓氏，這村裡的李家且不去牽扯是不是皇親，祖上當將軍和司馬的可大有人在，不是只出盜墓的人。

從祠堂出來你就被小娃兒們圍住，不知打哪兒冒出來的，一十好幾。你走到哪裡，他們跟到哪裡，你說他們是一群跟屁蟲，他們一個個都跟著傻笑。你舉起相機，他們轟的就跑。只有個娃娃頭站出來，說你相機裡沒有膠卷，你可以打開來看。這是個聰明的小子，細條個兒，像水中的白條，領著這群小魚。

「喂，有什麼好玩的地方？」你向他發問。

「大戲台，」他回答你說。

「什麼大戲台？」

他們就跑進一條小巷裡。你跟蹤他們，巷口的屋角有塊基石，刻著「泰山石敢當」的字樣。你永遠也弄不明白這行文字的準確涵義，如今也未必有人能說得清楚，總之，這都同你童年的記憶聯繫在一起。在這條只容得人挑一擔水桶走過的空空的小巷裡，你又聽見那一雙赤腳拍打著灑上水跡的青石板噼噼拍拍清脆的聲響。

你穿過巷子出來，突然面對一片鋪滿稻草的曬場，空中瀰漫一股新收割的稻草甘甜的清香。曬場的盡頭果真有一個舊戲台子，用整根的木料構架的，台面有半人多高，也堆滿了成捆的稻草。這群小猴子沿著柱子爬了上去，又從上面跳到曬場裡，在稻草堆裡翻著觔斗。

四面通風的舞台四根大柱子撐著個飛檐挑角的大屋頂，頂上幾根橫樑當年想必用來掛旌旗，燈籠和耍把戲的繩索，柱子和橫樑都曾經有過彩繪，糲子和漆皮如今已經剝落。

這裡演過戲，殺過頭，開過會，慶賀過，也有人下過跪，也有人叩過頭，到收割的時候又堆滿稻草，娃娃們總爬上爬下。當年也爬上爬下的娃兒們老的老了，死的死了，上了宗譜和沒上宗譜的都弄不清楚，憑記憶拼湊的譜系又是否原樣？有譜與無譜到頭來也無甚差別，只要沒高飛遠走，就都得種田吃飯，剩下的又只有孩子和稻草。

戲台對面有一座廟，在砸毀了的老廟址上如今又新蓋了起來，重彩奪目。朱紅的大門上繪的一青一赤兩位門神，手執刀斧，眼若銅鈴。粉牆上墨筆寫著：華光廟再建樂助錄金名單開列如下：某某某一百元，某某某一百二十元，某某某一百二十五元，某某某五十元，某某某六十元，某某某二百元……最後的落款：靈岩老中青代表公布。

你走了進去，殿內華光大帝腳下，一排老婦人或站或跪，全都一身上下青衣青褲，又都沒有牙，站著的跪下，跪下的起立，紛紛燒香禮拜。這華光大帝長個光滑的臉蛋，闊臉方腮，一派福相，香菸繚繞之中，顯得越發慈祥。他面前的條案上還放的筆墨硯台，一副文官辦公事的樣子。放燭台和香爐的供桌上垂下一幅紅布，用五彩絲線繡著「保國佑民」的字樣。帳幔和華蓋之上，一塊烏黑的橫匾寫著「通天顯應」，邊上有一行小字，「靈岩士民供奉」，就說不清是哪年哪月留下的骨董。

你倒是確認了這地方叫靈岩，想必就真有這麼個靈異的去處，證明你奔靈山而來並沒有錯。

你問這些老婆婆，她們都張著沒牙的癟嘴，發出絲絲絲絲的聲音，沒有一個說得清去靈岩的路。

「在這村子邊上？」

「是是斯斯……」

「離村子不遠？」

「斯斯希希……」

「要拐個彎？」

「希希奇奇……」

「還有二里路？」

「奇奇希希……」

「五里路？」

「希希奇奇……」

「不是五里是七里？」

「希是奇是希是斯……」

有一座石橋？沒有石橋？就順著溪澗進去？還是走大路的好？走大路就遠了？繞點路心裡明白？心裡明白了一找就到？要緊的是心誠？心誠就靈驗？靈驗不靈驗全在運氣，有福之人無須去找？這就叫踏破鐵鞋無處尋，尋來全不費功夫！說這靈岩無非是頑石一塊？不好這麼說的，那麼該怎麼說？這不好說是不好說還是不能說？就全看你了，你看她是什麼模樣就什麼模樣，你想是個美女就是個美女，心裡中了邪惡就只見鬼怪。

十六

我走了一天的山路，到大靈岩的時候，天還沒全黑。沿著一條很長的峽谷進去，兩邊

庭院

都是陡峭的深褐的岩壁，有水流的地方才長些暗綠的苔蘚。落日的餘暉映在山谷盡頭山脊的岩壁上，赤紅得像一片火焰。

岩壁底下，水杉林子後面，幾棵千年的老白果樹下，有一座由寺廟改成的招待所，也接待遊客。從山門進去，淡黃的白果樹葉落了一地，沒有人聲。我一直轉到樓下左邊的後院裡，才找到一位在刷鍋的炊事員。我請他開飯，他頭也不抬，說已經過了吃飯的時間。

「晚飯通常這裡開到幾點？」我問。

「六點。」

我讓他看錶，這會才五點四十分。

「同我講沒有用，你找管理員去，我只憑飯票子開飯。」他依然刷他的鍋。

這一大座空樓裡迴廊曲折，我又轉了一遍，還是沒找到人，只好大聲喊：

「喂，到底有人值班沒有？」

好幾聲之後，才有個懶洋洋的聲音答應。然後響起了腳步聲，一位穿白褂子制服的服務員出現在走廊裡，收了房錢，飯費和鑰匙的押金，給我開了個房間，把鑰匙交給我便走了。晚飯只有一盤剩菜和涼得沒有一點熱氣的雞蛋湯，我後悔沒有在她家住下。

我從龍潭出來，在山路上遇上她的。她挑著兩大捆鐵芒蕨，穿的花布單衣褲，在前面悠悠走著。下午兩三點鐘光景，深秋的太陽還是很有熱力，她背上汗濕了，衣服貼在脊椎的那道溝槽上，挺直的脊背只腰肢扭動，我緊跟在她後面。她顯然聽見我的腳步，把帶鐵頭的釺擔轉了個角度好讓我過去，可插在釺擔上大捆的鐵芒萁還是把狹窄的山道擋住。我說：

「不要緊，你走你的。」

後來要過一條小溪，她把擔子歇下來。於是我便看見了她紅撲撲的腮幫子上貼著汗濕的鬢髮，厚厚的嘴唇，孩子氣的臉，而胸脯卻聳得挺高。

我問她幾歲了？她說她十六，並沒有山裡姑娘見到生人害臊的樣子。我說：

「你一個人走這山路不害怕嗎？這前後都沒人，也望不到村莊。」

她望了望插在鐵芒萁裡帶鐵尖的釺擔，說：

「一個人走山路的時候，帶一根棍子就夠了，用來趕狼。」

她還說她家不遠，山窪子那邊就是。

我又問她還上學嗎？

她說她上過小學，現在她弟上學。

我說你爸為什麼不讓你繼續讀書？

她說她爸死了。

我問她家還有什麼人？

她說還有她媽。

我問這一擔怕有百十來斤吧？

她說打不到柴禾，就靠它燒火。

她讓我走在前面。剛翻過山崗，就看見路邊一幢孤零零的瓦屋，坐落在山坡邊上。

「喏，那門前種了棵李樹的就是我家，」她說。

那樹的葉子差不多落盡了，剩下的幾片橙紅的葉片在赤紫色的光潔的枝條上抖動。

「我家這李樹特別怪，春天已經開過一回花了，秋天又開了一次，前些日子那雪白的李花才落盡。可不像春天，一顆李子也沒結，」她說。

到了她家路邊，她要我進去喝茶。我從石階上去，在門前的磨盤上坐下。她把鐵芒蕨挑到屋後去了。

一會兒，她推開掩著的正中的大門，從堂屋裡出來，提了把陶壺，給我倒了一大藍邊碗茶。那壺想必煨在灶火灰裡，茶水還是滾熱的。

我靠在招待所房裡棕繃子床上，覺得陰冷。窗戶關著，這二層樓上，四面都是板壁，也還透著寒氣，畢竟是山谷裡深秋的夜晚。我又想起了她給我倒茶的時候，看我雙手托著碗，朝我就笑了。她嘴唇張開著，下唇很厚，像腫脹了似的，依然穿著汗濕了的單褂子。我說：

「你這樣會感冒的。」

「那是你們城裡人，我冬天還洗冷水呢，」她說，「你不在這裡住下？」她見我楞住了，立刻又說，「夏天遊客多的時候，我們這裡也住客。」

我便由她目光領著，跟她進屋裡去。堂屋的板壁上，半邊貼滿了彩印的繡像連環畫樊梨花的故事。我小時候似乎聽說過，可也記不起是怎樣一回事了。

「你喜歡看小說？」我問，指的當然是這類章回小說。

「我特別喜歡聽戲。」

我明白她指的是廣播裡的戲曲節目。

「你要不要擦個臉？我給你打盆熱水來？」她問。

我說不用，我可以到灶屋裡去。她立刻領我到灶屋裡，操起個臉盆，手腳麻利，就手從水缸裡勺了一勺水，擦了擦臉盆，倒了，從灶鍋裡又勺了一瓢熱水，端到我面前，望著我說：

「你到房裡去看看，都乾乾淨淨呢。」

我受不了她濕潤的目光，已經決定住下了。

「誰呀？」一個女人低沉的聲音，來自板壁後面。

「媽，一個客人，」她高聲答道，又對我說：「她病了，躺在床上，有年把了。」

我接過她遞來的熱毛巾把子，她進房裡去了。聽見她們低聲在嘀嘀咕咕說話。我擦了擦臉，覺得清醒些了，拎上背包，出門，在院子裡磨盤上坐下。她出來了，我問她：

「多少水錢？」

「不要錢的，」她說。

我從口袋裡掏出一把零錢塞在她手裡，她擰著眉心望著我。我下到路上，等走出了一段路才回頭，見她還捏著那把錢站在磨盤前。

我需要找個人傾吐傾吐，從床上下來，在房走動。隔壁的地板也有響聲。我敲了敲板壁，問：

「有人嗎？」

「誰？」一個低沉的男人的聲音。

「你也是來遊山的？」我問。

「不，我是來工作的，」他遲疑了一下說。

「可以打擾你一下嗎？」

「請便。」

我出門敲他的房門，他開了門，桌上和窗台上擺著幾張油畫速寫，他鬍子和頭髮都很久沒有梳理了，也許這正是他的打扮。

「真冷！」我說。

「要有酒就好了，可小賣部沒人，」他說。

「這鬼地方！」我罵了一句。

「可這裡的姑娘，」他給我看一張女孩頭像的速寫，又是厚厚的嘴唇，「真性感。」

「你是說那嘴唇？」

「一種無邪的淫蕩。」

「你相信無邪的淫蕩嗎？」我問。

「沒有女人是不淫蕩的，但她們總給你一種美好的感覺，藝術就需要這個。」他說。

「那你不認爲也有無邪的美嗎？」

「那是人自己欺騙自己！」他說得很乾脆。

「你不想出去走走，看看山的夜景？」我問。

「當然，當然，」他說，「可外面什麼也看不見，我已經去轉過了。」他端詳那厚厚的嘴唇。

我走到院子裡，從溪澗升起的幾棵巨大的白果樹將樓前路燈的燈光截住，葉子在燈光下變得慘白。我回轉身，背後的山崖和天空都消失在燈光映照得灰濛濛的夜霧中，只看得到燈光照著的屋檐。被封閉在這莫名其妙的燈光裡，我不禁有點暈眩。

山門已經關上。我摸索著拔開了門栓，剛跨出去，立刻陷入黑暗中，山泉在左近嘩嘩響。

我走出幾步後再回頭，山崖下燈光隱約，灰藍的雲霧在山巔繚繞。深澗裡有一隻蟋蟀顫禁禁嘶鳴，泉聲時起時伏，又像是風，而風聲卻在幽暗的溪澗中穿行。

山谷中瀰漫著一層潮濕的霧氣，遠處被燈光照著的白果樹粗大的樹幹的側影在霧氣中變得柔和了。繼而，山影逐漸顯現，我落在由峭壁環抱的這深谷之中。黝黑的山影背後泛出幽光，可我周圍卻一片濃密的黑暗，而且在漸漸收縮。

我抬頭仰望，一個黑影龐然拔地而起，凌空俯視，威懾我。我看出來了，當中突起的是個巨大的兀鷹的頭，兩翅卻在收攏，似乎要飛騰起來，我只能屏息在這凶頑的山神巨大的爪翼之下。

再往前，進入到兩旁高聳的水杉林子裡就什麼也看不見了。黑暗濃密得渾然成爲一堵牆，再走一步似乎就要碰上。我禁不住猛然回頭。背後的樹影間透出一點微乎其微的燈光，迷迷糊糊的，像一團不分明的意識，一種難以搜索的遙遠的記憶。我彷彿在一個不確定的地方觀察我來的那個去處，也沒有路，那團未曾泯滅的意識只是在眼前浮動。

我舉起手想測驗一下自身的存在卻視而不見。我打著打火機，這才看見了我過高舉起的手臂，像擎著個火炬，而這火苗隨即熄滅了，並沒有風。四下的黑暗更加濃重，而且漫無邊際，連秋蟲斷斷續續的嘶鳴也瘖啞了。耳朵裡都充滿了黑暗，一種原始的黑暗，於是人才有對火本能的崇拜，以此來戰勝內心對黑暗的恐懼。

我又打著打火機，那跳動的微弱的光影旋即被無形的陰風撲滅。這蠻荒的黑暗中，恐懼正一點點吞食我，使我失去自信，也喪失對方向的記憶，再往前去，你將掉進深淵裡，我對我自己說。我立刻回轉，已經不在路上。我試探幾步，林間一條柵欄樣的微弱的光帶向我顯示了一下，又消失了。我發現我已到路左邊的林子裡，路應該在我的右邊。我調整方向，摸索，我應該先找到那灰黑突兀的鷹岩。

一團匍匐著的迷迷濛濛的霧靄，又像一條垂落在地上的帶狀的煙，其間，有幾星燈光閃爍。我終於回到了黑壓壓的兀立的鷹岩底下，可我突然發現，兩側垂下的翅翼當中，它灰白的胸脯又像一位披著大氅的老婦人，毫不慈祥，一副巫婆的模樣，低著頭，大氅裡露出她乾枯的軀體，而她大衣底下，竟還跪著個裸體的女人，赤裸的脊背上有一條可以感覺到的脊椎槽。她雙腿跪著，面向披著黑大衣的惡魔在苦苦哀求，雙手合掌，肘部和上身分開，那赤裸的身腰就更分明了，面貌依然看不清楚，可右臉頰的輪廓卻姣好而嫵媚。

她散開的頭髮長長垂在左肩和手臂上，正面的身腰就更加分明。她依然跪著，跪坐在自己腿上，低垂著頭，是一位少女。她恐懼不已，像是在祈禱，在懇求，她隨時都在變幻，此刻又還原爲前一個年輕的女人，合掌祈求的女人，可只要轉過身來就又成了少女，形體的線條還更美，左側的腰部上的乳房的曲線閃現了一下，就又捕捉不到了。

進了山門，黑暗全消失了，我又回到這灰濛濛的燈光下。從溪澗伸起的幾棵老白果樹上還未脫盡的葉子，映照得失去了顏色，只有燈光照著的走廊和屋簷才實實在在。

十七

你走到村子的盡頭，有一個中年女人，長袍上紮著個圍裙，蹲在門前的溪水邊，用刀子在剖一條條比手指長不了許多的小魚。溪水邊上燃著松明，跳動的火光映著明晃晃的刀

村廟

子。再往前去，便是越見昏暗的山影，只在山頂上還剩一抹餘霞，也不再見到人家。你折了回來，也許就是那松明子吸引你，你上前去打聽可否在她這裡留宿。

「這裡常有人來歇腳。」這女人就看透了你的意思，望了望你帶來的她，並不多話，放下刀，在圍裙上擦了擦手，進屋裡去了。她點亮了堂屋裡的油燈，拿著燈盞。你跟在她後面，樓板在腳下格支格支作響。樓上有一股稻草的清香，新鮮的剛收割的稻草的香味。

「這樓上都是空的，我抱被子去，這山裡一到夜間就冷。」她把油燈留在窗台上，下樓去了。

她說，她不願意住在樓下，她說她害怕。她也不肯同你睡在一間房裡。她說她也怕。你於是把燈留給她。踢了踢堆在樓板上的稻草，到隔壁屋裡去。你說你不愛睡鋪板，就喜歡在稻草上打滾。她說她同你頭對著頭睡，隔著板壁可以說話。板壁上方的隔斷沒有到房頂，看得見她房裡搭在屋樑的木板上的一圈燈光。

「這當然很別致，」你說。

房主人抱來了被子。她又要熱水。

老女人拎了一小木桶的熱水上來。隨後，你便聽見她房門門栓插上。

你赤膊，肩上搭條毛巾，下到樓下，沒有燈光，也許是這人家唯一的那盞煤油燈已留在樓上她房裡了。廚房裡的灶火前，你見到女主人。那張一無表情的臉被灶膛裡的火光映照得柔和了，柴草嗶剝作響，你聞到飯香。

你拎了個水桶，出門下到溪澗裡去 。山巔上最後一抹霞光也消失了，暮色迷濛，粼粼的水紋中有幾處光亮，頭頂上的星星顯露出來，四下有幾隻蛙鳴。

對面，深深的山影裡，你聽見了孩子們的笑聲，隔著溪水，那邊是一片稻田。山影裡像是有一塊打穀場，孩子們興許就在打穀場上捉迷藏。這濃黑的山影裡，隔著那片稻田。一個大女孩呵呵的笑聲就在打穀場上。那便是她。就活在你對面的黑暗裡，遺忘的童年正在復活。那群孩子中的一個，將來哪一天，也會回憶起自己的童年。那調皮的尖聲鬼叫的嘎小子的聲音，有一天也會變得粗厚，也會帶上喉音，也會變得低沉。那雙在打穀場的石板上拍打的光腳板也會留下潮濕的印跡，走出童年，到廣大的世界上去。你就聽見赤腳拍打青石板的聲音。一個孩子在水塘邊上，拿他奶奶的針線板當拖船。奶奶叫了，他轉身拔腳就跑，赤腳在石板上拍打的聲音那樣清脆。你就又看見了她的背影，拖著一條烏黑的長辮子，在一條小巷子裡。那烏伊鎮的水巷，冬天寒風也一定挺冷。她挑著一擔水，碎步走在石板路上，水桶壓在她未成年的肩上，身腰也很吃力。你叫住了她，桶裡的水蕩漾著，濺到青石板上，她回過頭來，看著你就那麼笑了一下。後來是她細碎的腳步，她穿著一雙紫紅色的布鞋。黑暗中孩子們依依哦哦。叫聲那麼清晰，那怕你並聽不清楚他們叫喊的是什麼，好像還有重疊的回聲，就這一剎那都復活了。丫丫——

剎那間，童年的記憶變得明亮了，飛機也跟著呼嘯，俯衝下來，黑色的機翼從頭頂上一閃而過。你趴在母親懷裡，在一棵小酸棗樹下，棗樹枝條上的刺扯破了母親的布褂子。

露出渾圓的胳膊。之後，又是你的奶媽。抱著你，你喜歡偎在她懷裡，她有一雙晃晃的大奶，她在炕得焦黃香噴噴的鍋巴上給你撒上鹽，你就喜歡躲在她灶屋裡。黑暗中紅炯炯的眼睛，是你養的一對白毛兔子，有一隻被黃鼠狼咬死在籠子裡，另一隻失蹤了，後來你才發現牠漂在後院廁所的尿缸裡，毛都很髒。後院有一棵樹，長在殘磚和瓦礫當中，瓦片上總長的青苔。你的視線從未超過齊牆高的那根枝丫，它伸出牆外是什麼樣子你無從知道。你只知道你踮起腳尖，搆得到樹幹上的一個洞，你曾經往那樹洞裡扔過石片。他們說樹也會成精，成精的樹妖同人一樣也都怕癢，你只要用棍子去鑿那樹洞，整棵樹就全身會笑，像你搔了她的胳肢窩，她立刻縮著肩膀，笑得都喘不過氣來。你總記得她掉了一顆牙，缺牙巴，缺牙巴，她小名叫丫丫。你一喊她缺牙巴她真的生氣，扭頭就走，再也不理你。泥土像黑煙一樣冒了起來，落了人一頭一臉一身，母親爬起來，拍了拍你，竟一點沒事。可你就聽見了拖長的尖聲嚎叫，是一個別的女人，不像是人能叫得出來的聲音。然後你就在山路上沒完沒了顛簸，坐在蓋上帆布篷子的卡車裡，擠在大人們的腿和行李箱中間，雨水從鼻尖上往下滴，媽的巴子，都下來推車吧！車輪直在泥中打轉，把人濺得滿身是泥。媽的巴子，你也學著司機罵人，那是你學會的第一句罵人話，罵的是泥濘把腳上的鞋給拔掉啦，丫丫——孩子們的聲音還在打穀場上叫，追逐時還又笑又鬧。再也沒有童年了，你面對著只是黑暗的山影……

你來到她門前，求她把門打開。她說你不要胡鬧，就這樣，她現在挺好。她需要平靜，沒有欲望，她需要時間，她需要遺忘，她需要的是了解而不是愛，她需要找一個人傾吐。她希望這良好的關係你不要破壞，她對你剛建立起信任，她說她要同你走下去，進入到這靈山，同你有的是時間，但絕不是現在。她請你原諒她，她不想，她不能夠。

你說你不是爲別的，你發現你隔壁的板壁縫裡有一絲微弱的光，也就是說這樓上還有別人，不只是你們兩個。你讓她過來看看。

她說不！你別騙人，不要這樣嚇唬她。

你說分明是有光亮，在板壁縫裡顫動，你可以肯定板壁後面還有個房間。你從房裡出來，樓板上的稻草絆著腳，你伸手可以摸到傾斜的屋頂上的屋瓦，再過去就得彎腰。

「有一扇小門，」你摸索著說。

「看見什麼了？」她躲在房裡。

「什麼也看不見，一整塊門板，沒有縫隙，噢，還上了把鎖。」

「真教人害怕，」你聽見她躲在門板後說。

你回到你房裡，發現可以把籮筐倒扣在稻草堆上，你站了上去，扒住橫樑。

「你快說，看見什麼了？」她在隔壁一個勁問。

「看見了一盞豆油燈，點著一根燈芯，在一個小神龕裡，神龕就釘在山牆上，裡面還供著塊牌位，」你說，「這房主人肯定是個巫婆，在這裡召喚亡魂，攝人魂魄，讓活人神智迷糊，死鬼就附託到活人身上，借活人的嘴來說話。」

「快不要說了！」她央求道，你聽見她身體挨住板壁在往下滑。

你說她年輕時並不是巫婆，同正常人一樣。像所有這個年紀的女人。二十來歲正需要男人的疼愛，丈夫卻被砸死了。

「怎麼死的？」她低聲問。

你說他同一個叔伯兄弟夜裡去偷砍鄰村的山林裡的香樟樹，誰知道倒樹的時候，他腳底下怎麼被樹根絆了一下，轉錯了方向，聽著樹幹吱呀吱呀直響，本該趕緊往外跑，他卻往裡去了，正是樹幹倒下的地方，沒來得及叫喊就砸成了肉餅。

「聽著嗎？」你問。

「聽著呢，」她說。

你說她丈夫的那本家兄弟嚇得不知跑哪裡去了，也沒敢來報喪。她是見山裡挑炭的人扁擔尖上掛了雙麻鞋，沿途叫人認屍。她親手打的麻鞋那大腳丫子間和後跟上都編的紅線繩，她哪能不認識？當時就暈倒在地上，後腦勺往地上直撞，口吐白沫，人就在地上打滾，喊叫著，死鬼冤鬼，叫他們都來！叫他們都來！

「我也想叫，」她說。

「那你就叫吧。」

「我叫喊不出。」

她聲音低啞那麼可憐，你一個勁呼喚她，她隔著板壁只一味說不，可又要你講下去。

「講什麼？」

「就說她，那個瘋女人。」

說村裡的女人們都制伏不了，得好幾個男人騎在她身上，擰住胳膊才把她捆了起來，從此她變得瘋瘋癲癲，總預言村裡的災變，她預言細毛的媽要當寡婦，果真就當了寡婦。

「我也想報復。」

「想報復誰？你那個男朋友？還是那個同他好的女孩？你要他同她玩過之後再把她扔掉？像他對待你一樣？」

「他說他愛我。同她只一時玩玩。」

「她年輕？比你漂亮？」

「一臉雀斑，那張大嘴！」

「她比你性感？」

「他說她放蕩，什麼都做得出來，他要我也同她一樣！」

「怎麼同她一樣？」

「你不要問！」

「那麼他們之間的一切你都知道？」

「是的。」

「你們之間的一切是不是她也知道？」

「噢，你不要講了！」

「那麼講什麼？講那巫婆？」

「我真想報復！」

「像那巫婆一樣？」

「她怎麼樣？」

「所有的女人都怕她詛咒，所有的男人都找她搭訕，她勾引他們，再把他們甩掉。後來她乾脆抹上粉臉，設上香案，公然裝神弄鬼，弄得沒有人不懼怕她。」

「她爲什麼要這樣？」

「要知道她六歲時就指腹爲婚，她丈夫當時懷在她婆婆的肚子裡，她十二歲當了童養媳，丈夫還拖著鼻涕。有一回，就在這樓板上，這稻草堆裡，被她公公霸占了，那時她才十四，之後每次屋裡只剩下公公和她，她心口就止不住發慌。再後來，她就搖她的小丈夫，那孩子只會使勁咬她的奶頭，好容易熬到丈夫也能挑擔，也能砍柴也會扶犁，終於長大成人也知道心疼她的時候，卻被活活砸死了。而老的已經老了，田裡屋裡的活計又都得靠她，她公婆也不敢管束，只要她不改嫁，如今她公婆全都死了，她也真心相信她直通神靈，她祝願能給人帶來福氣，她詛咒能讓人招致禍害，收人點香火錢也理所當然，尤其神奇的是，她如今竟能當場作法叫一個十來歲的小姑娘當即不省人事，打嗓子眼裡說出來她未曾見過早已去世了的她老奶奶的話，在場的人無不毛骨悚然——」

「你過來，我害怕，」她哀求道。

十八

我到烏江的發源地草海邊上去，那天陰沉沉的，好冷，海子邊上有一幢新蓋的小樓，是剛設立的自然保護區管理處，屋基用石塊砌得很高，獨立在這一大片泥沼地上。通往那裡的小路鬆軟泥濘，海子已經退得很遠了，這原先的海邊還稀稀疏疏長了些水草。從屋邊的石級上去，樓上有幾間開著大窗戶光線明亮的房間，到處堆放著鳥、魚、爬蟲的標本。

管理站站長大高個子，長得一副寬厚的臉膛。他插上電爐，泡了一大搪瓷缸子的茶，坐在電爐上，招呼我烤火喝茶。

他說，十多年前，這高原湖周圍幾百公里，山上還都是樹林。二十年前，黑森森的森林更一直伸到海邊，時常有人在海邊遇見老虎。現今這光禿禿的山丘連灌叢都被刨光了，燒火做飯尚缺柴燒，更別說烤火取暖了。特別是近十年來，春冬變得挺冷，霜降來得早，春旱嚴重。文化革命中剛成立的縣革命委員會決定做個創舉，放水改田。動員了全縣十萬民工，炸開了好幾十條排水道，圍墾這片海子，可要把這幾百萬年沉積的海底弄乾又談何容易?當年，湖上就颳起了龍捲風，老百姓都說草海裡的黑龍待不住飛走了。如今水面只有原來的三分之一，周圍全成了沼澤，想排乾排乾不了，想恢復也還原不到原來的水域。

窗口支架著一台長筒的高倍望遠鏡，幾公里之外的水面在鏡子裡成爲白晃晃的一片。肉眼看有一點點影子的地方，原來是一隻船，船頭上站著兩個人影，看不清面目，船尾還有個人影晃動，像是在撒網。

「這麼大的湖面，看不過來，等人趕到了，他們早溜了。」他說。

「湖裡魚多嗎？」我問。

「弄個千百把斤魚是輕而易舉的事。問題是還用雷管炸，人心貪著呢，沒有辦法。」身爲保護區管理站的站長，他也搖頭。

他說這裡來過一個國外留學回來的博士，五十年代初，一腔熱情，從上海自願來這裡，帶領四個學生物和水產養殖的大學畢業生在這草海邊上辦起了一個野生動物飼養站，養殖成功了海狸鼠、銀狐鼠、斑頭鵝和好些水禽和魚類，可是得罪了偷獵的農民。有一天他從玉米地經過，被埋伏好的農民從背後蒙住頭，把一筐摘下的玉米套在脖子上。便賴他偷玉米，打得吐血。縣委的幹部不肯爲知識分子主持正義，老頭一氣之下死了，這飼養站也就自行解散，海狸鼠則由縣委各機關分而食之。

「他還有親人嗎？」我問。

「沒人說得清，和他一起工作過的大學生早都調回到重慶、貴陽各地的大學去教書了。」他說。

「也沒有人再過問過？」

他說只有縣裡清理舊檔案卷宗時發現了他的十多個筆記本，有不少對這草海的生態紀錄，他觀察得很細緻，寫得也挺有文筆。我如果有興趣的話，他可以找來給我看。

什麼地方傳來空空的聲音，像老人在使勁咳嗽。

「什麼聲音？」我問。

「是鶴，」他說。

他領我從樓上下去，底層隔著鐵柵欄的飼養室裡有一隻一米多高丹頂的黑頸鶴，還有幾隻灰鶴，都不時空空的叫著。他說這隻黑頸鶴腳受了傷，他們捕來養著，那幾隻灰鶴都是今年才生的幼鳥，還不會飛時從窩裡抱來的。以前，深秋，鶴群都來這裡過冬，海邊葦子裡田地間到處都可以看到，後來打得差不多絕跡了。保護區成立後，前年來了六十多隻，去年黑頸鶴就飛來了三百多隻，更多的是灰鶴，只是還沒有見到丹頂鶴。

我問可以到海裡去嗎？他說明天出太陽的話，把橡皮筏子打起氣來陪我上海子裡轉轉。今天風大，天太冷。

我告別了他，信步朝湖邊走去。

我順著山坡上的一條小路，走到一個小村子裡，七、八戶人家。房屋的樑柱都用的是石料。只有院落裡和門前有幾棵自家種的碗口粗的樹。幾十年前，黑呼呼的森林想必也曾到這村子邊上。

我下到湖邊，走在稀軟泥濘的田埂上，這天氣脫鞋赤腳實在太冷。可越往前走，田埂越加稀軟，鞋子上沾的泥濘越來越厚。我前方，田地的盡頭，水邊有隻船和一個男孩子。他拎著個小桶，拿根魚竿，我想到他那裡去，把船推進水裡。我問他：

「這船可以撐進湖裡去嗎？」

他赤腳。褲腳捲到膝蓋以上，也就十三、四歲模樣。他目光並不理會我，而是越過我望著我身後。我回頭，見村子邊上有個人影在招呼他。也已經很遠了，上身是一件色彩明豔的褂子，像是一個女孩。我又向這男孩子邁了一步。鞋子便全陷進泥裡去了。

「哎——啾——呀——喲——」遠處的叫喚聽不清說的什麼，聲音卻明亮而可愛，肯定是招呼他的，這男孩子扛著魚竿從我身邊過去了。

我再往前走十分困難，可我既然到了這海邊，總得到海中去看看。船離我至多還有十步遠，我只要一腳能跨到那男孩子剛才站的地方，那泥地顯然比較板實，也就能夠到船上。船頭還插著一根竹篙，我已經看見葦子裡露出的水面上有些水鳥在飛。大概是野鴨，似乎還在叫。但是風從岸上來，可以聽見兩個孩子老遠的招呼聲，卻聽不見這近處水面上水鳥的叫聲。

我想，只要把船撐出蘆葦叢，便可以到那廣闊的水面上去，在這寂靜的高原的湖心裡獨自盪漾一番，同誰也不必說話，就消融在這湖光山色湖天合一的環境裡倒也不壞。

我拔腳再往前一步，前腳便深深陷入汙泥中，一直沒到小腿肚子。我不敢把重心再移到前腳上，我知道一旦過了膝蓋，泥淖裡我將無法自拔，後腳不敢再動，進退兩難，十分狼狽。這當然是一種可笑的境地，而問題又不在於可笑，而在於沒人看見，無人會笑，我也就無從得到解救，這才更加糟糕。

從管理處小樓上的望遠鏡裡或許可以看見我的身影，就像我從望遠鏡裡看見人弄船一樣，但望遠鏡裡的我也只能是個虛晃的影子，看不出面目。人即使倒騰望遠鏡，也只會以爲是一個弄船想去湖裡撈取點什麼外快的農民，沒有人多作理會。

寂寥的湖面上，這會兒連水鳥都沒有了，明晃晃的水面不知不覺變得模糊，暮色正從蘆葦叢中瀰漫開來，寒氣也從腳下升起。渾身冷颼颼的，沒有蟲鳴，也沒有蛙聲，這也許就是我追求的那種原始的失去一切意義的寂寞吧？

十九

這寒冷的深秋的夜晚，深厚濃重的黑暗包圍著一片原始的混沌，分不清天和地、樹和岩石，更看不見道路，你只能在原地，挪不開腳步，身子前傾，伸出雙臂，摸索著，摸索這稠密的暗夜，你聽見它流動，流動的不是風，是這種黑暗，不分上下左右遠近和層次，你就整個兒融化在這混沌之中，你只意識到你有過一個身體的輪廓，而這輪廓在你意念中也趨消融，有一股光亮從你體內升起，幽冥冥像昏暗中舉起的一支燭火，只有光亮沒有溫暖的火燄，一種冰冷的光，充盈你的身體，超越你身體的輪廓，你意念中身體的輪廓，你

夢境

雙臂收攏，努力守護這團火光，這冰涼而透明的意識，你需要這種感覺，你努力維護，你面前顯示出一個平靜的湖面，湖面對岸叢林一片，落葉了和葉子尚未完全脫落的樹木，掛著一片片黃葉的修長的楊樹和枝條，黑錚錚的棗樹上一兩片淺黃的小葉子在抖動，赤紅的烏桕，有的濃密，有的稀疏，都像一團團煙霧，湖面上沒有波浪，只有倒影，清晰而分明，色彩豐富，從暗紅到赤紅到橙黃到鵝黃到墨綠，到灰褐，到月白，許許多多層次，你仔細琢磨，又頓然失色，變成深淺不一的灰黑白，也還有許多不同的調子，像一張褪色的舊的黑白照片，影像還歷歷在目，你與其說在一片土地上，不如說在另一個空間裡，屏息注視著自己的心像，那麼安靜，靜得讓你擔心，你覺得是個夢，毋須憂慮，可你又止不住憂慮，就因爲太寧靜了，靜得出奇。

你問她看見這影像了嗎？

她說看見了。

你問她看見有一隻小船嗎？

她說有了這船湖面上才越發寧靜。

你突然聽見了她的呼吸，伸手摸到了她，在她身上游移，被她一手按住，你握住她手腕，將她拉攏過來，她也就轉身，蜷曲偎依在你胸前，你聞到她頭髮上溫暖的氣息，找尋她的嘴唇，她躲閃扭動，她那溫暖活潑的軀體呼吸急促，心在你手掌下突突跳著。

說你要這小船沉沒。

她說船身已經浸滿了水。

你分開了她，進入她潤濕的身體。

就知道會這樣，她嘆息，身體即刻鬆軟，失去了骨骼。

你要她說她是一條魚！

不！

你要她說她是自由的。

啊，不。

你要她沉沒，要她忘掉一切。

她說她害怕。

你問她怕什麼？

她說她不知道，又說她怕黑暗，她害怕沉沒。

然後是滾燙的面頰，跳動的火舌，立刻被黑暗吞沒了，軀體扭動，她叫你輕一點，她叫喊疼痛！她掙扎，罵你是野獸！她就被追蹤，被獵獲，被撕裂，被吞食，啊——這濃密的可以觸摸到的黑暗，混沌未開，沒有天，沒有地，沒有空間，沒有時間，沒有有，沒有沒有，沒有有和沒有，有沒有有沒有有，沒有沒有有沒有沒有，灼熱的炭火，潤濕的眼睛，張開了洞穴，煙霧升騰，焦灼的嘴唇，喉嚨裡吼叫，人與獸，呼喚原始的黑暗，森林裡猛虎苦惱，好貪婪，火焰升了起來，她尖聲哭叫，野獸咬，呼嘯著，著了魔，直跳，圍著火堆，越來越明亮，變幻不定的火焰，沒有形狀，煙霧繚繞的洞穴裡凶猛格鬥，撲倒在地，尖叫又跳又吼叫，扼殺和吞食……竊火者跑了，遠去的火把，深入到黑暗中，越來越小，火苗如豆，陰風中飄搖，終於熄滅了。

我恐懼，她說。

你恐懼什麼？你問。

我不恐懼什麼可我要說我恐懼。

傻孩子。

彼岸，

你說什麼？

你不懂，

你愛我嗎？

不知道，

你恨我嗎？

不知道，

你從來沒有過？

我只知道早晚有這一天，

你高興嗎？

我是你的了，同我說些溫柔的話，跟我說黑暗，

盤古掄起開天斧，

不要說盤古，

說什麼？

說那條船，

一條要沉沒的小船，

想沉沒而沉沒不了，

終於還是沉沒了？

不知道。

你真是個孩子。

給我說個故事，

洪水大氾濫之後，天地之間只剩下了一條小船，船裡有一對兄妹，忍受不了寂寞，就緊緊抱在一起，只有對方的肉體才實實在在，才能證實自己的存在，

你愛我，

女娃兒受了蛇的誘惑，

蛇就是我哥。

二十

一位彝族歌手帶我去了草海背後的山巒裡的好些彝族村寨。越往山裡去，隆起的山巒越見渾圓，林木也越見茂密，鬱鬱森森，都帶有一種原始的女性的氣息。

彝族女人皮膚黧黑，挺直的鼻梁，眼睛修長，都很漂亮。她們很少用眼睛正視生人，在狹窄的山道上即使迎面碰上，也總垂著眼睛，一聲不響，停了下來，讓在路邊。

給我當嚮導的這位歌手給我唱了許多彝族的民歌，都像是沉鬱的哭訴，連情歌也很悲涼。

出月亮的夜晚，
走路不要打火把，
要是走路打火把，
月亮就傷心了。
菜花開放的季節，
不要提起籮筐去掐菜，
要是背起籮筐去掐菜，
菜花就傷心了。
你和真心的姑娘好，

彝族情歌

不要三心二意。
要是三心二意，
姑娘就傷心了。

他告訴我彝族男女青年的婚姻如今也還一律由父母包辦。自由相愛的男女只能在山上去幽會。要是被發現了，雙方父母都要把他們抓回去，而以往就得處死。

斑鳩和雞在一起找食吃，
雞是有主人的，斑鳩沒有主人，
雞的主人來把雞找回去，
留下斑鳩就孤單了。
姑娘和小伙子一起玩，
姑娘是有主人的，小伙子沒有主人，
姑娘的主人把姑娘找回去，
留下小伙子就孤單了。

他不能在家當他妻子和孩子們的面唱這些情歌，他是到我住的縣裡的招待所，關上房門，一邊用彝語輕聲唱，一邊翻譯給我聽。

他穿著長袍，紮著腰帶，削瘦的臉頰上有一雙憂鬱的眼睛。這些民歌是他自己譯成漢文的，這麼真摯的語言毫不費力逕直從他心裡流出來，他是個天生的詩人。

他說他已經老了，可他同我年紀相差無幾。他說他不能做什麼事情了，我很詫異。他說他是兩個孩子的父親，一個女兒十二歲，一個兒子十七歲，他得爲子女操勞。我後來到他的老家山寨裡去了，牲口圈和正房連著，養了兩口豬，當中是火塘，裡屋的床鋪上只有一床破舊發黑的薄棉被，妻子又有病，生活對他當然是沉重的負擔。

也是他帶我去見了一位畢摩，彝族的祭司。穿過一個進深很深的宅子，經過好幾道陰暗狹窄的過道，到了裡面一個單門獨戶的小側院。他推開院門，招呼了一聲，立即有個響亮的男聲應答。他開了房門，把我讓了進去，裡面臨窗的桌子前有位穿藍布長袍的男人站了起來，也紮著腰帶，頭上還纏了個黑布包頭。

他用彝語把我介紹給這位畢摩，同時也向我介紹，說這位畢摩是可樂這地方的人，出身於一個很大的家族，如今從高山的寨子裡請來爲縣城裡的彝族人家做法事的，現年五十三歲。他眼睛一眨不眨對直望著我，清明透亮，有一種無法與之交流的目光，儘管望著我，看的卻是別處，另有一個山林或靈魂的世界。

我在他對面桌前坐下。這歌手向他說明了我的來意。他正在抄寫一部彝文的經典，也同漢人一樣用的是毛筆。他聽完點點頭，把筆在墨盒裡潤濕了，插上筆筒，關起墨盒子。然後，把他要抄寫的那本也是用毛筆寫在一種發黃的粗皮紙上的經文端端正正放在面前，翻到一章的開始，突然以高亢的聲音唱誦起來。

這小屋裡，這聲音實在太嘹亮了。在很高的音階上平直送出來，然後抑揚在三、五度音高之間，一下子便把人帶到高原的平壩上，那聲音想必傳送得很遠。

這陰涼的屋裡，他身後窗外，陽光特別明亮，把院子裡的泥土地照得都耀眼，有一隻公雞正昂起冠子彷彿也在諦聽，隨後才習慣了，對這聲音不再詫異，又低頭在地上啄食，似乎誦經就應該是這樣。

我問歌手，他唱誦的是什麼？他告訴我這是人死了做大齋時的經文。可這是古彝文，他也聽不很懂。我向他打聽過彝族婚喪喜事的習俗，還特別問了有沒有機會看到他講的那喪葬的場面，誠然，現今要看到他講的那盛況也難。聽著這畢摩從喉頭發出，頂到後顎經鼻腔共鳴，再從前額直衝而出持續而抑揚的男高音，中氣十足又略帶幾分蒼老，我以為我就看見了那一隊隊打著鑼鼓，吹的嗩吶，扛了旗幟，拿著紙人紙馬，奔喪的人家。姑娘騎在馬上，男子扛著槍，一路鳴槍而來。

我也就看見了，用竹子編的糊上彩紙做成樓閣的靈房，罩在棺木上，四周用樹枝紮成圍牆。靈場上一個個高高堆起的柴堆全都點著了，死者的家族中前來奔喪的每一個家庭各圍坐在一堆柴前，火焰在響徹夜空的唱經聲中越升越高，眾人在場上又跑又跳，又擊鼓鳴鑼還又放槍。

人哭哭喊喊來到這世界上，又大吵大鬧一番才肯離開，倒也符合人的本性。

這並非高原上彝族山寨裡特有的習俗，在長江廣大的流域，到處都可以找到這類遺風，不過大都已經變得卑俗不堪，失去這番吵鬧原來的涵義。四川酆都，那被稱之為鬼城的地方，古代巴人的故地，現今的縣城裡一家百貨公司的經理的父親作古了，棺材上也蓋著紙紮的靈房，門前一邊停滿了前來弔喪的人騎的自行車，另一邊擺滿了花圈和紙人紙馬。馬路邊上三桌吹鼓手通宵達旦，輪番吹奏，只不過來悼孝的親友和關係戶不唱孝歌，不跳孝舞，只在天井裡擺滿的牌桌上甩撲克。我企圖拍一張現時的風俗照片，被經理扣住了相機，要查看我的證件。

唱孝歌的當然也還有人在。楚人的故地荊州江陵一帶流傳至今的孝歌又叫鼓盆歌，由農村的道士打醮作法。這也可以從《莊子》中得到文字的印證。莊子喪妻就鼓盆而歌，把喪事作喜事來辦，那歌聲想必也十分嘹亮。

今人有彝族學者進而論證，漢民族的始祖伏羲也來源彝族的虎圖騰。巴人和楚地到處都留下對虎的圖騰的痕跡。四川出土的漢磚上刻畫的西王母又確實是人面虎身的一頭母虎。我在這彝族歌手家鄉的山寨裡，見到荊條編的籬笆前在地上爬著玩耍的兩個小孩都戴著紅線繡的虎頭布帽子，同我在贛南和皖南山區見到過的小兒戴的虎頭帽式樣沒有什麼區別。長江下游的吳越故地那靈秀的江浙人，也保留對母虎的畏懼，是否是母系氏族社會對母虎的圖騰崇拜在人們潛意識中留下的記憶，就不知道了。歷史總歸是一團迷霧，分明嘹亮的只是畢摩唱誦的聲音。

我問歌手能不能替我翻譯一下這經文的大意。他說這是給死者的靈魂在陰間指路，從天上的神講到東西南北四方諸神，再從山神到水神，最後講到祖先從那裡來的，那死者的

彝寨

靈魂才能循著指引的線路回歸故土。

我又問畢摩，他做過的齋祭場面最大的有多少根槍？他停下來想了想，通過歌手翻譯告訴我有一百多根槍。可他見過的場面，多到一千二百桿槍，那是土司家的葬禮，他父親去做的齋祭，他當時才十五歲，跟隨他父親打個下手，他們家，是祖傳的畢摩。

縣裡的一位彝族幹部熱心爲我調動了一輛小吉普，帶我去鹽倉看古彝王巨大的向天墳，那是一座五十公尺高的環形凹頂的山丘，爲革命種田的那陣子人都發了瘋，把圍砌山丘的三層墓石拉走燒了石灰，裝骨灰的陶罐也挖出來打碎，在這禿山頭上點種包穀，如今這山丘上只剩下長不高的荒草和風。據彝族學者的考據，漢文獻《華陽國志》中記載的古巴國的靈台，同彝族的這種向天墳一樣，都出於祖先崇拜，又都用以觀天象。

他斷言，彝族的祖先來自四川西北阿壩地區，和古羌人同宗。那正是大禹的出生地，禹也是羌人的後裔，我認同他的觀點。羌族和彝族膚色面貌和體格都非常相近，我剛從那地區來，我說我可以作證。他拍著我的肩膀，立刻邀請我上他家喝酒，我們便成了朋友。我問他彝族人交朋友是否要喝血酒？他說是的，得殺一隻公雞，把血滴在酒裡，但他已經把雞燉在鍋裡了，只好等熟了端上下酒。他有個女兒剛送到北京去上學，他託付我幫他關照。他還寫了個電影劇本，取材於彝族的一部口頭流傳的古代英雄史詩，當然是非常悲壯的故事。他說如果我能幫他找到一家電影製片廠，他可以想法調動一個彝族的騎兵團參加拍攝。我猜他是黑彝出生，黑彝以往屬於奴隸主貴族階層，他並不否認。他說他去年去大涼山同當地的一位彝族幹部居然在十幾代或是幾十代上，我記不清了，攀到了同一支祖宗。

我問他彝族社會過去是不是氏族等級森嚴？比方說：同氏族的男女通婚或發生性關係，雙方都得處死。姨表親通婚或發生性關係雙方也都得處死。白彝奴隸與黑彝貴族婦女發生性關係，男子處死，婦女被迫自殺，如此等等。

他說：「是的，你們漢族就沒有過這樣的事？」

我想了想，也是。

我聽說被判處自殺的死刑有吊死、服毒、剖腹、投水、跳岩。由別人執行的死刑有勒死、打死、捆石沉水、滾岩、刀殺或槍殺。我問他是不是這樣？

他說：「差不多。你們漢族不也一樣？」

我一想也是。

我又問他是不是還有很多殘酷的刑法？比如說斬腳後跟、斬手指、挖眼睛、針刺眼珠、剁耳朵、穿鼻子？

他說：「都有過，當然都是過去的事，同文化革命中那些事也都差不多。」

我想確實如此，便不再驚奇了。

他說他在大涼山裡見到了一位國民黨軍官，自稱鄙人乃黃埔軍校某年某屆畢業，國軍多少軍多少師第幾團上校團長，四十年前被土司俘虜了當奴隸，逃跑被抓了回去，穿上鎖骨，拉到集市上，四十兩銀子又轉賣給另一個奴隸主。之後，共產黨來了，他身分已經是奴隸，沒有人知道他以前的經歷，也就躲過了歷次的政治風險。如今不是又講國共合作？他才講出了這番經歷，縣裡知道了要他掛個政協的什麼委員，他說免了吧。如今他已七十多歲，子女五個，都是他當奴隸的時候主人前後許配給他的兩個女奴替他生的。一共生過九個孩子，死了四個。這人還待在山裡，也不想打聽他原先老婆和孩子的下落。他問我寫不寫小說？他可以把這故事白白讓給我。

從他家吃完晚飯出來，小街上漆黑的，沒有路燈，兩邊屋簷之間只露出一條狹長的灰沉沉的夜空，要不是白天逢上趕場的日子，彝人的布包頭和苗人的頭帕子滿街鑽動，這街巷同內地的小市鎮也沒有太多不同。

我回我住的招待所，路過影劇院門前，裡面不知是不是還在放電影，一盞明晃晃的電燈照著廣告牌子上胸脯挺得高高的媚眼招人的電影招貼畫，片名大抵不是女人便是愛情。我看時間還早，不想就回到擱著四張鋪位那空盪盪的房間裡去。便轉身到我來這裡才結識的一位朋友家。他在大學裡學的是考古，不知怎麼弄到這地方來的，我沒問。他也懶得訴說，他只說他橫豎也不是博士。

按照他的觀點，彝族主要在金沙江和它的支流雅礱江流域，他們的始祖是羌人，在商周時代，中原奴隸制崩潰時他們的先人就逐漸南移到這裡。戰國秦楚爭奪黔中，六祖分支便進一步南移到雲南，彝文古籍《西南彝志》裡都有記載，毋庸置疑。但去年，他在草海邊發現了舊石器時代一百多件石器，之後在同一地點又找到了新石器，磨製的形狀和長江下游河姆渡出土的石器十分相似。鄰近的赫章縣，也發現欄干式建築的遺址，因此他認爲新石器時代，這裡同百越先人的文化也有某種聯繫。

他見我來，以爲我是來看石器的，便從小孩的床底下捧出整整一簸箕的石頭。我們相望都笑了。

「我不是爲石頭來的，」我說。

「對，要緊的不是石頭，來、來、來！」他立刻把一簸箕石頭擱到門背後角落裡，招呼他妻子：「拿酒來！」

我說我剛才喝過。他說：

「不要緊的，我這裡你盡可以一醉方休，就在我這裡下榻！」

他好像是四川人。聽他這一口川音倍加親切，也同他說起川腔。他妻子立刻準備好了下酒的菜，那酒味也變得非常醇厚。他興高采烈，高談闊論，從魚販子賣的龍骨，其實是從草海的泥沼裡挖出來的劍齒象的化石，談到當地的幹部，可以開一上午的會，研究要不要買一把算盤。

「買之前，還要用火燒一燒，看算盤珠子是牛角做的呢，還是木頭染的色？」

「真貨還是假貨！」

我和他笑得死去活來，肚子都疼了，真是少有的快樂。

從他家出來，腳下有一種這高原上難得的輕快。我知道這酒喝得恰到好處，是我酒量的八成。事後我才記起，忘了從他那簸箕裡撿一塊元謀人的後裔用過的石斧。他當時指著門後角落裡那一簸箕的石頭叫道：

「要多少儘管拿去，這可是我們祖傳的法寶啊！」

二十一

她說她害怕老鼠，老鼠從樓板上跑過去的聲音都讓她害怕。她還怕蛇。這山裡到處有蛇，她害怕花蛇從樑柱上吊下來，鑽進她被子裡，她要你緊緊抱住她，她說她害怕孤獨。她說她想聽見你的聲音，你的聲音讓她寬心。她還想把頭枕在你的胳膊上，她就有了依靠。她要聽你說話，繼續說下去，不要間斷，她就不寂寞。

她說她想聽你給她講故事，她想知道二大爺怎麼霸占的被土匪從河邊她家門口綁架走的那姑娘。那姑娘又怎麼順從了二大爺變成土匪頭子的看家婆。後來這二大爺又怎麼反而把性命送在她手上？

她說她不要聽城市裡來的女孩子跳河的故事，不要講那打撈上來的一絲不掛腫脹了的屍體，她不會再想自殺，她也不要聽玩龍燈踩斷肋骨的故事。她在醫院手術室裡血見得太多。她說她想聽像朱花婆這樣好玩的故事，但不准講那些殘暴的事。

她問你同別的姑娘有沒有這樣？她不是說你同別的女人做過些什麼。她說的是把女孩子拐騙到山裡來，她是不是第一個？你讓她說，她說她哪裡知道？你讓她猜？她說她猜不了，還說你就是有過也不會告訴她。再說，她也不想知道，她只知道她是自願來的，如果受騙也是自找，她說她不要求別的，此刻只要求你理解她，關心她，愛護她。

她說，她說，她第一次被解開的時候，他非常粗暴，她說的不是你，是她那個男朋友，他一點也不關心她。她當時完全被動，一點要求也沒有，一點也不激動。他匆匆忙忙把她裙子撩起，她一隻腳始終撐在床沿地上。他特別自私，是一隻公豬，就想強姦她。當然她也是自願的。但很不舒服，他弄得她很疼。她知道會疼的，就像完成一個任務，爲的是好讓他愛她，娶她做妻子。

她說她同他這樣的時候，沒一點快樂，她看到他流在她腿上的精液就吐了。以後她每次只要聞到那氣味，就止不住要吐。她說她純粹是他洩慾的工具，她只要沾上他那東西，她對她自己的肉體都感到惡心。

她說這是她第一次放縱自己，第一次用自己的身體來愛一個男人。沒有嘔吐，她感激你，感激你給了她這種快感。她說她就要這樣報復他，報復她那個男朋友，她要告訴他她也和別的男人睡覺了。一個比她大得多的男人，一個會享受她也給她享受的男人。

她說她就知道會這樣，就知道她會讓你進來。就知道她所有的防備都是欺騙自己。可她又爲什麼那樣懲罰自己？爲什麼就不能也享受享受？她說你給了她生命，給了她希望，她要活下去，也重新有了欲望。

她還說她小的時候，她家有一條狗，總喜歡用潮濕的鼻子弄醒她，有時候還跳到她床上來，她特別喜歡摟著這狗，她媽媽說，她親生的媽媽還在世的時候，說狗身上有跳蚤，不讓狗進她睡覺的房裡。她有一個時候，身上老長紅的疹子，她媽媽就說是狗身上的跳蚤咬的。後來城裡不讓養狗，乘她不在家的時候，打狗隊把狗套走打死了，她還哭了，沒有吃晚飯。她覺得那時候她特別善良。她不明白爲什麼人世間這麼惡？人對人之間爲什麼這樣缺乏同情？她說她不知道爲什麼說這些？

你讓她說下去。

她說她不知道怎麼像開了話匣子一樣，說個沒完。

你說她說得很好。

她說她真想總也長不大，可又想長大，她希望被人愛，希望人都看著她，可又畏懼男人的那種眼光。她覺得男人的眼光都挺骯髒，他們看人的時候並不是看人的美貌，看的是別的什麼東西。

你說你也是男人。

你是個例外，她說，你讓她放心，她願意在你懷裡。

你問她不覺得你也骯髒？

別這麼說，她說。她不覺得，她喜歡你。你的一切她都覺得這樣親切，她說她現在才知道什麼叫生活。可她說她有時候特別恐懼，覺得生活就像無底洞。

她覺得誰也不真正愛她，沒有人愛她，活在這世界上還有什麼意義？她說她就懼怕這個。可是男人的愛都那麼自私，總想占有，他們付出什麼呢？

他們也付出了，你說。

那他們自己願意。

可女人不是也同樣離不開男人？你說是天意讓陰陽兩塊磨盤合在一起，這便是人的本性，你說她不必有什麼畏懼。

她說你教唆。

你問她難道不喜歡？

只要這一切都來得這麼自然，她說。

來了，就全身心接受，你唆使她。

啊，她說她想唱。

你問她想唱什麼？

唱我同你，她說。

想唱什麼就唱什麼，你鼓勵她放開聲唱。

她要你撫摸她。

你說你要她放蕩。

她要你吻她的乳頭……

你吻著了她。

她說她也愛你的身體，你身上的一切都不再可怕，你要她做什麼她就做什麼，哦，她說她想看見你進入她的身體。

你說她成了個真正的女人。

是的，她說，一個被男人占有了的女人，她說她不知道她胡說些什麼，她說從來沒有這樣享受過，她說她在船上飄，不知要飄到哪裡，身不由己。由它蕩去，漆黑的海面上，她和你，不，只有她自己，她並不真的害怕，只覺得特別空虛，她想死，死也是一種誘惑，她想落到海裡，讓黑乎乎的海水把她淹沒，她需要你，你的體溫，你的壓迫，也是一種安慰，她問你知道嗎？她特別需要！

需要男人？你誘惑她。

是的，需要男人的愛，需要被占有。她說，是的、是的，她渴望被占有，她想放縱，把什麼都忘記，啊，她感激你，第一次的時候她說她有些慌張，是的，她說她要，她知道她要，可她慌張極了，不知道怎麼辦才好，她想哭，想喊叫，想在荒野裡讓風暴把她捲走，把她剝得光光的，讓樹枝條抽打得皮開肉裂，痛苦而不能自拔，讓野獸來把她撕碎！她說她看見了她，那個穿黑衣服的放蕩的女人，雙手摸著自己的乳房，那種笑容，走路的那種姿態，扭動著胯，一個淫蕩的女人，她說，你不懂，這你不懂，你什麼也不懂，你這個傻瓜！

二十二

我從雲貴交界的彝族地區乘汽車出來，到了水城，等了多半天的火車，火車站離縣城還有一段路，這一帶既非市鎮又非農村，就讓我已經有些捉摸不定自己了，特別是見到一條似街非街的路邊一幢樑柱發黑的老屋窗櫺上貼著這樣一副對子：「窗外童子耍，內外人口安」，我就不像在往前走路，而是用腳跟倒退回了童年，彷彿我並沒有經歷過戰爭，也沒有經歷過革命，也沒有經過鬥爭再鬥爭，批判反批判和現今倒轉來又不完全倒轉來的改革，彷彿我父母也不曾死掉，我自己也未曾吃過苦頭，我壓根兒就不曾長大，讓我感動得有點兒想哭。

後來，我坐到鐵路邊上卸下的原木堆上想想一點自己的事情，來了個女人，三十多歲，一臉苦相，要我幫她買車票。她大概剛才在車站上聽我在售票的窗口說的不是本地話，便說她要到北京去告狀，沒錢買車票。我問她告什麼狀？她說了半天也沒說清楚，不外乎她丈夫什麼冤案叫什麼人整死了，現今沒人認帳，撫卹金一分也未拿到，我給了她一元錢打發她走了，乾脆遠遠坐到河邊去，看了好幾個小時對面的山水。

晚上八點多鐘，總算到了安順。我把我那越益沉重的背包先寄存了，裡面有一塊我從

高原山巒

赫章弄來的帶紋飾的漢磚，那裡漢墓群的墓碑農民都用來壘豬圈。寄存處的窗口亮著燈，卻沒有人，我敲了好一會窗戶，出來了個女服務員，把我的包掛上個牌子，收了錢，擱在空架子上，就又進去了，候車的大廳裡空空盪盪，全不像通常火車站裡鬧哄哄到處是人，或蹲在牆邊，或椅子上橫躺著，或坐在行李上，或遊遊晃晃，還總有人在轉手倒賣點什麼。我走出這空寂的火車站，竟然聽得見自己的腳步。

灰黑的雲在頭頂上匆匆奔馳，夜空卻十分明亮，高的晚霞和低的烏雲都彩色濃重。渾圓的山從眼前平地而起，這高原上的山巒都像女人成熟的乳房。可過於貼近了，顯得十分巨大，便造成一種壓迫。我不知道是不是那幾塊烏雲在頭頂上疾馳的緣故，覺得地面也是傾斜的，一隻腳長，一隻腳短，我並沒有喝酒。安順的那個夜晚就給我這麼種異怪的感覺。

我在火車站對面就近找了個小旅店。昏暗中，看不明白這房子是怎麼搭起來的。總之，房間小得像鴿子籠，頭就好像頂著了天花板，這房裡只適合躺下。

我到街上去了，一路都是吃食鋪子，桌子擺到門外，吊著晃眼的電燈，奇怪的是沒有一個吃客。這是個倒錯了的夜晚，對這些吃食店我不由得也失去信任。只是幾十公尺之外的一張方桌邊上還有兩名顧客，我才在他們對面的桌子前坐下，要了碗牛肉辣子米粉。

這是兩個乾瘦的漢子，一人把著個錫酒壺，另一個人一隻腳踩在條凳上，每人手掌裡捏一個小花瓷酒盅，也不見上菜。他們兩人各拿著一根筷子，筷子頭點著筷子頭。兩人同時，一個說「蝦米！」一個說「扁擔！」不分輸贏，筷子便分開了，原來在行酒令。等運足了氣，兩根筷子頭又碰在一起。一個說「扁擔！」一個說「狗子！」扁擔正好打狗子，那說狗子的輸了，贏家便打開酒壺塞，往對方手裡的小花瓷酒盅注一點酒，輸家一口乾了，兩根筷子頭又點上了。那分從容和精細，我不免疑心他們是仙人。再仔細察看，面貌也都平常。不過，我想仙人大概就是這麼行酒令的。

我吃完牛肉米粉，起身走了，也還聽見他們在行酒令，這冷清的街上，顯得分外嘹亮。

我走上了一條老街。兩邊都是快要散架的老房子，屋簷伸到了街心，越走街還越窄，兩邊的房簷都快要接上，並且做出就要散架的樣子。每一家門口又都設置了鋪面，擺出點什麼東西來賣，幾瓶子酒，幾個柚子和少許乾果，或是掛著幾件衣服，像吊死鬼樣的晃動，這條街長得竟然沒完沒了，就像要通到世界的盡頭，我過世了的外婆好像曾經帶我走過，我記得她帶我去買陀螺。鄰居家的大男孩子抽的陀螺讓我好生羨慕，可這類玩意兒通常只有春節前後才能買到，正經商店的玩具專櫃裡都沒有。我外婆只好帶我到城南的城隍廟去，也只有那耍猴把戲、練武術，賣狗皮膏藥的地方才可能有陀螺賣。我記得去城隍廟買陀螺才走這種街道，我真好久沒有抽打過這下賤的東西，你越抽它，它轉得越歡。可這街上人都不賣陀螺，他們擺出來的東西差不多一個樣，越看越讓人乏味。也不知他們這許多店鋪究竟有誰來買？也不知他們這買賣是真做還是假做？還是他們另有正經的工作？家家門口擺個賣東西的攤子就像前些年家家門上都貼上毛老人家的語錄，好壯壯門面？

後來，不知怎麼一轉，來到了一條大街，這回都是一本正經公家的商店，不過都已打烊，真做生意的反倒不做了。街上的行人照樣來來往往，特別顯眼的總還是姑娘，居然都抹著口紅，一個個蹬著格登格登作響的高跟皮鞋。穿著從香港不說是走私也是二道販子轉手來的緊身的花俏衣服，露出肩膀和脖子，當然不是去夜總會，可總像有約會的模樣。

到了十字路口，人就更多，似乎全城的人都出來了，堂堂正正就走在馬路中央，也不見有車輛，彷彿這大馬路就修給人行走而不是爲的跑車。憑這十字路口的寬敞勁和街面上房屋的氣派，我估計莫不是到了大十字？這高原上的城市中心通常都稱爲大十字，可較之那做小買賣的燈光通明的雞腸小街卻無比昏暗，是供電不足或是值班的忘了開街燈就無從知曉。我只好就著街邊一扇窗戶裡透出來的亮光湊近看馬路邊上的路牌，還果真寫著「大十字」，無疑是市中心廣場舉行慶典和遊行的地方。

我聽見伊伊呀呀的人聲來自暗中的人行道上，好生納悶，走近一看，才發覺一個挨一個沿著牆根坐滿了人。彎腰湊近細看又全都是老人，前前後後足有幾百，也不像是靜坐示威。他們不是說笑就是在唱，一把聲音沙啞的胡琴五音不正，在人腿上拉著，那腿上還墊了塊布，這琴師更像是釘掌子的鞋匠。他邊上一位老者靠在牆上，在唱一種叫「五更天」的小調，從入夜數落到天明，唱的是癡情的女子怎樣盼望負心的情郎，兩旁的老人都出神聽著。妙就妙在不光是老頭，也還有老太婆，都抽肩縮背，像一個個影子，只是咳嗽的聲

老者夜歌

音挺響，可那咳出的聲音也像來自紮的紙人。有人在低聲說話，喁喁的如同夢囈，或者不如說自己說給自己聽。然而，又還有回應的笑聲，細聽，是一個老頭同一個老太婆切切調情。哥在山上打的啥子柴？妹在手中繡的啥子花鞋？一問一答如同對山歌，他們大概是乘夜間的昏暗，把這大十字當成他們年輕時的歌場，沒準兒這裡正是他們年輕時調情說愛的地方。唱情歌的老頭兒老婆子還不止一對，切切說笑的就更多了。我聽不清他們說的什麼，又有什麼可樂的，他們稀疏的牙齒間嘶嘶透出的風聲只有他們相互間才能領會。我懷疑我是不是在做夢，察看我前後左右，都是活人，我隔著褲子捏自己的大腿，照樣痛疼，這都不錯，我來到這高原上，從北跑到南，明天還要趕早班長途汽車去更南邊的黃果樹，用那裡的瀑布來洗滌這怪異的印象，這真實的環境和我自己都無可懷疑。

去黃果樹瀑布途中，我先到了龍宮。彩色的小遊船在一平如鏡而又深不可測的水上飄蕩，遊人都爭先恐後搶著上船，似乎並不曾注意到這陰森的崖穴旁有一個洞口，平滑的水面一到那裡便轟然而不可遏止傾瀉下去，只有繞到山下那山水暴嘯的出口處，才明白是怎樣險惡。遊船有時卻划到離洞只三、五公尺的地方，就像是滅頂之災前的遊戲。這都在太陽底下，我坐在船上的時候，也不免懷疑這種真實。

這一路上，充沛的溪水白花花的好生湍急，渾圓的山巒和清明的天空都過於明亮，也還有在陽光下閃光的石片的屋頂，線條一概那麼分明，像一幅幅著色的工筆畫，坐著疾馳的汽車在山路上顛簸，有一種失重的感覺，人整個兒就像在飄，我不知道要飄蕩到哪裡

土家人村寨

去？也不知道我找尋的是什麼？

二十三

你說你做了個夢，就剛才，睡在她身上。她說，是的，只一會兒，還同你說話來著，你好像並未完全入睡，她說她摸著你，就在你做夢的時候，她也感覺到了你的脈搏，只有一分鐘。你說是，前一刹那還什麼都清楚，感到她乳房的溫暖，她腹部的呼吸。她說她握著你，觸摸到你的脈搏。你說你就看見黑色的海面升了起來，本來平平的海面緩緩隆起，不可以阻擋。湧到面前，海天之間的那水平線擠沒了，黑色的海面占據了整個視野。她說，你睡著的時候，就貼在她胸脯上。你說你感到了她乳房鼓脹，像黑色的海潮，而海潮升騰又像湧起的慾望，越來越高漲，要將你吞沒，你說你有種不安。她說，你就在我懷裡，像個乖孩子，只是你脈搏變得急促了。你說你感到一種壓迫，那鼓脹，伸延而不可遏止的海潮，變成一張巨大的平面，向你湧來，沒有一絲細碎的波濤，平滑得像一匹展開的黑緞子，兩邊都沒有盡頭，一無滯澀，流瀉，又成了黑色的瀑布，從望不到頂的高處傾瀉而下，落入不見底的深淵，沒有一丁點阻塞。她說你真傻，讓我撫愛你。你說你看見那黑色的海洋，海平面隆起的波濤，爾後便鼓脹舒展開來，占據了整個視野，全不容抗拒。你在我懷裡，她說，是我擁抱你，用我的溫香，你知道是我的乳房，我的乳房在鼓脹。你說不是的。她說是的，是我握著你，摸著你悸動的脈搏，越來越強勁。你說那湧起的黑色的波濤裡有一條白的鰻魚，潤濕，平滑，游動，像一道閃電，還是被黑色的浪潮整個兒吞沒了。她說她看見了，也感覺到了。然後，在海灘上，浪潮終於過去之後，只剩下一片無垠的海灘，平展展鋪著細碎的沙粒，潮水剛退，只留下了泡沫，你就看見了黑色的人體，跪著匍匐蜷曲在一起，蠕動，相互拱起，又扭曲絞合，角鬥，都一無聲息，在廣漠的海灘上，也沒有風聲，扭曲絞合，起而又落，那頭和腳，手臂和腿，糾纏得難分難解，像黑色的海象，卻又不全像，翻滾，起來又落下，再翻滾，再起再落。她說，她感覺到了你，一番激烈的搏動之後，又趨於平緩，間歇了一下，再搏動，再歸於平緩，她都感覺到了。你說你看見了人樣的海獸或獸像的人的軀體，黑色平滑的軀體，稍微有些亮光，像黑緞子，又像潤澤的皮毛，扭曲著，剛豎立起來就又傾倒了，總也在滾動，難解難分，弄不清在角鬥還是屠殺，沒有聲音，沒有一丁點聲響，你清清楚楚看見了，那空寂的連風聲也沒有的海灘上，遠遠的，扭曲滾動的軀體，無聲無息。她說那是你的脈搏，一番激烈的搏動之後，又平緩下來，間歇了一下，再搏動，再間歇。你說你看見那人樣的海獸或獸像的黑色平滑的軀體，閃著些微的亮光，像黑緞子，又像是潤澤的皮毛，扭曲滾動，難解難分，沒有瞬息休止，緩緩的，從容不迫，角鬥或者是屠殺，你都清清楚楚看見，平展展的海灘上，在遠處，分明在滾動。她說你枕在她身上，貼著她乳房，像一個乖孩子，你身上都出汗了。你說你做了個夢，就剛才，躺在她身上。她說只有一分鐘，她聽著你在她耳邊的呼

白日夢

吸。你說你都清清楚楚看見，你也還看得見，那黑色隆起的海平面，緩緩湧來而不可阻擋，你有種不安。她說你是個傻孩子，什麼都不懂。可你說你明明看見了。清清楚楚，就這樣湧來，占據了整個視野，那無邊無際的黑色的浪潮，洶湧而不可遏止，都沒有聲響，竟平滑得如同一面展開的黑色緞子，傾瀉下來又如同瀑布，也是黑色的，沒有凝滯，沒有水花，落入幽冥的深處，你都看見了。她說她胸脯緊緊貼住你，你背上都是汗水。那一面豎起的光滑的傾瀉的黑牆令你不安，你身不由己，閉住眼睛，依然感覺到自身的存在，聽任它傾瀉而不可收拾，你什麼都看見了，什麼都看不見，那傾斜了的海平面，你墜落下去，又漂浮起，那黑色的獸，角鬥抑或屠殺，總扭曲不已，空寂的海灘，也沒有風。她把你枕在她懷裡，憑觸覺記住了這一切細微末節，竟又不可以重複。她說她要重新觸摸到你脈搏的跳動，她要，還要那扭曲的人形的獸，無聲的搏鬥，是一種屠殺，流動糾纏絞合在一起，平展的海灘，細碎的砂粒，只留下泡沫，她要，她還要。那黑色的來潮退去，海灘上還剩下什麼？

二十四

這是一個木雕的人面獸頭面具，頭頂上突出兩只角，兩角的邊上還有一對更小的尖角，就不可能是牛羊牲畜的寫照。它應該來自一種野獸，那一臉魔怪氣息絕不像鹿那樣溫

獸頭人面

順，溫順的鹿眼的地方卻沒有眼珠，只兩個圓睜睜的空洞，眼圈突出。眉骨下有一道深槽，額頭尖挺，眉心和眉骨向上挑起的刻畫使眼眶更爲突出，雙目便威懾住對方，獸與人對峙時正是這樣。

這面具要是戴上，那突出的眼眶的空洞裡，暗中的眼珠便閃爍獸性的幽光。尤其是眼眶的下沿又鏤空了，顯出兩道月牙形黑槽，尖尖挑起兩角，就更加猙獰。鼻子、嘴、顴骨和下頜都造形精確，一個癟嘴的老人，連下頜正中的小槽都沒有忽略，皮肉乾癟，骨骼分明。突出骨骼的線條，刻畫得簡潔有力，因此又不只是個老人，還煥發出一種剛毅的精神。兩邊緊繃的嘴角上又刻畫出一對尖銳的獠牙，一直挑到鼻翼兩側，鼻翼張開，帶有鮮明嘲弄而輕蔑的意味。牙齒脫落不是因爲老朽，那門牙硬是打掉改而裝上的獠牙。繃緊的嘴角邊還有兩個小洞，原先想必可以從中滋出兩束虎鬚，這張極爲精明的人臉同時又充滿獸性的野蠻。

鼻翼，嘴角，上下唇，顴骨，額頭和眉心，雕刻的人顯然諳熟人臉顏面肌肉和頭骨。再細細端詳，就只有眼眶和額頭上的尖角是誇張了的，而顏面肌肉走向的刻畫又造成了一種緊張。它不插上虎鬚的時候，完全是一張紋面了的原始人的臉，他們對於自然和自身的理解就包含在那圓睜睜的眼眶的黑洞裡。嘴角上兩個孔則透露出自然對人的蔑視，又表明人對自然的敬畏。這張臉還將人身上的獸性和對於自身的獸性的畏懼表現得淋漓盡致。

人無法擺脫掉這張面具，它是人肉體和靈魂的投射，人從自己臉面上再也揭不下這已經長得如同皮肉一樣的面目，便總處在驚訝之中，彷彿不相信這就是他自己，可這又確實是他自己。他無法揭除這副面目，痛苦不堪。而它作爲他的面具，一經顯現，便再也抹不了，因爲它本依附於他，並沒有自己的意志，或者說徒有意志而無法謀求實現倒不如沒有意志，它就給他留下了這麼一副在驚訝中審視著自己的永恆的面貌。

這實在是一件傑作。我是在貴陽的一個博物館的展品中找到的。當時正閉館修建。我靠朋友們幫忙，弄到了介紹信，又託友人借這樣或那樣的名義打了電話，終於驚動了一位副館長。他是位好心的幹部，胖乎乎的，總捧個茶杯。我想，他年事已高，如今也許已經告老離休了。他叫人打開了兩大間庫房，讓我在堆滿青銅兵器和各種陶罐的架子之間轉了一圈，這當然很壯觀，可我沒有找到什麼能打動我給我留下深刻記憶的東西。我於是利用他的好心，又去了第二次，他說他們庫藏的文物太多，不知我究竟要看什麼，只好讓我看藏品目錄。好在每張藏品目錄卡片上都貼有一張小的照片，我從宗教迷信用品的檔目裡竟然找到了這批儺戲面具。他說這一直封存，從未展出過，實在要看的話得辦一定的手續，約定時間。我第三次又去了，這好心的副館長居然讓人把一大口箱子抬了來。一件件面具拿出來的時候，我怔住了。

總共有二十來件面具，據說是五〇年代初公安局作爲迷信用品收繳來的。當時不知是誰做的好事，居然沒劈了當柴燒掉，反而送進博物館裡，也就又躲過了文化革命的浩劫。據博物館的考古學者推測，是清末年間的製作。面具上的彩繪大都剝落，剩下的一點點彩

壩上

漆也都灰暗得失去了光澤。採集的地點，卡片上塡寫的是黃平和天柱兩縣，㵲水和清水江上游，漢族，苗族，侗族，土家族雜居的地區，隨後，我便上這些地方去了。

二十五

早晨橙黃的陽光裡，山色清鮮，空氣明淨，你不像過了個不眠之夜，你摟住一個柔軟的肩膀，她頭也靠著你。你不知道她是不是你夜間夢幻中的少女，也弄不清她們之中誰更真實，你此刻只知道她乖乖跟隨你，也不管你究竟要走到哪裡。

順著這條山路，到了坡上，沒想到竟是一片平壩，一層接一層的梯田，十分開闊。田地間還立著兩根石柱子，早年當是一座石門，石柱邊上還有殘缺的石獅子和石鼓，你說這曾經是好顯赫的一個家族。從石頭的牌坊下進去，一進套一進的院落，這家宅地長達足足一里，不過，如今都成了稻田。

長毛造反時，從烏伊鎭過來，一把火都燒了？她故意問。

你說失火還是後來的事，先是這家長房裡的一老爺在朝廷裡當了大官，做到刑部尙書，不料捲進一樁販賣私鹽的案子。其實，與其說是貪贓枉法，倒不如說是皇上胡塗，輕信了太監的誣告，以爲他參與了皇太后娘家篡位的陰謀，落得個滿門抄斬，這偌大的宅子裡三百口親屬，除了發配爲官婢的婦人外，男子就連未滿周歲的小兒也一個未曾留下，那真叫斷子絕孫，這一片家宅又怎麼能不夷爲平地？

這故事你又還可以這麼說，要是把遠處的那塊半截子還露出地面的石烏龜，也同這石門、石鼓、石獅子算做一個建築群，這裡早先就不該是個家宅，而應該是一塊墓地。當然一里地長的墓道，這墳墓也好生氣派，只不過現今已難以考據，馱在石龜背上的那塊石碑，土改分田時被一家農民搬走打成了磨盤，剩下的石基，一是太厚重派不上用場，二是挪動太費人工，就由它一直埋在地裡。就說這墓吧，安葬的顯然絕非平民百姓，鄉里的豪紳那怕田地再多，也不敢擺這分排場，除非身爲王公大臣。

說的恰恰是一位開國元勳，跟隨朱元璋起事，趕走韃子，可打得天下的功臣大都沒落得個好死，能壽終正寢得以厚葬的不能不說是有獨到的本事。這墓主眼見皇上身邊老將一個個遭到誅殺，終日誠惶誠恐，斗膽給皇上遞上一分辭呈，說的是當今天下，國泰民安，皇恩浩蕩，文臣武將，濟濟滿朝，微臣不材，年過半百，家有老母，孤寡一生，積勞成疾，餘年無幾，掛冠回鄉，聊表孝敬。等辭呈轉到皇上手裡，他人已出了京城，聖上不免感慨一番，賞賜自然十分豐厚，死後還得到御筆親批，修下偌大一座墳墓，表彰後世。

這故事也可以有另一個版本，離史書的記載相去甚遠，同筆記小說更爲靠近。照後一種說法，這主兒見皇帝借肅整朝綱爲名，清除元老，便以奔父喪爲由，交權躲回鄉里。隨後竟裝瘋賣傻，不見外人。皇上狐疑，放心不下，派出錦衣衛，一路翻山越嶺而來，只見他家門緊閉，便宣稱傳達聖旨，逕直闖了進去。不料他從內室爬了出來，朝來人汪汪直學狗叫，這探子似信非信，大聲呵斥，令他更衣接旨進京。他卻嗅嗅牆角的一堆狗屎，搖頭晃腦竟自吃了，錦衣衛只好如此這般回報聖上，皇帝這才深信不疑，他死了之後，便賜以厚葬。其實那堆狗屎是他寵愛的丫鬟用碾碎的芝麻拌的糖稀，聖上哪裡知道。

這裡還出過個鄉儒，一心想謀取功名，進了大半輩子的考棚，五十二歲上終於中了個二名的榜眼，就又天天巴望遞補上一官半職。誰知他未曾出閣的女兒，同小舅子眉來眼去，有了肚子。這傻女兒以爲牛黃可以打胎，拉了兩個月的稀，人倒越來越瘦，肚子卻一天天大了起來，終於叫娘老子發現，一家子鬧得個雞飛狗跳。老頭子爲拯救聲名，便也學皇上對亂臣逆子的辦法，來個賜死，將失了貞操的女兒硬是釘進棺材板裡。這事情揚揚沸沸，傳進了縣城，縣太爺本來就爲這地方民風不正煩惱不堪，總怕頭上那頂烏紗帽戴著不穩，正好抓了這事作爲典型，報告州府，州府又轉報朝廷。

皇帝擁著寵妃，久已不理朝政，一日興致索然，便想起過問一下民情。朝臣稟報上這件趣聞，皇上聽了，也不免嘆息一聲，倒也是個知理人家。聖上這口諭立刻作爲頭等大事，傳到州府，巡撫又立馬加批：萬歲聖旨，不可怠慢，置匾高懸，廣喻四鄉。又快馬加鞭，通告縣衙門，縣太爺當即鳴鑼上轎，官差吆喝，兩廂迴避，這腐儒老兒跪聽聖諭，還不感激涕零?縣太爺又厲聲吩咐：這龍言「知理人家」字字千金，快快立下牌坊，永誌不忘！如此善舉，感天動地，耀祖榮宗，老頭子隨即賒了幾十擔穀，雇人打下幾方石頭，日夜監工，精雕細刻，辛苦了半年，冬至之前，總算竣工，又張羅酒席，酬謝四鄰，年終結算，當年收成全還帳了不說，尙虧空四十兩紋銀十七吊制錢。又受了風寒，便一病不起，好不容易熬過了來年正月，竟一命嗚呼在秧田下種之前。

這牌坊現今還立在村東口，偷懶的放牛娃總用來拴牛繩。只不過兩柱當中的橫題，縣革委會主任下鄉視察時見了認爲不妥，叫祕書告訴當地鄉里的書記，改成了「農業學大寨」，石柱上的那副「忠孝傳家久，詩書繼世長」的對子，則換成「爲革命種田，大公而無私」的口號。那知大寨那樣板後來又說是假的，田也重新分回農民手裡，多勞的自個兒多得，牌坊上的字樣也就無人理會。再說，這家人後輩，精壯的都跑買賣發財去了，那還有閒心再改它回來。

牌坊後面，頭一戶人家門口，坐個老太婆，拿根棒錘在個木桶裡直搗。一隻黃狗在周圍嗅來嗅去，老太婆舉起棒錘，狠狠罵道：「辣死你，滾一邊去！」

你橫豎不是黃狗，照樣前去，直管招呼：

「老人家，做辣醬呢？」

老太婆也不說是，也不說不是，瞪了你一眼，又埋頭用棒錘直搗桶裡的鮮辣椒。

「請問，這裡可有個叫靈岩的去處？」你知道靈山那麼高遠的事問她也白搭，你說你從底下一個叫夢家的村子裡來，人說有個靈岩就在前頭。

她這才停下手中活計，打量了一下，特別瞅的是她，然後扭頭問你：

「你們可是求子的？」問得好生蹊蹺。

她暗暗拉了你一把，你還是犯了傻，又問：

「這靈岩同求子有什麼關係？」

「怎麼沒關係？」老太婆提高嗓門。「那都是婦人家去的。不生男娃兒才去燒香！」

她止不住格格直笑，好像誰搔她癢。

「這位娘子也求兒子？」老太婆尖刻，又衝她去了。

「我們是旅遊的，到處都想看看。」你只好解釋。

「鄉里有什麼好旅遊？前些日子也是，幾對城市來的男男女女，把個村裡折騰得雞飛狗叫！」

「他們幹什麼來著？」你禁不住問。

「拎著個電匣子，鬼哭狼嚎，弄得山響。在穀場上又摟又抱還扭屁股，真叫造孽！」

「噢，他們也是來找靈山的？」你越發有興致。

「有個鬼的靈山喲。我不跟你講了？那是女人求子燒香的地方。」

「男人爲什麼就不能去？」

「不怕晦氣你就去。那個攔你了喲？」

她又拉你一下，可你說你還是不明白。

「叫血光沖了你喲！」老太婆對你不知是警告還是詛咒。

「她說的是男人忌諱，」她替你開脫。

「你說沒什麼忌諱。」

「她講的是女人的經血，」她在你耳邊提醒你快走。

「女人的經血怎麼的？」你說狗血你都不在乎，「看看去，那靈岩到底怎麼回事？」

她說算了吧，又說她不想去。你問她怕什麼，她說她害怕這老太婆講的話。

「哪有那許多規矩？走！」你對她說，又向老太婆問了路。

「造孽的，都叫鬼找了去！」老太婆在你背後，這回是真的詛咒。

她說她害怕，有種不好的預感。你問她是不是怕碰上巫婆？又說這山鄉里，所有的老太婆都是巫婆，年輕的女人也差不多都是妖精。

「那我也是？」她問你。

「為什麼不？你不也是女人？」

「那你就是魔鬼！」她報復道。

「男人在女人眼裡都是魔鬼。」

「那我同一個魔鬼在一起？」她仰頭問。

「魔鬼帶著個妖精，」你說。

她格格的笑，顯得十分快樂。可她又央求你，不要到那種地方去。

「去了又怎麼樣？」你站住問她。「會帶來不幸？帶來災難？有什麼好怕的？」

她偎依著你，說只要跟你在一起，她就放心，可你察覺到她心裡已經有一塊陰影。你努力驅散它，故意同她大聲說話。

二十六

我不知道你是不是觀察過自我這古怪的東西，往往越看越不像，越看越不是，就好比你躺在草地上凝視天上一片雲彩，先看像一頭駱駝，繼而像一個女人，再看又成爲長著長鬍鬚的老者，這還不確切，因爲雲彩在瞬息變化。

就說上廁所吧，在一幢老房子裡，望著印著水跡的牆壁，你每天上廁所，那陳年的水印子都會有所變化，先看是人臉，再看是一頭死狗，拖著肚腸子，後來，又變成一棵樹，樹下有個女孩，騎著一匹瘦馬。過了十天半個月，也許是幾個月過去了，有一天早晨，你便祕，突然發現，那水跡子竟還是一張人臉。

你躺在床上，望著天花板，由於燈光的投影，那潔白的天花板也會生出許多變化，你只要凝神注視自己，你就會發現你這個自我逐漸脫離你熟識的樣子，繁衍滋生出許多令你都詫異的面貌。所以，要我概要表述一下我自己，我只能惶恐不已。我不知道那眾多的面貌哪一個更代表我自己，而且越是審視，變化就越加顯著，最後就只剩下詫異。

你也可以等待，等待那牆上的水跡子重又還原爲一張人臉，你也可以期待，期待它有一天生出某種樣子來。但我的經驗是，它長著長著，往往並不按照你的願望去變，而且多半相反，成爲個怪胎，讓你無法接受，而它畢竟又還從那個自我脫胎出來，還不能不接受。

我有一次注意到我扔在桌上的公共汽車月票上貼的照片，起先覺得是在做個討人歡喜的微笑，繼而覺得那眼角的笑容不如說是一種嘲弄，有點得意，有點冷漠，都出於自戀，自我欣賞，自以爲高人一等。其實有一種愁苦，隱隱透出十分的孤獨，還有種閃爍不定的恐懼，並非是優勝者，而有一種苦澀，當然就不可能有出自無心的幸福的那種通常的微笑，而是懷疑這種幸福，這就變得有點可怕，甚至空虛，那麼一種掉下去沒有著落的感覺，我也就不願意再看這張照片了。

我然後去觀察別人，在我觀察別人的時候，我發現那無所不在的討厭的自我也滲透進去，不容有一副面貌不受到干涉，這實在是非常糟糕的事，當我注視別人的時候，也還在注視我自己。我找尋喜歡的相貌，或是我能接受的表情，那打動不了我，我找不到認同的眾人從我面前過去，我就視而不見，不管在何處，在候車室，火車車廂裡或輪船的甲板上，飯鋪和公園裡，乃至於我在街上散步，也總是捕捉近似於我熟悉的面貌和身影，或是去找尋某種暗示，能勾引起潛在的記憶。我觀察別人的時候，也總把他人作爲我內視自己的鏡子，這種觀察都取決於我當時的心境。哪怕看一個姑娘，也是用我的感官來揣摩，用我的經驗加以想像，然後才做出判斷，我對於他人的了解其實又膚淺又武斷，也包括對於女人。我眼中的女人無非是我自己製造的幻象，再用以迷惑我自己，這就是我的悲哀。因此，我同女人的關係最終總失敗。反之，這個我如果是女人，同男人相處，也同樣煩惱。問題就出在內心裡這個自我的醒覺，這個折磨得我不安寧的怪物。人自戀，自殘，矜持，傲慢，得意和憂愁，嫉妒和憎恨都來源於他，自我其實是人類不幸的根源。那麼，這種不幸的解決又是否得扼殺這個醒覺了的他？

於是，佛告須菩提：萬相皆虛妄，無相也虛妄。

二十七

她說她真想回到童年去，那時候無憂無慮。每天上學連頭都是外婆給梳，再給她把辮子編好。兩條長長的辮子，亮光光的，總不鬆不緊，都說她這兩條長辮子真好看。外婆死了，她就再也不紮辮子了，把頭髮剪了，故意剪得短短的，連紅衛兵當時時興的兩把小刷子都紮不起來，爲的是抗議。她父親當時被隔離審查，關在他工作的機關大院裡，不讓回家，她母親半個月送一次換洗衣服，從來也不要她去。後來母親帶著她一起被趕到農村，她也沒資格加入紅小兵。她說，她這一生最幸福還是她留長辮子的時候，外婆像隻老貓，總在她身邊打盹，她就特別安心。

她說她現在已經老了，說的是心老了，她不會爲了一丁點小事就輕易激動不已。以前，甚至完全不爲什麼，她就會哭，眼淚那麼充沛，打心眼裡徑直流出來，全不費一點氣力，那樣特別舒服。

她說她有個女朋友叫玲玲，她們從小就要好。她總那麼可愛，她只要看著你，看著看著臉蛋上就出現個酒窩。現在人家也已經做母親了，懶洋洋的，說話都那個調，把尾音拖得老長，像總也沒睡醒。她還是少女的時候，那嘰嘰喳喳的勁兒像隻麻雀，同她在一起就成天胡說，沒有一刻停的，說她就想出去玩，說一下雨不知爲什麼心情就特別憂鬱，說我想卡死你，還起勁真卡脖子，弄得人癢呵呵的。

有一回，夏天的夜晚，她們一起坐在湖邊，望著夜空，她說她特別想躺在她懷裡，玲玲說她想做小媽媽，她們就格格的笑著互相打鬧、月亮升起來之前，她問你知道不知道，夜空那時候灰藍灰藍的，月亮升起來了，噢，月光從月冠上流出來，她問你見沒見過那種景象？滾滾流淌，然後平鋪開，一片滾動而來的霧。她說她們還都聽見月光在響，流過樹梢的時候，樹梢像水流中波動的水草，她們就都哭了。眼淚泉水一般湧了出來，像流淌的月光一樣，心裡特別特別舒服，玲玲的頭髮，她現在還感覺得到，弄著她的臉，她們就臉貼著臉，玲玲的臉也挺燙。有一種蓮花，她說不是睡蓮，也不是荷花，比荷花要小，比睡蓮要大，就開在黑暗中，金紅的花蕊，黑暗中放出幽光，粉紅的花瓣油脂一樣，像玲玲小時候粉紅的耳朵，不過沒有那麼多茸毛，光亮得像她小手指上的指甲，啊那時候她修長的小指甲長得像貝殼，可那粉紅的花瓣並不光亮，長得耳朵樣厚實，顫抖著緩緩張開。

你說你也看見了，你看見顫悠悠張開的花瓣，中間毛茸茸金黃的花蕊，花蕊也都在顫慄。是的，她說，你握住她的手。噢，不要，她說，她要你聽她說下去，她說她有種莊嚴感，是你不明白的，你難道不願意明白嗎？不願意了解她嗎？她說那種莊嚴有如聖潔的音樂。她特別喜歡聖母，聖母懷抱嬰兒的樣子，垂下眼簾，那雙柔軟的手上那纖細的手指。她說她也希望做母親，懷抱著她的小寶貝，那純潔的，溫暖的，肉乎乎的生命，在她胸前吸吮她的乳汁。那是種純潔的感情，你明白嗎？你說你想明白。那就是你還不明白，你真笨呀。她說。

她說有一層厚厚的帷幕，一層又一層，都垂掛著，在裡面走動，人就像滑行，將絲絨的墨綠色的帷幕輕輕拂開，在其間穿過，不必見任何人，就穿行在帷幕的褶皺之間，無聲無息，聲音都被帷幕吸收了，只有一絲音樂，一絲被帷幕吸收過濾後沒有一點雜質純潔的音樂，悠悠流淌，來自黑暗中一個發出柔和的瑩光的源頭，流經之處都顯出幽光。

她說她有個姑媽長得特別漂亮，當著她的面，時常只穿個很小的乳罩和一丁點的三角褲，在屋裡走來走去。她總想去摸摸她的光腿，但始終沒敢。她說她那時候，還是個乾瘦的小丫頭，她想她永遠也不會長得有她姑媽漂亮。她姑媽左一個右一個男朋友，經常同時收到好幾分情書。她是個演員，追求她的男人特別多，她總說她都被他們煩死了，其實，她就喜歡這樣。後來她同一個軍官結婚了，那人把她看得嚴嚴的，回去稍微遲了一點就得盤問她，還動手打她。她說她那時真不明白她姑媽爲什麼不離開他，竟然能忍受這種欺負。

她還說她喜歡過一位老師，教她們班的數學，噢，那完全是一個小女孩的感情。她就喜歡他講課的聲音，數學本來最枯燥無味，可她就喜歡他的喉音，作業做得也特別認真。有一回考試她得了八十九分，她還大哭了一場。課堂上，卷子發下來，她一拿到手就哭了。老師把她的卷子要回去，說給她再看看，重新判卷又給她加了幾分，她說她才不要呢，才不要呢，把卷子扔到地上，當全班同學的面止不住大哭，那當然很丟人，爲了這事她便不再理他，也不叫他老師。暑假過後，他不再教她這班，可她總懷念這老師，她喜歡他用喉頭說話，那聲音特別渾厚。

二十八

從石阡到江口的公路上，當中攔了條紅帶子，我乘坐的這輛長途客車被一輛小麵包車截住，上來了戴紅袖章的一男一女。人只要一戴上這紅袖章就有一種特殊的身分，都氣勢洶洶。我以爲又追查或通緝什麼人，幸好只查看旅客是否買了票，不過是公路管理部門派出的檢查員。

這車開出不久第一次停靠時司機已經查過一次票，一個想溜下車的農民被司機關上車門卡住了手裡一口麻袋，硬逼他掏了一張十元錢的鈔票，才把他的麻袋扔到車外。全然不顧車下那農民罵罵咧咧，司機一踏油門，起動了，那農民只得趕緊跳開。大概是山區車輛少的緣故，坐在方向盤的位置上比車上的乘客多一層威風，一車人對他都有種無法掩飾的反感。

誰知上車查票戴紅袖章的男女比司機更蠻橫，那男的從一位乘客手裡抓過一張車票，朝司機勾勾手指：

「下來，下來！」

司機竟也乖乖下車。那女人塡寫了一張單子，罰他三百元，是那張漏了撕角三元的車票的一百倍。一物降一物，不只在自然界，也是人世的法則。

先是聽司機在車下解釋，說他根本不認識這乘客，不可能拿這車票再賣，繼而又同檢查人員爭執起來。不知是由於實行了新的承包制司機的收入超過他們，還是就爲了顯示紅袖章的威嚴，他們鐵面無私，毫不通融。司機大吵大鬧之後又做出一副可憐相，苦苦央求，足足折騰了一個多小時，車還是走不了。無論是罰款的還是被罰的都忘了這一車關在車裡在烈日下蒸烤陪罰的乘客。眾人對司機的反感又愈益變成對紅袖章的憎恨，全都敲窗子叫喊抗議，戴紅袖章的女人才明白她已成爲眾矢之的，趕緊扯下罰款單，朝司機手裡一塞。另一位揚了一下手中的一面小旗，檢查車開了過來，他們這才上車，一陣灰塵，揚長而去。

司機卻朝地上一蹲，再也不肯起來。眾人從車窗探出頭來，不免好言相勸。又過了半個多小時，人漸漸失去耐性，開始對他吼叫，他這才好不情願上了車。

剛開了一程，路過一個村子，並無人上下，車卻在路邊停住，前後門噗哧兩下全開了，司機從駕駛艙跳下去，說了聲：

「下車，下車，這車不走了，要加油。」

他一個人逕自走了。一車人先還都賴在車上，白白發了通牢騷，見無人理會，只好一個個也都下車。

公路邊上除了家飯鋪，還有個賣菸酒雜貨的小店，支出個涼棚兼賣茶水。太陽已經偏西，棚子下還很燥熱。我連喝了兩碗涼茶這車還不見加油，司機也沒他人影。奇怪的是涼棚下或是樹蔭裡歇涼的一車乘客不知不覺都已走散。

我索性進飯鋪裡去搜尋，只有空空的方桌和板凳，真不明白人都哪裡去了。我找到廚房裡才見到這司機，他面前的案板上擺著兩大盤炒菜，一瓶白酒，老闆陪坐正同他聊天。

「這車什麼時候走？」我問，自然沒好氣。

「明天早起六點，」他也沒好氣回我一句。

「爲什麼？」

「你沒見我喝酒了？」他反問我。

「罰你款的不是我，你有火也不能衝乘客來，怎麼這都不明白？」我只好耐住性子說。

「酒後開車要罰款你知道不知道？」

他果真噴著酒氣，滿臉一副無賴的樣子，看著他嚼食時皺起的頭皮下的一雙小眼，我一股無名火起，恨不能抓起酒瓶朝他砸過去，於是趕緊從飯鋪裡出來。

我回到公路上見到路邊這輛空車，才頓時醒悟到人世本無道理可言，不乘車不就免除了這些煩惱?也就無開車的乘車的無查票的無罰款的，可問題是還得找個地方過夜。

我回到茶棚子，居然有一位同車的也在。我說：

「這車他媽的不走了。」

「知道，」他說。

「你哪裡過夜?」

「我也在找。」

「這一車的人上哪裡去了?」我問。

他說他們是本地人，怎麼都有個去處，也不在乎時間，早一天晚一天對他們來說無關緊要。唯有他，來自貴陽市動物園，他們收到印江縣的一個電報，說是山裡的農民逮到了一頭四不像的怪獸，他必須今晚趕到縣城，明早還要進山，晚去了怕這東西死掉。

「死就死吧，」我說，「能罰你款?」

「不，」他說，「這你不明白。」

我說這世界沒法子明白。

他說他說的是這四不像，不是世界。

山色天光

我說這四不像和世界難道有好大的差別？

他於是掏出一張電報給我看，上面的電文果真寫道：「本縣鄉民活捉一四不像怪獸，火速派人鑒別。」還說他們動物園有一回得到一個電話，說是山水沖下來一隻四五十斤的大娃娃魚，等他們派人趕到，魚死了且不說，肉都叫村裡人分吃了，屍體無法復原，標本當然也做不成。他這會務必等在公路邊上，看有沒有車子可截。

我同他在公路邊上站了好一會，有幾輛貨車開過，他一再搖晃手上的一紙電文，人都不予理會。我又沒有拯救這四不像或者這世界的任務，何必在此吃灰？索性到飯鋪吃飯去了。

我問端菜來的女服務員，這裡能不能留宿？她好像我問的是她接不接客，狠狠瞪了我一眼，說：

「你沒看見？這是飯鋪！」

我心裡發誓再也不乘這車，可前去少說上百公里，要徒步走的話至少得兩天。

我再回到公路邊上，動物園的那人不在了，也不知他搭上便車沒有。

太陽快要下山，茶棚裡的板凳收了進去。公路下方傳來咚咚鼓聲，不知又鬧什麼名堂。從上看去，坡下村寨裡一家家瓦頂披連，相間的屋場上鋪的石板。再遠是層層水田，早稻收割了，有的田裡烏泥翻起，已經犁過。

我循著鼓聲向坡下走去，有個農民從田埂上過，挽著褲腳，一腿肚子泥巴。更遠處，有個孩子牽著牛繩，把牛放進村邊的一口水塘裡，我望著下方這片屋頂上騰起的炊煙，心中這才升起一片和平。

我站住了，聽著村寨裡傳來的鼓聲。沒有司機，沒有戴紅袖章的檢查員，沒有這惹人生氣的汽車，也沒火速鑒別四不像的電報，一切復歸於自然。我想起我弄到農村勞動的那些年裡，如果沒有後來的轉機，我不也同他們一樣照樣種田？也一腿肚子泥巴，放工之後，甚至懶得就洗，並沒有現在的焦躁。我又何必急著去哪裡？沒有比這暮色中的炊煙，瓦頂，這又逼近又遙遠的鼓聲更自然的了。

反反覆覆的鼓點像在訴說一個沒有言辭的傳說，喃喃吶吶。水色天光，變得灰暗了的屋頂，那屋場間接縫依稀可辨灰白的一塊塊石板，曬得暖和的泥土，牛噴出的鼻息，從屋場傳來吵架樣的說話聲，還有晚風，頭頂上樹葉颯颯的抖動，稻草和牛欄裡的氣味，攪水的聲音，不知是門軸還是水井上木轆轤的吱呀作響，嘰嘰喳喳的麻雀和什麼地方一對落巢的斑鳩的咕嚕聲，女人和小孩子的尖聲叫喚，苦艾的氣味和飛鳴的蟲子，腳下表面曬乾了底下還鬆軟的泥巴，潛在的慾望和對幸福的渴求，鼓聲在心裡喚起的震動，也想打赤腳和坐到人家磨得烏亮的木門檻上去的願望，都油然而生。

二十九

天門關的巫師差人來木匠坪要老頭子做一個天羅女神的頭像，說的是臘月二十七親自來請，要供奉到神壇上。來人送來了一隻活鵝，算是定錢，他要按時做得了，就再給他一罐米酒，半片豬頭，正好夠他過年。老頭子當時驚淋了一下，知道他的日子不多了。觀音娘娘主生，天羅女神主死，女神是來催他性命的。

這些年來，除木匠活外，他沒有少做偶像，給人家雕財神爺，雕笑臉羅漢，雕撿齋和尚，雕了愿判官，給儺戲班子還雕過整套整套的臉殼，那半人半神的張開山，半人半獸的馬帥，半人半鬼的小妖，還有供人開心取樂的歪嘴子秦童，也還給山外的人雕過觀音菩薩，可就是，真的，還沒有人請過主宰性命的凶煞天羅女神，女神是向他索命來了。他怎麼這樣胡塗就接受下來？只怪他老了，怪他太貪。人只要肯出財物，要什麼他就雕什麼。人都說他雕的像一個個活靈活現，一看就知道是財神爺，就是靈官，就是笑羅漢，就是撿齋和尚，就是了愿判官，就是開山莽將，就是馬帥和小妖，就是觀音菩薩。他從來沒見過觀音菩薩，他只知道觀音菩薩也是送子娘娘。是山外來的一個婆娘，帶了二尺紅布，一筒子信香，聽說山裡人祭祖的那石頭靈驗，進山來求子的，見他會雕神像，求他做一尊觀音，便在他屋裡歇了一夜。早起，把他一宿功夫做得的觀音娘娘高高興興帶走了。可他這一生唯獨沒有雕過天羅女神，一是沒有人來請過，二是這凶煞只有巫師的神壇才供奉。他止不住又打了個寒噤，渾身發冷，他知道天羅女神已經附在他身上，就等索取他的性命。

他爬到柴堆上去取晾在橫樑上的那一段黃楊，這木頭紋理細密，不會走形，不會開裂，他已經擱了好些年了，捨不得派一般用場。他爬上柴堆伸手搆那截木頭的時候，腳下跟著一滑，柴禾堆全塌了，他慌了神，可心裡是明白的。他抱著木頭，在屋場上做砍樁用的楓樹疙瘩上坐下。這種不大的活計，他本來用斧子不加思索幾下就可以把料備好，再用鑿子去鑿，隨著刀刃下捲起的木片，吹掉木屑、眉目跟著顯現，這都駕輕就熟。可他沒雕過天羅女神，便抱著木頭呆坐著發楞，又覺得身上一陣陣發冷，只好放下那段木頭，進到屋裡，在火塘邊上被油煙子燻得烏黑又被屁股蹭得發亮的一段圓木上坐下。他怕是真要完蛋了，他想，過不了這年。臘月二十七就要，都等不到正月十五，偏偏卡住，決計不讓他過這年關。

他作孽多了，她說。

天羅女神說？

是的，她說，他不是個好老頭，不是個守本分的老頭。

也許。

他自己心裡明白他有多少罪孽。

他勾引了那個來求子的婆娘？

那是這婆娘下賤，她自己心甘情願。

這不算罪孽？

可以不算。

那他的罪孽是——

糟蹋了一個啞巴姑娘。

就在他這屋場上？

那他不敢，是他外出做活的時候。這種外出做活的手藝人，長年單身在外，多少攢些錢，又有的是手藝，找個女人跟他睡覺並不難，有的是貪財放蕩的女人。可他不該欺負一個啞巴姑娘。他糟蹋了她，玩弄了她，又把她甩了。

天羅女神來向他索命的時候，他想到的正是這個啞巴姑娘？

他肯定想起，她就出現在他眼面前，無法抹殺得掉。

這就叫報復？

是的？是凡受過欺負的女孩都渴望報復！她如果還活著，如果還能找到他，她會挖去他的雙眼，用最惡毒的話詛咒他，叫魔鬼把他打進十八層地獄裡去，用最殘酷的刑法來折磨他！可這女孩是啞巴，沒法子說，肚子也大了，被打出家門，淪落爲妓女和乞丐，成了一堆人人嫌惡的爛肉。她本來不是沒有姿色，完全可以嫁一個老實的莊稼人，可以過上正常的夫妻生活，有一個可以蔽風雨的家，生兒育女，死後還落得有一口棺材。

他不會想到這些，想到的只是他自己。

可她那雙眼睛就盯住他不放。

天羅女神的眼睛。

那不會說話的啞巴姑娘的眼睛。

他霸占她的時候那雙驚恐的眼睛？

那雙復仇的眼睛！

那雙哀求的眼睛。

她不會哀求，她哭著撕扯自己的頭髮。

她頹然失神呆望，

不，她喊叫——

可沒有人聽得懂她依依呀呀叫喊的是什麼，眾人看了都笑。他混在人群中跟著也笑。

居然！

他居然當時不知道恐懼，還自以爲得意，心想沒法追究到他。

命運會報復的！

她就來了，這天羅女神，他撥動炭火，就出現在火苗和煙子裡。他眼睛緊閉，老淚流了出來。

不要美化他！

被煙熏了誰都會流眼淚。他用像乾柴一樣粗糙的手擤了一把鼻涕，蹣跚趿著鞋子到屋場上去，抱起那段黃楊木，拿起斧子，蹲在楓樹根疙瘩上砍削，直到天黑。又把木頭抱進屋裡，坐在火塘邊的圓木上，用兩腿夾住，長滿老繭的手指摸摸索索，他知道這是他這一生中最後的一個偶像，生怕來不及刻完。他要趕在天亮之前，他知道天一亮他心中的映像就會消失，他手指頭就會失去觸覺，她的眉眼，她的嘴唇，她搖頭時上唇繃得很緊，她耳垂十分柔軟，而且特別飽滿，還應該穿上一對大大的耳環，她肌膚緊張而富有彈性，她臉蛋光滑修長，鼻尖和下頦尖挺而沒有稜角，他的手是從她頸脖子扣緊的衣領裡插下去的……

早起，村裡人去落鳳坡墟場買年貨的路過他屋，叫聲，他沒有答應。大門敞開，一股焦糊氣味，人進屋見他倒在火塘裡，已經死了。有說是中風，有說是燒死的，他腳底下有個才刻的天羅女神的頭像，頭戴一圈荊冠，荊冠邊上有四個小洞，每個洞口伸出個豎頭的烏龜，又像是蹲坐在洞裡向外探望的獸頭。她上眼瞼下垂，似睡非睡，細長的鼻梁連接兩彎修長的眉骨，讓人感到她眉心微蹙，小而薄的嘴唇緊緊抿住，有一種蔑視人生的意味，那剛剛能察覺的黑眼珠則透出一層冷漠。她眉、眼、鼻子、嘴、臉蛋、下頜，連同細而長的頸項，無一不體現出少女的纖巧，只有吊著矛尖形狀的銅片做的耳環的耳垂，碩大豐潤，流露出一點性感，她的脖子卻被很高的對襟衣領緊緊裹住。這天羅女神後來就這樣供奉在天門關巫師的祭壇上。

三十

這著名的劇毒的蘄蛇，我早就聽說過許多傳聞，通常鄉里人叫做五步龍，說是被牠咬中的人畜，不出五步就得倒下斃命。也有說凡進入牠待的地方五步之內，都難逃命。所謂強龍鬥不過地頭蛇，這諺語的出處想必也來自於牠。都說牠不像別的毒蛇，那怕是眼鏡蛇，雖也劇毒，畢竟容易讓人驚覺，出擊時，必先高高昂起頭來，豎直身子，呼嘯著，先要威嚇住對方，人遇到也好防備，可以把手中的物件朝旁邊扔去。即使空空兩手，只要頭上戴的帽子腳上穿的鞋甩將出去，乘牠撲擊的當口人轉而溜了。可要碰上這蘄蛇，十之八九都來不及察覺就已經被牠擊中。

我在皖南山區還聽到過對這蘄蛇的許多近乎神話的傳說，說牠能布陣，在牠盤踞的周圍，吐出比蜘蛛網還細的絲，散布在草莖上，活物一旦碰上，牠就閃電一般立刻出擊。無怪凡有蘄蛇的地方都流傳種種咒語，據說默念可以防身，但山民對於外來的人是不傳告的。山裡人上山打柴通常得打上綁腿，或穿上高統的帆布紮成的山襪。那些難得進山去的縣城裡的人說得就更加可怕，他們告誡我，碰上這蘄蛇，那怕穿的皮鞋都照樣咬穿，務必帶上蛇藥，但通常的蛇藥對蘄蛇無效。

我從屯溪去安慶的公路上，經過石台，在汽車站邊上的小吃攤子上遇到過一個斷了手腕的農民，他說是被蘄蛇咬了後自己砍掉的，恐怕是被蘄蛇咬傷而又活下來難得的一個。他戴了頂通草編成禮帽式樣的狹邊軟草帽，這種草帽通常是跑碼頭的農民才戴，戴這種草帽的農民大都見多識廣。我在公路邊搭的白布篷子下的麵攤子上要了碗湯麵，他就在我對面坐著，左手拿著筷子，右手腕只剩根肉柱子總在我眼前晃動，弄得我吃也吃不自在。我看準了他是可以搭話的，索性問他：

「老哥，你這碗麵錢我一起付了，不妨礙的話，能不能告訴我你這個手怎麼傷的？」

他便向我講述了他親身的經驗。他說他上山去找杞木的。

「找什麼？」

「杞木，吃了不嫉妒。我那老婆真要我命，連別的女人跟我講句話都要摜碗，我去找杞木給她熬碗湯喝。」

「這杞木是個偏方？」我問。

「那裡，」他嘿嘿笑了，那通草禮帽底下咧著一張包了顆金牙的大嘴，我才明白他在講笑話。

他說他們老哥兒幾個，去砍樹燒炭，那時候還不像如今時興做買賣，山裡人要想弄點錢花多半燒炭。偷砍成材的樹木倒賣生產隊裡管著，弄不好犯法，他不做犯法的事。可燒炭也要會燒，他是專找那白皮的青棡櫟，燒出的炭，都銀灰色，敲著鋼鋼作響，可是經燒，一擔鋼炭可賣上兩擔的價。我由他侃去，橫豎是一碗麵錢。

他說他拿了砍刀，走在頭裡，哥兒幾個還在下邊抽菸談笑。他剛彎下腰，就覺得一股陰森森涼氣打腳板心升起，心想壞事了。他說，這人跟狗子一樣，單個的狗只要一嗅到老巴子，也就是豹子的氣味，就不敢往前再跑，嚇得像貓樣的嗚嗚直叫，他說他當時腿子跟著一軟，不管多硬的漢子碰到了蘄蛇，也就沒命了。可不，他就看見了這東西盤在荊條底下一塊石頭上，灰不拉幾一團，當中正昂起個頭。說時遲那時快，他揮手就一砍刀，也只眨眼的功夫他手腕上一陣冰涼，像過了電渾身打了個寒噤，眼前一陣墨黑，太陽都陰幽幽的，教人心裡發寒，風聲鳥聲蟲子聲，什麼都聽不見了，陰森森的天空顏色越來越深，太陽和樹都發著寒光。他說就算他還有腦子，就算他來得快，就算他不該死，就算他命大，他左手接過砍刀，把右手腕一刀剁了下來，立馬蹲下，用左手拇指捏住右肘上的血管。他說流出的血水落在石頭上都滋滋冒氣，頓時失去了血色，變成淡黃的泡沫。後來，幾個老哥兒們把他抬回村裡，他砍下的手腕也撿了回去，全發烏了，從指甲蓋到皮肉，都烏紫瘀瘀。他剩下的半截手臂也已發黑，用盡了治蛇傷的各種中草藥，才總算緩了過來。

我說：「你可是夠決斷的。」

他說他要是稍許楞神，或是咬的部位再高那麼寸把，他也就沒命了。

「丟了個手腕子，撿了條命，這還有什麼捨不得？連螳螂要脫不了身也會把鉗子捨了。」

「這是蟲子，」我說。

「蟲子怎麼的？人總不能不如蟲子，那狐狸被下的弓子夾住腳，也有把腿咬斷跑了的，人這東西不能精不過狐狸。」

他把一張十塊錢的票子拍在桌上，沒要我付麵錢。他說他現今跑買賣，不比我這樣的念書人少掙。

我一路到處訪這蘄蛇，直到去梵淨山路上，在一個叫閔孝或是叫石場的鄉鎮的收購站樓頂的曬場上，才見到了紮成一盤盤的蘄蛇乾。恰如唐人柳宗元所述，「黑質而白章」。這可是名貴的中藥材，舒筋活血祛風濕散風寒的良藥，高價收購，於是總有不要命的勇夫。

柳宗元把這東西說得比猛虎還可怕，他進而又談到苛政，更猛於虎。他身為刺史，我是一名百姓。他是士大夫，先天下之憂而憂，我滿世界遊蕩，關心的只是自己的性命。光見到這一盤盤製作好的蛇乾還不夠，我一心想找一條活的，學會辨認，好加以防備。

我一直到了這毒蛇的王國梵淨山腳下，才見到兩條，是自然保護區的一個監察站從進山來偷捕的人手裡扣下來的，裝在一個鐵絲籠子裡，正好可以端詳。

牠的學名叫尖吻蝮蛇。兩條都一公尺來長，不到小手腕那麼粗，有一小段很細的尾梢，身上是不很鮮明的灰褐和灰白相間的菱形花紋，所以又有個俗名叫棋盤蛇。外表並看不出有多大的凶惡之處，在山石上躺著無非像一團泥疙瘩。細看，牠粗糙而無光澤的褐色的三角形頭部，嘴尖有一片像鉤子樣翹起的吻鱗，一對可憐的毫無光彩的小眼，那種滑稽而貪婪的模樣，讓人想起戲曲中的丑角七品芝麻官。但牠捕食並不靠眼睛，鼻眼之間有一個人肉眼無法觀察到的頰窩，是牠特有的溫覺感受器官，對紅外線特別敏感，可以測出周圍三公尺以內的二十分之一度溫差的變化，只要體溫高於牠的動物出現在牠周圍，就能跟蹤並準確襲擊。這是之後我去武夷山，自然保護區裡一位研究蛇傷的專家告訴我的。

也就在我這一路上，這條沅江的支流辰水的上游，尚未汙染流量充沛的錦江，河水竟這樣清澄。那些放牛的孩子在河中蹚水，由急流沖下去，尖聲叫著，直到幾百公尺外的河灘上，人才打住，聲音傳來是那麼清晰。公路下方，一個赤條條的年輕女人就在河邊洗澡，見公路上馳過的車輛，竟像白鷺樣站著，只扭動脖子，出神凝望。正午烈日下，水面上陽光耀眼。這一切同斬蛇當然並沒有什麼關係。

三十一

她哈哈大笑，你問她笑什麼，她說她快活，可她知道自己並不快活，只不過裝出很快活的樣子，她不願讓人知道她其實不快活。

她說她有一次在大街上走，看見一個人追趕一輛剛開走的無軌電車，踮著一隻腳，邊跑邊跳，拚命叫喊，原來是那人的一隻鞋下車時卡在車門上了，那人肯定是外地來的鄉下人。從小老師就教導她不許嘲笑農民，長大了母親又告誡她不許當男人面傻笑，可她還是忍不住笑出聲來。她這麼笑的時候，人總盯住她看，她後來才知道她這麼笑時竟挺招人，居心不良的男人便會認爲她風騷，男人看女人總用另一種眼光，你不要也誤會了。

她說她最初就這樣給了個她並不愛的男人，他趴在她身上得到了她還不知道她是處女，問她為什麼直哭。她說她不是因爲忍受不了痛疼，只是憐惜她自己。他替她擦眼淚，淚水又不是爲他流的，她推開了，扣上襯衣，對著鏡子理順凌亂的頭髮，她不要他幫她，越弄只能越亂。他享用了她，利用她一時軟弱。

她不能說他強迫她的，他請她到他房裡吃午飯。她去了，喝了杯酒，有點高興，也並不是真的高興，就這樣笑了起來。

她說她並不完全怪他，她當時只是想看看究竟會發生什麼，把他倒給她的大半杯酒一口喝乾了。她有點頭暈，不知道這酒這麼厲害，她知道臉在發燒，開始傻笑，他便吻她，把她推倒在床上，是的，她沒有抗拒，他撩起她裙子的時候，她也知道。

他是她老師，她是他學生，之間照理不應該發生這種事情，她聽見房間外面走廊上來去的腳步聲，總有人在說話，人總有那麼多毫無意義的話要說。那是個中午，食堂裡吃完飯的人都回宿舍裡來了，她聽得一清二楚。那種環境下這一切舉動像做賊一樣，她覺得可恥極了，動物，動物，她心裡對自己說。

她後來開開房門，走了出去，挺起胸脯，頭盡量抬得高高的，剛到樓梯口，突然有人叫了一聲她的名字，她說她當時臉刷的一下子通紅，像裙子被撩起裡面什麼都沒穿一樣，幸虧樓梯口光線很暗。原來是她同班的一個女同學正從外面進來，要她陪她去找這位老師談下學期選修課程的事。她推說要趕一場電影，時間來不及了，匆匆逃走。可她永遠記得叫她的那一聲，她說心都要從胸口蹦了出來，她被占有的時候心跳也沒有這麼劇烈。總算得了報復，總之，她報復了，報復了她這些年來那許多不安和悸動，報復了她自己。她說那一天操場上太陽特別耀眼，陽光裡有一個刺痛人心的非常尖銳的聲音，像刀片在玻璃上劃過。

你問她究竟是誰？

她說她就是她，跟著就又哈哈大笑。

你惶惑了。

她於是勸你，別這樣，她說她只是說一個故事，她從她的一個女伴那裡聽來的。她是醫學院的學生，來她醫院手術室實習，後來成了無話不說的朋友。

你不相信。

爲什麼只有你可以說故事，她講就不行？

你讓她說下去。

她說她已經講完了。

你說她這故事來得太突然。

她說她不會像你那樣故弄玄虛，況且你已經講了那許多故事，她不過才開始講。

那麼，繼續講下去，你說。

她說她已經沒有情緒了，不想再講。

這是一個狐狸精，你想了想，說。

不只是男人才有慾望。

當然，女人也一樣，你說。

爲什麼許可男人做的事就不許女人做？都是人的天性。

你說你並沒有譴責女人，你只不過說她狐狸精。

狐狸精也沒什麼不好。

你說你不爭執，你只講述。

那麼你講述好了。

還講什麼？

你要講狐狸精就講狐狸精，她說。

你說這狐狸精的丈夫死了還沒滿七——

什麼叫滿七？

早先人死了，得守靈七七四十九天。

七是個不吉利的數字？

七是鬼魂的良辰吉日。

不要講鬼魂。

那就講這未亡人，她鞋幫子上釘的白布條子還未去掉，就像烏伊鎮上喜春堂的婊子一樣，動不動依在門口，手插著腰，一隻腳還悠悠踮著，見人來了，便搔首弄姿，看似不看的，招漢子呢。

她說你在罵女人。

不，你說，女人們也都看不過去，趕緊從她身邊走開。只有孫四嫂子，那個潑婦，當著她面，吐了口唾沫。

可男人們走過，還不都一個個眼饞？

沒法不，都一個勁回頭，連駝子，五十好幾的人了，也歪著頭直瞅。先別笑。誰笑來著？

還是說她隔壁的老陸的老婆，剛吃完晚飯，坐到門口在納鞋底，全看在眼裡，就說，駝子，你腳下踩狗屎了！弄得駝子訕訕的。那大熱天，每每村裡人當街吃夜飯的時候，總見她擔著一副空水桶，扭著屁股，從一家家屋門口過。毛子他娘拿筷子鑿了一下她男人，夜裡招來她男人一頓臭打，疼得敖敖直叫。那騷狐狸精，村裡凡有丈夫的女人，沒有不想上去，括括給她兩記耳光的。要由得毛子他娘，得把她扒光，揪住頭髮往糞桶裡按。

真惡心，她說。

可事情就這麼發生了，你說。先是教她隔壁老陸的老婆發現了，這村裡叫老實頭的討不上老婆的朱老大，總往她家瓜棚裡鑽，說是幫她澆糞，倒真澆的是地方。要不是事情鬧到孫四嫂這老娘頭上，也不至於弄得那麼慘。孫四天不亮說是早起進山裡去打柴，扛著根釬擔，在村巷裡拐了個彎，轉身爬進這婆娘的院牆裡去了。孫四嫂子本來留著心眼，不等她男人出來，就拿起扁擔打門。這女人一邊扣著衣襟腰上的鈕扣，若無其事，竟開了門。那孫四嫂子那能放過，說時遲那時快撲了過去，兩人頓時扭打起來，又哭又喊，人都來了。女人家當然都向著孫四嫂子，男人們卻默默觀戰。這女人扯破了衣服，臉也被抓傷了，孫四嫂子後來說，要的就是叫她破相。她雙手捂住臉，像條扭動的肉蟲子，嚶嚶的哭。這當然有傷風化，可畢竟是女人家之間的事，六叔公同村長在一邊站著，也只好乾咳嗽。說的是最毒婦人心，女人們決定懲治她。她們商量好了，在她去打柴的山路上，幾個手大腳粗的女人上去就把她扒個精光，綑綁起來，用一根槓子抬著，她直叫救命。她相好的就是聞聲趕來，見這一夥氣勢洶洶連人皮都能扒了的女人，也不敢露面。她們把她往山裡那桃花沖裡抬去，早先開滿桃花的那條山沖裡就因爲出了這種淫蕩的女人成了痲瘋村。她們將她連同抬她的槓子一起扔在這沖裡唯一的出路上，吐著唾沫跺著腳，詛咒一番，回村去了。

後來呢？

後來天就下雨了，一連下了幾天幾夜，總算停了。晌午，有人見她穿著一條漏肉的破褲子，赤身裹著件簑衣，嘴唇蒼白得沒一點血色，回到村裡。屋簷下在玩的孩子見她就跑，一家家大門趕緊關上。沒幾天，她從屋裡再出來的時候竟緩過氣來，更妖豔了，兩片嘴皮子紅得透亮，面頰上也總是兩片桃紅，活脫是個妖精。可她再也不敢在村裡招搖，只在早晨天還沒大亮，再不夜裡等天黑了，才到溪邊挑水洗衣，來去也總是低著頭匆匆貼著牆根走。要是小孩子們看見，老遠就喊：「痲瘋女，痲瘋女，先爛鼻子後爛嘴！」跟著就四散逃走。爾後，人們也就忘記她了，家家忙著割稻打穀。爾後又是犁田，又是育種插秧。等早稻收割晚稻栽插都忙停當了，才察覺這女人家田裡的活計都沒做，人也好久不見。眾人便議論得派個人去她家裡看看。大家推來推去，臨了還是由她隔壁老陸的老婆去探個究竟。她出來就說：「這妖精總算得了報應，起了一臉的水泡，怪不得連門都不出哩！」女人們聽了都鬆了口氣，再也不必爲她們自家的男人操心。

再往後？

再往後，該割晚稻。打完最後一塊田裡的穀子，也就霜降了。村裡人開始置備年貨，該洗磨子磨米粉，毛子他媽就發現她丈夫推磨時光著的脊背上起的水泡，她沒敢同別人說，只告訴了她小姑。不料這話同她小姑剛說過的第二天，她小姑早起，見她老公怎麼胸前也生的泡疹子。事情就怕串連，女人家一串連沒有保守得住的祕密，連孫四腿上也長了膿皰在流水。接下去，那個年自然過得挺陰沉，家家的婆娘都有心事，婆娘的男人們不是包頭就是包臉，正趕上冬天，還不太搶眼。又到開春犁地了，再包住頭臉就很不合適。男人們本不注意臉蛋，這會人人不是脫皮掉頭髮就是長水泡，連六叔公的鼻頭上都生了個疹子。彼此彼此，也就沒得可說，照樣耙田。把秧都栽下去，人們又得了點空閒，便想起那妖精不知是死是活，可都說是這痲瘋病人坐過的椅子旁人坐了屁股上也會生瘡，也就再也

霧雨

沒人敢去沾那妖精的家門。

活該，這些男人，她說。

可第一個在臉上紮個毛巾下田薅草的是孫四嫂子。老人們都說：「造孽啊，現世的報應。」可有什麼法子呢？連老陸的老婆也沒逃脫，生了奶瘡，全都潰爛了，只有還沒出閣的丫頭和小兒，他們要不遠走他鄉，也難逃厄運。

說完了？她問。

完了。

她說這故事她不能忍受。

因為是男人的故事。

故事也有男女？她問。

你說自然有男人的故事，男人講給女人聽的故事和女人愛聽的男人的故事，你問她要聽哪一類？

她說你的故事越來越邪惡，越來越粗俗。

你說這就是男人的世界。

那麼女人的世界是什麼樣的？

女人的世界只有女人才知道的。

就無法溝通？

因為是兩個不同的角度。
可愛情是可以溝通的。
你問她相信愛情？
不相信又為什麼去愛？她反而問你。
那就是說她還願意相信。
如果只剩下慾望而沒有愛情，人活著還有什麼意思？
你說這是女人的哲學。
你不要總女人女人，女人也是人。
都是女媧用泥巴捏出來的。
這就是你對女人的看法？
你說你只陳述。
陳述也是一種看法。
你說不想辯論。

三十二

你說你的故事已經講完了，除了鄙俗和醜陋，都如同斬蛇的毒液。你不如聽聽女人的故事，或者說女人講給男人聽的故事。

她說她不會講故事，不像你，可以信口胡編。她要的是真實，毫不隱瞞的真實。

女人的真實。

爲什麼是女人的真實？

因爲男人的真實同女人的真實不一樣。

你變得越來越古怪了。

爲什麼？

因爲你已經得到了，是凡得到了就不珍惜了，這就是你們男人。

那麼你也承認男人的世界之外還有個女人的世界？

不要同我談女人。

那麼談什麼？

談談你的童年，談談你自己。她不要聽你的那些故事了，她要知道你的過去，你的童年，你的母親，你的老祖父，那怕那些最細小的事情，你搖籃裡的記憶，她都想知道，你的一切，你最隱祕的感情。你說你都已經遺忘了。她說她就要幫你恢復這些記憶，她要幫你喚起你記憶中遺忘了的人和事，她要同你一起到你記憶中去遊蕩，深入到你的靈魂裡，同你一起再經歷一次你已經經歷過的生命。

你說她要占有你的靈魂。她說就是，不只你的身體，要占有就完全占有，她要聽著你的聲音，進入你的記憶裡，還要參與你的想像，捲進你靈魂深處，同你一塊兒玩弄你的這些想像，她說，她也還要變成你的靈魂。

真是個妖精，你說。她說她就是，她要變成你的神經末梢，要你用她的手指來觸摸，用她的眼睛來看，同她一塊兒製造幻想，一塊兒登上靈山，她要在靈山之巔，俯視你整個靈魂，當然也包括你那些最幽暗的角落不能見人的隱祕。她發狠說，就連你的罪過，也不許向她隱瞞，她都要看得一清二楚。

你問她是不是要你向她懺悔？啊，不要說得這麼嚴重，那也是你自願的，這就是愛的力量，她問你是嗎？

你說她是不能抗拒的，你問她從那兒談起。她說你想說什麼就說什麼，只有一個條件，你得談你自己。

你說你小的時候，看過一位算命先生，但究竟是你母親還是你外婆帶你去的你記不很清楚了。

這不要緊的，她說。

你記得清楚的是這算命先生有很長的指甲，他攤開你的生辰八字用的是黃銅的棋子，擺在八卦圖陣上，還轉動著羅盤。你問她是否聽過叫紫微斗數的？這是古代數術中一門高深的學問，能預測人的生死未來。你說他擺弄那些銅棋子的時候，彈動指甲，畢剝作響，挺怕人的，嘴裡還叨念咒語，說什麼八八卡卡，卡卡八八，這孩子將來一生有很多磨難，他前世的父母想要領他回去，很難養啊，前世積債太多。你母親，也許是你外婆問，有什麼法子消災沒有?他說這孩子得破相，叫冤鬼招他魂魄時辨認不清。你外婆便趁你母親不在家的時候，這你記得很清楚，要給你穿一個耳眼，她用一顆綠豆在你耳垂上揉搓，還抹上了一把鹽，說是不疼的，揉著搓著耳垂腫大了，越來越癢，可老人家還沒來得及下針穿眼你母親就回來了，同老太太一場大吵，她嘟嘟囔囔，也只得作罷。而你那時候，對於穿與不穿耳眼並沒有一定的主見。

你問她還要聽什麼?你說你並不是沒有過幸福的童年，並不是沒有拿過你祖父的拐杖在暴雨後積水的巷子裡撐著澡盆當船划。你也記得夏天躺在竹涼床上，數一方天井上的星星，找哪一顆是你自己的星宿。你也就記起有一年端午節的中午，你媽把你捉住，用和在酒裡的雄黃塗你耳朵，還在你頭上寫上個王字，據說夏天可以不生癤子不生瘡，你嫌難看，沒等你媽寫完，便掙脫跑掉。可如今，她早已去世。

她說她媽媽也死了，病死在「五七」幹校裡，她去農村的時候就帶著病。那時候，整個城市都戰備疏散，說是蘇聯毛子要打來了。噢，她說，她也逃過難，火車站月台上布滿了崗哨，不光戴紅領章的軍人，還有同樣穿軍裝戴著紅袖標的民兵。站台上押過一隊唱歌的勞改犯，破衣爛衫，像一群乞丐，有老頭兒也有老太太，每人揹一個鋪蓋捲，手裡拿著瓷缸子和飽碗，一律大聲高唱：「老老實實，低頭認罪，抗拒改造，死路一條。」她說她那時候才八歲，不知道爲什麼傻哭起來，死也不肯上火車，賴在地上嚷著要回家。媽媽就哄她，說鄉下比城市裡好玩，還說防空洞裡太潮濕，再挖下去腰就要斷了，不如到鄉下去，農村空氣比城市裡好，也不必每晚再要她替她捶腰。幹校裡倒是整天同媽媽在一起，他們大人政治學習念毛主席語錄和讀報紙的社論的時候，那時候報上總有那麼多社論要讀，她就可以靠在媽媽懷裡。他們下地勞動，她跟去在地邊玩，他們割稻她還幫著拾稻穗。大家都喜歡逗她玩，那是她一生中最幸福的時候。要不是看見梁伯伯挨批鬥，站在板凳上被推下來，把門牙都叩掉了，滿嘴的血，她還是滿喜歡幹校的。幹校裡還種了許多西瓜，大家都買，誰吃瓜都把她叫去，她一輩子也沒吃過那許多西瓜。

你說你當然還記得，你中學畢業那年的新年晚會，你第一次同一個女孩子跳舞，你一再踩她的腳，臊得不行，她卻直說沒關係。那一夜飄著雪，雪花落在臉上跟著就化，從晚會回家的路上，你一路小跑，追趕你前面同你跳過舞的那個女孩——

不要講別的女孩！

講你家有過一隻老貓，懶得連耗子都不肯捉。

不要講老貓。

那麼講什麼？

講你是不是看過人家，那個女孩？

哪個女孩？

那個淹死的女孩。

那個下放的女知青？那個跳河自殺了的姑娘？

不是。

那麼是哪一個？

你們夜裡把她騙去游泳，然後又把她強姦了！

你說你沒有去。

她說你肯定去了。

你說你可以發誓！

那麼你肯定摸過她。

什麼時候？

在橋洞底下，黑暗裡，你也摸過她了，你們男孩都一樣壞！

你說你那時候還小，你還不敢。

她說你至少看過她。

當然看，她不是一般的好看，確實招人喜愛。

她說你不是一般的看，你看過她的身體。

你說你只是想看。

不對，她肯定你看過了。

你說這不可能。

就可能！你什麼壞事都做得出來，你經常去她家。

那麼在她家裡？

在她房間裡！她說你就撩起過，撩起過她的衣服。

怎樣撩起？

她靠牆站著。

你說是她自己撩起來的。

是這樣嗎？她說。

再高一些，你說。

裡面什麼都沒穿？也沒有奶罩？

她乳房才剛剛發育，你說，奶當然隆起，可乳頭還是癟的。

你不要再說了！

你說是她要你說的。

她說她沒有要你說這些，她說她不要聽了。

那麼說什麼？

隨便說點什麼，只是不要再談女人。

你問她怎麼了？

她說你愛的並不是她。

憑什麼這麼說？你問。

她說你同她做愛時想的也是別的女人。

沒有的事！你說，她這都憑空而來。

她說她不要聽，什麼都不想知道。

真對不起，你打斷她。

你什麼都不要再說了。

你說那麼你聽她的。

她說你從來就沒聽她說話。

你故意問她是不是總在幹校吃西瓜？

你這個人真沒勁，她說。

你求她說下去，保證再不打岔。

她說她沒有什麼可說了。

三十三

從江口縣逆錦江的源流太平河而上，兩岸山體越見雄奇。過了苗族、土家族和漢人雜居的盤溪寨，進入到自然保護區，蔥蔥鬱鬱的山巒開始收攏，河床變得狹窄而幽深。黑灣

黑灣河源

河監察站，一幢磚砌的二層小樓，坐落在河灣的盡頭。站長是一個高個子黑瘦的中年人，我見到的那兩條活的蘄蛇就是他從外來偷捕的人手裡扣下的。他說這河溪兩岸野麻葉中蘄蛇特別多。

「這是蘄蛇的王國，」他說。

我想多虧了蘄蛇，這片近乎原始的亞熱帶常綠闊葉林莽才保留至今。

他當過兵，又當過幹部，到過許多地方，他說他現在哪裡也不想去。前不久，他拒絕了公安局派出所所長的職務，也不願到保護區的種植場去當場長，就在這裡一個人看山，他看中了這山。

他說五年前還有老虎到村寨裡偷牛吃，現在當然再也沒有人見到虎的蹤跡。去年，山民打死過一隻豹子，他沒收了送到縣裡保護區管理處去的。骨架子用砒霜泡過，製成了標本，鎖在標本室裡，竟然被人偷走了，據分析是從水管子爬窗戶進去的，要是再當成虎骨賣了泡酒，喝了那可就長壽了。

他說他不是生態保護主義者，他做不了研究，只是個看山人，在保護區裡修了這麼個監察站就留下不走了。他這小樓上有幾間房，可以接待各地來的專家學者，做調查也好，採集標本也好，他都提供方便。

「長年在這山裡你不覺得寂寞？」我見他沒有家小，問。

「女人是很麻煩的事。」

他於是又講到，他當兵的時候，文化革命中，女人也跟著胡鬧，有個十九歲的姑娘，曾經參加民兵訓練，當過省裡的特等射手，武鬥中跟著一派上了山，把圍剿的戰士，一槍一個，一連撂倒了五個，連長急了，叫抓活的。後來她子彈打光了，被抓住剝個精光，叫一個戰士一梭子衝鋒槍從陰道裡打進去，打個稀巴爛。他也在小煤礦上待過，當過管人事的幹部，礦工們為個女人火併，白刀子進，紅刀子出，那為女人鬧出的一般糾紛就多了。他也有過老婆，分手了，也不打算再娶。

「你可以來這裡住下寫書，一起還好喝酒。我每頓飯都喝，不多，但都得喝點。」

一個農民從門前河灣的獨木橋上經過，手上拎一串小魚。他招呼了一聲，說有客人來了，要了過來。

「我給你做麻辣小魚吃，正好下酒。」

他說要吃新鮮肉也可以叫農民趕集的時候捎來。離這裡二十里路最近的寨子有家小鋪，還能買到菸酒。豆腐更時常吃到，哪家農民做豆腐總有他一份。他還養了些雞，雞和雞蛋都不成問題。

正午，我便同他在青山下，就麻辣魚和他蒸的一碗鹹肉喝酒。我說：

「這可是神仙過的日子。」

「神仙不神仙，反正清靜，沒那麼多煩心事纏人。我事情也簡單，這上山只有一條路，都在我眼皮子底下，盡到我看山的責任就是了。」

我從縣裡來就聽說他這黑灣河管區最好，我想也因爲他這樣淡泊的人生態度。用他的話說，他同這裡的農民都玩得來。每年開春，有個老農總要送他一包乾草根。

「你進山的時候嚼一段在嘴裡，蛇就避開你。這裡的蘄蛇可是要人命的。」說著，他起身到房裡拿來了一個草紙包，打開遞給我一枝褐色的草根。我問是什麼草，他說他不知道，他也不問。這是山裡人祖傳的祕方，他們有他們的規矩。

他說從這裡上主峰金頂轉一轉，來回得打上三天。帶上米、油、鹽，再弄點豆腐蔬菜和雞蛋。在山上過夜只能睡在山洞裡，洞裡還留有給前些時來科學考察的人員用的幾床棉被，可以禦寒。山上風大，很冷。他說他去村裡看看，找到個人的話今天就可以上山。他過到獨木橋那邊去了。

我隨後也到河灣邊轉轉。淺灘上河水活潑，陽光下清明晶亮，背陰處則幽黑而平靜，又透出幾分險惡。岸邊樹林子和草莽都過於茂盛，蔥鬱得發黑，有種懾人的陰濕氣息，想必是蛇們活躍的地方。我從獨木橋又過到對岸，林子後面有個五六戶人家的小村寨，全是高大老舊的木屋，牆板和樑柱呈黑鏽色，可能是這裡雨水過於充沛的緣故。

村裡清寂，沒有一點人聲。屋門一律洞開，橫樑以上沒有遮攔，堆滿乾草、農具和木竹。我正想進人家裡去看看，突然一隻灰黑毛色相雜的狼狗竄了出來，凶猛叫著，直撲過來。我連忙後退，只好回到獨木橋這邊來，一面仰望著監察站這幢小樓後面陽光中青灰色的龐大的山體。

我背後傳來女人的嘻笑聲，回頭見一個女人從獨木橋上過來，手裡舞弄一根扁擔，扁擔上竟然纏繞著一條足有五六尺長的大蛇，尾巴還在蠕動。她顯然在招呼我，我走近河邊，才聽清她問的是：

「喂，買蛇不買？」

她毫不在乎，笑嘻嘻的，一隻手扣住蛇的七寸，一手拿扁擔挑住盤繞扭動的蛇身，朝我來了。幸虧站長及時出現，在河那邊，朝她大聲呵斥：

「回去！聽到沒有？快回去！」

這女人才無奈退回到獨木橋那邊，乖乖走了。

「瘋瘋癲癲的，這婆娘，見外來的生人總要弄出些名堂，」他對我說。

他告訴我他找到了一個農民替我當腳力和嚮導，先要安排一下他自己屋裡的事，再準備好幾天的米和菜。我儘可以先走，那嚮導隨後就來，山裡人走慣了山路，挑上籮筐一會就能攆上。這上山只一條道，錯不了的，前面七八里處有個早先開發過一半又作廢了的銅礦場，如果還不見來人，我可以在那裡先歇一會。

他還叫我把背包也留下，那農民會替我挑去，又給我一根棍子，說是上山時省些力氣，還可以趕蛇，並且囑咐我嘴裡嚼一段他給我的那乾草根，我便同他告別。他留個平頂頭，面孔黑瘦，滿臉鬍子碴，向我揮揮手，轉身進屋去了。

如今，我不免懷念他，他那實實在在淡泊的人生態度，還有那鬱黑的河灣的獨木橋那邊，那村寨裡黑鏽色的木屋，那凶狠的毛色灰黑的狼狗，那挑著扁擔玩蛇的瘋瘋癲癲的女人，似乎都向我暗示些什麼，就像那小樓後蒼莽龐大的山體，我以爲總有更多的意味，我永遠也無法透徹理解。

三十四

你走在泥濘裡，天下著迷濛細雨，路上靜悄悄的，只有膠泥咬住鞋子發出的聲響。你說得選擇走在硬泥上，卻即刻聽見撲噠一聲。你回頭見她摔倒在泥濘裡，一隻手撐住地那分狼狽。你伸手拉她，不料她腳下一滑，撐地的汙手又抹得渾身是泥。你說乾脆得把她那高跟皮鞋脫了，她哭喪臉，竟一屁股坐在泥地裡。你說髒就髒了，沒什麼了不得，前去找到個人家，再好好洗一洗，她卻不肯再走。

這就是女人家，你說，又要遊山，又怕吃苦。

她說她根本不該同你來，走這倒楣的山路。

你說山裡不只有風景，也有風風雨雨，既然來了，就別後悔。

她說受你騙了，這鬼的靈山，一路上壓根兒就沒見個遊人。

你說要是看人而不是看山，城裡大街上還沒有看夠？再不就逛百貨商場去，從甜食點心到各種化粧用品，女人需要的應有盡有。

她於是用一雙泥手捂住臉哭了起來，簡直像個孩子，還好不傷心。你於心不忍，只好拖她起來，扶住她走。

你說總不能賴在這雨地裡，前面就會有人家，有人家就會有火塘，有火塘就有了溫暖，就不會這樣孤寂，就都會得到寬慰。

你當然也知道，雨中的那堵斷牆背後，灶台肯定都坍塌了，鐵鍋也早已鏽穿。這山崗上，荒草叢中，插著零落的紙幡的墳塚背後，也不會有女鬼啼哭。此時此刻，你多麼盼望能找到個山裡人家，換上一身乾淨衣服，清清爽爽，坐在火塘前的竹靠椅上，手裡再有一碗熱茶，對著屋簷下綿綿細雨，同她講述一個同她與已和紛繁的人世都無關係的童話，她就像這孤寂的山中人家的一個乖巧的小女孩，坐在你膝頭上，偎依著你。

你說火神是一個赤條條的紅孩兒，就喜歡惡作劇，總出現在砍倒的樹林子裡，把厚厚的乾樹葉子故意踹得嘩嘩響，光個屁股，在砍樹的樹枝間爬上爬下。

她則同你講述她的初戀，一個小丫頭的愛情，或者說還不懂世事，只是對愛情的一種嚮往。她說，他當時剛從勞改農場回到城市，又黑又瘦又老相，腮幫子上都出現深深的皺紋，可她還就傾心於他，總凝神聽他講述他經受的那些苦難。

你說那是個好遠久的故事，你還是聽你太爺爺說的，說他親眼看見過紅孩兒，從他頭年砍倒的那棵櫟樹底下爬了出來，翻到一棵山茶樹上，他當時還晃了晃腦袋，以爲老眼昏花。他正從山嶺上下來，扛了根楂樹，是山外響水灘的一個船工要的，楂木輕，又禁得住水泡，是做船的好材料。

她說她那時才十六歲，他卻已四十七八了，足以當她的老父親，他同她父親早年是大學的同學，多少年的至交。他平反回城以後，沒有多少別的交往，總上她家，同她父親一邊喝酒，一邊講述那些年他打成右派後勞改時的經歷。她聽著聽著，眼睛都濕潤了，他人乾巴巴的還沒恢復元氣，不像後來有了職稱，當上了總工程師，也穿起花呢西裝，襯衫的白衣領燙得筆挺，總敞開著，顯得那麼瀟灑。可她當時就如醉如癡愛他，就願意爲他流淚，一心想給他安慰，讓他後半生過得幸福。他當時只要接受她這小丫頭的愛情，她說，真的，她什麼都可以不顧。

你說你太爺爺當時一根一圍粗的楂木還扛在肩上，正從坡上下來，就看見了這火神爬上了山茶樹幹，他一時煞不住腳，也不敢多看，回到家門口放倒樹幹，還沒進屋就說不好了！家裡人問他，那時，你說你爺爺還活著，你爺就問你太爺爺，爸，你怎麼了？你太爺說，他看見紅孩兒了，那火神祝融，好日子完啦！

可他並不知道，他是一個傻瓜，她說。她只是在她都上了大學好幾年之後，才告訴他的。他說他有妻子和兒子，他去勞改他妻子守了他整整二十年，兒子都比她大。再說，她父親，他們是多年的老朋友，會怎麼看待他？膽小鬼！膽小鬼！她說她當時哭著罵他。她說，連那次約會都是她主動的，他當時從她家同她父親告別出門，她也找了個藉口，對父親說她要去找她小時候曾經一個樓裡住過的一個女孩，他們便一起出門了。她平時叫他蔡叔叔，她也還是這麼叫他。她說蔡叔叔，她有話要同他談談。他說好的，這會兒就行，邊走邊說。她說不，她不能這樣在大馬路上。他想了想，約定去一個公園。他說公園門口有個飯店，他請她一起吃晚飯。

你說災難後來果真一樁接一樁。你說你那時候還小，揹不了一桿火銃，不能跟你老爺去打獵，只好扛起鋤頭，同他去竹林裡挖冬筍。你太爺爺那時候背已經駝了，頸脖子上長了個大肉瘤，說是從小扛樹扛出來的。可你太爺爺年輕時，你爸說，他可是沒人比得過的好獵手，就在他看見了紅孩兒之後，沒兩天功夫，叫人給打死了，槍子從後腦勺進去，在左眼窩開花。他躺在屋門口，一攤血跡裡，伸手就搆得到門檻。屋場邊的那棵老樟樹根上也結的紫黑的血塊。他是扒著樹根爬上來的，等不及從拐彎的石級上來，爬到快搆著家門檻時才斷氣了。你太奶奶早起餵豬食方才發現，半夜裡都沒聽見他一聲叫喚。

她說飯桌上她什麼也沒談，只講了些她學校裡毫不相干的事。飯後，他提議到公園裡走走，走到樹影下，他也像別的男人一樣，借著酒興要吻她，她沒有讓。她說，她還叫他蔡叔叔，她只是要讓他知道，她曾經怎樣愛他，她又怎樣懲罰了她自己，她已經給了別人，一個她不愛的男人。只不過一時迷糊，被人玩弄了，是的，她說她用的就玩弄這詞，她也只是一時衝動。他不作聲，要擁抱她，她推開了。

你說當時天還未大亮。你奶奶先是腳下絆了一下，後來就大叫一聲，暈死過去。你奶奶當時肚子裡正懷著你爸。後來還是你老爺把你太爺拖進屋裡的。你老爺說，你太爺是叫人暗算了，從後腦勺吃的黑槍，用的是打野豬的鐵砂子。你爸還說，在你太爺剛死沒多久，山林就起火了，那一片林火足足燒了上十天，好幾個火頭同時竄起，沒法子救，火光沖天，把個呼日峰映得像一座火燄山。可你老爺說你太爺吃黑槍的時候正是林火起來的時候。後來你爸卻說，你太爺爺的死同拿火繩的紅孩兒沒有關係，是叫仇家暗算了。你老爺一直到臨終前都要找出暗算他爸的凶手。可到了你爸說給你聽的時候，就成了故事，只有一聲嘆息。

她說他還對她說他愛她，她說，假的！他說他真想過她，她說已經晚了。他問爲什麼？她說這還用問！他問爲什麼連吻她一下也不行？她說她能同隨便哪個男人睡覺，就不能同他。她還說，你走吧！你永遠也不會明白，還說她恨死他了，再也不想見到他，硬是把他推開跑了。

你說她根本不是什麼小護士，她一路上編造的全是謊話，說的也不是她的女伴，這才是她自己，她自己親身的經歷。她說你講的也不是你太爺爺你老爺你爸你自己，你全編的是唬弄人的故事。你說你已經說過了這是個童話，她說她又不是小孩子，不聽什麼童話，她只要真真實實活著，她也不再相信什麼愛情，她已經厭倦了，男人都一樣好色。女人呢？你問。也一樣下賤，她說，她什麼都看透了，活著都膩味，她不要那麼多痛苦，只求瞬間的快樂。她問你還要她嗎？

就在這雨地裡？

這樣難道不更刺激？

你說她真賤。她說男人不就喜歡這樣？又簡單，又輕鬆，還又刺激，完了，一走了事，也不必擔心，也沒有累贅。你問她同多少男人睡過覺？她說少算也上百。你不相信。

這有什麼信不信的？其實很簡單，有時候只要幾分鐘。

在電梯裡？

幹麼在電梯裡？你看的是西方電影。在樹影下，在牆拐角裡，隨便什麼地方不成？

和根本不認識的男人？

這樣更好，也不會再見到尷尬。

你問她是不是經常這樣？

只要想要。

找不到男人的時候？

他們並不那麼難找，只要使個眼色，跟著就來。

你說她使個眼色，你未必就去。

她說你未必就敢，可有的是敢的。男人要的不就是這個？

那麼你在玩弄男人？

爲什麼只許可男人玩弄女人？這有什麼奇怪。

你說她不如說在玩弄她自己。

又爲什麼不？

就在這泥濘裡！

她便笑嘻嘻說她喜歡你，可不是愛。還說你可要當心，要她真愛上你了——

那就是災難。

她問是你的災難還是她的災難？

你說與你與她都是災難。

你真聰明，她說她就喜歡你這顆聰明的腦袋。

你說可惜不是身體。

她說身體人人都有，又說她不想活得太累，於是長長嘆了口氣，講個快活的故事吧，她說。

還是講火？那光屁股的紅孩兒？

便隨你說。

你便說這紅孩兒火神祝融正是這九山之神。那呼日峰下，原先的一座火神廟年久失修，人們忘了祭祀，酒肉都只顧自己享用。被人遺忘了的火神一怒之下，便發作了。就在你太爺爺……

怎麼不說下去？

他死的那天夜裡，人都熟睡的時候，山林裡竄出一道火光，明晃晃悠悠游動在漆黑的山影之中。風吹來了一股勝似一股的焦臭味，人們在睡夢中都感到窒息，紛紛起來，也都看見了林火，卻只呆呆望著。到了白天，煙霧瀰漫過來，別說去救，躲都躲不及。野獸也驚恐萬狀，被熊熊火勢追趕，老虎、豹子、野豬、豺狗統統竄進河裡，只有河水洶湧的深澗才能阻擋火勢蔓延。隔岸觀火的眾人只見對面火光之中，一隻赤紅的大鳥飛騰起來，長的九個腦袋，都吐出火舌，拖起長長的金色的尾巴，帶著呼嘯，又像女嬰的啼哭，凌空而上。千百年的巨樹騰地彈起，像一根根羽毛，還發出炸裂聲，然後又輕輕飄落進火海裡……

三十五

我夢見我背後的石壁開了，發出格支格支的聲響，石縫之間裂出魚肚白的天空，天空底下有個小巷，清寂無人，旁邊是一個廟門，我知道那是大廟的側門，從來不開，門口牽了一根尼龍繩子，曬著小孩的衣服，我認出來這地方我曾經去過，是四川灌縣的二王廟外，我則在分水的堤堰上走，腳下江水滾滾，對面岸上還有一座被占用了的廟址，我曾經想進去而不得其門，只看見高高挑出院牆的烏黑的飛檐上爬著的魚蛇，我拉住了一根鋼絲纜繩，一點一點前移，白花花的河灘上居然有人在釣魚，我想到他跟前去看看，水漲了，我只好退縮，四周泱泱流水，中間的我竟又是個孩子，此刻的我站在一個長滿荒草的後門

二王廟外

口看著那童年時候的我，穿的一雙布鞋，進退兩難，鞋幫子上有個布鎖的鈕扣，我小學校裡那些說下流話的同學說我這腳上的鞋是女人穿的，弄得我很不自在，也正是從街上野慣了的這些男孩子嘴裡我第一次懂得那句罵人話的涵義，他們還說，女人是賤貨，又說街角賣燒餅的那胖女人同男人貼餅子，我知道這都不是好話，同男女的肉體有關，可究竟什麼關係只模模糊糊並不清楚，他們說我喜歡同班的那個給過我一張香片紙的黑瘦的小女孩，我臉上頓時便發燒，這又是我小學畢業之後進了初中，有一次看暑期學生專場電影時碰上他們，說她現在長得比以前白淨多了，挺風騷的丫頭，還向他們打聽過我，他們問我幹麼不同她約會，然後我就掉在女人的肉體之中，掙扎著，伸手摸到了一個女人潤濕的下身，我以前沒這麼大膽，我知道我墮落了，又竊竊歡喜，大約知道這是一個我想得到而得不到的女人，她姣好的面貌我卻無法看到，想去吻她竟被另一個女人的嘴吻著，心裡明明不愛卻也自得其樂，我也就看見了我父親憂鬱的眼睛，他默默無聲，我知道他已經死了，便知道這不是真的，夢中我盡可以放縱，又聽見匡當匡當門板被風吹得直響，我記起了我睡在山洞裡，頭上摺皺起伏的古怪的屋頂是馬燈照著的岩壁，我睡在透濕的被褥裡，衣服都沒有脫，貼身的衣服同樣潮濕，腳一直冰涼沒暖和過來，山風很猛，在匡當的門板震盪聲後嗚嗚吼叫，像頭黏著血的野獸，就躺在抵上門板的山洞口，我細心傾聽，風聲來自山岩頂上，在草甸和灌叢中馳騁。

尿憋得不行，我翻身爬起，擰亮馬燈，提在手裡，趿上鞋，把用一段段樹幹釘成的門板後頂著的樹杈子撤了，門板匡當一聲被風吹開。洞外渾黑的夜幕馬燈只照亮腳下一圈。我往前走了兩步，解開褲子，抬頭突然看見面前一個巨大的黑影，足有十公尺高，凌空俯視，我驚叫一聲差點把手上的馬燈甩掉。巨大的身影同時跟著搖動，我即刻醒悟到這莫非就是我讀過的《梵淨山志》中記載的所謂「魔影」。我搖晃馬燈，它跟著也動，確實是我自己在夜空中的投影。

陪同我上山的這農民嚮導，也聞聲趕了出來，手中捏把砍刀。我驚魂未定，還說不出話來，只啊啊的叫，一邊搖晃馬燈，指給他看，他也立刻啊啊叫喊起來，隨即接過我手上的馬燈，就見兩個巨大的身影在渾厚的夜幕上隨著兩人的叫聲跳躍不已，被自己驚駭又發現驚駭自己的竟是自己的影子該怎樣驚奇！兩人像小孩子一樣跳著撒尿，讓黑乎乎的魔影也跟著跳，又是對自己的鎮定，對出竅了的魂魄也是種安慰。

回到洞裡，我興奮得再也睡不著，他也在翻身。我乾脆叫他講講山裡的事，他嘟嘟囔囔說個開來，可他此時說的土話十句有八句我聽不明白。他好像說他有個做什麼的遠房叔伯兄弟，大概是被熊抓瞎了一隻眼，因爲進山時沒敬山神，我也不知道他說這話是不是對我的責難。

早起，原打算去九龍池，大霧迷濛。他走在前面，三步之外就只剩下個淡淡的人影，到五步遠我大聲招呼他都難得聽見。山霧居然濃密到這程度，昨夜燈光竟能在上面投影，也就不奇怪了。對我這當然是一種新鮮的經驗，吹口氣都有白色的霧氣裊繞來填充吹開的空隙。從洞口還沒走出百步遠，他卻站住，折回頭說不能去了。

「爲什麼？」我問。

「去年也是這鬼天氣，有一夥六個人進山來偷挖藥材的，只回去了三個，」他嘟囔道。

「你不要嚇唬我，」我說。

「你要去你去，我橫直不去了。」

「可你是陪我來的！」我當然有些惱火。

「我是站長派的。」

「可他是爲我才派的你。」我只沒有說他腳力錢是由我出。

「出了事，我跟站長不好交代。」

「你用不著同他交代，他不是我的站長，我也不需要他負責，我只對我自己負責。我就想去看一看這九龍湖！」

他說那不是湖，只是幾潭水池子。

我說湖也罷水池也罷，我就要看看那裡的金髮蘚，我就爲這高山上一尺來厚的金髮蘚來的，我就要到那厚厚的苔蘚上打個滾。

他說那裡不能睡覺，都是水草。

我想說是站長說的，在那金髮蘚上打滾比在地毯上要舒服得多，可我沒有必要同他解釋什麼叫地毯。

他不說話了，低頭走在前面。我於是又上了路，這就是我的勝利，我只能對我自己出腳力錢的嚮導毫無必要施行我的意志。我無非要證明我有自己的意志，這也就是我來到這鬼都不肯來的地方的意義。

他又不見了，我稍許鬆懈一下，幾步沒跟上，他就消失在這白茫茫的迷霧中。我只好加快腳步去追蹤他的影子，到跟前才發現是一棵高山櫟。要我現在一個人從這草甸和灌叢中認路回去，不知會走到哪裡，我失去了方向，又開始大聲喊他。

他終於出現在霧中，衝著我莫名其妙指手劃腳比劃，等我到他面前才聽見他在叫喊，都是這該死的霧。

「你生我氣了？」我問，我想我應該表示歉意。

「我不氣，我氣也不氣你，你這人生我氣啦！」他依然手舞足蹈喊叫，濃霧中聽起來都悶聲悶氣。我當然知道是我無禮。

我只好緊跟在他後面，幾乎踩到他鞋跟。這自然走不遠的，走起來也不舒服。我所以上這山來並非只看他的腳跟。那麼，我又爲什麼而來？這都同夜裡的夢和魔影和一身裡裡外外濕呼呼的衣服和一夜似乎未睡和這種勞累有關，我有種不祥的預感，伸手去摸放在貼身襯衣口袋裡的那根防蛇的藥草，卻怎麼也摸不到了。

「還是回去吧。」

他沒有聽見，我只好又大聲喊：

「回去！」

這一切都可笑，但他沒笑，只嘟囔了一句：

「早就該轉回去。」

我還是聽了他的，跟他回轉去了。他進洞就生火，氣壓太低，煙子出不去，把洞裡也燻得煙霧騰騰，眼都睜不開。他坐在火堆邊喃喃吶吶。我問：

「你對著火堆講什麼呢？」

「說人抗不過命，」他說。

後來，他爬到鋪板上睡覺去了。不一會，就聽見他鼾聲大作。他是自在之物，心安理得，我想。而我的困擾在於我總想成爲自爲之物，要去找尋性靈。問題是這性靈真要顯示我又能否領悟？即使領悟了又能導致什麼？

我百般無聊，在這潮濕的山洞裡，裡面的濕衣服都冰涼貼在身上。我這時領悟到我要的充其量只是一個窗口，一個有燈光的窗口，裡面有點溫暖，有一個我愛的人，人也愛我，也就夠了，捨此之外都屬虛妄。可那個窗口也只是個幻影。

我記得我不止一次做過這樣的夢，去找我幼年時住過的房子，去找那點溫暖的記憶，那進深很深的院子套著的院子像迷宮一樣，有許多曲折窄小黑暗的過道，可我永遠也找不到一條同樣的路，能從進去的原路再出來。我每次進到這夢中的院子走的路都不一樣，有時我家住的院子的天井是前後人家的過道，我不能做些只爲我自己而外人不知道的事情，總也得不到那種只爲自己所有的溫暖的親切感，那怕我在自己房裡，牆的板壁不是沒有撐到房頂，就是紙糊的牆皮破碎，或者有一面牆乾脆倒了，我爬上一個搭到閣樓上的梯子，從樓梯往下看，屋裡全成了瓦礫，那外面本來是一片南瓜地，我曾經爬在南瓜藤下捉過蟋蟀，頸子和手膀子上蹭的瓜藤上的毛，和著汗水，弄得周身發癢，那在陽光下，這在冷雨裡，本來堆滿瓦礫的場子上，竟也蓋滿了別人家的房子，簡直不知什麼時候蓋起來的，窗戶還都關得那麼嚴實，這半截子沒有牆壁遮擋的閣樓下面，我外婆在倒騰一個同她一樣老的從上面揭開蓋子的紅木舊衣箱，她已經死了好多年了，我還是應該找尋點溫暖的回憶，我兒時的夢，確切說，是我做過的關於我兒時的夢，我想去找尋我小時候的朋友，那些我已經忘掉了姓名的小夥伴，有個男孩子，他下嘴唇上留下一道跌破的傷痕，顯得特別忠厚，他有個專門養蟋蟀的紫砂罐子，說是他祖父傳下來的，我也喜歡他姊姊，挺溫柔的一個大姑娘，可我從來沒有同她說過話，我知道她後來嫁人了，我再去她家也肯定撲空，甚至碰不上這我幼年時嘴唇上有傷痕的夥伴，我走過一家家房門緊挨在一起的小街，街面上的房子屋簷很矮，幾乎伸到街面上來，我要趕緊回我自己的家，我外婆在等我吃飯，她一到吃飯的時候就大聲叫我，光聽她聲音總以爲她在同誰吵架，她經常同我母親吵嘴，脾氣非常急躁，人越老脾氣越加古怪，她同她自己的女兒都合不來，鬧著回老家找她的一些表親戚去了，後來說是死在養老院裡，我必須找到她的下落，才對得起我死去的母親，我這會盡想到死了的人，也怕是平時不曾想到過她們的緣故，她們其實都是我最親近的人，在這山洞裡，對著柴火，火苗跳躍總誘人回憶，我揉搓被煙子燻得睜不開的眼睛。

我起身到洞外，霧淡薄一些了，能見到十步開外。空中飄著細雨。我發現這一道道崖縫裡，插著一些燒剩的香頭，還插有一根紮著紅布條的樹枝，我想這大概就是山裡人之所謂靈岩吧，婦人家求子的地方。

矗立在頂峰的巨大擎天石柱全消失在霧中，我循著山脊走去，沒有想到一座死城竟然在霧中出現。

三十六

還有什麼可說的沒有？

你說這一片長滿茅草的廢墟只山風凌厲，斷殘的石條上趴滿苔蘚和地衣，一隻壁虎從半截石板上爬過。

說當年晨鐘暮鼓香菸繚繞，一千間僧房九百九十九個掛單的和尚，寺廟的住持是一位高僧，圓寂的那天舉行了盛大的法會。

說寺廟裡無以計數的香爐全都插上了點燃的信香，數百里方圓香客們聞風而來爭相目睹老和尚坐化升天，通往這佛地叢林的大小山道上擠滿了趕來朝拜的善男信女。

說寺廟裡唱經聲渾然一片，直飄到山門之外，大小殿堂裡沒有一個空的蒲團，後來的便就地跪拜，再晚來的則待在殿堂之外，進不來佛門的人群背後還源源不絕，那真是一次空前的盛會。

說信徒們無一不想從老和尚那裡得到恩惠，眾多的弟子個個又都想得到他的真傳，大師圓寂前還要講授一次佛法，這經堂就在大雄寶殿左側藏經樓下。

說經堂前庭院裡有兩株盛開的桂花樹，一株金紅一株月白都散發出陣陣幽香，蒲團從經堂一直鋪至庭院，僧人們盤坐在秋日和陽暖照之下心地清淨，靜候老和尚最後一次宣講佛法。

說他沐浴齋戒已七天七夜不進飲食閉目盤坐在烏檀木雕的蓮花法壇上，肩披一件異常寬大綴滿補丁的袈裟，壇前立式鏤空的銅香爐裡燃著檀香木片，經堂內清香瀰漫，他兩位大弟子一左一右站立兩旁，受他親自剃度的十多位法師全恭候在壇下，他左手捻一串佛珠右手持一枚法鈴，只見指縫間夾著一根鋼籤輕輕一碰，盈盈鈴聲便像一縷游絲懸遊於堂上垂掛的經幡之間。

說眾僧人於是聽見他甘柔的聲音，佛陀告訴須菩提不可以以身相認如來，如來之所謂身相凡有所相皆爲虛妄若所相非相乃非非相，吾傳授的無非佛祖所說而佛所說皆不可取又不可不取也不可言傳，這不可言傳而不可取又不可不取此乃吾授於汝等亦如來所傳之大法，還有什麼要問的嗎？

說這眾多的佛門弟子無一人領悟又不敢問，最苦的還是他左右兩位大弟子身邊守候已七天七夜不敢稍許怠慢只等他交代後事授以衣鉢，竟隻字未提，香爐上用以計時的最後一根線香眼看燒到香柄，還是他大弟子斗膽上前一步屈膝跪下合掌行禮匍匐在地說弟子有一句話不知該不該問？

說老和尚微微睜開眼睛問他還要問什麼？他這大弟子抬頭環顧身後問師父的衣鉢圓寂前是否有個交代？那意思誰都明白，這眾多的僧人這興盛的香火這廣大的廟產總得有個接替他衣鉢的住持，一代宗師豈能沒有後繼？

說老和尚點頭伸手從懷中取出他的僧鉢剛說了句拿鉢去——那炷線香已經燒到盡頭，煙香冉冉上升抖動一下化作個未了的圓圈跟著消散了，大雄寶殿裡大唐貞觀元年間監製的一萬二千斤的鐵鐘也響了起來，隨即鼓聲隆隆經堂裡眾法師趕緊將木魚銅磬一一敲起，眾和尚見老和尚已傳了衣鉢，一片南無阿彌陀佛頌經聲便騰空而上。

說他兩位大弟子秉性頑鈍，誰也沒聽清老和尚說的拿鉢去後面還有行乞二字，只見師父嘴皮動了一下誰又不想得到真傳都伸手過去抓住僧鉢不放，那鉢竟悄然粉碎，兩人心中一驚，明白是師父心跡又不敢言說，只有高僧才意識到這寺廟將毀於一旦，不忍再看便合眼屏息端坐在蓮花座上雙手疊印凝神命門默默用意念結束了自己的性命。

說其時經堂內外鐘鼓聲大作，堂內僧人齊聲誦經傳至庭院，庭院內眾和尚跟著唱誦又擴散到前後三大殿和兩廂佛堂，再盪漾到廟外堵滿轎子驢馬和香客的前場上，那進不得山

古廟廢墟

門的善男信女豈甘落後，也都放聲高誦南無阿彌陀佛用盡氣力朝山門裡衝！

說眾法師抬起高僧坐化的大缸在錦緞刺繡的經幡護送之下，由兩位大弟子甩著拂塵布灑潔淨身心的法水在前面開道，進入山門的眾多信徒無不爭先恐後以目睹大師遺容為幸，看到的都說好慈祥啊，沒看到的更急得不行，紛紛昂起腦袋踮起腳尖人頭攢動，擠掉了帽子踩掉了鞋，香爐悉皆撞倒全然置佛地莊嚴而不顧。

說缸蓋合上置放到大雄寶殿前柴薪之上，點火之先還有一場超度的經文要念，這諸多儀軌缺一不可，稍有疏忽佛法難容，可再大的廟子也禁不起千人擠萬人擁，再壯實的漢子也架不住人流洶洶，跌倒的踩傷的又止不住哭喊，人聲鼎沸那真是大悲大慟！誰也說不清這大火如何騰地而起，究竟多少人燒死多少人踩死，踩死的多於燒死的抑或燒死多於踩死也無從弄得清楚，總歸整整三天三夜大火熊熊直等到老天爺大發慈悲降下甘霖才留下一片灰燼，浩劫之後又只剩下這一座廢墟和半塊殘碑供後世好事之徒去作考證。

三十七

這堵斷牆背後，我死去的父親，母親和我外婆都坐在飯桌前，就等我來吃飯。我已經遊蕩夠了，很久沒有同家人團聚，我也想同他們坐在一張桌上，談點家常，像我被醫生判定為癌症的那些日子裡，在我弟弟家飯桌上，只講那些不可能同外人談而除了家裡人也難得談到的話題。那時候，每到吃飯的時候，我那小姪女總要看電視，可她那裡知道，電視裡的節目都是對精神汙染的討伐，頭頭腦腦對各界的宣講，文化名流又一個個表態，把文件裡的套話再重複一遍。這都不是小孩子要看的節目，當然也不適合下飯。電視報紙廣播的種種新聞我已經看夠了，我只要回到我自己的生活中來，談談自己家裡已被遺忘的往事，比方說，我那位瘋子曾祖父，一心想過過官癮，把一條街的房產捐光了也沒撈到一官半職，等明白受騙上當人也就瘋了，把自己住的最後一幢房子也點上一把火，死的時候剛過三十，比我這會還年輕得多。孔老夫子之所謂三十而立，應該說還是個脆弱的年紀，弄不好照樣精神分裂。我和我弟弟都不曾見過我這曾祖父的照片，那時候照相術可能還沒引進中國，要不是能照上相的只有皇族。可我同我弟弟都吃過我祖母做的一手好菜，印象最深的是她那醉蝦，吃到嘴裡蝦肉還在蠕動，吃一隻且得鼓上半天的勇氣。我也還記得我中風癱瘓了的祖父，爲躲避日本飛機轟炸，在鄉下租了農民的一幢老屋，整天躺在堂屋裡的一張竹躺椅上，大門敞開，風穿堂而過，一頭銀白的頭髮總也在飄動。空襲警報一響他便急躁得不行，我母親說她只好俯在他耳邊，反覆告訴他日本人沒那麼多炸彈，要扔只扔在城裡。我那時比我這小姪女還小，剛學會走路，我記得去後院要經過一個很高的門檻，門檻後還要再下一個台階，我自己爬不過去，那後院對我便始終是個神祕的去處。大門外有個打穀場，我記得同農家的孩子在曬的稻草上打過滾。打穀場邊上那條清幽的河裡又淹死過一條小狗，不知是哪個討厭鬼把牠扔了進去還是牠自己淹死的，總歸屍體擱在河灘上好久。我母親嚴禁我到河邊去玩，只有大人們到河灘挑水，我才能跟去刨沙，他們在河灘上挖出一個個沙窩，從中勻取濾過的清水。

我明白我此刻包圍在一個死人的世界中，這斷牆背後就有我死去的親人。我想回到他們之中，同他們一起坐在飯桌上，聽他們談那怕最瑣碎的事，我想聽到他們的聲音，看到他們的目光，同他們切切實實坐在同一張桌子上，即使並不吃飯。我知道陰間的飲食是一種象徵，一種儀式，活人不能夠進口，我坐在他們桌上旁聽，突然覺得這也是一種幸福。我於是小心翼翼走向他們，可我只要一越過斷牆，他們就起身，悄然消失在另一堵殘壁背後。我聽得見他們離開的腳步聲，窸窸窣窣，甚至看見他們留下的空桌子。當然，瞬間桌面就長滿了苔蘚，毛茸茸的，又斷裂了，坍塌在亂石堆中，縫隙間立刻長出了荒草。我還知道他們在另一間倒塌的房間裡正議論我，不贊成我的行爲，都爲我憂慮。我其實沒有什麼要他們憂慮的，他們偏要憂慮，我想也許是死人通常都好爲活人擔憂。他們在竊竊交談，我耳朵一貼到這毛茸茸潮濕的石壁上，他們就不說話了，改用眼色交談，說我不能這樣下去，我需要一個正常的家庭，應該爲我找一個賢慧的妻子，一個能照料我飲食爲我持家的女人，我所以得了不治之症，都是飲食不當的緣故。他們在合謀如何干預我的生活，我應該告訴他們毋須他們操心，我人到中年有我的生活方式，我這種生活方式也是我自己選擇的，不會回到他們爲我設計的軌道上去。我無法像他們那樣過日子，何況他們的日子過得未必就好，但我止不住想念他們，想看見他們，聽到他們的聲音，同他們談我記憶中的往事。我想問問我母親，她是不是帶我在湘江上坐過船？我記得在一隻篾篷的木船裡，窄狹的篷艙裡兩邊各搭了一條木板，人一個緊挨一個坐，對面的膝蓋都相互碰上。從篾篷裡看得見江水快沒到船舷，船身不斷搖晃，可沒有一個人出聲，都裝出若無其事的樣子，心裡想必全明白，這超載的滿滿一船隨時都可能沉沒，可就沒有一個人道破。我也裝作不知道的樣子，不哭不鬧，也努力不去想那隨時都可能發生的滅頂之災，我想問她那是不是也在逃難？我要是在湘江找到這樣一條船，這記憶就確有其事。我還想問她，是不是在豬圈裡躲過土匪？那天也同這天氣一樣，下的細雨，汽車在山路上一個上坡的急轉彎處拋錨，司機直後悔，說他方向盤再打緊一點就好了，一邊的前後車輪就不至於陷進路旁的稀泥裡。我記得是右手的輪子，因為後來車上的人都下來把行李全搬到左邊貼著山坡的公路邊上。又都去推車，可車輪光在泥裡打滑就爬不出去。車幫子上還裝了個生木炭的爐子，那時還在打仗，非軍用車輛弄不到汽油。這車每次發動都要用鐵搖手使勁去轉，直到聽見汽車放屁才能起動。汽車那時同人一樣，只有放掉肚子裡的氣上路方才舒服，可這車就是放屁輪子也只會打滑，濺得推車的人滿臉是泥。司機一再招呼過往的車子，就沒有一輛肯停下幫忙，那樣的天氣，天色那樣昏暗，都紛紛在逃難。最後的一部車子亮著發黃的燈光，像野獸的眼睛，擦邊過去了。後來就摸黑冒雨上山，泥濘的山路，一次又一次滑倒，一個拖住一個的衣服，全都是老人婦女和小孩，好容易摸到了一家沒有燈光的農家，人死也不肯開門。眾人只好擠在這家人的豬圈裡避雨，背後墨黑的山影裡半夜連連響槍，還閃爍一串火把，都說過的是土匪，嚇得誰也不敢吭聲。

我跨過這堵斷牆，牆後只有一棵小葉黃楊，長得有小手指粗，風中顫顫抖動，在這頹敗的沒有屋頂的房間當中。對面還剩下半堵扇戶，可以依在窗口往外張望。杜鵑和箭竹叢中露出些黑的石條，同樣長滿了苔蘚，遠看顯得相當柔和，像躺著的人的肢體，一些弓起的膝蓋和伸出的手臂。金頂上這寺廟當年有上千間殿堂和僧房，山風凌厲全蓋的鐵瓦。眾多的僧尼陪同明代萬曆皇帝的父親的第九個皇妃，在這裡修行，那晨鐘暮鼓一派香火的盛況不可能不留下痕跡。我想找到點當年的遺物，卻只翻到了一角斷殘的石碑，五百年來連鐵瓦莫非也全都鏽完？

三十八

再說什麼？

再說五百年後，這成了廢墟的古廟爾後又變成土匪盤踞的巢穴，他們白天在洞穴裡睡覺，夜晚便打起火把，下山搶劫。偏偏山下一個尼姑庵裡又有一位官宦人家的小姐，一心帶髮修行，守住古佛青燈要贖前世的罪孽，不料叫土匪頭子目睹芳容，搶上山去，強作壓寨夫人，這女子自然誓死不從，便先姦後斬了。

還說什麼？

再倒回一千五百年前，這古廟尙無蹤無影，只有草廬一間，一位掛冠的名士，隱遁在此，每每天將亮未亮時分，面朝東方，吐納引導，吸紫微之精，爾後引頸長嘯，空谷裡清音迴盪，弄得絕壁上下攀援的猴群跟著呼應。偶爾有知己往來，以茶當酒，或布局博弈，或月夜清談，老之將至也不以爲然，過往樵夫，遙遙相望，指爲奇談，又是這稱爲仙人崖的來歷。

又還有什麼可說的？

就又講到一千五百四十七年之後，這山外有個軍閥，半輩子戎馬生涯，終於當上個軍長，便回鄉祭祖，相中了一名伺候他老母的丫鬟，選了個吉日良辰，納娶爲妾，順次排將下來，算做第七房姨太太，擺了一百零一桌酒席，借此向鄉里人顯示一下排場。親朋滿座，免不了拍馬送禮，酒豈有白喝？正當眾人恭喜之際，門上卻來了一名叫花子，破衣爛衫不說，還生了一頭癩皮癬，門衛賞他碗飯吃，竟打發不走，硬要進廳堂上主賓席給新郎官道喜。這軍長好不惱怒，令副官用手槍柄打將出去。那知夜深人靜，新郎正酣然好夢，宅中卻四下起火，將個祖上的老宅燒了大半。有說此乃濟公活佛施了法術，替天行道，懲處惡人。又有人說，這乞丐乃惡中之惡，叫花頭子是也，方圓百里，大小乞丐，皆歸他統率，如何得罪得起。管他旅長軍長，不賞個臉面，便指使手下的無賴，用線香紮上火引子，半夜三更，彈射進高牆院內柴草堆中，大將軍縱有千軍萬馬，碰上這不肖小人，也防不勝防。這就又應了那句老話，強龍鬥不過地頭蛇。

再還有什麼可說的？

又過了大半個世紀，也是這山裡，別看這一座森嚴肅穆的大山，因了人世的混亂，總也不得太平。某縣革命委員會新上台的主任的一個醜女兒，偏偏看上了早年的地主的孫子，不從父命，執意結爲姻緣，偷偷從抽屜裡拿了三十八斤糧票，一百零七元現金，雙雙私奔，躲進山裡，滿以爲可以農耕而食。做老子的天天宣講階級鬥爭，親生的女兒竟然被地主的小崽子拐跑了，怎麼能不勃然大怒？當即下令公安局印發照片，全縣通緝。這一對小兒女那裡逃得脫搜山的武裝民兵，藏身的洞穴被團團包圍，楞小子便用偷來的斧子先砍死了情人，再砍死自己。

她說她也想見血。她想用針扎破中指，十指連心，叫心也跟著疼痛。她要望著鮮血湧出，鼓漲隆起，再蔓延開來，浸紅整個手指，再流到指根，讓血從指縫間下去，順著掌紋，流到掌心，手背也滴血……

你問她爲什麼？

她說都是你壓迫的結果。

你說那壓力來自她自己心裡。

那也是由於你。

你說你只講述，什麼也沒做。

她說你說的這一切都令她憋悶，喘不過氣。

你問她是不是有些病態？

病態也是你造成的！

你說你不明白你做了什麼。

她說你真虛僞！說完便狂笑。

你望著她不免有些害怕，你承認你想激起她的慾望，而女人的血水卻只能令你反感。

她說她就要讓你見血，叫血流到手腕上，再到手臂，再到腋下，再到胸脯，她要在白胸脯上也鮮血橫流，殷紅得發紫發黑，她就浸在紫黑的血水中讓你非看不可——

赤身裸體？

就赤身裸體坐在血泊之中，下身，股間，大腿上都滿是血，血，血！她說她就想沉淪，深深墜落下去，她不知道怎麼變得這樣渴望，潮水將她浸透，她看見自己躺在海灘上，海潮湧了上來，沙灘竊竊絮絮還來不及吸吮，一股新潮不可抑止就又上湧，她要你進入她身體，揉搓撕扯她，不要憐惜，她說她沒有羞恥，不再害怕，她害怕過，她沒怕也只是說怕並非真怕，可又怕墜入這黑色的深淵，無止境飄盪下去，她想沉淪，又怕沉淪，她說她看見黑乎乎的潮水緩緩上漲，從不可知的深處直湧上來，幽黑的潮汐正把她吞沒，她說她來得特別緩慢，一旦來了，就無法阻擋，她不知道她怎麼變得這麼貪婪，啊她要你說她放蕩，她要你說她不放蕩，她只對於你，只對你有這種需要，她說她愛你，她要你說你也愛她，可你從來不說這話，你真冷酷，你要的是女人，可她要的是愛，需要全身心去感受，那怕跟你下地獄，她求你不要離開她，千萬別把她拋棄，她害怕寂寞，怕只怕空虛，她也知道這一切都是短暫的，只是想欺騙自己，你就不會說一點讓她快樂的話？編一個叫她快活的故事？

啊，他們好快活，面對面盤腿坐在一張張蓆子前。黑的豬血，白的豆腐，紅的辣椒，綠的毛豆，醬的肘子，燉的排骨，煮的肥肉，一字排開，用海碗傳著酒喝。整個寨子都在過節，一氣殺了九頭豬，三頭牛，開了十大罐陳年老酒。個個紅光滿面，鼻尖上流油。瘸腿的寨老就站了起來，用沙啞的公鴨嗓子喊，那麻花嶺他們世世代代的柴山怎麼教外人放火種上了包穀？他門牙掉光，噴著吐沫。不要以為頭寨只剩下他這稻草稈樣的糟老頭子，不要以為頭寨的人都好欺侮。他現今儘管挑不動釬擔，扛不動火銃，頭寨的後生娃可不是孬種！大寶子他媽，你總不會拖你崽的後腿？這女人手上戴的銀鐲子跟著一揚，寨老，你老人家別這樣講話，一村的人都看著大寶長大，我崽在外頭教人看不起，也是全村人的笑話，別光衝我大寶一個人來，這頭寨又不只我一家，哪家也不是只生丫頭不生崽。婦人們一下子全炸開了，寶子他媽，你講話怎麼拐彎？頭寨人外山直不起腰桿，哪一個臉面掛得住？後生們也漲紅了臉，撩開褂子，拍著胸脯。寨老，這手裡提的火銃可不興吃素！你老人家有什麼話直管吩咐，就是莫聽嫂子們把大哥二哥都關在屋裡，光叫我們後生去打先鋒。嫂子們一聽全毛了，衝著後生娃便叫，嘴上還沒毛就學會了話裡帶刺，你爹媽捨得，我們又有什麼捨不得？一個漢子霍地站了起來，瞪個圓眼，小二，你好潑皮，這頭寨還輪不到你小子插嘴！還聽著呢？

說下去，她說她要的只是聽見你的聲音。

你只好強打精神，說的是眾人一起鼓譟，楞頭立馬捉了隻公雞，把雞脖子一抹，翅膀還撲撲的，熱血灑進酒碗裡，高聲叫道，不喝都是狗肏的！狗肏的才不喝！男人們都挽起袖子，踏了踏吐在地上的口水，一個個指天發誓，眼全都紅了，轉身去抄傢伙。磨刀的磨刀，擦槍的擦槍。各家的老父母也打起燈籠，上祖墳邊上挖坑。女人們守在屋裡，用出嫁時鉸頭髮生娃時剪臍帶的剪刀，剪得了墳頭上的紙幡。黎明時分，晨霧將起，寨老踩著瘸腿，擂起大鼓。婦人們抹著眼淚，從屋裡出來，守至寨口，望著手執鋼刀端起火銃的男人們打起銅鑼，齊聲吆喝，衝下山去，爲祖宗，爲宗族，爲土地和山林，爲兒孫，廝殺火併，然後默默抬回了屍體。然後婦人們再呼天喊地。然後復歸沉寂。然後再犁地下種插秧割稻打穀。春去秋來，又過了好些個冬天，等墳頭上長滿荒草，寡婦偷了漢子，孤兒也長大成人，便都忘了悲痛，只記得祖上的光榮。直到有一天晚上，年飯祭祖之前，老人們講起早年間的世仇，年輕人又喝了酒，熱血重新沸騰起來……

夜雨下個不停，火苗看著變小，縮成如豆一般，豆花明亮的底端，有那麼一星藍瑩瑩的芽兒，芽兒又伸張開來，豆花就越見收縮，顏色漸次變深，從淺黃到橙紅，突跳在燈芯上，黑暗越加濃厚，像油脂一樣凝聚，消融了這一顆哆哆嗦嗦暗淡的火光。你離開緊緊貼住你汗水淋淋滾燙的女人熟睡了的軀體，聽雨點打在樹葉上，沙嗄一片，山風在峽谷裡沉

梵淨山體

吟，發自於杉樹林梢。吊盞油燈的草棚頂上開始滴水，徑直落到臉上，你蜷縮在看山用巴茅草搭的草棚子裡，聞到了爛草腐敗而又有些香甜的氣味。

三十九

我必須離開這洞穴。這黔川鄂湘四省交界處的武陵山脈的主峰，海拔三千二百多公尺，年降雨量高達三千四百多毫升，一年難得到一兩個整日的晴天，狂風呼嘯起來，風速時常達到每秒一百多公尺，又陰冷又邪惡。我必須回到人間煙火中去，去找尋陽光，去找尋溫暖，去找尋快樂，去找尋人群，重溫那種喧鬧，那怕再帶來煩惱，畢竟是人世間的氣息。

我經過銅仁，那裡還保留屋簷都伸到街心的壅塞古舊的小街，行人和挑著的籮筐一路上碰撞。我沒多停留，當即趕上一班長途客車，傍晚到了一個叫玉屏的小車站。火車站邊上新蓋起一些個體戶經營的小客店，我要了間只擱得下一張單人鋪位的小房間，蚊子頻繁騷擾，放下蚊帳又十分悶熱。窗外的高音喇叭音樂大作，還伴以甕聲甕氣讓我起雞皮疙瘩的帶哭腔的對話，是外面的籃球場上在放電影，又是那老一套悲歡離合的故事，只不過換了個時代。

夜裡二點鐘，我上了去凱里的火車，早晨到了這苗族自治區的首府。

我打聽到苗寨施洞有個龍船節，找到州民委的一位幹部得以證實，說是這次是數十年來苗族地區沒有過的盛會，估計遠近山寨會有上萬苗民聚會，省裡和地區的首長都將前去觀光。我問怎麼個去法，他說有二百多公里，沒車子是無法趕到的。我問能否跟他們機關的車去，他面有難色，我好說歹說他才答應我明早七點來看看他們車還有沒有空位。

我一早提前十分鐘趕到民委機關，前一天停在辦公樓前的幾部大轎車已無影無蹤，空空的樓裡只找到一個值班的辦事員，說車早就開走了。我明白被耍弄了，急中生智，掏出了我那個從沒派過用場只給我惹來麻煩的作家協會的會員證也唬弄一下，大肆宣稱我剛從北京專程趕來為此寫稿的，請他馬上同州政府聯繫。他不明我底細，搖了一串電話，終於問到，說州長的車子還沒有出發。我一口氣又跑到自治州府政府，算我幸運，州長已聽了彙報，多話沒說，讓我擠進了他的小麵包車。

出了城，這坑坑窪窪的公路上塵土飛揚，竟一輛接一輛擠滿人的卡車和各式各樣的大小轎車，原來是自治州首府各機關乃至於許多企業學校工廠的幹部職工趕去看熱鬧。這位以前的苗王現任的州長也許要主持什麼儀式，坐在司機邊上的一位幹部開著車窗一路吆喝，不斷超車，經過了許多村寨，又穿過了兩座縣城，在一個渡口前終於被一大批車輛把路堵塞過不去了。一輛大轎車沒上得了渡船，前輪滑進水裡。還有一輛特別出眾的黑色伏爾加，說是州委書記的車，裡面坐有省裡來的首長，也被卡在眾多的車輛之中，不得動彈。渡口上許多民警呵斥不停，指揮調遣足足折騰了一個多小時，最後乾脆把那輛大轎子

車半截推進水裡，才騰出地方搭上跳板，小麵包車於是緊跟伏爾加，警車又在小麵包車後面壓陣，渡船絞起纜索，方才離岸。

正午十二點，這一行浩浩盪盪來到坐落在開闊的清水江畔的這苗寨。清澄的江面上驕陽點點，十分耀眼。公路兩邊往來游動的全是花布陽傘和苗家婦女戴的高高的銀頭飾。河灘上，公路邊，有一座新蓋的二層帶平台的小磚樓，是鄉政府所在地，苗民的吊腳木樓則相互披連往下伸延到河灘。從鄉政府樓頂的平台上看下去，河灘上人頭攢動，相嵌著一團團花布陽傘和上過桐油光亮亮的斗笠，緩緩遊移在一行行張著白布篷子的小攤販之間。綠澄澄平緩的河面上，幾十條披掛紅布昂首的龍船輕捷滑行。

我尾隨州長混進了行舉手禮的民警把守的樓裡，受到了同來的幹部一樣的款待。穿著節日盛裝的苗家姑娘端來一盆盆熱水，送上灑了香水的新毛巾帕子，請客人一一洗手淨面。姑娘們個個明眸皓齒，再雙手捧上清香撲鼻的新茶，同新聞紀錄影片裡看到過的首長訪問一模一樣。我問一位張羅接待的幹部，她們是不是州歌舞團調來的演員？他告訴我全是縣城中學挑來的五好學生，由縣民委專門集訓了一個星期。隨後她們之中的兩位爲客人們演唱苗族情歌。唱畢，首長接見，還說了些鼓勵的話，大家便被領到擺上酒席的餐廳，順序入座。一樣有啤酒和汽水，只缺餐巾。人順便把我介紹給本鄉的書記和鄉長，他們會說幾句漢話，同我也一樣握手。席間都稱讚縣城裡派來的廚師好手藝，廚師上菜時不免拱手自謙。之後再一次擦手淨面，再一次喝茶，這就到了下午兩點，龍船比賽該開始了。

鄉黨委書記和鄉長在前領路，順石級而下，穿過了一條擠滿人的小巷。吊腳樓下的陰涼裡，各處來的穿著百褶裙的苗家姑娘有的還在打扮，見這由民警護衛的一行，小鏡子也不照了，頭也不梳了，都好奇望著。這魚貫的行列又注視她們一身好幾公斤重的各式各樣的銀冠、銀頸圈、銀手鐲，一時弄不清究竟誰在檢閱誰。

由民警圈起的一座臨河的吊腳樓上，擺滿了椅子和板凳，待眾人就座，一人再發一把苗家姑娘用的小花陽傘，由這些幹部們打著不一定好看。驕陽斜照，傘下仍止不住冒汗，我於是下到河灘上熙熙攘攘的人群中去了。

菸草、酸菜、人汗和牛羊豬魚案子的腥臊味在暑熱中蒸騰。各式攤販，從百貨布料到麥糖花生涼粉瓜子各種小吃，一片討價還價和打情調笑聲，再加上小兒在人堆裡鑽來鑽去，煞是熱鬧。

我好容易擠到河邊，還被人潮擁著，幾乎踩進水裡，只得跳到一隻拴在岸邊的小船上待著。前面有一條用整棵巨樹掏空做成的龍船，爲保持船身的平衡，船舷貼水面處鑲一根刨光的樹幹。船上一順溜三十來名水手，全一色短打扮，靛藍的褲褂上的熠熠發亮的牛骨膠，頭上是竹篾編的精巧的小斗笠，一個個還戴的墨鏡，腰間束一條亮閃閃的鋼絲帶。

船身中部夾坐著一個女孩兒打扮的童男，戴的是女孩的銀項圈和頭飾，時不時敲打一下掛在面前的一面堂鑼，鑼音清亮。船頭高高翹起一段木雕彩繪的龍頭，足有一人半高，插滿小旗，披的紅布，還掛了幾十隻嘎嘎叫喚的活鵝活鴨。

一陣鞭炮，又有送祭品的來了。在船頭擊鼓的唯一的長者招呼水手們都站起來。一個中年漢子，雙手抱一大罈酒，也不挽褲腳，徑直涉水跑進齊腿深的水裡，一碗一碗向好漢們敬酒。戴黑眼鏡的漢子們一邊大口喝酒，一邊唱和答謝，再把碗底的剩酒揮手酹入河水裡。

又有一個老漢同人抬著一頭活豬跑進水裡，四腳倒掛的豬子嚇得嗷嗷直叫，更增添一番熱鬧。隨後，那罈酒和這頭活豬都送到這龍船後尾跟著的一條載祭品的小船上去了。

我回到那吊腳樓上的看台已將近下午五點，河面上鼓聲咚咚，此起彼伏，時緊時慢，往來游動的三十多條龍船各自在玩，仍不見要比賽的樣子。有幾條剛要緊攏，又箭一般分射散開。看台上等得不耐煩了，先叫民委的人來，一會又傳體委的幹部，還說上面發話了，每條參賽的龍船獎勵一百元現錢，兩百斤糧票。又過了好一會，太陽眼看西落，熱力減退，陽傘不必再打，船隻卻還未集中起來，江面上依然毫無比賽的意思。這時有人傳話來，說今天不賽，要看賽船的得明天沿江而下，去下游三十里的另一個苗寨。觀光的自然都十分掃興，看台上立刻一陣騷動，決定撤了。

一輛輛排在公路上首尾銜接的這條車龍紛紛起動。十分鐘後，都消失在滾滾黃塵之中，路上只剩下仍然成群結夥不斷前來遊方的苗族男女青年，這節日的盛況看來還在夜間。

我留下來的時候，和我同車來的州政府的一位幹部告誡我明天再走可就沒車了。我說

龍船

攔不到過路的車子我也可以步行。他倒是好心，把苗鄉的兩位幹部找來，將我託付給他們，並且警告道：「出了問題找你們負責！」書記和鄉長連連點頭，說：「放心好了，放心好了。」等我回到鄉政府的小樓，空無一人，門都上了鎖。那兩位書記和鄉長想必不知今夜酒醒何處，之後我就再沒見到穿四個口袋幹部服能講漢話的人了。我倒突然得到解脫，索性在寨子裡遊蕩。

沿河的這條老街巷裡，家家都在接待親友，有的人家客人多的，飯桌都擺到了街邊，飯桶和碗筷全放在門口，我見許多人自取自盛，無須他人關照，我也餓了，顧不得客氣，況且語言又不通，也自取了一份碗筷，竟不斷有人叫我吃菜。這大抵是苗家自古以來的遺風，我難得這樣自在。

情歌是黃昏時開始的，先從河對岸飄揚過來，太陽的餘暉把對面山上的竹林映得金黃，河這岸已經籠罩在暮色裡。姑娘們五六成群都上河灘上來，有的圍成一圈，有的手拉住手，開始呼喚情郎。悠揚的歌聲在蒼茫的夜色中迅速瀰漫開來，我前後左右，捏著條手帕的，拿把小扇子的，都還打著陽傘，全是少女，也還有情竇初開的十三四歲的小女孩。

每一夥都有個領唱的，別的姑娘齊聲相和，起唱的這姑娘我發現差不多總是一群中最俊俏的，美的優先選擇這也合乎自然。

領唱的歌聲首先揚起，女孩子們全率情高歌，說是唱未必恰當，那一個個清亮尖銳的女聲發自臟腑，得到全身心響應，聲音似乎從腳板直頂眉心和額頭，再脫穎而出，無怪稱

蘆笙響了

之爲飛歌，全出於本性，沒有絲毫扭捏造作，不加控制和修飾，更無所謂羞澀，個個竭盡身心，把小伙子吸引過來。

男子更肆無忌憚，湊到女子臉面前，像挑選瓜果一樣選擇最中意的人。女孩子們這時候都挪開手上的手帕和扇子，越被端詳越唱得盡情。只要雙方對上話，那姑娘便由小伙子拉住手雙雙走了。白天這上萬人頭攢動的攤販集市，此刻全然成了一片走不完的歌場。我頓時被包圍在一片春情之中，心想人類求愛原本正是這樣，後世之所謂文明把性的衝動和愛情竟然分割開來，又製造出門第金錢宗教倫理觀念和所謂文化的負擔，實在是人類的愚蠢。

夜色越來越濃，黝黑的河面上鼓聲消失，顯出船隻上點點燈火。我突然聽見一聲漢話叫哥，覺得這聲音就來自我身邊。轉身見坡上四五個姑娘全朝我唱，一個明亮的聲音又叫了聲哥，這就再明白不過，她可能只會這一句漢話，對於求愛也就夠了。我看見了她昏暗中期待的目光，一眨不眨，竟然把我定住了，心突突跳了起來，霎時間我似乎回到了滿懷春情的少年時代，早已喪失了的這種的悸動猛的燃燒起來。我不覺貼近去看她，也許是受這裡小伙子舉動的影響，也許由於光線昏暗，見她嘴唇還微微在動，卻沒再出聲，只等候著，同她一起的女伴們和唱的歌聲也輕了下來。她幾乎是個孩子，一臉稚氣未脫，高的額頭，翹起的鼻尖，一張小嘴。我此刻只要一點表示，我知道她就會跟我走，偎依著我，興高采烈，打起她的小傘。我受不了這持久的對視，趕緊笑了笑，那笑容肯定愚鈍，又連忙堅決搖了搖頭，怯弱得不行，轉身就走，並且再也沒敢回過頭去。

我沒有遇到過這種求愛方式，雖然也正是我夢寐以求，真遇到了卻措手不及。

我應該承認她那苗家姑娘特有的塌鼻梁，翹鼻子，高額頭，小巧的嘴唇和那副亮閃閃期待的眼神，喚起了我早已淡忘了的那種種痛楚的柔情，可我即刻又意識到我已經回不到這種純真的春情中去。我得承認我老了，不僅是年齡和其他種種莫名的距離，那怕她近在咫尺隨手可以把她牽走，要緊的是我的心已經老了，不會再全身心不顧一切去愛一個少女，我同女人的關係早已喪失了這種自然而然的情愛，剩下的只有慾望。那怕追求一時的快樂，我也怕擔當負責。我並不是一頭狼，只不過想成爲一頭狼回到自然中去流竄，卻又擺脫不了這張人皮，不過是披著人皮的怪物，在哪裡都找不到歸宿。

蘆笙響起來了。這時候，河灘下、樹叢旁一張張小傘後面，相認了的情侶偎依摟抱，再不就雙雙躺倒在天與地之間，全都沉浸到他們自己的世界中去。而這世界離我竟這麼遙遠，就像是遠古的傳說，我悵惘離開了河灘。

公路邊的蘆笙坪上，一根大毛竹頂端吊著盞雪亮的汽油燈。她頭上罩著一塊黑布披巾，用個銀圈在頭頂束住頭髮，戴著個亮閃閃的大銀冠，中間是盤龍戲鳳，兩邊各張開五片打成鳳鳥羽毛狀的銀箔，舉手投足都跟著抖動。左邊的銀箔片的羽毛還紮一條花線編織的彩帶，一直垂掛到腰下，身腰舞動的時候，更襯托出她的嬌美。她身穿一統束腰的黑袍子，寬大的袖口露出手腕上幾串銀鐲，全身包裹在黑頭巾和黑袍之中，只裸露出頸脖子，

苗家少女

套在一對大而厚重的銀頸圈裡，胸前還掛了一把花紋精緻的長命鎖，環環相扣的銀鎖鍊從微微隆起的胸脯前垂下。

她深知這一身裝束比綴滿五彩繡片的姑娘更令人注目，滿身銀飾又足以表明她身分貴重。她那雙赤腳也很美麗，蘆笙聲中她起舞的時候腳踝上兩串銀鐲子也晶晶吟唱。

她來自黑苗的山寨，這山寨裡出落得一枝俊秀的白蘭，兩片鮮紅的嘴唇又像是早春的山茶花，啓開的唇間亮出螺鈿般的細牙。她扁平稚氣的鼻子，那圓圓的臉蛋上，兩眼更顯得分開，總也微微在笑，烏黑的眼仁閃爍，更增添她異樣的光彩。

她不必到河灘上去招引情郎，各個寨子裡最牛氣的後生，扛著兩人多高彩帶飄搖的大蘆笙就在她面前弓腰。他們鼓足了腮幫，搖搖擺擺，退步跺腳，引得姑娘們的百褶裙在他們跟前忽忽直飄。唯獨她只腳踝輕抬，轉動得那麼靈巧，她不光叫小伙子個個爲她折腰，還要逗他們把蘆笙吹破，嘴唇全吹起血泡，就洋溢那分神氣，她就有那麼驕傲。

她不懂得什麼叫妒恨，不知道婦人的歹毒，不明白那做蠱的女人爲什麼把蜈蚣、黃蜂、毒蛇、螞蟻同鉸下的自己的頭髮，和上精血和唾液，還將那刻木爲契的負心漢貼身的衣褲也統統剪碎，封進罈子裡，挖地三尺，再埋進土裡。

她只知道河那邊有個阿哥，河這邊有她阿妹，到了懷春的年紀，都好生苦悶，蘆笙場上雙雙相會，姣好的模樣看進眼裡，多情的種子在心底生根。

她只知道等夜裡火塘蓋上灰燼，老人打著呼嚕，小兒在說夢話，她起身開了後門，赤腳走進花園。跟過來一個後生，頭戴的銀角帽，從籬笆邊走過，輕輕吹著口哨。早起阿爸叫九聲，喊多了阿媽要生氣，推開房門要拿棒槌，鋪上空空沒有人了。

我半夜躺在岸邊屋檐下的樓板上，河面的火光不知什麼時候消失了，也沒有星光，河水和對面的山影幽黑的連成一片，夜風中透著寒氣，傳來幾聲狼嗥。我從夢中驚醒，細聽是一個還在求偶的絕望的叫喚，似歌非歌，斷斷續續，分外淒涼。

四十

她說她不知道什麼叫做幸福，她又說她該有的都有了，丈夫，兒子，一個別人眼裡看來美滿的小家庭，丈夫是個電腦工程師，你知道這一行現今有多吃香，他又年輕有爲，人都說他只要弄到一個專利，就能掙上大錢。但是她並不幸福。她結婚三年了，戀愛和新婚的那股熱勁都已過去，兒子，有時候，她發現竟是個累贅，最初有這念頭的時候，她自己都吃了一驚。隨後也就習慣了，她還是愛她的兒子，只有這小東西能給她點安慰。可她沒有餵過他奶，爲了保持體形，她脫了白大褂在她研究所裡的浴室沖澡的時候，那些生過孩子的女同學都羨慕不已。

又是一個白大褂，你說。

是她的一個女友，她說，她總來找她說她的苦悶。她說她不能同那些有孩子的女人整天只談她們的孩子，上班一有空就爲孩子和丈夫織毛衣。一個女人並不是丈夫和孩子的奴隸，毛衣她當然也爲孩子織過，事情就打這開始，她說她煩惱也全來自這件毛衣。

這毛衣又怎麼了？

她要你聽她說下去，別打岔，她又問她說到哪兒了？

說到毛衣和毛衣惹來的煩惱。

不，她說她只有去教堂裡聽管風琴和望彌撒時的歌聲，才得一點平靜。她有時星期天去教堂做彌撒，讓丈夫看一會孩子，他也該爲孩子做一點事情，不能全副擔子都落在她身上。她並不信天主，是她有一次路過教堂，現今教堂也對外開放，能自由出入，她進去聽了一會，以後得空時就去。她還喜歡巴哈，是的，聽巴哈的〈安魂曲〉，她受不了那些流行音樂，這繚繞她，她已經煩不勝煩，她問是不是講得太亂？

她說，她開始吃藥，每天服安眠藥。她看過大夫，醫生說這屬於神經衰弱，她覺得非常疲勞，總也睡不夠，可不吃安眠藥又睡不著。她不是性苦悶，你不要誤解了，她同她丈夫也有性高潮，他不是滿足不了她，你不要往那方面想，他比你年輕得多，可他有他的工作，他是個事業心很強的人，甚至有點野心，一個男人有點野心沒什麼不好，他關在實驗室裡夜裡經常加班，在家嫌孩子吵鬧。她不應該這麼早有孩子，是他要的，他愛她，要她爲他生個孩子，問題也就出在小孩子身上。

事情是這樣的，她說她給她兒子織了件貼花的毛衣，她自己設計的花樣，比展覽會上的那些兒童服裝還好看，至少她這樣以爲。她同她所裡新調來的一位同事一起去看一個出口時裝展銷會，單位裡發的票。那幾天他們測試的儀器壞了待修，班上沒事，他們趁上班的時間去展銷會上轉了一圈，想看看有什麼可買的沒有。他陪她去，說給他妻子也許買點什麼。他們結果什麼都沒有買。他倒是也說她給她兒子織的那件毛衣勝過那些展出的兒童服裝，她完全能搞服裝設計。那以後，她開始琢磨，又買了本時裝裁剪的書作爲參考，用一塊她買來一直沒去做的粗毛藍棉布同一塊她不怎麼戴的頭巾剪了拼接在一起，做了件露出肩膀的連衣裙。穿著上班去了。進機房更衣之前他看見了，誇獎了一番，還說她就應該穿她自己設計的衣服。這之後沒兩天，他弄來兩張模特兒時裝表演的票，請她一起去看。

事情主要出在這些模特兒身上。

她要你聽她說下去，不，她說他說她如果穿那件毛藍布拼接的連衣裙上台，完全能比過這些模特兒，還說她身材特別好。可她說她知道她不夠豐滿。他卻說模特兒並不需要乳房太高，只要腿長，身上有線條，又說她身上線條特別苗條，尤其是她穿那件毛藍布連衣裙的時候。她說她也真喜歡穿這件連衣裙上班，因爲是她自己做的，可她每次穿去他總要打量一番。有一次，她更衣出來，他又那麼看她，還說請她出去吃晚飯。

她於是去了。

不，她說她拒絕了，她要去托兒所接小孩，她不能把孩子晚上扔在家裡不管。他問她是不是她丈夫晚上不讓她單獨出門？她說不是，但她出去走動也多半帶著小孩，況且不能太晚，小孩要早睡覺。當然她並不是晚上一個人沒出去過，讓丈夫看一會孩子，總之，她不能同他晚上出去吃飯。有一天，他又請她第二天午間休息到他家去吃中飯，讓她嘗嘗他燒的四喜丸子，他拿手的好菜。

她又拒絕了。

不，她先答應了。可他又說希望她穿那件毛藍布的連衣裙來。

你答應了？

不，她沒有答應而且說她不一定去。但是第二天，她還是穿著這件連衣裙去上班了。中午休息時跟他去了他家。她不知道這連衣裙有什麼特別的地方，她只不過拼接上兩塊絲綢，那條印花的絲綢巾單看甚至有點俗氣，她只不過把那整塊的圖案裁開拼接在胸前和腰身上，就有點特別。她並不認爲她身上的線條怎麼好，她丈夫開玩笑都說她過於扁平，缺乏性感，難道一穿上這連衣裙就真那麼好看？

你說問題不在於連衣裙。

那在於什麼？她說她知道你要說什麼。

你說你沒說在於什麼，總之不在於連衣裙。

在於無論她穿什麼她丈夫都無所謂，那種無所謂的態度！她說她並不想引誘誰。

你連忙否認你什麼也沒說。

她說她什麼也不說了。

你說她不是要找人談談？談談她的苦惱？她那位女朋友的苦惱？你讓她繼續說下去。

她不知道還說什麼好。

說四喜丸子，他拿手好菜。

她說他全都事先計畫好了，他妻子出差不在。

你提醒她原本不是看他妻子而是去吃飯，她應該估計到他妻子不在，只是不該加以提防。

她承認是這樣的，越提防心裡壓迫越大。

越發控制不住自己？

她沒法抗拒。

在他看她連衣裙的時候？

她只好閉上眼睛。

不願意看見她自己這樣失去理智？

是的。

不願意看見她自己也一樣瘋狂？

她說她都胡塗了，她沒想到弄成這樣，可當時她知道她並不愛他，無論從那方面來說。她丈夫都比他強。

你說她其實誰都不愛。

她說她只愛她兒子。
你說她只愛她自己。
也許是，也許不是，她說她後來走了，再也不願單獨見到他。
但還是見了？
是的。
也還約在他家？
她說她想同他說個清楚——
你說這說不清楚。
是的，不，她說她恨他，也恨她自己。
又再一次瘋狂？
別再說了！她煩惱透了，她不知道爲什麼要講這些，她只想這一切趕快結束。
你問她如何結束得了？
她說她也不知道。

四十一

我到這裡的時候，兩年前他已經死了。他當時是這遠近上百個苗寨裡還活著的最後一名祭師，數十年來卻沒有再做過那麼盛大的祭祖儀式。他知道自己歸天的日子不遠了，還能活到這高齡，全仗他以往祭過祖宗的緣故，眾多的魔鬼才不敢輕易傷害他。他怕哪個早晨要是起不來，就過不了那個冬天。

他乘腿腳還能活動，那除夕夜，扛上堂屋裡的方桌，從屋門口的石階上下來，擺在自家的吊腳樓前。蕭瑟的河灘上沒有一個人影，家家關門閉戶都在屋裡吃年飯。他們如今即便祭祖先，也同辦年飯一樣，弄得越來越簡樸。人是一輩一輩衰弱了，這已無可挽回。

他擺上一碗水酒，一碗豆腐，一碗糯米年糕，還有鄰家送來的一碗牛雜碎，在桌子底下再擱一個紮好的糯穀把子，又在桌前堆上柴炭，就很吃力，站住歇了口氣。然後才爬上石階，回到屋裡灶膛夾來一塊炭火，緩緩蹲下，趴在地上用嘴去吹，煙子燻得他乾澀的老眼流淚。終於呼的一下冒起火苗，他著實咳嗽了好一陣子，喝了口桌上祭祖的水酒，才壓了下去。

對岸蒼山頂上的一線餘暉消失了，河上嗚咽起來。他喘息著桌前的高凳子上坐下，踩著桌下的糯穀把子，心裡方才踏實，抬頭望著深黛的山脈，感到摻和淚水的鼻涕有些冰涼。

他當年祭祖的時候，得二十四個人供他調遣，通師二人，主事二人，端道具的二人，司禮二人，長刀二人，酹酒二人，施肴二人，龍女二人，傳達二人，搵飯團數人，多大的排場！少則宰牛三頭，多達九頭。

祭家主人光爲了酬謝他就得送七道糯米：第一道，上山砍鼓樹，七缸。第二道，抬鼓進洞，八缸。第三道，攔鼓進寨，九缸。第四道，綳鼓，十缸。第五道，殺牛祭鼓，十一缸。第六道，跳鼓，十二缸。第七道，送鼓，十三缸。打祖上起，這都有規定。

他做最後一次祭祖的時候，祭家主人派了二十五個人爲他抬米飯和酒菜，那是什麼光景！好日子算是完結啦。想當年，就這宰牛前爲撥正牛毛的旋窩，先得在場上豎起五花柱子，主人家全得換上新衣新褂，吹起蘆笙，打起鑼鼓。他身穿紫色長袍，頭上戴者一頂紅絨帽，衣領裡再插上大鵬的翎毛，右手搖起銅鈴，左手拿著大芭蕉葉做的箬子，啊——

牛啊牛啊，
你生在平水，
長在沙灘，
跟媽涉水，
隨爸爬山，
同螞蚱爭祭鼓，
同螳螂搶祭筒，
去三坡打仗，
衝殺七沖灣，
你打勝螞蚱，

殺死螳螂，
搶得長筒，
奪得大鼓，
拿長筒祭媽，
拿大鼓祭爸。
牛呀牛呀，
你揹四旋銀，
你馱四旋金，
你跟媽去，
你隨爸行，
進到黑洞，
去踩鼓門，
你跟媽守山坳，
你跟爸看門閭，
不讓惡鬼把人害，
不許邪魔進宗房，
讓媽千年安靜，

讓爸百輩溫暖。

人這時便將麻繩拴住公牛的鼻子，用篾圈套住牛角，牽了出來，穿上新衣的主人家向牛再三跪九叩首。在他高聲唱頌中祭家的男主人於是手執梭標，追牛刺殺。爾後，這家人親屬中年輕後生們一個個接過梭標，在鼓樂聲中，輪番衝刺。牛繞著五花柱噴血狂奔，直到倒地斷氣，眾人割下牛首分肉，牛胸脯盡歸他祭師所有。好日子現今徹底完啦！

他如今牙已掉光，只能吃點稀飯。他畢竟過過那好日子，如今卻再也沒人來伺候。後生崽有了錢，也學會嘴上叼根帶嘴子的香菸，手裡提個吱呀亂叫的電盒子，還戴上那鬼樣的黑眼鏡子，那還再想到祖先？他越唱越覺得淒涼。

他想起忘了擺上香爐，可再進堂屋裡去取這石階上下還得兩趟，便把香在柴火上點著，就手插在桌前的沙地上。早先，地上得鋪一塊六尺長的青布，糯穀把子要放在青布上。

他踩住糯稻把，閉上眼睛，看見了面前一對龍女，年方十六的妙齡，都是寨子裡最姣美的小女子，那兩雙水汪汪的眼睛像河水一樣清亮，說的還不是漲水的時候，現今這河一下大雨就變得混濁不堪，兩岸幾十里地以內都再也挑不到能祭祖的大樹。那起碼要十二對不同的樹木，一樣長，一樣粗細，白木得青杠，紅木得是楓樹，青杠木剁出的成銀，楓樹才能剁出金。

走呀！楓樹鼓爸，

走呀！青杠樹媽，
隨楓樹去吧，
跟青杠木走，
到期王所在，
去祖公的處所，
送了鼓就拔楔，
祭師抽刀出鞘喲，
抽刀來剁木，
拔楔來送鼓，
咚卡咚咚嗡，
咚卡卡咚嗡，
卡咚卡嗡嗡，
嗡卡咚咚卡，
……

幾十把刀斧徹夜不歇，都得有一定的下數，那五官精巧身材出挑的一對龍女這時候便伸展腰身。

妻子要丈夫，

男人要女人，
房內去生育，
悄悄去造人，
別叫骨根斷，
不許種子滅，
生七女靈巧，
生九男英俊。

一對龍女，兩雙目不轉睛。烏亮的眼仁，他全看進心裡，重新有了慾念，生出氣力，仰天高頌，雄雞便喔喔叫了起來，雷公在天上打閃，沒頭沒腦的鬼怪在鼓皮上像撒上去的豆粒蹦蹦彈跳不已，啊，高高的銀髮冠，沉沉的銀耳環，炭火上的銅盆裡熱氣蒸騰，淨手再洗面，心裡好喜歡，天神也高興，放下了天梯，媽爸才下來，引鼓當當的響，穀倉打開，流出的精米九罐九缸也裝不完，灶火熊熊，炭火烘烤，人家才富貴喲，媽祖的靈魂才下來，都膨脹啦，九個木桶蒸蒸冒熱氣，白花花的米飯喲，大家都來做飯糰，起鼓啦，起鼓啦，鼓主前走，祖公隨後跟，前前後後緊跟上，鼓師隨後來。

去浴富貴水！
去淋發財湯！
富貴水育子，

淋花雨生兒，
子孫像芭茅，
後代像魚崽，
都來鼓主家，
喝九角水酒，
拿飯去祭奠，
拿酒去酹地，
請天神來領，
請地鬼來吃，
鼓主才揚斧，
祖宗才拔劍，
超度老祖輩，
追念親生母，
來鑿一對筒，
來造一雙鼓……

他高聲唱頌，使盡了氣力，那蒼老的聲音像破了的竹筒在風中嗚咽。他喉嚨乾渴，又喝了口水酒，知道這是最後一次了，靈魂隨著他飄散的聲音已經出竅。

那黑沉沉空盪盪的河灘上哪還有人能聽見，幸虧一個老婆婆開門潑髒水，似乎聽見人聲嗚咽，這才見河灘上一堆火光，以爲是來打魚的漢人。漢人如今到處亂竄，只要有錢可賺。她關了房門又一想，漢人苗人這除夕夜裡一樣要過年，除非窮得沒法，莫非是流浪要飯的叫花子？就又盛了一碗吃剩的年飯端出門，一直下到火堆前，才認出了方桌邊上的老祭師，便呆呆站住。

她家老頭見房門敞開，冷風往裡直灌，起身要去關門，才想起老伴剛才說要給叫花子送碗飯，不見回轉就也出來看看，尋到火堆跟前竟也楞住了。然後，先是這家的女兒，再是這家人的兒子，都出來了，也都不知如何是好。還是這後生在鄉里小學校念過幾年書有點主意，便上前去勸說：

「你老人家這冷天夜裡別受風寒，送你回屋去吧。」

老人流著清水鼻涕，並不理會，依然閉目吟唱，沙啞的聲音在喉嚨裡顫抖，含糊不清。之後，別家的屋門一扇一扇開了，有老媽媽也有老頭子，還有跟來的後生小崽，一寨子人陸陸續續都佇立到河灘上。有人於是想起回屋裡拿了些糯米飯糰子，也有提了隻鴨子，又有端來碗水酒和剩下的大半碗牛肉，也還有人拎來了半片豬腦殼，都擱到他跟前。

「忘了祖先可是罪過……」老人喃喃吶吶。

有個水妹子一時感動了，跑回屋裡抱來一床準備陪嫁的人造混紡毛毯，披在老人身上，用花手帕子給他擦了擦鼻涕，說：

「老伯伯，回屋裡去吧！」

後生們也都說：

「幾可憐的老人呀！」

楓樹的媽，青杠木的爸，忘了祖公，會報應的呀！老人的聲音只能在喉嚨裡滾動，涕淚俱下。

「老伯伯，快不要說了。」

「快回屋裡去吧。」

後生們上前去扶他。

「我就死在這裡——」老人掙扎，終於喊出聲來，像個任性的孩子。

有一個老媽媽說：

「由他唱吧，他過不了這個春天了。」

我手頭上擺著這本《祭鼓詞》，是我結識的一位苗族朋友記錄翻譯成漢文的，我寫下這一則故事也算是對他的答謝。

四十二

那是一個大晴天，天空沒有一絲雲，蒼穹深遠明淨得讓你詫異。天底下有一座寂寞的寨子，一層層吊腳樓全在懸岩上支撐，遠遠看去，精巧得像石壁上掛著個蜂巢。那夢境是這樣的，你在山崖下轉來轉去，怎麼都找不到去那裡的路，你眼看接近它了，誰知又繞了開去，來回盤桓了許久，最後只好放棄，隨便循一條山路信步走去，直到它終於消失在山崖背後，你不免有些惋惜。你也不知道腳下的這條路通往何處，況且你本來就無甚目的。

你逕自朝前走，山道迴環。你這一生原本就沒有個固定的目標。你所定的那些目標，時過境遷，總也變來變去，到頭來並沒有宗旨。細想，人生其實無所謂終極的目的，都像這蜂巢，棄之令人可惜，真要摘到了，又得遭蜂子一頓亂咬，不如由它掛著，觀賞一番，也就完了。想到這裡，腳下竟輕快得多，走到哪裡算到哪裡，只要有風景可瞧。

兩邊都是楊梅林子，可又不是摘梅子季節，等結的梅子成熟，你還不知身在何處。梅子等人?還是人等梅子?是一個玄學的題目。這題目有許多做法，而且儘可以無窮無盡做下去，梅子照舊是梅子，人也依然故我。或者說，今年的梅子並非明年的梅子，人也今是而昨非。問題是如今果真是?或許不是?這判斷的標準又從何而立?讓玄學家去談玄，你只管走你的路。

你一味爬坡，在山道上走得渾身冒汗，卻突然來到這寨子腳下，望著寨子裡的陰影心裡也生出一片蔭涼。

你全然沒有料到，這一幢幢木樓一根根腳柱下，長長的石級竟坐滿了人，你只得走在他們盤坐的腿腳空隙中間。沒人看你，全低著頭，輕聲喃喃吶吶，背誦經文，看來都很憂傷。前去的石級隨著巷子拐彎，兩邊的木樓七歪八斜，相互支撐住一幢也倒不了，除非等到哪一天地震或是山崩，要塌得全塌。

這些坐著的老人一個挨一個，也是這樣，只要推倒其中一個，就會像小孩碼著玩的骨牌，一倒全倒。你沒敢去推，怕會是一場災難。

你小心翼翼，下腳在他們盤坐的精瘦的腳踝之間。他們都穿的布縫的襪子，裹住雞爪一樣的腳掌，木樓在他們的呻吟之中也發出格吱格吱的響聲，教你弄不清響的是木樓還是他們的骨節。他們還都患有老年痙攣的毛病，搖擺身軀叨念的時候，頭也總顫個不停。

這巷子彎彎曲曲，沒有盡頭，連兩邊的石階上也坐得滿滿的，全穿的青灰色打了補丁的衣裳，那是一種陳年土布，一洗就黴。危樓的欄杆上垂掛下一條條晾起的被單和粗夏布做的許多蚊帳，沉浸在悲哀中的這些老人便顯得越發莊嚴。

他們喃吶聲中有一個尖銳的聲音，像貓爪子一樣刺痛了你，還抓住你不放，吸引你不斷前去。你無法確定這聲音來自何處，見一家人門前吊著幾串黃的紙錢，煙香從掛著帘子的門洞裡飄逸出來，一定是什麼人死了。

你越往前去越加困難，人一個緊挨著一個，越來越密集，簡直無從下腳，生怕踩到哪根踝骨上，準造成骨折。你不得不更加小心，從盤根錯節老樹根樣交錯的腿腳之間，撿那麼點能踮下腳尖的空隙，屏住氣息，一步一步倒騰。

你走在他們之中，沒有一個人那怕抬一下頭。他們不是纏的包頭，便蓋的布帕子，你也看不見他們的臉面。這時候他們齊聲唱了起來，你仔細聽，漸漸才聽個明白。

你們都來喲，
一天跑六回，
一天跑六次，
陰間裡撒下米，
有事要你們來擔起。

那領唱的尖聲就來自你身邊石門檻上坐著的一位老太婆。她稍許有些特別，肩上搭著塊黑布，把頭整個蒙住，一隻手哆哆嗦嗦直抖，拍打膝頭，身體悠悠緩緩，隨著吟唱前搖後擺。她身邊地上放了一碗清水，還有一節裝滿了米的竹筒和一疊四方的粗糙的草紙，草紙上鑿打的一行行小孔。只見她手指在水碗裡每沾一下，便掀一張紙錢散向空中。

不知你們幾時來，
不知你們幾時去，
去大地盡頭，
東坡那邊，
都坍哎，都坍喲，
殺人不要半顆米，
救人不要半毫分，

有苦有難都得救哟，
請你們都來齊！

你想繞過她，又怕碰到她肩膀，這身軀一凖就倒，只好撥開她的腳踝，她卻突然尖聲大叫：

都丹哟，都丹依，
筷子細的腳，
頭有鴨籠粗，
他來才快當，
他講才算數，
請他快快來，
叫他莫耽誤！

她一邊尖叫，一邊居然緩緩站起，朝你舞動手臂，一雙雞爪樣的手指伸向你，直在你眼前唬弄，你不知那來的勇氣，擋開她手臂，撩起她黑布蓋頭，裡面竟是個乾癟的小臉，一雙沒有目光的眼窩，深深陷進去，嘴皮子張開卻只露出一顆牙，似笑非笑，叫著還又跳。

五花紅蛇到處遊，
老虎豹子都出動，

山門呼呼在打開，
都從那石門來，
四面八方都喊全，
一個一個都叫齊，
快快去救那落難的人！

你企圖擺脫她的糾纏，可他們都緩緩站了起來，一個個乾柴樣的老人團團把你圍住，一片顫抖的聲音跟著叫喊：

都丹依，都丹喲，
快快開門請四方，
寅時請卯時到，
請到雷公電母，
得馬共騎，
得錢共用！

眾人一起撲向你，衝你吼叫，聲音又都憋在喉管裡。你只得推開他們，一個一個翕然倒地，紙做的那樣輕飄，無聲無息，周圍便一片死寂。你頓時也就明白，那門洞布帘子背後，鋪板上躺著的那人正是你自己。你不肯就這樣死去，翻然要回歸人世。

路漫漫

四十三

從苗寨出來之後，這荒涼的山路上我從早一直走到下午。偶爾路過的不管是長途客車還是帶拖斗運毛竹木材的車隊，我一再揮手招呼，沒有一輛肯停下來。

太陽已經掛到對面的山梁上，山谷裡陰風四起，蜿蜒的公路上前後不見村寨，也斷了行人，越走越見淒涼。我不知前去縣城還有多遠，天黑前能不能趕到，要再截不到車，連過夜的地方也難找。我想起背包裡有照相機，不妨冒充一下記者，或許有效。

終於又聽見背後來車，我索性攔在公路當中，舉起相機搖晃。一輛有頂篷的卡車一路顛簸，直衝過來並不減速，眼看快到身邊這車才戛然煞住。

「有你他媽的這樣攔車的？不要命啦！」司機從車窗探出頭來叫罵。

倒是個漢人，說得通話。

「這位師傅，我是從北京來苗寨採訪的記者，有緊急任務，天黑前要趕回縣城去發電報！」我趕緊跑到車門前解釋。

他闊臉方腮大嘴，這種人通常比較好講話。他居高臨下打量我，皺攏眉頭說：

「這車拉的生豬，不帶人的。我這車也不去縣城。」

車幫子裡還真聽見豬們的哄鬧聲。

「只要不去屠宰場，哪裡都行。」我望著他，做出一副笑臉。

他一臉不情願，可總算開了車門。我連忙道謝，跳進車裡。

我請他抽菸，他拒絕了。走了一程，一路無話，既然坐穩了我也毋須再多作說明。他只時不時瞟一眼我胸前故意掛著的照相機，我當然知道北京在此地人眼裡即所謂中央，而中央下來的記者該有什麼派頭，可我一無縣裡幹部的陪同，二無專門派出的吉普車接送，再怎樣解說，也消除不了他的疑慮。

我想他大概以爲我是騙子。我聽說還真有那種惡作劇的人，拿個相機，裡面不裝膠卷，裝模作樣，到山裡找農民挨家挨戶拍照，說是收費低廉，進山白玩了一趟，騙來的錢到城裡正好再下飯館。他莫不是以爲我也是這一路的，不覺暗自好笑。人總得自己給自己找點樂趣，要不這長途跋涉實在辛苦。他突然瞅我一眼，冷不防問：

「你到底去哪裡？」

「回縣城去啊！」

「哪個縣城？」

我跟苗王的車子來時並未留意，一時倒真答不上來。

「總歸去就近的縣委招待所！」我說。

「就這裡下車吧。」

前面出現個岔路山，一樣荒涼，沒有人家。我弄不清他是不是在唬弄我，還是他也有他的幽默。

車減速了，停了下來。

「我這車要拐彎了，」他又說了一句。

「這車去哪裡？」

「生豬收購公司。」他歪身開了車門，算是請我下車。

這自然不只是幽默，我也不便再坐下去，只得跳下車來，出於無奈又問了一句：

「已經出了苗家山區？」

「早就過了，離城只有十多公里，天黑前你走得到的。」他冷冷說道。

車門呼的關上，車子上了岔道，揚起塵土，遠去了。

我想如果是一位單身女人，這司機未必會這樣冷淡。我又知道這種山路上也有被司機拐騙上當的婦女，而單身女人又不會輕易乘搭這種跑長途的貨車。人與人之間總在提防。

太陽落到山後去了，天空剩下一片魚鱗般的晚霞，前面是一條灰白的長長的上坡。腿肚子發痠，脊背在冒汗，我不再指望來車，只想爬到嶺上坐下歇一會，準備走夜路就是了。

我絕沒有想到這山嶺上居然迎面碰上一個同我一樣的人，和我差不多同時到達。他頭髮茅草樣滋著，小鬍子也多日未剃，也帶個包，只不過我的背在肩上，他卻吊兒郎當拎在手裡。他穿的件勞動布褲子，是煤礦或水泥廠幹活穿的那種工作服，灰撲撲的，而我穿的這條牛仔褲，自出門上路也好幾個月未曾洗過。

我同他一對上目光便覺得來者不善。他從頭到腳打量我一番，目光隨即又轉向我的背包，這就如同和狼相遇，和狼不同的只在於狼是把對方作爲獵取的食物，而人重視的是對方的錢財。我出於本能，也不免上下打量他，還瞟了一眼他手上提的包，裡面是不是有凶器？我如果直走過去，他會不會從背後襲擊？我站住了。

我這包不算輕，特別是那架照相機，掄起來有足夠的分量。我把包從肩上褪下，也拎在手裡，在路邊的土坡上坐下。我剛上坡，借此喘息一下，好準備應付他。他也喘氣，坐到路那邊的一塊石頭上，兩人相距不到十步。

他顯然比我壯實，真打我不是他對手。可我想起包裡還有把電工刀，我上路總帶著，很實用又可作爲防身的武器。他看來拿不出什麼大傢伙，動短刀子的話未必就占上風。打他不過，我當然還可以轉身就跑，但這只能引誘他，表明我身上確有錢財，也顯露我怯弱，只能鼓勵他搶劫。況且，從他的目光中我明白我身後既沒有人，也沒有車來，就像我看見他身後同樣荒涼一樣。我必須表明我警惕他，已經有所防備，又還要顯出我並不在乎。

我點上一支菸，做出在休息的樣子。他從屁股後面的褲袋裡也摸出一根香菸，點著了。誰都不看著誰，可彼此眼角的餘光都在相互掃射。

他沒有弄清楚我身上有什麼値錢的東西之前，不會拚命的，這總免不了一番格鬥。我包裡那塊磚式的聲音失真的錄音機已經老舊，有錢的話早該淘汰，只有這架進口的日本相機，功能還算齊全，可也值不得爲此拚命。口袋裡還有一百多元現款，更不必爲這點錢流血。我望著灰撲撲的鞋子，往鞋上吐著煙。一旦坐定，汗濕了的背心貼在脊背上冰涼，隨後又聽見了嗚嗚的山風。

他嘴角掛著一絲鄙夷，露出門牙。我想我可能同樣垮著嘴角，也正是一種鄙視的表情，大概也露出了牙，肯定同他一樣都一副潑皮的嘴臉，張口也會噴出一嘴罵人的髒話，也會犯狂，也會拿刀子捅人，又隨時準備逃命。他用兩隻手指捏住菸屁股那副無賴相，是不是出於同一種心理？也在防衛自己？

我爲這趟遠遊買的這雙鞋，雨裡泥裡，也蹚過河水，早已變形，又黑又髒，誰也認不出它曾經高價標榜爲最時新的旅遊產品，我一身上下沒有一處看得出來是一個可搶的對象。我把剩下的菸猛吸一口，扔下菸頭，一腳踏滅了。他也把菸屁股用手指彈在地上，像是對我的回答，當然也是一種輕蔑，可也還是防禦性的。

之後，就都起身了，誰也不迴避誰，都走在路中間，擦肩而過。人究竟還不是狼，更像兩頭野狗，嗅了嗅，彼此彼此，就都走開了。

那一頭又是長長的下坡。我撒腿走下去，收不住腳步，一氣到了平路上。回頭再望，背後爬在荒涼的山嶺上這條灰撲撲的公路，昏暗的天空之下顯得更加寂寞。

四十四

她說她老了，早晨對著鏡子梳洗的時候，看著眼角抹不平的皺紋，是脂粉掩蓋彌補不了的。這鏡子清清楚楚告訴她，她這一生最美好的歲月已經浪費掉了。每天早起，她心情就沮喪極了，一點精神都提不起來。要不是上班她真不願起床，不願見人。只是上班以後，工作逼在那裡，還得同人打交道，她才開始說笑，忘掉自己，得點排解。

你說你明白。

不，你無法明白，她說女人到了這時候發現還沒有真正傾心愛她的人，這種沮喪你無法明白。只有快到晚上她才有些生氣。她每個晚上都想安排得滿滿的，得有去處，或是有人來，她不能忍受寂寞。她要趕緊生活，這種迫切感你明白嗎？不，你不明白。

她說她只有在舞會上，感到對方手的觸摸，閉上眼睛，才覺得她還活著。她知道不會有人真愛她了，她再也禁不起細細端詳，她害怕眼角的皺紋，這日益憔悴的模樣。她知道你們男人，需要女人的時候甜言蜜語，等滿足了，厭倦了，就又去找新歡，再見到年輕漂亮的女人，立刻就又有說有笑，可一個女人的青春又能有幾年？這就是女人的命運。她只有在夜裡，在你床上，你看不清她的皺紋，給你享受的時候，你才會說幾句感激的話，你聽她講下去！她說她知道你要甩她，你那一切不過是藉口，好乘機擺脫，你不要講話。

放心好了，她說她不是那種女人，死纏住男人不放，她也還能找到別的男人，她會自找安慰。她知道你要說什麼，不要同她談事業，到她有一天找不到男人的時候，她自然會去找一個所謂的事業。可她不會去管別人的閒事，替人牽線作媒啦，或是聽別人往她這裡倒苦水。她不會去當尼姑，你不要假笑，廟裡現今也只收小姑娘，都是做做樣子，給外國人看。現今招的這些尼姑也照樣成家，一樣有家庭生活。她會爲她自己著想，領一個私生子，一個野種，你聽她說！

你難道能給她個孩子？你能讓她生下來嗎？她要一個你的種，你給嗎？你不敢，你害怕了，你放心吧，她不會說是你的孩子，他沒有父親，是他母親放蕩的結果，他永遠也不會知道誰是他的父親，你她算是看透了，只能去騙騙小姑娘，可她們真懂得愛？真會疼你？像妻子一樣關心你？女人身上不只有女性，不只是你們發洩性慾的工具。一個健康的女人，當然需要性愛，可不是性愛就能滿足的，一個女人的本性還是做妻子，要一個正常的家庭。你找誰都免不了要依附你，是女人就要依附在男人身上，你又有什麼辦法？可未必能像她這樣心疼你，像母親疼愛孩子，在她懷裡你不過是個可憐的孩子。你貪得無厭，不要以爲你還強壯，你也很快會老的，你就什麼都不是。你玩姑娘去呀，可最終，你也還是她的，最後也還得回到她身邊，只有她能容忍你，你的弱點她都能寬容，你還哪裡去找這樣的女人？

她已經空了，她說她沒有感覺，已經被享用盡了，只剩下一副空洞的軀體，像落進無底的深淵，上下不著邊際，一張飄飄盪盪的破網，緩緩的，就這麼墮落下去，她不悔恨，她生活過了，如此而已，也愛過，也算被愛過，剩下的像一碗無味的剩茶，潑了也就潑了，無非是一樣的寂寞，再沒有衝動，還有點衝動，也像盡義務，一條斷殘的血汙的蛇血，是你砍的，你手段夠殘忍的，她沒什麼可以悔恨，只怪她自己，誰教她生來是女人？她再也不會半夜裡發瘋跑到街上，坐在路燈下一個人去傻哭，也不會歇斯底里叫喊往雨裡跑，叫急煞車再嚇一身冷汗，在懸岩上也不再有死的恐懼，她身不由己，已經掉下去了，這張誰也不會再撿起的破網，剩下的日子沒有色彩，就這麼隨風飄去，等有一天墮落到底，就乖乖死去，她不像你，那麼怕死，沒你們那麼懦弱，這之前，她心已經先死了，女人受的傷害比你們男人多得多，被占有的第一天起，肉體和心就被你們揉搓，你還要怎樣？

你要扔就扔吧！不要同她講那些好聽的話！這都安慰不了她，並不是她絕情，要惡，女人比男人更惡，因爲女人受的傷害比你們多！只有忍耐，她還能怎樣報復？女人要報復起來——她說她沒有報復你的意思，她只有忍受，她什麼都忍受了，不像你們有一點痛苦就叫喊，女人比男人更敏感。她並不後悔成爲一個女人，女人也有女人的自尊，說不上驕傲，她總之並不後悔，來世投胎也還願意再成爲一個女人，也還願意再去經受女人的這些苦難，也還想再去體會初產的那種痛苦，第一次做母親的那種快樂，那種撕裂後的甘甜，再去享受處女的第一次悸動，那種惶惶不可終日的緊張，那種不安定的目光，接觸到男性的目光的那種慌張，那種被宰割止不住流淚的疼痛，她都願意再經歷一次，如果還有來世的話，你記住她好了，記住她給你的愛，她知道你已經不愛了，她自己走開就是了。

她說她要一個人向荒野裡走去，烏雲與道路交接之處，路的盡頭，她就向那盡頭走去，明知其實是沒有盡頭的盡頭。路無止境伸延，總有天地相接的那一點，路就從那裡爬過去，她無非順著雲影下那條荒涼的路，信步走去。那漫長的路的盡頭，等她好不容易熬到，又伸延了，她無止境這樣走下去，身心空空盪盪。她不是沒產生過死的念頭，也想就此結束自己，可自盡也還要有一番激情，她卻連這種激情也消失殆盡。人結束生命時總還爲誰，還爲點什麼，她如今卻到了不再爲誰和不爲什麼的時候，也就再也沒有力量來結束自己，一切的屈辱和痛苦都經受過了，心也自然都已麻木。

四十五

「你要走了？」她問。

「不是早晨七點的車？」我反問她。

「是的，還有一會，」她又像自言自語。

我在收拾背包，把沒洗的髒衣服全紮在一起，塞了進去。我本打算在這縣城裡多歇上兩天，把衣服全洗了，也消除一下疲勞。我知道她就站在我背後，正望著我，我沒有抬頭，怕受不了她的目光，我可能就走不了，還會有更多的自責。

這小客房裡，空空的，只有一張單人木床和靠窗口放著的一張小桌子，我的東西全攤在床上。我剛同她從她房裡過來，昨夜就在她房裡過的，躺在她床上，一起看著窗戶泛白。

我是前一天從山區乘汽車出來，傍晚才到這小縣城，在窗外這城裡唯一的長街上碰上的她。店鋪都上了門面，街上行人不多。她在我前面走，我趕上了她，問文化館在哪裡？我是隨便問問，想找個地方住下。她扭過頭來，算不得漂亮，卻有一張討人喜歡的白淨的臉盤，豔紅而厚實的嘴唇稜角分明。

她說跟她走就行，又問我去文化館找誰？我說找誰都行，能找到館長當然更好。她問我找館長做什麼？我說我收集材料。收集什麼材料？又問我幹什麼的？還問我從哪裡來？我說我有證件，可以證明我的身分。

「能看看你的證件嗎？」她挑起眉頭，看來要過問到底。

我從襯衫口袋裡掏出那個藍塑膠皮面的作家協會會員證，向她出示。我知道我的名字早已上了內部文件，從中央機關發到省市地縣各級，黨政和文化部門的主管都可以看到。我也知道各地都有那麼一種好打報告的，可以將我的言行根據文件所定的調子，寫成材料上報。我的一些有過這類經驗的朋友告誡我，外出得繞開他們，少惹麻煩。可我進苗寨的經驗表明，有時出示一下這證件，倒還有些方便。特別對方是這麼個年輕姑娘，沒準還能得到關照。

她果真盯住我，看我和證件上的照片是否相符。

「你是作家？」她問，眉頭鬆開了。

「更像找野人的，」我想同她開開玩笑。

「我就是文化館的，」她解釋說。

這就更巧了。我問她：

「請問你貴姓？」

她說她的姓名不重要，還說她讀過我的作品，還非常喜歡。她們文化館就有間客房，專供鄉鎮上的文化館幹部進城時住宿，比上旅館省錢，也還乾淨。這時候人都下班了，她可以領我直接到館長家去。

「館長沒有文化，」她開始關照我了，「可人還滿好，」她又補充道。

這位上了年紀矮胖的館長先要過我的證件，看得非常仔細，照片上蓋的鋼印自然不會有假，隨後慢吞吞考慮了一番，滿臉這才堆起笑容，把證件還給我說：

「上面下來的作家和記者，通常都由縣委辦公室和縣委宣傳部接待，再不，就縣文化局長出面。」

我當然知道這縣文化館長是個清水閒差，安排到這職位上的幹部就像人老了無人關照被送到養老院一樣。他即使看過那一類文件，未必有那麼好的記性。碰到這麼個沒文化的老好人算我運氣，我便連忙說：

「我是個小作家，不必驚動這許多人。」

他又解釋道：

「我們這文化館只開展些當地業餘的群眾性文化普及活動，比如說，到鄉里去收集民歌呀……」

我打斷他說：

「我對民歌最有興趣，正想收集些這方面的材料。」

「館裡樓上那間客房不是正空著嗎？」她於是提醒他，恰到好處，眼光向我閃爍了一下她那份機靈。

「我們這裡條件差，也沒有食堂，吃飯你還得自己上街。」館長說。

「這對我其實更方便，我還想到四周鄉里去走走，」我接過便說。

「那你就只好將就些了，」他倒很客氣。

我就這樣住下來了。她把我領到文化館樓上，打開樓梯邊上客房的門，等我把包放下，又說她的房間就在走道盡頭，請我到她房裡去坐坐。

那是一間充滿粉脂香味的小屋，靠牆的小書架上放的一面圓鏡子和好些小瓶小罐，如今連縣城的姑娘也免不了這類梳粧用品。牆壁上貼滿了電影招貼畫，想必都是她崇拜的明星。還有一張從畫報上剪下來的披透明輕紗赤腳跳著印度舞的女演員的劇照。蚊帳裡疊得整整齊齊的被子上坐著個黑白絲絨的小熊貓，這也是如今的一種時髦。唯有屋角裡一個用本漆漆得朱紅光亮精巧的小水桶還顯示出這小城特有的氣息。我在大山裡轉了幾個月，同村幹部和農民在一起，睡的草蓆子，說的粗話，喝的嗆嗓子的燒酒，進到這麼個充滿粉脂香味明亮的小屋裡，立刻有點迷醉。

「我身上也許都長蚤子了，」我有些抱歉。

她不以爲然笑了笑，說：「你先洗個澡，水瓶裡還有我中午打的熱水，滿滿的兩瓶，就在這屋裡，什麼都有。」

「真不好意思，」我說，「我還是到我房裡，可不可以借用一下澡盆？」

「這有什麼關係。桶裡就有清水。」說著，她從床底下把一個朱紅的漆過的木澡盆拖了出來，就手把香皂和毛巾都準備好了。「不要緊的，我到辦公室裡去看一會書，隔壁是文物保管室，再過去是辦公室，最那頭就是你那房間。」

「這裡有什麼文物？」我得找點話說。

「我也不清楚。你想看嗎？我這裡有鑰匙。」

「當然，妙極了！」

她說樓底下是圖書報刊閱覽室，還有一個文娛活動室，排些小節目，她一會兒都可以領我去看一看。

我洗完澡，身上散發著同她一樣的香味。她來又給我泡上一杯清茶。我在她小屋裡坐著，不想再去看什麼文物。

我問她在這裡做什麼工作。她說她是本地師範專科學校畢業的，學的是音樂和舞蹈。可這裡管圖書的老太太病了，她得替她看閱覽室，管理圖書借閱。啊，她來這裡工作快一年了，還說她都快二十一歲了。

「你能唱這裡的民歌嗎？」我問。

「不好意思，」她說。

「這裡有老的民歌手嗎？」我轉而問。

「怎麼沒有？離這裡四十里的一個小鎮上就有個老頭，能唱許多。」

「找得到他嗎？」

「你乘早班車去，當天可以回來，他就住在六鋪，這鎮子是我們縣裡的一個歌鄉。」

可她說她可惜不能陪我去，怕館長不答應，找不到人替她值班，要是星期天就好了。不過，她可以打個電話去，她老家就在這鎮上，她可以打電話到鄉政府，都是熟人，叫他們關照那歌手在家等我。回來的班車是下午四點，要我回來在她這裡吃晚飯。她說她橫豎一個人自己也要做飯的。

她後來又講到這鎮上有個裁縫，是她小學的一位女同學的姊姊，人長得特別漂亮，真是少有的美人，皮膚那麼白淨，像個玉雕的人兒，你要看見，準保——

「準保？」

她說她瞎說的玩的，她是說那姑娘就在六鋪鎮小街上自家開的裁縫鋪裡做活，從街上過準能看見。可人都說她得了痲瘋病。

「真慘，弄得沒有人敢娶她，」她說。

「真有痲瘋病得隔離起來，」我說。

「都是人故意糟蹋她，」她說，「總歸我不信。」

「她自己完全可以去醫院檢查，取得醫生的證明，」我建議道。

「打她的鬼主意不成，人就要造她的謠，人心壞唄。證明又有什麼用？」

她還說她有個很要好的小姊妹，嫁給了一個稅務所的，身上被打得青一塊、紫一塊。

「爲什麼？」我問。

「就因爲新婚的夜裡她丈夫發現她不是處女！這裡的人很粗野，心都狠，不像你們大城市裡的人。」

「你愛過誰嗎？」我問得冒昧。

「有一個師專的男同學，在學校的時候我們滿好，畢業後還一直通信。可他最近突然結婚了，我沒有料到。當然，我同他也沒有確定關係，只是一種好感，還沒談到這上來過。可我收到他來信說他結婚了，我哭了一場。你不喜歡聽？」

「啊不，」我說，「這不好寫到小說裡去。」

「我也沒讓你寫。不過，你們寫小說的，什麼編不出來呀？」

「如果想編的話。」

「她真可憐，」她嘆了口氣，不知感嘆的是鎮上的那位女裁縫還是她那位小姊妹。

「也是，」我不能不表示同情。

「你來打算住幾天？」她問。

「待個兩天吧，休息一下再走。」

「你還要去很多地方？」

「還有許多地方沒去。」

「你去過的這些地方我一輩子都不可能去。」

「你沒機會出差？你也可以請個假，自己去旅行。」

「我也想將來能到上海北京看看，我要找你去，你還會認識我？」

「爲什麼不？」

「那時候你早就把我忘了。」

「看你說的，你也太貶低我了。」

「我是說真的，認識你的人一定很多吧？」

「我這個職業，接觸的人倒是很多，可愛的人並不多。」

「你們作家都會說話。你在這裡不能多待幾天？我們這裡唱民歌的不只六鋪才有。」

「當然可以，」我說。

我被包圍在她那種女孩兒的溫情裡，她在向我撒開一張網，我這樣估猜她立刻又覺得不很善良。

「你累了吧？」

「有一點。」我想應該從她房裡告辭，問清了明天早起去六鋪班車的時間。

我沒有想到就這樣順從了她的安排，也沒睡個懶覺，髒衣服也沒洗，早起真去六鋪跑了一天，而且一心等著回來同她見面。

我傍晚回來的時候，她菜飯都在桌上擺好了。煤油爐子點著，還燉著一小鍋湯。見她做了這許多菜，我說我買酒去。

「我這裡有酒，」她說。

「你也喝酒？」我問。

「只能喝一點點。」

我把從汽車站對面的小飯鋪裡買來的荷葉包的滷肉和燒鵝打開，這縣城裡還保留用荷葉包滷菜的習慣。記得我小時候，飯店裡總用荷葉包肉食，有一股特殊的清香，還有走動時格支作響的那樓板，她房裡掛的蚊帳造成的這種幽室的氣氛，以及角落裡那個用本漆漆得朱紅發亮小巧的木水桶，都令我覺得回到了童年。

「你見到那個老頭了嗎？」她問，一面斟酒，居然是醇香的頭麯。

「見到了。」

「他唱了嗎？」

「唱了。」

「他還唱了那種歌?」

「什麼歌?」

「他沒給你聽?噢,當生人面他不肯唱的。」

「你是說那種赤裸裸性愛的情歌?」

她不好意思笑了。

「有女的在場,他也不唱。」她解釋道。

「這得看人,要他們熟人之間,有女人在還唱得越歡,只是不讓小姑娘在場,這我知道,」我說。

「你得到些有用的素材不?」她轉話題了。「你走後,我一上班就給鎮上掛了電話,請鄉政府的人通知他,說有個北京來的作家專門去採訪他。怎麼?沒通知到?」

「他跑買賣去了,我見到了他老太婆。」

「那你白跑了一趟!」她叫起來。

「不能算白跑,我坐了半天的茶樓,還是挺有收穫。想不到這鄉里還有這種茶樓,樓上樓下全坐滿了,都是四鄉來趕集的農民。」

「那地方我很少去。」

「真有意思,談生意,聊天的,熱鬧著呢,我同他們什麼都聊,這也是生活。」

「作家都是怪人。」

「我什麼人都接觸，三教九流，有個人還問我能買到汽車嗎?我說，你要什麼樣的車?是解放?還是兩噸半的小卡車?」

她跟著大笑。

「真有發財了的，一個農民開口就上萬的買賣。我還見到個養蟲子的，他養了幾十缸蟲子，一條蜈蚣的收購價少說五分錢，他要賣上一萬條蜈蚣——」

「你快別同我說蟲子，我最怕蜈蚣！」

「好，不說蟲子，講點別的。」

我說我在茶樓裡泡了一天。其實，中午就有班車，我早該回來洗我的那些髒衣服，但我怕她失望，還是如她預期的傍晚回來更好，便又到周圍鄉里轉了半天，這我自然沒說。

「我談了幾樁買賣，」我信口胡說。

「都談成了?」

「都沒有，我不過同人拉扯，沒有真正做買賣的關係，也沒這本事。」

「你喝酒呀，這解乏的。」她勸酒。

「你平時也喝白酒?」我問。

「不，這還是我的一個同學路過來看我才買的，都好幾個月了。我們這裡來客都少不了要請酒的。」

「那麼，乾杯！」

她挺爽快，同我碰杯，一飲而盡。

窗外戚戚擦擦的聲音。

「下雨了？」我問。

她站起來看了看窗外，說：

「幸虧你回來了，要趕上這雨可就麻煩了。」

「這樣真好，這小屋裡，外面下著雨。」

她微微一笑，臉上有一層紅暈。窗外雨點噼噼拍拍直響，不知是這房頂上還是鄰近的屋瓦在響。

「你怎麼不說話了？」我問。

「我在聽雨聲，」她說。

片刻，她又問：

「我把窗關起來好嗎？」

「當然更好，感覺更舒適，」我立刻說。

她起身去關窗戶，我突然覺得同她更接近了。就因爲這奇妙的雨，真不可思議。她關好窗轉身回到桌邊的時候碰到了我的手臂，我便摟住她身腰拉進懷裡。她身體順從，溫暖而柔軟。

「你真喜歡我嗎？」她低聲問。

「想你整整一天了，」我只能這樣說，這也是真的。

她這才轉過臉，我找到了她霎時間鬆軟張開的嘴唇，隨後便把她推倒在床上，她身體躲閃扭動，像條從水裡剛甩到岸上的魚那樣生動活潑。我衝動不可抑止，她卻一味求我把電燈拉線開關關了，又求我把蚊帳放下。

「別看著我，你不要看……」黑暗中她在我耳邊低聲哀求。

「我什麼都看不見！」只匆忙摸索她扭動的身體。

她突然挺身，握住我手腕，輕輕伸進被我扯開的襯衣裡，擱在她鼓脹脹的乳罩上，便癱倒了，一聲不響。她同我一樣渴望這突如其來的肉體的親熱和撫愛，是酒，是雨，是這黑暗，這蚊帳，給了她這種安全感。她不再羞澀，鬆開握住我的手，靜靜聽任我把她全部解開。我順著她頸脖子吻到了她的乳頭，她潤濕的肢體輕易便分開了，我喃喃吶吶告訴她：

「我要占有你……」

「不……你不要……」她又像是在嘆息。

我立即翻到她身上。

「我就占有你！」我不知爲什麼總要宣告，爲的是尋求刺激？還是爲了減輕自己的責任？

「我還是處女……」我聽見她在哭泣。

「你會後悔？」我頓時猶豫了。

「你不會娶我。」她很清醒，哭的是這個。

糟糕的是我不能欺騙她，我也明白我只是需要一個女人，出於慾悶，享受一下而已，不會對她承擔更多的責任。我從她身上下來，十分悵惘，只吻著她，問：

「你珍惜這個？」

她默默搖頭。

「你怕你結婚時你丈夫發現也打你？」

她身體顫抖。

「那你還肯爲我付出這麼大的代價？」

我摸索到她咬住的嘴唇，她頻頻點頭，讓我止不住憐惜，捧住她頭，吻著她濕了的臉、頰和脖子，她無聲在哭。

我不能對她這樣殘酷，只爲一時的慾望去這樣享用她，讓她爲我付出這麼大的代價。可我又止不住喜歡她，我知道這不是愛，可愛又是什麼？她身體新鮮而敏感，我再三充滿慾望，什麼都做了，就越不過這最後的界線。而她期待著，清醒、乖巧、聽任我擺布，沒有什麼比這更刺激我的，我要記住她身體每一處幽微的顫動，也要讓她的肉體和靈魂牢牢記住我。她總也在顫慄，在哭，渾身上下都浸濕了。我不知道這是不是更加殘酷。直到半邊沒垂下的蚊帳外窗戶上晨曦漸漸顯亮，她才平息下來。

我靠在床沿上，望著微弱的光線裡顯出的她平躺著毫不遮掩的白皙的軀體。

「你不喜歡我？」

我沒有回答，沒法回答。

她然後起來，下床，靠在窗前，身上的陰影和窗邊半側的臉頰都令我有一種心碎的痛楚。

「你爲什麼不把我拿去？」她聲音裡透著苦惱，顯然還在折磨自己。

我又能再說什麼？

「你當然見多了。」

「不是的！」我坐了起來，也是種不必要的衝動。

「你不要過來！」她立刻忿忿制止我，穿上衣服。

街上已經有匆匆的腳步和說話聲，想必是趕早市的農民。

「我不會纏住你，」她對著鏡子說，梳著頭髮。

我想說怕她挨打，怕給她今後帶來不幸，怕她萬一懷孕，我知道在這樣的小縣城裡一個未婚的姑娘做流產意味著什麼，我想說：

「我——」

「你不要說話，你聽我說，我知道你擔心的是什麼，我會很快找個人結婚的，我也不會怪你。」

她深深嘆了口氣。

「我想……」

「不！你不要動！已經遲了。」

「我想我應該今天就走，」我說。

「我知道我配不上你，可你是一個好人。」

這難道必要嗎？

「你心思並不在女人身上。」

我想說不是這樣。

「不！你什麼也不要說。」

我當時應該說，卻什麼也沒說。

她梳理停當，給我打好了洗臉水，然後坐在椅子上，靜靜等我梳洗完畢。天已大亮。

我回到我那間客房收拾東西。過了一會，她進來了。我知道她在我身後，沒敢回頭。直到把東西全部塞進包裡，拉上拉鍊，才轉過身去。

出門前，我擁抱了她，她把臉側轉過去，閉上眼睛，把臉頰貼在我胸前。我想再吻她一次，她掙脫開。

到車站去那是很長的一段路。早晨，這縣城的街上人來人往，十分嘈雜。她同我隔開一段距離，走得很快，好像兩個並不相識的路人。

她一直送我到了汽車站。車站上她遇到許多熟人，一一打招呼，同每一個都有那麼多話，顯得自然而輕鬆，唯獨目光不望著我，我也不敢去看她的眼睛。我聽見她在介紹我，說是個作家，來這裡收集民歌的。直到車開動的那一剎那，我才又看見了她的目光，明亮得讓我受不了，受不了她那種單純的渴望。

四十六

她說她憎惡你！

爲什麼！你盯住她手上玩的刀子。

她說你葬送了她這一生。

你說她年紀還不算大。

可你把她最美好的年華都敗壞了，她說你，是你！

你說還可以重新開始生活。

你可以，她說她已經晚了。

你不明白爲什麼就晚了？

因爲是女人。

女人和男人都一樣。

你說得真好聽，她冷笑。

你看見她把刀子豎起來，你便也坐起來。

她不能這樣便宜了你，她說她要殺死你！

殺人要償命的，你說，挪開身子，提心吊膽望著她。

這條命已經不值得活了，她說。

你問她原來是爲你活著？你想緩和一下氣氛。

爲誰活也不值！她把刀尖衝著你。

把刀子放下！你提防她。

你害怕死？她又冷笑了。

誰都怕死，你願意承認你怕死，讓她好放下刀子。

她就不怕，她說到了這份上，什麼都不怕！

你不敢激怒她，可你必須保持你語言的鋒芒，不讓她看出你真的害怕。

犯不著這樣死，你說有更好的死法，壽終正寢。

你活不到那麼久了。她說，手上的刀光閃爍。

你挪開了一點，側身望著她。

她突然哈哈大笑。

你問她是不是瘋了？

瘋也是你逼的，她說。

逼你什麼了？你說再也無法同她生活在一起，只好分手。在一起是雙方自願，分開也是自願的。你盡量說得平靜。

沒那麼容易。

那就到法院裡去。

不去。

那就雙方分開。

她說不能這樣便宜了你，舉起刀子，逼近你。

你站了起來，坐到她對面。

她也站了起來，裸露著上身，乳房垂掛，目光瞋亮，高度興奮。

你忍受不了她這種歇斯底里，忍受不了她這樣任性發作。你下決心必須離開，避免再刺激她，只好轉而說還是談點別的吧。

你想躲？

躲什麼？

躲避死呀，她嘲笑你，轉動刀子，身體搖晃，像個屠婦，又不很熟練，只乳頭顫抖。

你說你厭惡她！終於從牙縫裡擠出這句話。

抖。

你早就厭惡了，可你爲什麼不早說？她叫了起來，被擊中了，不光乳頭，全身都顫

那時候還沒到這程度，你說沒想到她變得這樣令你惡心，說你打心底憎恨她，把最惡毒的話擲向她。

你早說就好了，早說就好了，她哭著垂下了刀尖。

你說她這一切舉止都叫你止不住惡心！你決心刺傷她到底。

她扔下刀子叫喊，你早說這句話就好了，一切都晚了，都晚了，你爲什麼不早說呀？你爲什麼不早說？她歇斯底里嚎叫，用拳頭捶地。

你想安慰她一下，但你這番努力和終於下定的決心將歸於徒勞，一切又將重新開始，你將更難以擺脫。

她大哭大鬧，赤裸的身體在地上打滾，也不顧刀子就在身邊。

你彎腰伸手想把刀子拿開，她卻一把抓住刀刃。你掰開她的手，她握得倒更緊。會割破手的！你朝她大叫，擰她胳膊，直到她撒手。血殷紅的從她掌心流了出來。你掐她手腕，努力捏住她的動脈，她另一隻手又抓起刀子。你甩手給了她一巴掌，她楞住了，刀子從她手上掉了下來。

她傻望著你，突然像一個孩子，眼裡透著絕望，泣不成聲。

你止不住有些憐憫，抓起她受傷的手，用嘴給她吸血。

她於是摟緊你哭，你想要掙扎，她雙臂卻越箍越緊，硬把你拉向她懷裡。

這幹什麼！你十分憤怒。

她要你同她做愛，就要！她說她就要同你做愛！

你好不容易掙脫，氣喘吁吁，你說，你不是牲口！

你就是！你就是畜生！她狂叫，瞳仁裡閃出異樣的光。

你只好一邊安慰她，一邊哀求她不要這樣，求她平靜下來。

她喃喃吶吶，又啜泣著說她愛你，她這樣任性發作也出於愛，她害怕你離開。

你說你不能屈從於女人的任性、無法生活在這種陰影裡，她令人窒息，你不能成為任何人的奴才，不屈從任何權勢的壓力，那怕動用任何手段，你也不屈從任何女人，做一個女人的奴隸。

她說她給你自由，只要你還愛她，只要你不離開，只要你還留在她身邊，只要你還給她滿足，只要你還要她，她絞曲在你身上，瘋狂吻你，在你臉上身上噴吐唾液，同你滾成一團，她勝利了，你抗拒不了，又陷入肉慾裡，不能自拔。

四十七

我走在山陰道上，前後無人，趕上途中下雨。先是小雨，由它落到臉上，倒也舒服。

繼而越下越大，我只好一路小跑，頭髮衣服都淋濕了，見路邊上方有個岩穴，趕緊爬了上去，裡面竟堆了許多劈好的木柴。這洞頂頗高，一角斜伸進去，裡面透出一道光線。從粗鑿成的石級上去，有一個石頭砌的灶台，上面擱一口鐵鍋，那光線是從灶台斜上方的一條岩縫中射進來的。

我轉身，後面有用木頭草草釘就的一張床，鋪蓋捲起，坐著個道士，正在看書。我不免詫異，也沒敢打擾他，只是望著岩縫間不停抖動的灰白的雨線。雨下得肯定很大，我一時走不了。

「不要緊的，這裡歇著好了，」倒是他先說話，放下手中的書卷。

他蓄著垂到肩頭的長髮，穿一身寬大的灰衣灰褲，年紀看來大約三十歲上下。

「你是這山裡的道士？」我問。

「還不是。我替道觀打柴，」他回答道。

他鋪上封面展開的是本《小說月刊》。

「你對這也感興趣？」我問。

「看著混時光，」他不經意說，「你身上都濕了，先擦一擦。」說著，從灶鍋裡打了一盆熱水，遞給我一塊毛巾。

我謝了他，乾脆脫光膀子，擦洗了一遍，舒服多了。

「這真是個好去處！」我說著在他對面的一段木頭上坐下。「你住在這洞裡？」

他說他就是這山底下村子裡的人，但他厭惡他們，他兄嫂、鄉鄰和鄉里的幹部。

「人人都看重錢，人與人之間都只講利害，」他說，「我同他們已經沒關係了。」

「那你就打柴爲生？」

「我出家快一年了，只是他們還沒有正式收留我。」

「爲什麼？」

「老道長要看我是不是心誠，有沒有恆心。」

「那他會收下你嗎？」

「會的。」

這就是說他堅信他自己心誠。

「你一個人長年這樣在山洞裡住著不苦悶嗎？」

我望了望那本文學刊物，又問。

「比我在村裡要清靜自在得多，」他平心靜氣回答我，並不覺得我有意攪擾他。「我每天還做功課，」他補充道。

「請問，都做些什麼功課？」

他從被子底下摸出一本石印的《玄門日課》。

「這雨天做不了事，才看看小說，」他看見我總注視他擱在鋪上的那本期刊，又解釋道。

遊方僧

「這些小說對你做的功課有沒有妨礙？」我還是有些好奇，想知道個究竟。

「咳，這講的都是世俗男女的事，」他一笑了之。他說他上過高中，也學了點文學，閒來無事，看點書，「其實，人生都是那麼回事。」

我不便再問他是否娶過妻，不好打聽出家人的隱私。雨聲沙沙，單調卻又令人適意。

我不宜再打擾他，同他都靜坐著，有很長一段光景，坐忘在雨聲中。

我不清楚雨聲什麼時候停歇的。等我發現雨停了，起身道謝告別時，他說：

「不用謝了，都是一種機緣。」

這在青城山。

我後來在甌江的江心洲上的一座石塔前，還見到了一位僧人，光頭顱，穿的一件朱紅的袈裟，在佛塔前先合掌，然後跪下叩頭，遊人都圍住觀看。他不慌不忙，禮拜完畢，脫下法衣，裝進個黑色人造皮革的提包裡，提把手柄彎曲可以當拐杖用的雨傘，轉身就走。

我尾隨他，走了段路，離開了剛才圍觀他禮拜的遊人，上前問道：

「這位師父，我能請你喝杯茶嗎？我想向你請教些佛法。」

他沉吟了一下，便答應了。

他面目清瘦，人很精神，看上去也只有五十多歲，紮著褲腿，腳步輕捷，我快步跟上他，問：

「師父看樣子要出門遠行？」

「先去江西訪幾位老僧，然後還要去好些地方。」

「我也是個游離的人，不過不像師父這樣堅誠，心中有神聖的目的，」我需要找話同他說。

「真正的行者本無目的可言，沒有目的才是無上的行者。」

「師父是此地人？此行是告別故鄉，不打算再回來了？」我又問。

「出家人四海爲家，本無所謂故鄉。」

說得我一時無話。我請他進了園林裡一間茶座，揀了一角稍許安靜處坐下。我請教了他的法號，交換了自己的姓名，然後有些猶疑。

「你想知道什麼儘管問好了，出家人無不可對人言，」倒是他先說了。

我便單刀直入：「我想問問師父爲什麼出家？如果沒有妨礙的話。」

他微微一笑，吹了吹浮在面上的茶葉，呷了一口。望著我說：

「你怕也非同一般旅遊，有點什麼任務在身？」

「當然不是要做什麼調查，只是見你這位師父一身輕快，有些羡慕。我雖然沒有什麼固定的目的，卻總也放不下。」

「放不下什麼？」他依然面帶微笑。

「放不下這人世間。」說完，兩人便都哈哈笑了起來。

「這人世說放下，也就放下了。」他來得爽快。

「其實也是，」我點點頭，「不過我想知道師父是怎麼放下的？」

他便毫不閃爍，果然說出了他一番經歷。

他說他早年十六歲還在讀中學的時候，便離家出走，參加了革命，上山打了一年的游擊。十七歲隨大軍進入城市，接管了一家銀行，本來滿可以當個領導，他卻一個勁要求上醫學院讀書。畢業後分配到市衛生局當幹部，他還堅持要做醫生。之後，他頂撞了他醫院的黨支部書記，被開除黨籍，打成右派分子，下放到農村種田。鄉里成立公社醫院的時候他才弄去當了幾年醫生。其間，同個農村姑娘結了婚，一連生了三個孩子。那知道他竟然又想信奉天主，聽說有位梵蒂岡的紅衣主教到了廣州，他於是專程去廣州想找他請教天主教的真諦。結果不僅沒有見到這位主教，反而揹上個裡通外國的嫌疑，這嫌疑也就成了他的罪名，又從公社醫院裡除了名，只好自學中醫，混同於江湖郎中，謀口飯吃。一日，他幡然醒悟，天主遠在西方不可求，不如依皈佛祖，乾脆家也不要了，從此出家當了和尚。

說完便哈哈一笑。

「你還懷念你的家人嗎？」我問。

「他們都能自食其力。」

「你對他們就沒有一點掛牽？」

「佛門中人沒有掛牽，也沒有怨恨。」

「那麼他們恨你嗎？」

他說他也不願過問，只是他進寺廟已經好多年了，他大兒子來看過他一次，告訴他右派分子和裡通外國的案子都已平反，他現在回去可以享受老幹部和老革命的待遇，會重新安排他的工作，還要補發他一大筆多年來未發給他的工資。他說他分文不要，他們儘可以拿去分了，算是他修行的因果，他們也不枉做他妻兒一場，之後則再也不要來了。此後，他們也就無從知道他的行蹤。

「你現在沿途靠化緣維生？」

他說人心已經變壞了，化緣還不如討飯，化緣是什麼也化不到。他主要靠行醫，行醫時都穿上便服，他不願損害佛門的形象。

「佛門中允許這種變通？」我問。

「佛在你心中。」

我相信他已經從內心種種煩惱中得以解脫，面色一片和平。他行將遠去，甚至爲此歡欣。

我問他沿途怎麼投宿？他說是凡有寺廟的地方，只要示出度牒，這佛門中人的通行證，都可以接待。但如今各地的條件都差，僧人不多，自己勞動養活自己，一般不容掛單長住，因爲沒有人供養，大的寺廟才得一點政府的接濟，也微乎其微。他自然也不願意加重別人的負擔。他說他是個行者，已經去過許多名山，自覺身體尚好，還可以徒步作萬里行。

「可以看一看這度牒嗎？」我想這比我的證件似乎還更管用。

「這不是什麼祕密，佛門並不神祕，向每一個人隨時敞開。」

他從懷裡掏出一大張摺疊起來的棉紙，首端油墨印的盤坐在蓮花寶座上的如來，蓋著個偌大的朱紅方印，寫上他剃度受戒的師父的法名，以及他在佛門中的學業和品位，他已經到了主法，可以講經和主持佛事。

「沒準有一天我也追隨你去，」我說不清是不是在開玩笑。

「那就有緣了，」他倒挺認真，說著便起身，合掌同我告別了。

他行走很快，我尾隨了他一陣，轉眼他竟飄然消失在往來的遊人之中，我明白我自己凡根尚未斷。

之後，我在天台山下的國清寺前，那座隋代的舍利塔前，研讀上面的碑文的時候，還無意中聽到過一場談話。

「還是跟我回去吧，」從磚牆的另一面傳來一個男人的聲音。

「不，你走吧。」也是一個男人的聲音，不過聽來比較明亮。

「不看在我面上，也想想你媽。」

「你就對她說，我過得滿好。」

「是你媽要我來的，她病了。」

「什麼病？」

「她總叫胸口疼。」

做兒子的不出聲了。

「你媽叫我給你帶了雙鞋。」

「我有鞋穿。」

「是你一直想買的那種運動鞋，打籃球穿的。」

「這好貴呀，買這鞋做什麼？」

「你穿上試試看。」

「我不打籃球了，這裡穿不上。你還是帶回去吧，這裡沒人穿這鞋。」

早晨，林子裡鳥叫得挺歡。一片麻雀的喞喞喳喳聲中，單有一隻畫眉唱得非常婉轉，可是被近處的白果樹的濃密的葉子擋住，看不見在哪個枝頭。又有幾隻喜鵲飛來了，不停聒噪，磚塔那邊長時間沉默。我以爲他們走了，轉了過去，見這後生正仰著頭，在望鳥叫，剃得發青的頭皮上還沒有香眼，他穿的一身僧人的短打衣衫，眉目清秀，面色紅潤，不像長期齋戒的和尚那種焦黃的臉色。他父親也還年壯，顯然是個農民，手裡拎著那雙剛從鞋盒子裡拿出來的白底紅藍線條的高幫子的新球鞋，吭著個頭，我估猜沒準又是個強迫兒子成親的老子。這小伙子會不會受戒？

四十八

你想對她講晉代的筆記小說裡的一則故事，說的是一位權勢咄咄逼人的大司馬，府前來了個比丘尼找他化緣。門口照例通報主事，主事賞了一吊制錢，這女尼卻拒不肯收，聲稱要見施主。主事只好報告總管，總管令家僮托出一錠白銀，借此打發了事。誰知這女尼仍然不收，非要見大司馬本人不可，說是將軍有難，她特地前來化解。總管只得如是稟報，大司馬便命總管將她領進前廳。

大司馬見階下這女尼雖然面容土灰，倒也眉目清秀，不像裝神弄鬼淫邪之輩，問她究竟有何所求。這女尼上前合掌禮拜，退而答道，久聞將軍慈悲心重，自遠方特意前來爲其老母亡靈作七七四十九天齋戒，一併祈求菩薩，爲他本人降福消災。大司馬居然令總管在內庭開一間廂房，又叫家僮在堂上設下香案。

自此，宅內木魚聲從早到晚耳不絕聞，一連數日，這大司馬心裡倒也越趨和平，對她日益敬待。只是這女尼每日午後更香之前，必先沐浴一番，每每長達一個時辰，而且天天如此，大司馬心想出家人原本髡首，不比通常婦人，免不了梳妝打扮，沐浴不過是淨心更香的一項儀式，何以每日花費這許多時間？況且沐浴時水聲響動不已，莫非她總攪水不停？心中多少犯疑。

一日，他在庭內踱步，木魚聲斷然終止。片刻，又聞水響，知道這女尼將要更香，便上廳堂恭候。水聲越來越響，良久不息。他疑心頓起，不覺走下台階，經過廂房門前，見門縫並未合嚴，索性到了跟前，朝裡探望。卻見這比丘尼竟然面朝房門，袒裎無遺，裸身盤坐盆中，雙手合掌，捧水洗面，一改平時土灰面色，紅顏皓齒，粉腮玉項，肩滑臀圓，活脫一個玉人。他趕緊走開，回到堂上，收攏心思。

廂房裡水聲依然響動不已，誘他止不住一心想看個分明，便沿著廡廊，躡手躡足，又到了門前。屏息凝神，貼住門縫，只見那纖纖十指舒張開來，揉搓一雙豐乳，潔白似雪，兩點櫻花，含苞欲放，點綴其間。肌膚潤澤，微微起伏，更有一線生機自臍而下，這大將軍就勢膝蓋著地起不來了。又見一雙素手從盆中操起剪刀一把，並攏雙刃，使勁插入腹中，頓時鮮血殷紅自臍下而湧出。他驚駭不已又不敢妄動，只好閉目不忍再看。

移時，水聲復響，他睜眼定睛，見這髡首女尼血汙淋漓，雙手尚不停攪動，竟將臟腑和盤掏出，置於盆內！

這大司馬畢竟將門世家，身經百戰，尚不致昏厥，只倒吸一口涼氣，眉頭緊蹙，決心看個明白。女尼此時此刻面無血色，眼簾下垂，睫毛翕合，嘴唇青白，微微顫抖，似在呻吟，細聽又無聲息，唯有水聲淅淅。

她一雙血手，拎起柔腸一段，指尖揉捏，寸寸洗理，漸次盤於腕肘，如此良久。隨後，終於洗滌完畢，將臟腑整理妥貼，一併捧起，塞入腹內。又取一勺，將手臂、胸腹、股溝、腿足，乃至於腳趾一一刷洗乾淨，竟完好如初。這大司馬連忙起身，登上廳堂，佇立恭候。

片刻，門扇洞開，這比丘尼手持念珠，和衣移步來至堂上，爐中線香恰巧燃盡。香根上一縷青煙杳然消逝之際，她不慌不忙正好換上一炷。

這大司馬如夢初醒，尚困惑不解，只得以實相問。女尼卻不動聲色，回答道：君若問鼎，便形同這般。本來正野心勃勃圖謀篡位的這位將軍，聽了不免悵然，終於不敢越軌，守住了爲臣的名節。原先這故事自然是一則政治訓誡。

你說這故事換個結尾，也可以變成一則道德說教，警戒世人勿貪淫好色。

這故事也還可以變爲一則宗教教義，規勸世人，依皈佛門。

這故事又還可以當作處世哲學，用以宣講君子每日必三省其身，抑或人生即是痛苦，抑或生之痛皆出乎於己，抑或再演繹出許許多多精微而深奧的學說，全在於說故事的人最後如何詮釋。

故事中的這主人翁大司馬且有名有姓，翻查史書和古籍，大可作一番考證。你既非史家，又沒這類政治野心，更不想當道學先生，也不傳教，也不想爲人師表，你看中的只是這個純而又純的故事，任何詮釋同這故事本身其實都無直接關係，你只想用語言將這故事重新表述一番。

四十九

那縣城的老街上，一家雜貨鋪子門前，兩張條凳搭的店家的鋪板，擺著他那個字攤子。一條條寫在紅蠟光紙上吉祥的對子從鋪板上掛下來。「龍鳳呈祥，喜慶臨門」，「出門逢喜事，地上生白銀」，「生意興隆通四海，財源茂盛達三江」，全是這類被幾十年來的革命口號和語錄代替了的老話。還有兩張寫著「逢人一笑三分喜，凡事無心禍自消」，就不知是他自己編的，還是老祖宗們積累的處世經驗。那是一種花體字，骨架子不錯，又有點像道士的符籙。

他坐在鋪板後面，上了年紀，穿的一件老式的對襟褂子，後腦勺上還扣了一頂洗得褪色了的舊軍帽，顯得有幾分滑稽。我見鋪板上還放了個鎮紙的八卦羅盤，便上前同他搭訕：

「老人家，生意好哇。」

「還行。」

「一副字多少錢呀？」

「兩塊三塊的都有，字多錢就多。」

「就寫一個福字呢？」

「也得要一塊。」

「這不才一個字？」

「我得替你現寫呀。」

「要畫一個消災避邪的符呢？」

他抬頭望了望我說：「這不好畫的。」

「爲什麼？」

「你是幹部，怎不曉得？」

「我不是幹部，」我說。

「你也是吃公家飯的，」他一口咬定。

「老人家，」我需要同他套點近乎，「你可是道士？」

「早不搞了。」

「知道，」我說，「老人家，我是問你會不會做道場？」

「怎不會呢？政府不讓搞迷信。」

「哪個叫你搞迷信？我是收集唱經的音樂的，你會不會唱？現今青城山的道教協會都重新掛牌開張了，你怕啥子？」

「那是大廟子，我們這火居道士不讓搞。」

「我就找你這樣的民間道士，」我更有興趣了。「你能不能給我唱兩段？比方說，做喪事道場，或是驅邪趕鬼的經文？」

他果真哼了兩句，但立刻打住，說：

「這不好隨便驚動鬼神，要先燒香請神。」

就在他唱經的當口，不覺好些人圍攏過來，有人喊道：

「老頭兒，唱一個花花子歌！」

周圍的人都笑了。

「我給你們唱個山歌吧，」老頭兒也滿開心自告奮勇說。

眾人便叫：「要得！要得！」

老頭兒於是突然高聲唱了起來：

妹子喲在山上掐茶葉，
你哥在山下割茅草，
驚起鴛鴦兩地飛，
妹快同哥做一對。

人群中齊聲叫好，跟著有人一個勁煽動：

「來一個花花子歌！」

「要一個嘛，老頭兒！」

老頭朝眾人直擺手說：「要不得，要不得，要了要犯原則。」

「唱一個歌子犯得了好大的原則？」

「不要緊的，老頭兒，唱一個聽聽嘛！」

眾人都紛紛起鬨，小街上已經堵滿了人，過不去的自行車直撳車鈴。

「可是你們叫唱的喲！」老頭兒受了鼓舞，真站起來了。

「唱一個戴瓜皮帽兒的馬猴鑽繡房！」

有人點歌了，眾人又是叫好，又是鼓掌。老頭兒用手抹了抹嘴，剛要叫嗓子，突然打住，低聲說：

「警察來了！」

好些人都回頭，見人頭後面不遠處，有個白邊紅線的大蓋帽子在游動。人群中紛紛說：

「這有啥子？」

「開個心又有啥子要緊？」

「警察，警察還管得了這許多！」

「說的好聽，你們走了，我這生意還做不做了？」老頭坐下，嘴也不讓，朝眾人去了。

民警過來了，眾人悻悻的都散了開去。等民警過去了，我說：

「老人家，能不能請你到我住的地方唱幾段？等你攤子收了，我先請你到飯鋪裡去吃個夜飯，一起喝酒，行不行？」

老頭兒興致被勾了起來，顯然也得不到排解，立刻答應：

「要得。不賣了，不賣了，我就把攤子收了，等我把鋪板歸置好。」

「耽誤你生意了。」我自然要表示點抱歉。

「不要緊的，交個朋友。我也不靠這吃飯，進得城來，順便賣幾幅，掙個零花錢，要單靠筆墨吃飯還不餓死？」

我便到街斜對面的一家飯鋪先要了酒菜。不一會，他果真挑著一副籮筐來了。熱菜上來，我們邊吃邊講。他說他十歲光景，他老子把他送到個道觀裡去幫著燒火做飯，是他老頭得病時許下的願。老道給他啓蒙的課本《玄門日課》如今還能倒背如流。老道死了之後，這道觀就由他主持，道場的種種法事他沒有不會的。再後來土改分田，道士做不成了，政府令他返鄉，就又種上了田。我問起陰陽風水，五雷指法，踏罡步斗，相面摸骨，他說起來樣樣有譜，我心中自然大喜。可飯鋪裡都是做完了買賣，掙得了錢的農民，吃酒划拳，大聲喧呵，十分吵鬧。我說我包包裡就帶個錄音機，他講的這些都是珍貴的材料，我想吃罷了飯，請他同我到我的旅店做些錄音，他要念要唱也落得清靜。他抹了抹嘴，說：

「你把酒也帶上，到我家喝去，我屋裡道袍法器都有。」

「也有驅鬼的司刀？」

「那少不了的。」

「也有令牌，調神遣將的令牌？」

「還有鑼鼓傢伙，做道場這都少不了，我都做把你看。」

「要得！」我把桌子一拍，起身便跟他出門。我問：「你家就在縣城裡？」

「不遠，不遠，我把挑子也存到人家家裡，你到前頭汽車站等我。」

不過十分鐘，他快步來了，指著一輛馬上要開的車叫我快上！我沒有料到上了汽車一路不停，眼看車窗外山後的太陽的餘暉暗淡消失了。等車到了終點一個小鎮，離縣城已出去了二十公里，車當即掉頭走了，這是最後一班。

這小鎮只有一條至多五十米長的小街，還不知有沒有客店。他叫我等一等，又鑽進一家人家。我心想既來之則安之，碰上這麼個人物，人又熱心也是一種機緣。他從人家裡捧出半臉盆豆腐，叫我跟他走。

出了鎮子，上了一條土路，天色已黑。我問：

「你家就在這鎮邊的鄉里？」

他只是說：「不遠，不遠。」

走了一程，路邊的農舍看不見了，夜色迷濛，四下水田裡一片蛙鳴。我有點納悶，又不好多問。背後響起突突突突發動機的聲音，一輛手扶拖拉機趕了上來。他立刻大聲招呼追上去，我也就跟著他連跑帶跳跨進拖斗裡。這土路上，在空的拖斗裡顛簸像是篩豆，就這樣顛了約莫上十里路，天全黑了，只這手扶拖拉機一道黃光，獨眼龍樣的，照著一二十步遠的坑坑窪窪的土路，一個行人也沒有。他同司機用土話像吵架似的大聲叫喊個不停，除了那震耳欲聾的摩突聲，我一句也聽不清。他們要是商量把我宰了，我也只好聽天由命。

好容易到了路的盡頭，出現了一幢沒有燈光的房舍，車主到家了。開了屋門，從他臉盆裡分了幾大塊豆腐。我跟隨他又摸黑上了田埂間曲曲折折的小路。

「還遠嗎？」我問。

「不遠，不遠。」他還是那句老話。

幸虧他走在前頭，他要擱下臉盆，施展功夫，我知道老道沒有不會功夫的，我轉身要跑多半掉進水田裡，滾個一身泥巴。蛙聲稀疏，背後一層層梯田水面的反光表明已經上山了，山上的蛙鳴也比較孤單。我於是找話同他搭訕，先問收成，後問種田的辛苦。他說也是，要光靠種田，別想發財。今年花了三千塊錢改了兩畝水田做魚塘。我問他養鱉不？說是城市現今都時興吃鱉，一說是防癌，二是補養，賣價可貴呢。他說他下的都是小魚秧，把鱉放進去，還不把魚秧都吃了？他說，他錢現在倒有，就是木料難買。他有七個兒子，只老大娶了親，其餘六個都等著蓋屋分家，我也就寬心了，仰望天上的星光，欣賞起夜色。

前面灰沉沉的山影裡，有一簇閃爍不定的燈火。他說這就到了。

「我說不遠吧？」

山鄉黄昏

可不，鄉里人對遠近自有他們的概念。

夜裡十點多鐘，我終於到了個小山村。他家堂上點著香火，供的是好幾個木頭和石刻的斷殘的頭像，大抵是前些年破四舊砸廟宇從道觀裡搶救出來的，如今公然擺上，屋樑上果真貼了幾道符籙。六個兒子都出來了，最大的十八歲，最小的才十一，只老大不在。他老婆是個小個子女人，老母八十了手腳也還利索。他妻兒一番忙碌，我立刻成了貴客，打來了熱水洗臉不說，還要洗腳，換上了老人家的布鞋，又泡了一杯濃茶。

不一會，六個兒子把鑼鼓鐃鈸都拿了出來，還有一大一小兩面雲鑼，掛到一個木架子上。霎時間，鼓樂齊鳴，老頭兒套上一件紫色綴有陰陽魚、八卦圖像的破舊道袍，手拿令牌司刀和牛角從樓上下來，全然另一副模樣，氣派莊嚴，步子也悠悠緩緩。他親自點燃一炷香，在堂上神龕前作揖。被鑼鼓聲驚動了的村里人男女老少全堵在門檻外，立刻成了個熱鬧的道場，他沒有騙我。

他先端了一碗清水，口中念念有詞，彈指將水灑在房屋四角，等彈到門檻前眾人腳下，人都哄的說笑起來。唯獨他不動聲色，眼睛微閉，嘴角一掛，便有一種通神靈的威嚴，眾人卻越加笑得厲害。他突然將道袍的袖子一抖，將令牌叭的拍在桌上，眾人笑聲戛然而止。他轉身問我：

「有大遊年歌，九星吉凶歌，子孫歌，化象歌，四凶星應驗口訣，作房門公婆神名，祭土神祝文，請北斗魂，這些都要唱的，你聽哪一個？」

「那就先唱請北斗魂吧，」我說。

「這是保小娃兒袪病消災的。你們哪一個小娃兒？報個姓名生辰八字來？」

「叫狗娃兒來？」有人攛掇。

「我不。」

坐在門檻上的一個小男孩爬起來，立刻鑽到人背後去了。眾人又是一陣笑。

「怕啥子？老爹子做了你日後不得病的，」門外一個中年婦女說。

小男孩躲在眾人背後，死也不肯出來。

老頭兒把衣袖一擺，說：

「也罷，」又對我說：「通常要準備米飯一碗，煮好的雞蛋一個，豎在米飯碗上，焚香恭請。小娃兒跪倒叩頭，爾後請到四方真君，紫微大帝，北方九振解厄星君，南斗大祠延壽星君，本鄉二位守護尊神，歷代考妣宗親，灶府神君子孫，伏祈領納——」

說著，抬起司刀，向上一挑，放聲唱將起來：

「魂魄魂魄，玩耍過了快回來！東方有青衣童子，南方有赤衣童子，西方有白衣童子護衛你，北方的黑衣童子也送你歸。迷魂遊魄莫玩耍，路途遙遠不好還家。我把玉尺爲你量路，你若到了黑暗處。你若落進天羅地網裡，我剪刀一把都鉸斷。你若飢渴乏力氣，我有糧米供給你。你不要在森林裡聽鳥叫，不要在深潭邊上看魚游，人叫千聲你莫回答，魂魄魂魄你快回家！神靈保佑，厝德不忘！自此魂守身，魄守舍，風寒無侵，水土難犯，少時越堅，老當益壯，長命百歲，精神健康！」

他揮舞司刀，在空中畫了一個大圈，鼓足了腮幫子，把牛角嗚嗚吹了起來。然後轉向我說：

「再畫符一張，佩之大吉！」

我弄不清他是否真的相信自己的法術，總之他手舞足蹈，腳步輕搖，神情得意。在他自家的堂屋裡，自設的道場，有他六個兒子助威，深得鄉里人敬重，又有這樣一個外來的客人欣賞，他不能不十分興奮。

他隨後便一個接一個神咒，呼天喚地，語意越加含糊，動作越發迷狂，圍著案子，拳式劍術統統施展開來。他那六個男兒，隨著他的聲調高低和舞步招式的變化，鑼鼓點子也不斷演出新的花樣，越打越加起勁。特別是擊鼓的小伙子，乾脆甩掉褂子，亮出黧黑的肌膚，筋骨都在肩胛上抖動跳躍。門後圍觀的人，越來越多，擠得前面的人從門檻外跨進門裡，門裡的又被擠到牆角，有的乾脆在牆邊上就地坐下。每一曲完了，大家跟著我都鼓掌叫好，老頭兒也越發得意，耍出全身的招數，毫無顧忌，把心中的鬼神一個個呼喊出來，進入一種如醉如癡的狀態。直到我一盤錄音磁帶到頭了，停下機子換磁帶，他才喘著氣停了下來。這屋裡屋外男男女女，都興奮得不行，止不住說笑打趣，村民們開大會肯定也沒這麼熱鬧。

老頭一邊用毛巾擦汗，指著屋裡他跟前的幾個女孩子說：

「你們也給這位老師唱一個。」

女孩子們竊竊便笑，嘰嘰喳喳，推推搡搡了好一會，才把一個叫毛妹的小姑娘推了出來。這細條的小丫頭也就十四五歲，倒不扭捏，眨巴一雙大圓眼睛，問：

「唱啥子喲？」

「唱個山歌子。」

「唱姊妹子出嫁！」

「唱四季花！」

「就唱姊妹哭嫁，這歌子好聽，」門邊上一位中年婦女朝我推薦。

這女孩望了我一眼，側身，避過臉去，一聲極高的女聲穿透嘈雜的人聲，迴旋直上，把我從燈光的陰影裡立刻帶到了山野。山風和清幽的泉水，潺潺流水一般的悲傷，又悠遠又清亮。我想到了夜行者的火把在黢黑的山影裡游動，眼前又浮現那個景象，一個打松油柴火把的老者領著個女孩，也就她這年紀，瘦伶伶的穿一身花布衣褲，從那山村小學教師家門前經過，我當時正在他堂屋裡閒坐，不知他們從哪裡來，不知他們到哪裡去，前面是森林墨黑的一座大山。他們朝堂屋裡張望了我一眼，沒有停步，隨即走進漆黑的山影裡，門前落下明亮的火星子還閃爍了好一會。轉眼再去追蹤那火把，從樹影和岩壁後面再出現時便成了一顆細小的、飄忽不定的火苗，悠遊在黑魆魆的山影裡，後面落下的斷斷續續的火星子隱約顯示出他們的蹤跡。隨後什麼也沒有了，不再見那細小飄忽的火苗，也沒有暗紅的火星的殘跡，如同一首歌，一曲飄盪在如豆一般的燈花與屋裡陰影之上的那明亮而純淨的憂傷。那些年裡，我同他們一樣，也赤腳下水田裡幹活，天一黑便沒有去處，那位小學教員的家是我唯一可以聊天，喝茶，呆坐，排遣孤獨的地方。

這憂傷打動了屋裡屋外所有的人，沒有人再說話了。她歌聲停息了好一會，才有個比她年長的女孩子，也該是個待嫁的姑娘，依在門上嘆息了一聲：

「好傷心啊！」

然後，才又有人起鬨：

「唱一個花花子歌！」

「大伯，來個五更天！」

「來個十八摸！」

這多半是後生們在吆喝。

老頭緩過氣把道袍脫了，從板凳上站起來，開始趕那唱歌的小丫頭和擠坐在門檻上的小孩子。

「小娃兒都回家盹覺去！都盹覺去，不唱了，不唱了。」

誰也不肯出去。站在門檻外的那中年婦女便一個個叫名字，也趕這些孩子。老頭跺腳，做出發火的樣子，大聲喝道：

「統統出去！關門，關門，要盹覺了！」

那中年婦女跨進門檻，拖這些小女孩，同時也對小子們叫喚：

「你們也都出去！」

後生們紛紛吐舌，出怪聲：

「耶——」

終於有兩個大女孩乖巧，出門去了，於是，眾人連推帶叫把女孩和小孩子們全轟出門外。那婦人去關房門，外面的成年人乘機全擠進屋裡。門栓插上了，屋裡熱烘烘的一股人汗的氣味。老頭清了清嗓子，吐了口唾沫，朝眾人擠擠眼，又變了個模樣，一副狡獪精道的壞相，貓腰走動，瞅了瞅眾人，憋住嗓子，唱了起來：

男人修，修的啥子？

修一根棍棍，

女人修，修個什麼？

修一條溝溝。

眾人跟著一陣子叫好，老頭兒用手把嘴一抹：

棍棍掉進了溝溝裡，

變成一條蹦蹦亂跳的活泥鰍——呀！

轟的一聲，眾人笑得彎腰的彎腰，跺腳的跺腳。

「再來一個傻子老兒娶老婆！」有人叫。

小子們齊聲也叫：「嗆——」

老頭子來勁了，把桌子往後撤，堂屋當中騰出一塊地方。他朝地上一蹲，就聽見砰砰打門聲。老頭沒好氣衝著房門喝道：

「哪一個？」

「我。」

屋外有個男人應了一聲。房門立刻打開，進來一個披件褂子留個分頭的後生。眾人跟著喃吶道：

「村長來了，村長來了，村長來了，村長來了。」

老頭站了起來。來人本來還笑瞇瞇的，眼光一下落到桌上放的那架錄音機，轉而一掃，落到我身上，笑容瞬時收斂了。老頭說：

「我的一個客。」

他轉身又向我介紹：「這是我大兒子。」

我向他伸出手去，他抽動了一下披在肩上的上衣，並不同我握手，只是問：

「你哪裡來的？」

老頭連忙解釋：「北京下來的一位老師。」

他兒子皺了皺眉頭，問：

「你有公函嗎？」

「我有證件，」我說，掏出我那個帶照片的作協會員證。

他翻來覆去裡外看了幾遍，才把證件還給我，說：

「沒有公函不行。」

「你要啥子公函？」我問。

「鄉政府的，再不，有縣政府的公章也行。」

「我這證件上蓋的鋼印！」我說。

他將信將疑，又接過去，就著燈光細看了看，還是還給我，說：

「看不清楚。」

「我是從北京來專門收集民歌的！」

我當然不讓步，顧不得客氣。他見我態度也硬，便轉向他父親，厲聲訓斥道：

「爸，你不是不曉得，這要犯原則的！」

「他是我新交的朋友，」老頭還想辯解，可在村長兒子面前，顯見氣短。

「都回家睡覺去！這要犯原則的。」

他對眾人又重申一遍。有人已經開溜，他那幾個小兄弟也把鑼鼓傢伙不聲不響全撤了。掃興的當然不止是我，最頹喪的還是他老頭子，像當頭潑了盆涼水，精氣神全消，兩眼無光，萎縮得連我都替他難過。我不得不作些解釋，說：

「你爸是難得的民間藝人，我專門來向他請教。你的原則原則上不錯，也還有別的管這些原則的，更大的原則——」

可這更大的原則，我一時也難得同他說得清楚。

「你明早到鄉政府去，他們要講行，你叫鄉政府蓋個公章再來。」

他口氣也緩和了一些，隨即把他父親拉到一邊，低聲又說了些什麼，便提了提披在肩上的上衣，出門去了。

人都走光了，老頭插上大門，到灶屋裡去了。不一會，他瘦小的妻子端上來一大碗鹹肉燒豆腐和各種醃菜。我說吃不下了，老頭堅持要我一定吃一點。桌上自然無話。之後，他便張羅讓我同他睡在灶屋邊上一間通豬圈的房裡，這就半夜一點多鐘了。

吹熄了燈，蚊子於是輪番空襲。我臉上，頭上，耳朵上，手不停拍打。房裡悶熱，氣味也難聞。他家的狗見來了生人興奮得不行，腳步刷刷刷刷，跑進跑出，攪得豬圈裡的豬也不斷哼哼，拱動不息。床底下幾隻忘了關進雞籠的雞被狗弄得打不成瞌睡，時不時撲打翅膀。我儘管疲勞不堪，無法入睡。過不多久，床下的一隻公雞開始啼鳴，老頭卻打著震天響的呼嚕。不知蚊子是不是不叮他，專吸生人的血，還是他一睡熟，便失去知覺？可我不堪困擾，索性爬起來，打開堂屋的門，在門檻上坐下。

涼風吹來，汗水全收了。影影綽綽的樹林間，灰濛濛的夜空沒有星光。黎明前這小山村一家家披連的灰黑瓦頂下人尚在熟睡。這之前，我怎麼也不曾想到會來這裡，在這個只有十多戶人家的小山村裡會有這麼快活的夜晚，被打斷興致的那種遺憾隨著陣陣涼意也消失了，那通常稱之爲生活的都在不言中。

五十

她說她夠了，你別再講了！

你同她走在陡峭的河岸上，湍急的河水打著漩渦，前面是一片幽深的河灣。進入河灣，河水迴還，成爲墨綠的深淵，水面平靜得連波紋都消失了，路也越來越窄。她不肯同你再往前走。

她說她要回去，她怕你把她推下河裡。

你止不住發火，問她是不是神經病發作？

她說正因爲同你這魔鬼在一起，才讓她變得這樣空虛，心裡如今一片荒涼，她沒法不瘋。她知道你同她還在這河岸上走，不過想找個機會，好推她下去，淹死她還不露痕跡。

見鬼去吧！你沒法不咒罵。

她說，你看，你看，這才是你心裡話，你心就這樣狠毒，你其實根本不愛，不愛就算了，爲什麼還引誘她？把她騙到這深淵跟前？

你發現她眼光真透著恐懼，想上前去給她些安慰。

不！不！她不讓你再接近她一步！她求你走開，放她一條生路。她說她望著這無底的深淵心裡直發慌。她要趕緊回去，回到原來的生活之中，她完全錯怪了他，才被你這魔鬼帶到這荒無人煙的絕境。她要回到他身邊，回到他那個小房間，那怕他同她性交時那麼急躁，這會兒她都能原諒。她說她如今才明白，他正因爲愛她才那麼衝動，他那赤裸裸的慾念都有一種激情，她卻再也受不了你這種冷淡，他比你一百倍真誠，你比他一百倍虛僞，你對她其實早已厭倦，只是你不說，你折騰她的靈魂比他折磨她的肉體還要殘酷。

她說她懷念他，在他那裡她畢竟無拘無束，她需要一個可以棲身的家，只想成爲一個主婦，他說過要娶她，她相信他說的話，而你卻連這話都未曾說過。他同她做愛時那怕講起別的女人，也只爲激起她對他的熱情，可你說的這一切越講越讓她冰涼，她這才發現她對他還是真愛，正因爲愛才神經緊張，有些變態。她所以出走是叫他也受點折磨，而她折磨他也已經折磨夠了。她已經報復了，也已經報復得過分。他知道了準會發瘋，就是知道也還會要她，對她也還會寬容。

她說她也想家，她後母再不好，總也還是她的家。她父親一定急得不行，肯定四出找尋，老頭上了這年紀，弄不好會急出毛病。

她也想，她科室裡的那些同事，她們儘管瑣碎、小氣，相互妒嫉，可哪天誰要買了件時興的衣服，都會脫下來讓大夥試試。

她也想那些總給她帶來煩惱的舞會，穿上新買的鞋，擦上香水，那音樂和燈光都撩人心弦。

就連她那手術室再怎樣一股藥水味，都十分潔淨，有條不紊，每個藥瓶都有固定的格子，信手可以拿到，那一切都熟悉，一切就都親切。她必須離開這鬼地方，什麼靈山，都是騙人的鬼話！

她說是你說的，愛情不過是一種幻影，人用來欺騙自己，你壓根兒就不相信有什麼真的愛情，不是男人占有女人，就女人倒過來占有男人，還偏要去製造種種美麗的童話，讓人脆弱的靈魂有個寄託。這都是你的話，你說過就忘了，你說過的話都可以否認，可你在她心裡留下的陰影，卻無法抹殺。她叫喊她再也不能跟你走下去！那看似平靜的水灣，幽深無底，她不能同你再往這深淵前走，你只要動手，她就緊緊扯住你不放，把你一起拖下去，一起去見閻王！

她又說她什麼也抓不住，你還是放她一條生路，她不會牽連你，你也就沒有拖累，管你去靈山還是地獄，你來去都一身輕快。你不用推她，她自己走開，離你遠遠的，再不同你見面，再也不想見到你，你也不必想她，用不著為她擔心，是她自己走開的，你也就沒有過錯，沒有遺憾，沒有責任，就當不曾有她，你良心上也就不至於不安。你看你一句話都說不出，就因為她講到了你的疼處，講出了你心裡的想法，你自己不敢說，她才替你全講了出來。

她說她這就回去，回到他身邊，回到那間小屋，回到她手術室，回到她自己家，恢復同她繼母的關係。她生來平庸，就回到平庸中去，像平庸的人一樣，同平庸的他結婚，只要個平庸的小窩，總之再也不同你前去一步，她不能跟你這個魔鬼一起去下地獄！

她說她害怕你，你折磨她，當然她也折磨過你，如今什麼都不要再說了，她什麼都不想知道，她什麼都知道了，她知道的已經太多，還是什麼也別知道的好，她要把這一切統統忘掉，忘不掉也得忘掉，早晚也總會忘了，如果最後還有一句什麼話，那就是她感謝你，感謝你同她走過的這一程路，把她從孤獨中拯救出來。可她只是更加孤獨，再這樣孤獨下去，她經受不住。

她終於轉身走了，你故意不去看她。你知道她正等你回頭，只要你回頭看她一眼，她就不會真走，她就會眼勾勾望著，直到淚水充盈，你就會屈服，懇求她留下來，就又是撫慰和接吻，她就又會癱倒在你懷裡，帶著濡濕的淚水，說著含糊不清又熱烈又傷心的親愛的話，手臂像柳條，身腰將你纏繞，把你重新拖回老路上去。

你堅持不去看她，沿著險峻的河岸逕自走去。到了一處拐彎，你還是忍不住回頭，她卻不見了。你心裡突然一陣空曠，若有所失，又像是得到了某種解脫。

你在一塊石頭上坐下，似乎在等她轉來，又明知道她已一去不返。殘酷的是你而不是她，你偏要去想她那些詛咒，巴望她就這麼狠毒，好讓她從你心裡消失得乾乾淨淨，不給你留下一絲悔恨。

你同她萍水相逢，在那麼個烏伊鎮，你出於寂寞，她出於苦悶。

你對她並不了解，她說的是真是假，或半假半真？她的編造又同你的臆想混合在一起，無法分清。

她對於你同樣一無所知，只因爲她是女人，你是男人，只因爲那恍恍惚惚的孤燈下，那麼個昏暗的閣樓，有那麼種稻草的清香，只因爲是那麼個夜晚，如夢一般，在一個陌生的地方，只因爲秋夜早寒，她喚起了你的記憶，你的幻想，她的幻想和你的慾念。

你之於她，也全然一樣。

不錯，你引誘了她，而她也同樣誘惑你，女人的伎倆和男人的貪慾，又何必去分清誰有多少責任？

還哪裡去找尋那座靈山？有的只是山裡女人求子的一塊頑石。她是個朱花婆？還是夜間甘心被男孩子引誘去游泳的那個少女？總之她也不是少女，你更不是少男，你只追憶同她的關係，頓時竟發覺你根本說不清她的面貌，也分辨不清她的聲音，似乎是你曾經有過的經驗，又似乎更多是妄想，而記憶與妄想的界線究竟在哪裡？怎麼才能加以劃斷？何者更爲真切，又如何能夠判定？

你不是在某一個小市鎮上，在某個車站，在某個渡口，在街頭，在路邊，偶然遇見那麼個姑娘，喚起你許許多多遐想？等你再回轉去，那市鎮，那車站，那渡口，那街頭，那路邊，又如何再找得到她的蹤影？

江水迴遊

五十一

江面陡岸上這白帝廟前，夕陽斜照。懸岩下，江水迴旋，嘩嘩濤聲遠遠傳來。眼前，正面矗立夔門峭壁，如同被刀削過一般工整。依在鐵欄杆上朝下俯視，一條分水線把粼粼閃光清亮的河水同長江裡渾黃的急流劃開。

小河對面，一個打紫紅陽傘的女人在山坡上雜草和灌叢中穿行，從一條看不見的小路上到光禿禿的巉岩頂上，走著走著，看不見了。那巉岩之上竟然還有人家。

眼看著爍黃的陽光從峭壁上消逝了，中分兩邊的峽門立刻變得森然，安在貼近江面的石壁上作爲航標的紅燈一一顯示出來。一艘從上游東去的客輪三層甲板上都站滿了出來觀看的旅客，進入峽谷後，低沉的汽笛聲良久回響。

說是諸葛亮在江中壘石布下的八卦陣便在這夔門之外的江河岔道上，我幾次乘船過夔門，滿船的人都煞有介事，指指點點，如今我到了江岸上的這白帝古城，也還未見個分明。劉備在此把來日準備繼承帝位的孤兒託付給諸葛亮，演義中的故事誰知是真是假。

白帝廟裡被打掉了的神像的石座上，如今新做的彩繪泥塑按新編歷史劇中的那類造型，擺出了一番做戲的場面，把個廟子弄得不倫不類。

我從這古廟前繞到新建的一個賓館背後，四下童山，只剩下些灌叢。半山坡上倒還能見到大半圈漢代古城垣的遺址，隱隱約約，總有好幾公里，此地的文管所所長指給我看。

他是一位考古學者，對他的工作有種由衷的熱情。他說他打了個報告，要求政府有關部門撥些經費，加以保護。可我以爲還不如由它這樣荒廢的好。真撥下經費沒準又搞出一幢五顏六色的亭台樓閣，上面再開設個飯館反殺了風景。

他給我出示了這一帶出土的四千多年前的一把石刀，打磨得像玉石一樣光潔，刀柄上還鑽有個圓孔，想必可以佩帶。這長江兩岸，他們已經發現了許多新石器時代晚期打磨精緻的石器和紅陶。江岸的一處洞穴裡，還找到了成堆的青銅兵器。他說這前去進入夔門不遠，那傳說諸葛亮藏兵書的岩壁上的洞穴裡，最後的一口懸棺幾個月前被一個啞巴和一個駝子，兩人套上繩索，拖了下來，砸得粉碎。他們把風化了的骨頭當龍骨賣給中藥鋪子，藥鋪的人找他鑑定，他報告了公安局。警察總算找了那個啞巴，審問了半天也弄不清楚。後來吃了幾巴掌，那啞巴才把他們領去，用一條小船，划到崖下，當場表演了一番他爬崖的本事。他們在現場又找到些風化了的碎木片，估計是戰國時代的墓葬。棺木裡肯定還有些砸不碎的青銅物件，都問不出下落。

文管所的陳列室裡有許多陶紡輪，分別繪製著黑色和紅色迴旋走向的花紋，同我見過的下游湖北屈家嶺出土的四千多年前的陶紡輪大抵是同一時代，都近乎於陰陽魚的圖像。當紡輪旋轉起來，虛盈消長，周而復始，同道教的太極圖像如出一轍。我妄自以爲，這便是太極圖最原始的起源，也是陰陽互補，福禍相依，從周易到道家自然觀哲學的那些觀念發端的根據。人類最初的觀念來自圖像，之後同聲音聯繫起來，才有了語言和語義。

最先是燒陶土做紡輪時不經意落上了別的材料，發現它周而復始變化的是捻紡錘的女人，給它以意義的男人被叫做伏羲。而給伏羲以生命和智慧的應當還是女人，造就了男人的智慧的女人統稱之爲女媧。第一個有名字的女人女媧和第一個有名字的男人伏羲其實又是男人和女人的集合的意識。

漢磚上那蛇身人首的伏羲和女媧交合的神話來自原始人的性的衝動，從獸變成了靈怪，再升騰爲始祖神，無非是慾望與求生的本能的化身。

那時候還沒有個人，不知區分我和你。我的誕生最先出於對死亡的恐懼，非己的異物之後才成爲所謂你。那時候人還不知道畏懼自己，對自我的認識都來自對方，從占有與被占有，從征服與被征服中才得以確認。那個與我與你不直接相干的第三者他，最後才逐漸分離出來。這我隨後又發現，那個他比比皆是，都是異己的存在，你我的意識這才退居其次。人在與他人的生存競爭中逐漸淡忘了自我，被攪進紛繁的大千世界裡，像一顆沙粒。

靜夜裡聽著江水隱約的聲濤，我想我這後半生還可以做些什麼？到江邊去收集大溪人捕魚拉網用的石墜子？我已經有一顆這種攔腰被石斧鑿成缺口的卵石，是前一天上游萬縣的一位朋友送的，他說等枯水季節到河灘上信手可拾。泥沙沉積，河床年復一年越益增高，人還要在三峽出口築壩。那虛枉的大壩建立起來，連這漢代的古城垣也將沒入水底，那麼這採集人類遠古的記憶又還有什麼意義？

我總在找尋意義，又究竟什麼是意義？我能阻擋人去建立用以毀滅自己的這紀念碑大壩嗎？我只能去搜尋渺小的沙粒一般的我的自我。我無非去寫一本關於人的自我的書，且不管它是否發表。多寫一本與少寫一本書又有何意義？湮滅了的文化難道還少？人又真那麼需要文化？再說文化又是什麼？

一早起來，去趕小火輪。那種吃水將近到了船舷的駁船下水飛快。中午便到了巫山，楚懷王夜夢與神女交合的地方。縣城中滿街見到的巫女並不迷人，倒是同船有一夥操北京口音的七八個穿牛仔褲的姑娘和小伙子，帶著定音鼓和電吉他，男男女女一副滿不在乎的神情，說說笑笑，又談情，還又掙錢，靠幾首流行歌曲和狄斯可，那時搖滾樂尙屬禁止，用他們的說話，風靡了這長江兩岸。

據一部托裱在牛皮紙上殘缺的縣誌記載：

唐堯時巫山以巫咸得名，巫咸以鴻術為帝堯醫師，生為上公，死為貴神，封於是山，因以為名(見郭璞〈巫咸山賦〉)。

虞，〈舜典〉云：巫山屬荊梁之區。

夏，〈禹貢〉分九州：巫山仍在荊梁三州之域。

商，〈商頌．九有九圍〉註：巫山所屬，與夏無殊。

周，巫為庸國春秋夔子國地，僖公三十六年秋，楚人滅夔地，併入楚，巫乃屬焉。

戰國，楚有巫郡。《戰國策》：蘇秦說楚威王曰：南有巫郡。《括地志》云：郡在夔東百里，後為南郡邑。
秦，《史記．秦本紀》：昭襄王，三十年，取楚巫郡，改為巫縣，屬南郡。
兩漢，因秦舊，仍名巫縣，屬南郡。
後漢，建安中，先主改屬宜都郡，二十五年，孫權分置固陵郡，吳孫休，又分置建平郡。
晉，初以巫縣為吳蜀之界，置建平郡都尉治，又置北井縣。咸和四年，改都尉為建平郡，又置南陵縣。
宋、齊、梁，皆因之。
後周，天和初年，巫縣屬建平郡，又置江陰縣。
隋，開皇初，罷郡改縣曰巫山，屬巴東郡。
唐，五代，屬夔州。
宋，屬夔州路。
元，仍舊。
明，屬夔州府。
皇清，康熙九年，裁去大昌，併入巫山縣……
廢城在南五十里。
……

麩子和尚名文空，字元元，江西吉安府人，建庵於巴東山北岸，山中靜坐，四十年得悟，只食麥麩，因名。歷年甚久，及僧滅後庵中無人，對山居民夜間見庵中燈光閃爍三年。

……

相傳赤帝女瑤姬行水而卒，葬於是山之陽，立神女祠，巫女巫男以舞降神。

……

「安平鎮在縣東南九十里□□□□□□□□(脫漏)以上各鎮今廢，自明季兵燹後村舍邱墟土著寥寥，人民多自他省遷來，地名隨時變易……」

如今這些村鎮還在不在？

五十二

你知道我不過在自言自語，以緩解我的寂寞。你知道我這種寂寞無可救藥，沒有人能把我拯救，我只能訴諸自己作爲談話的對手。

這漫長的獨白中，你是我講述的對象，一個傾聽我的我自己，你不過是我的影子。

當我傾聽我自己你的時候，我讓你造出個她，因爲你同我一樣，也忍受不了寂寞，也要找尋個談話的對手。

你於是訴諸她，恰如我之訴諸你。

她派生於你，又反過來確認我自己。

我的談話的對手你將我的經驗與想像轉化爲你和她的關係，而想像與經驗又無法分清。

連我尚且分不清記憶與印象中有多少是親身的經歷，有多少是夢囈，你何嘗能把我的經驗與想像加以區分？這種區分又難道必要？再說也沒有任何實際的意義。

那經驗與想像的造物她變幻成各種幻象，招搖引誘你，只因爲你這個造物也想誘惑她，都不甘於自身的孤寂。

我在旅行途中，人生好歹也是旅途，沉湎於想像，同我的映象你在內心的旅行，何者更爲重要，這個陳舊而煩人的問題，也可以變成何者更爲真實的討論，有時又成爲所謂辯論，那就由人討論或辯論去好了，對於沉浸在旅行中的我或是你的神遊實在無關緊要。

你在你的神遊中，同我循著自己的心思滿世界遊蕩，走得越遠，倒越爲接近，以至於不可避免又走到一起竟難以分開，這就又需要後退一步，隔開一段距離，那距離就是他，你是你離開我轉過身去的一個背影。

無論是我還是我的映象，都看不清他的面容，知道是一個背影也就夠了。

我的造物你，造出的她，那面容也自然是虛幻的，又何必硬去描摹？她無非是不能確定的記憶所誘發出的聯想的影像，本飄忽不定，且由她恍恍惚惚，更何況她這影像重疊變幻，總沒個停息。

所謂她們，對你我來說，不過是她的種種影像的集合，如此而已。他們則又是他的眾生相。大千世界，無奇不有，都在你我之外。換言之，又都是我的背影的投射，無法擺脫得開，既擺脫不開便擺脫不開，又何必去擺脫？

你不知道注意到沒有？當我說我和你和她和他乃至於和他們的時候，只說我和你和她和他乃至於她們和他們，而絕不說我們。我以爲這較之那虛妄的令人莫名其妙的我們，來得要實在得多。

你和她和他乃至於他們和她們，即使是虛幻的影像，對我來說，都比那所謂我們更有內容。我如果說到我們，立刻猶豫了，這裡到底有多少我？或是有多少作爲我的對面的映象你和我的背影他以及你我派生出來的幻象的她和他或他的眾生相他們與她們？最虛假不過莫過於這我們。

但我可以說你們，在我面對許多人的時候，我不管是取悅，還是指責，還是激怒，還是喜歡，還是卑視，我都處在紮紮實實的地位，我甚至比任何時候反倒更爲充實。可我們意味著什麼？除了那種不可救藥的矯飾。所以我總躲開那膨脹起來虛枉矯飾的我們，而我萬一說到我們的時候，該是我空虛懦弱得不行。

我給我自己建立了這麼一種程序，或者說一種邏輯，或者說一種因果。這漫然無序的世界中的程序邏輯因果都是人爲建立起來的，無非用以確認自己，我又何嘗不弄一個我自己的程序邏輯因果呢？我便可以躲藏在這程序邏輯因果之中，安身立命，心安而理得。

而我的全部不幸又在於喚醒了倒楣鬼你，其實你本非不幸，你的不幸全部是我給你找來的，全部來自於我的自戀，這要命的我愛的只是他自己。

上帝與魔鬼本不知有無，都是你喚起來的，你又是我的幸福與災難的化身，你消失之時，上帝和魔鬼同時也歸於寂滅。

我只有擺脫了你，才能擺脫我自己。可我一旦把你喚了出來，便總也擺脫不掉。我於是想，要是我同你換個位置，會有什麼結果？換句話說，我只不過是你的影子，你倒過來成爲我的實體，這真是個有趣的遊戲。你倘若處在我的地位來傾聽我，我便成了你慾望的體現，也是很好玩的，就又是一家的哲學，那文章又得從頭做起。

哲學歸根結柢也是一種智力遊戲，它在數學和實證科學所達不到的邊緣，做出各式各樣精緻的框架結構。這結構什麼時候做完，遊戲也就結束了。

小說之不同於哲學，在於它是一種感性的生成，將一個妄自建立的信號的編碼浸透在慾望的溶液之中，什麼時候這程序化解成爲細胞，有了生命，且看著它孕育生成，較之智力的遊戲更爲有趣，卻又同生命一樣，並不具有終極的目的。

五十三

我騎著一輛租來的自行車，這盛夏中午，烈日下四十度以上的高溫，江陵老城剛翻修的柏油馬路都曬得稀軟。三國時代的這荊州古城的城門洞裡，穿過的風也是熱的。一個老太婆躺在竹靠椅上，面前擺了個茶水攤子。她毫無顧忌，敞開洗得稀薄軟塌塌的麻布短褂，露出兩隻空皮囊樣乾癟的乳房，閉目養神，由我喝了一瓶捏在手裡都發燙的汽水，看也不看我丟下的錢是否夠數。一隻狗拖著舌頭，趴在城門洞口喘息，流著口水。

城外，幾塊尚未收割的稻田裡橙黃的稻穀沉甸甸已經熟透，收割過的田裡新插上的晚稻也青綠油亮。路上和田裡空無一人，人此時都還在自家屋裡歇涼，車輛也幾乎見不到。

我騎車在公路中央，路面蒸騰一股股像火燄一樣透明的氣浪。我汗流浹背，乾脆脫了濕透了的圓領衫，頂在頭上遮點太陽。騎快了，汗衫飄揚起來，身邊多少有點濕風。

旱地裡的棉花開著大朵大朵紅的黃的花，掛著一串串白花的全是芝麻。明晃晃的陽光下異常寂靜，奇怪的是知了和青蛙都不怎麼叫喚。

騎著騎著，短褲也濕透了，緊緊貼在腿上，脫了才好，騎起車來該多痛快。我不免想起早年間見過的脫得赤條條車水的農民，曬得烏黑的臂膀搭在水車的槓子上，倒也率性而自然。他們見婦人家從田邊路過，便唱起淫詞小調，並無多少惡意，女人聽了只是抿嘴笑笑，唱的人倒也解乏，可不就是這類民歌的來歷?這一帶正是田間號子「薅草鑼鼓」的故鄉，不過如今不用水車，改爲電動抽水機排灌，再也見不到這類景象。

我知道楚國的故都地面上什麼遺跡也不可能看到，無非白跑一趟。不過來回只二十公里，離開江陵之前不去憑弔一番，會是一種遺憾。我把考古站留守的一對年輕夫婦的午睡攪醒了。他們大學畢業才一年多，來這裡當了看守，守護這片沉睡在地底下的廢墟，還不知等到哪一年才會發掘。也許是新婚的緣故，他們還不曾感到寂寞，非常熱情接待了我。這年輕的妻子給我一連倒了兩大碗泡了草藥解暑的發苦的涼茶。剛做丈夫的這小伙子又領我到一片隆起的土崗子上，指點給我看那一片也已開始收割的稻田，土崗邊的高地上也種的棉花和芝麻。

「這紀南城內自秦滅楚之後，」這小伙子說，「就沒有人居住，戰國以後的文物這裡沒有發現，但戰國時代的墓葬城內倒發掘過，這城應該建在戰國中期。史料上記載，楚懷王之前，已遷都於郢。如果從楚懷王算起，作爲楚國的都城，有四百多年了。當然史學界也有人持異議，認爲郢不在此地。可我們是從考古的角度出發，這裡農民耕地時已陸續發現了戰國時代許多殘缺的陶器和青銅器。要是發掘的話，肯定非常可觀。」

他手指一個方向，又說：「秦國大將白起拔郢，引的河水淹沒了這座都城。這城原先三面是水門，朱河從南門到北門向東流去，東面，就是我們腳下這土墩子，有個海子湖，直通長江。長江當時在荆州城附近，現在已經南遷了將近兩公里。前面的紀山，有楚貴族的墓葬。西面八嶺山，是歷代楚王的墓群，都被盜過了。」

遠處，有幾道略微起伏的小丘陵，文獻上既稱之爲山，不妨也可。

「這裡本是城門樓，」他又指著腳邊那一片稻田，「河水氾濫後，泥土堆積至少有十多米厚。」

倒也是，從地望來看，借用一下考古學的術語，除了遠近農田間斷斷續續的幾條土坎子，就數腳下這塊稍高出一些。

「東南部是宮殿，作坊區在北邊，西南區還發現過冶煉的遺址。南方地下水位高，遺址的保持不如北邊。」

經他這一番指點，我點頭稱是，算是大致認出了城廓。如果不是這正午刺目的烈日，幽魂都爬出來的話，那夜市必定熱鬧非凡。

從土坡上下來的時候，他說這就出了都城。城外當年的那海子湖如今成了個小水塘，倒還長滿荷葉，一朵朵粉紅的荷花出水怒放。三閭大夫屈原被逐出宮門大概就從這土坡下經過，肯定採了這塘裡的荷花作爲佩帶。海子湖還未萎縮成這小水塘之前岸邊自然還長滿各種香草，他想必用來編成冠冕，在這水鄉澤國憤然高歌，才留下了那些千古絕唱。他要不驅出宮門，也許還成就不了這位大詩人。

他之後的李白唐玄宗要不趕出宮廷，沒準也成不了詩仙，更不會有酒後泛舟又下水撈月的傳說。他淹死的那地方據說在長江下游的采石磯，那地方現今江水已遠遠退去，成了一片汙染嚴重的沙洲。連這荊州古城如今都在河床之下，不是十多米高的大堤防護早就成了龍宮。

這之後我又去了湖南，穿過屈原投江自盡的汨羅江，不過沒有去洞庭湖畔再追蹤他的足跡，原因是我訪問過的好幾位生態學家都告訴我，這八百里水域如今只剩下地圖上的三分之一，他們還冷酷預言，以目前泥沙淤積和圍墾的速度，再過二十年這國土上最大的淡水湖也將從地面上消失，且不管地圖上如何繪製。

我不知道我童年待過的零陵鄉下，我母親帶我躲日本飛機的那農家前的小河，是不是還淹得死小狗？我現今也還看得見那條皮毛濕漉漉扔在沙地上的死狗。我母親也是淹死的。她當時自告奮勇，響應號召去農場改造思想，值完夜班去河邊刷洗，黎明時分，竟淹死在河裡，死的時候不到四十歲。我看過她十七歲時的一本紀念冊，有她和她那一幫參加救亡運動熱血青年的詩文，寫得當然沒有屈原這麼偉大。

她的弟弟也是淹死的，不知是出於少年英雄，還是出於愛國熱忱，他投考空軍學校，錄取的當天興高采烈，邀了一夥男孩子去贛江裡游泳。他從伸進江中的木筏子上一個猛子扎進急流之中，他的那夥朋友當時正忙於瓜分他脫下的褲子口袋裡的零花錢，見出事了便四散逃走。他算是自己找死的，死的時候剛十五周歲，我外婆哭得死去活來。

她的大兒子，也就是我的大舅，沒這麼愛國，是個紈袴子弟。不過他不玩雞鬥狗，只好摩登，那時候凡外國來的均屬摩登，這詞如今則譯成現代化。他穿西裝打領帶，夠現代化的，只是那時代還不時興牛仔褲。玩照相機那年月可是貨真價實的摩登，他到處拍照，自己沖洗，又並不想當新聞記者，卻照蟋蟀。他拍的鬥蟋蟀的照片居然還保留至今，未曾燒掉。可他自己卻年紀輕輕死於傷寒，據我母親說是他病情本來已經好轉，貪吃了一碗雞蛋炒飯發病身亡。他白好摩登，卻不懂現代醫學。

我外婆是在我母親死後才死的，同她早逝的子女相比，還算命大，竟然活到她子女之後，死在孤老院裡。我恐怕並非楚人的苗裔，卻不顧暑熱，連楚王的故都都去憑弔一番，更沒有理由不去找尋拉住我的手，領我去朝天宮廟會買過陀螺的我外婆的下落。她的死是聽我姑媽說的。我這姑媽未盡天年，如今也死了。我的親人怎麼大都成了死人？我真不知道是我也老了，還是這世界太老？

現今想起，我這外婆真好像是另一個世界的人。她生前就相信鬼神，特別怕下地獄，總指望生前積德，來世好得到好報。她年輕守寡，我外公留下了一筆家產，她身邊就總有一批裝神弄鬼的人，像蒼蠅一樣圍著她轉。他們串通好了，老唆使她破財還願，叫她夜裡到井邊去投下銀元。其實井底他們先放下了個鐵絲篩子，她投下的銀錢自然都撈進他們的腰包，酒後再傳了出來，作爲笑料。最後弄得她把房產賣個精光，只帶了一包多少年前早已典押給人的田契，同女兒一起過。後來聽說農村土地改革，我母親想了起來，叫她快翻翻箱子，果真從箱子底把那一卷皺巴巴的黃表紙和糊窗戶的棉紙找了出來，嚇得趕緊塞進爐膛裡燒了。

我這外婆脾氣還極壞，平時和人講話都像在吵架，同我母親也不和，要回她老家去的時候說是等她外孫我長大了，中了狀元，用小汽車再接她來養老。可她哪裡知道，她這外孫不是做官的材料，連京城裡的辦公室都沒坐住，後來也弄到農村種田接受改造去了。這期間，她便死了，死在一個孤老院裡。那大混亂的年代，不知她死活，我弟弟假冒革命串聯的名義，可以不花錢白坐火車，專門去找過她一趟。問了好幾個養老院，說沒有這人。人便倒過來問他：是找敬老院還是孤老院？我兄弟又問：這敬老院和孤老院有什麼區別？人說得十分嚴正：敬老院裡都是出身成分沒有問題歷史清白的老人，身分歷史有問題或不清不楚的才弄到孤老院去。他便給孤老院又打了個電話。電話裡一個更爲嚴厲的聲音問：你是她什麼人？打聽她做什麼？其時，他從學校裡出來還沒有個領工資吃飯的地方，怕把他的城市戶口也弄得吊銷了，趕緊把電話扣上。又過了幾年，學校裡進行軍訓，機關工廠實行軍管，不安分的人都安分下來了，剛接受過改造從鄉下才回城工作的我姑媽，這時來信說，她聽說我外婆前兩年已經死了。

我終於打聽到確有這麼個孤老院，在城郊十公里的一個叫桃花村的地方，冒著當頭暑日，我騎了一個多小時的自行車，在這麼個不見一棵桃樹的木材廠的隔壁，總算找到了掛著個養老院牌子的院落。院裡有幾幢簡易的二層樓房，可沒見到一個老人。也許是老人更怕熱，都縮在房裡歇涼。

我找到一間房門敞開的辦公室，一位穿個汗背心的幹部腿蹺到桌上，靠在藤條椅上，正在關心時事。我問這裡是不是當年的孤老院？他放下報紙，說：

「又改回來了，現今沒有孤老院，全都叫養老院。」

我沒有問是不是還有敬老院，只請他查一查有沒有這樣一位已經去世了的老人。他倒好說話，沒問我要證件，從抽屜裡拿出個死亡登記簿，逐年翻查，然後在一頁上停住，又問了我一遍死者的姓名。

「性別女？」他問。

「不錯，」我肯定說。

他這才把簿子推過來，讓我自己辨認。分明是我外婆的姓名，年齡也大致相符。

「已經死了上十年了，」他感嘆道。

「可不是，」我答道，又問，「你是不是一直在這裡工作？」

他點頭稱是。我又問他是否記得死者的模樣？

「讓我想想看，」他仰頭枕在椅背上，「是一個矮小乾瘦的老太婆？」

我也點點頭。可我又想起家中的舊照片上是個挺豐滿的老太太。當然也是幾十年前照的，在她身邊的我那時候還在玩陀螺，之後她可能就不曾再照過相。幾十年後，人變成什麼樣都完全可能，恐怕只有骨架子不會變。我母親的個子就不高，她當然也高不了。

「她說話總吵吵？」

像她這年紀的老太婆說起話來不叫嚷的也少，不過關鍵是姓名沒錯。

「她有沒有說過她有兩個外孫？」我問。

「你就是她外孫？」

「是的。」

他點點頭，說：「她好像說過她還有外孫。」

「有沒有說過有一天會來接她的？」

「說過，說過。」

「不過，那時候我也下農村了。」

「文化大革命嘛，」他替我解釋。「噢，她這屬於正常死亡，」他又補充道。

我沒有問那非正常死亡又是怎麼個死法，只是問她葬在那裡。

「都火化了。我們一律都火化的。別說是養老院裡的老人，連我們死了也一樣火化。」

「城市人口這麼多，沒死人的地方，」我替他把話說完。又問：「她骨灰還在嗎？」

「都處理了。我們這裡都是沒有親屬的孤寡老人，骨灰都統一處理。」

「有沒有個統一的墓地？」

「唔——」他在考慮怎麼回答。

該譴責的自然是我這樣不孝的子孫，而不是他，我只能向他道謝。

從院裡出來，我蹬上自行車，心想即使有個統一的墓地，將來也不會有考古的價值。

可我總算是看望了給我買過陀螺的我死去的外婆了。

五十四

你總在找尋你的童年，這實在已經成爲一種毛病。凡是你童年待過的地方，你都要去找尋一番，你記憶中的房子，庭院和街巷。

你記得你家曾經在一座孤零零的小樓上，樓前有一大片瓦礫，不知是被炸毀的還是火災之後那片空場地就未曾再修建。瓦礫和斷牆間長出許多狗尾草，那些殘磚斷瓦下時不時可以翻出蟋蟀。有種特別精靈的叫烏綾膏的，油墨烏亮的翼翅，抖動起來聲音清亮。還有一種叫黃蟲的，個子大而善鬥，牙張得很開，你小時候在那片瓦礫場上度過許多美妙的時光。

你還記得你住過一個很深的庭院，門口有扇厚重的大黑門，車上的鐵扣環你得踮起腳尖才搆得到。推開沉重的大門，要繞過一堵影壁，這影壁邊上兩隻石雕的麒麟頭角都被小孩子們進出時摸得油光發亮。影壁後面是一個潮濕的天井，倒水的一角長了青苔，從那裡跑過不當心就會跌跤。你那時候養過一對紅眼睛的白毛兔子。一隻被黃鼠狼咬死在鐵絲籠子裡。另一隻後來不見了，好多天之後你到後院去玩，才發現淹死在尿缸裡，毛色浸得都很髒了。在邊上望了許久，打那以後，在你的記憶裡就再沒有到後院去過。

你還記得你住過一個有圓門的院子，院子裡種著金黃的菊花和紫紅的雞冠花，誰知是不是這些花的緣故，這庭院裡陽光總很明亮。院子後面有個小門，開門石級下就是湖水。

中秋夜，大人們把後門打開，擺上一桌的月餅、瓜果，吃著瓜子，喝著茶，對著湖水賞月。幽深的後湖上空，掛著一輪明月，另一只月亮在湖水裡搖晃，把光影拖得老長。之後，又有一次夜晚，你一個人經過那裡，拔開了門栓，被清寂幽黑的湖水嚇住了，那美過於深幽，不是一個小孩子能經受住的，你撒腿就跑。以後，你夜裡再經過那後門邊上，總小心翼翼，再也不敢去碰門栓。

你還記得，你住過一個帶花園的房子，可你只記得你睡的樓底下那間大房裡鋪的花磚地，可以滾彈子，你母親不讓你去花園裡玩。你那時生病，大部分時間得躺在床上，至多也只能在房裡滾你那一盒子各式各樣的彈子。母親不在的時候，你便站到床上，抓著窗戶往外看，輪船碼頭上掛的五顏六色的信號旗，江面上風總是很大。

你重遊了這些舊地，可什麼也沒找到。沒有那瓦礫場，沒有那小樓，沒有掛著鐵扣環的厚重的大黑門，連門前那條清淨的小巷也找不到，更別說那個帶影壁的庭院。也許曾經是影壁和天井的地方都開成了柏油馬路，滿載貨物的卡車撳著高音喇叭，揚起塵土和冰棍紙，再就是窗玻璃都不齊全的長途公共汽車，頂上綑著行李，大包小包，從此地倒賣到彼地，又從彼地倒賣到此地的土產，成衣和雜貨，從車窗裡吐出的瓜子殼和滿地的甘蔗皮。沒有青苔，沒有圓門，沒有金黃的菊花和紫紅的雞冠花，沒有湖水上拖長了的月光，也沒有那驚駭靈魂的幽深和孤寂，有的只是同一規格的紅磚簡易樓，堆在窄狹的過道裡一個一個燒煤球的經濟煤爐，守在一家家人家的房門口。江岸上也聽不見信號旗子在風中拍拍作響，只是貨棧，貨棧，貨棧，倉庫，貨棧，倉庫，牛皮紙的水泥袋和裝在厚塑料口袋裡的化肥和不是叫喊就是高唱的廣播喇叭。

你就這樣茫然漫遊，從一個城市到一個城市，從縣城到地區首府再到省城，再從另一個省城到另一個地區首府再到一個又一個縣城，之後也還再經過某個地區首府又再回到某一個省城。有時，無端的，你突然在一個被城市規劃漏劃了的或還顧不上規劃的或者壓根就沒打算規劃的乃至於納也納不進規劃的一條小巷子裡，見到一幢敞開門的老房子，在門口站住，止不住望著架了竹竿曬著衣裳的天井，似乎只要一走進去，就會回到你那童年，那些暗淡的記憶就都會復活。

你進而又發現，你所到之處，細細一想，竟到處都可以見到你童年的痕跡，飄著浮萍的水塘，小市鎮上的酒樓，臨街的閣樓上的窗戶，石頭的拱橋，橋洞裡進出的篷船，從人家後門下到河邊的石級，一口廢置了乾涸的水井，都同你童年的記憶相牽連，喚起你一股止不住的憂傷，那怕是你兒時並未待過的地方。比如，濱海小城裡那些老舊的青磚瓦房和擺在人家門口歇涼喝茶的小方桌，竟然也喚起你這種鄉愁。再比如唐人陸龜蒙的墓地，也可能只是他的衣冠塚，在那麼一所你從未聽說過的老學校的後院，墳地上爬滿青藤和野麻葉，邊上有一片田地和幾棵老樹，午後的那一片斜陽，也都染上了你這種莫名的惆悵。更不用說你以前夢中都未曾見過的彝族地區那封閉了的空寂的塔院，半山腰上那些遙遙相望的苗寨的吊腳木樓，竟也在向你訴說些什麼。你不免懷疑你是不是還另有一個生命，保留你前世的某些記憶，要不，也許是你來世的歸宿？也許，這種記憶像酒一樣，也有個發酵的過程，再釀出一股醇香，又讓你迷醉？

童年的記憶究竟是什麼樣子？又如何能得到證明？還是只存在於你自己心裡，你又何必去證實？

你恍然領悟，你徒然找尋的童年其實未必有確鑿的地方。而所謂故鄉，不也如此？無怪小鎮人家屋瓦上飄起的藍色炊煙，柴火灶前吟唱的火唧子，那種細腿高腳身子米黃有點透明的小蟲，山民屋裡的火塘和牆上掛的泥土封住的木桶蜂箱，都喚起你這種鄉愁，也就成了你夢中的故鄉。

儘管你生在城裡，在城市裡長大，你這一生絕大多數的歲月在大都市裡度過，你還是無法把那龐大的都市作爲你心裡的故鄉。也許正因爲它過於龐大，你充其量只能在這都市的某一處，某一角，某一個房間裡，某一個瞬間，找到一些純然屬於你自己的記憶，只有在這種記憶裡，你才能保存你自己，不受到傷害。歸根到柢，這茫茫人世之中，你充其量不過是滄海一粟，太渺小了，又虛弱。

你應該知道，在這個世界上你所求不多，不必那麼貪婪，你所能得到的終究只有記憶，那種朦朦朧朧無法確定如夢一般，而且並不訴諸語言的記憶。當你去描述它的時候，也就只剩下被順理過的句子，被語言的結構篩下的一點渣汁。

五十五

我來到這燈火通明喧鬧的都市，又是滿街的行人，車輛穿流不息，紅綠燈變換來變換去，無數的自行車像開閘的流水，又是T恤，霓虹燈和畫著美人的廣告。

我本打算在火車站附近找個像樣的旅館，洗個熱水澡，吃一頓好飯，慰勞一下自己，再好好睡上一覺，緩解這十多天來的疲勞。連續走了幾條街，所有的旅館單間都住滿了，彷彿人全在做買賣跑生意掙大錢。我既已認定今夜必須破費一下，不再睡滿是人味汗臭的大統間或是過道裡天一亮就得被趕起來撤掉的加鋪，只好守在一家旅館的門廳裡，等乘晚班火車的旅客退房。煩不勝煩，突然想起我還有個這城市裡的電話，是我在北京的老朋友的好朋友他家，說是我要路過儘可以找他。

我不妨試著撥了號碼，電話居然接通了，接電話的並不客氣，叫我等著，聽筒裡嗡嗡響了好一陣，不見掛斷。我一向怕打電話，一是我自己沒有私人電話，二是我知道一些有職位家中裝有電話的對陌生人通常使用這一招，到對方等得不耐煩了，說聲不在，或是乾脆把電話扣上。我的朋友中沒幾個有私人電話的，但我朋友的這朋友沒準當上了官。我並非對當官的一概有成見，我不到憤世嫉俗的這地步，只覺得電話這玩意不通人情，非萬不得已不輕易動用。它就嗡嗡響著，我即使掛斷也還得站在這旅館門廳裡乾等，不如聽下去，好歹是個消遣。

鄉愁

電話裡終於響起一個聽來不很情願的聲音，又核實了一遍我的姓名，突然驚叫起來，問我此刻在哪裡？馬上來接我！到底還是老朋友的好朋友，同我素不相識還認這交情。我當即放棄了住旅館的念頭，問清了坐幾路電車，拎包就走。

敲他房門的時候，我多少有點遲疑。開門的房主人立刻接過我手上的東西，也不先拉個手，假客氣一番，而是擁著我肩膀迎進屋裡。

好一個舒適的家，門廳接著兩個房間，布置得相當雅致，藤條靠椅，玻璃磚面的茶几，擱上骨董和洋擺設的櫃子，牆上掛的繪製的瓷盤，地面都上了棕紅的油漆，光亮得沒處下腳。我先看見我這雙髒鞋，從鏡子裡又看見我那蓬頭垢面，好幾個月不曾理髮，自己都不好相認。

「我從山區裡出來，像個野人，」我不得不自慚形穢。

「要不是這機會，請你都請不來，」主人說。

他妻子同我拉了下手，忙著張羅茶水。他不到十歲的小女兒靠在門邊上叫了聲叔叔，望著我抿著嘴笑。

主人說他收到他北京的朋友來信，知道我正在各地雲遊，早就盼望我來。然後又告訴我許多政界和文壇的消息，某某又出面了，某某又失勢了，誰又發表了什麼講話，誰又重申了什麼原則。甚至還有一篇文章，重新提起我的名字，意思是作品雖有失誤，對作者也還不宜一棍子打死。我說我對這些已沒有興趣，需要的是生活，比方說，此時此刻要能洗上個熱水澡。這朋友的妻子立刻笑了，說她馬上就去燒水。

洗完澡，又被主人領到小女兒的閨房也是他書房裡，說是累了可以先睡一會，等會再叫我吃飯。廚房裡油炸鍋的聲音，女主人顯然正忙著炒菜。

我躺在他女兒乾乾淨淨的小鐵床上，枕著繡了隻花貓的枕頭，心想幸虧打了個電話，電話這東西也還不壞。我問他是不是當官了，進入電話階層？他說他這是樓下傳達室的公用電話，有值班的傳呼。他還有些青年朋友肯定也想見我，這夏天夜裡人都睡得很晚，有的就住在附近樓裡，有的他可以電話招來，你如果想見的話。我滿口答應，也就聽見他開門的聲音，又聽見陸陸續續的樓梯上的腳步聲，還聽見關上的房門外客廳裡在說話，講的是，你的作品，介紹你的遭遇，你彷彿成了個鬥士，對抗社會的不平，你說你對抗不了，你以爲荒誕並非只指當官的而言，這世界和人類自身越看都越加古怪，你想不到竟然還有這些關心你的朋友，令你覺得這世上也還值得一活，他們便商量明天找姑娘們來，一起去跳舞，爲什麼不？這話又是你說的，姑娘們則快快活活一群，不是些青年演員，便是些剛剛畢業的女大學生，她們又相互唆使到野外松林裡去採蘑菇呀，這當然是絕妙的主意，你們不怕吃了中毒？你不會先嘗，你吃了大家再吃，誰叫你要當勇士？勇士先得爲姑娘們獻身！她們的嘴都不肯饒人，你說爲姑娘們而死才最得當，她們說她們並不那麼殘酷，她們才不是武則天江青，也不是慈禧太后，那些老妖精死活她們不管，她們要把你留著，替她們燒火好燉蘑菇，說著便找來了臉盆，拾來了柴禾，你趴在地上，吹著乾枯的松針和樹葉，叫煙子熏紅了眼睛，火苗呼的騰起，大家全都歡呼，圍住火堆跳舞，有誰彈起吉他，你就興在草地上翻了個觔斗，大家都拍手叫好，有個小伙子倒豎蜻蜓，又折騰一位姑娘，硬要她亮一手騰空翻，她說她可以隨便跳一個什麼舞，跳舞人人都會，要看的是她拿手的絕招，她說她穿的裙子，裙子又怕什麼？人看的不是裙子，看的是自由體操。小伙子們都不放過，誰叫她拿過冠軍！姑娘們也呵呵去搔她癢，弄得她連連打滾，喘不過氣來，你說你從山裡學到了巫術，能叫活的死去，死了再活，都說你吹牛，不信誰來試試？就都指她，這躺倒的姑娘便閉上眼睛裝死，你摘了一根柳枝，揮舞不已，白眼上翻，口中念念有詞，圍住她轉，一邊用柳條驅趕四方的魔鬼，小伙子們也都跪在她周圍，合掌祈禱，姑娘們好生羡慕，全都叫了起來，快睜開眼睛，看這許多人在求愛！你大喝一聲，赤膊上陣，吐出舌頭，又喊又跳，眾人也圍攏她狂舞，將她抬了起來，祭神啦！祭神啦！丟進河裡去，給河伯娶親！她止不住尖叫饒命！饒命呀！她說她跳，跳什麼都可以，只求別扔進河裡，小伙子們便罰她劈叉，雙手還得舉起，不許搖晃，虐待狂！虐待狂！姑娘們全都抗議，這才住手，全躺到草地上打滾，笑得一個個都叫肚子疼，好了，好了，你給我們講講，講什麼呢？講講你一路的見聞，你說你出來找野人，喂，你真見到野人了？你說你見到了一頭熊貓，熊貓有什麼稀奇，動物園裡有的是，你說你見到的是跑進帳篷裡找食吃，把頭拱進了你被窩，假的，假的！你說你真想去神農架，都說那裡有野人，你也想抓一隻回來，教他學講人話，別把人都當作小孩子，你說你想當小孩子都當不成，你真想回到童年去，到處在找尋童年的痕跡，她們也都說還是童年好，誰都有過美好的回憶，我就不，一個聲音說，我童年一點意思也沒有，我只想活在現在，就這樣望著頭頂上的星星，還是講講你的創作吧，另一女聲說，寫出來的都發表了，發表不了的也還沒寫，你這個人沒有一點正經，你說你太正經了，就想不正經一下，你真不幸啊，另一個聲音惋惜！啦啦啦啦啦，注意，我要唱歌啦！就你臭美，就你貧嘴，你們打一架，誰贏了誰美，才不要你來當裁判，你說可人總要裁判你，誰叫你要出名？你承認你有一點想，不過沒想到惹來這許多麻煩，大家都笑了，有人說，一起過河去？大家手拉著手鑽進了一個山洞，領頭的怪叫一聲，碰了腦袋，惹得大家又哈哈直樂，洞裡漆黑，怕碰頭總得彎腰，又碰上前人的屁股，這山洞裡接吻最好！誰都看不見誰，誰敢就同誰接，這一點也不好玩，還是去游泳吧，一起跳進小河裡，注意別讓他使壞！誰壞呀？誰壞誰知道！一起來唱一個歌好不好？唱一個〈棕櫚樹〉，別老〈棕櫚樹〉了，唱一個〈龍的傳人〉，誰傳誰呀？就你愛國，就你煩人，就你煩我，大家別吵了好不好？父老兄弟們——我要淹死啦！誰這麼討厭？在幽冥的河水裡採集蘑菇——什麼？什麼？什麼也沒有，什麼也採不到，採到的只有憂愁，我們打橋牌好嗎？別了，那真費腦筋，那麼抽烏龜吧，誰抽到——我抽到了大王！真有手氣，不想走運的人總有運氣，這就是命運，喂，你相信命運嗎？命運專門捉弄人，讓命運見鬼去吧！別說鬼，夜裡說鬼我害怕，你在幽深的冥河裡走，你不是還去過鬼城酆都？講一講鬼城好玩不好玩？鬼城門口現今貼了一副破除迷信的對子，信則有，不信則無，這算什麼對子？只有對仗工整的才叫對子？就不可以有不工整的對子？你什麼都想打破，你破得了真理嗎？別用那麼大的帽子嚇人，你不是無神論什麼不怕？你說你怕，怕什麼？怕孤獨，好一個男子漢，還英雄呢！英雄不英雄，怕美人，美人有什麼可怕的？怕受迷惑，好大的出息！喂，同胞們！你幹什麼呢？要拯救祖國嗎？你只拯救你自己，一個不可救藥的個人主義者！你嚇得出了一身冷汗，你想，你想，你到那一夥中去，卻找不到人了……

五十六

她要你給她看手相。她有一雙柔軟的小手，一雙小巧的非常女性的手。你把她手掌張開，把玩在你手上，你說她性格隨和，是一個非常溫順的姑娘。她點頭認可。

你說這是一隻多情善感的手，她笑得挺甜蜜。

表面上這麼溫柔，可內心火熱，有一種焦慮，你說。她蹙著眉頭。

她焦慮在於她渴望愛情，可又很難找到一個身心可以寄託的人。她太精細了，很難得到滿足，你說的是這手。她撇了一下嘴，做了個怪相。

她不止一次戀愛——

多少次？她讓你猜。

你說她從小就開始。

從幾歲起？她問。

你說她是個情種，從小，就憧憬戀情，她便笑了。

你警告她生活中不會有白馬王子，她將一次又一次失望。她避開你的眼睛。

你說她一次又一次被欺騙，也一次又一次欺騙別人——她叫你再說下去。

你說她手上的紋路非常紊亂，總牽扯著好幾個人。

啊不，她說了聲。

你打斷她的抗議，說她戀著一個又想另一個，和前者的關係並未斷絕，又有新的情人。

你誇大了，她說。

你說她有時是自覺的，有時又不自覺，你並未說這就不好，只說的是她手上的紋路。難道有什麼不可以說的嗎？你望著她的眼睛。

她遲疑了一下，用肯定的語氣，當然什麼都可以說。

你說她在愛情上注定是不專注的。你捏住她的手骨，說你看的不只是掌上的紋路，還看骨相。說只要捏住這細軟的小手，任何男人都能夠把她牽走。

你牽牽看！她抽回手去，你當然捏住不放。

她注定是痛苦的，你說的是，這手。

爲什麼？她問。

這要問她自己。

她說她就想專心愛一個人。

你承認她想，問題是她做不到。

爲什麼？

你說她得問自己的手，手屬於她，你不能替她回答。

你真狡猾，她說。

你說狡猾的並不是你，是，她這小手太纖細太柔軟，太教人捉摸不定。

她嘆了口氣，叫你再說下去。

你說再說下去她就會不高興。

沒什麼不高興的。

你說她已經生氣了。

她硬說她沒有。

你便說她甚至不知道愛什麼？

不明白，她說她不明白你說的什麼。

你讓她想一想再說。

她說她想了，也還不明白。

那就是說她自己也不知道她愛的是什麼。

愛一個人，一個特別出色的！

怎麼叫特別出色？

能教她一見傾心，她就可以把心都掏給他，跟他隨便去哪裡，那怕是海角天涯。

你說這是一時浪漫的激情——

要的就是激情！

冷靜下來就做不到了。

她說她就做了。

但還是冷靜下來，就又有了別的考慮。

她說她只要愛上就不會冷靜。

那就是說還沒有愛上。你盯住她的眼睛，她躲避開，說她不知道。

不知道她究竟是愛還是不愛，因爲她太愛她自己。

不要這樣壞，她警告你。

你說這都是因爲她長得太美，便總注意她給別人的印象。

你再說下去！

她有點惱怒了，你說她不知道這其實也是一種天性。

你這什麼意思？她皺起眉頭。

你說的意思是只不過這種天性在她身上特別明顯，只因爲她太迷人，那麼多人愛她，才正是她的災難。

她搖搖頭，說拿你真沒有辦法。

你說是她要看手相的，又還要人講真話。

可你說的有點過分，她低聲抗議。

真話就不能那麼順心，那麼好聽，多少就有點嚴峻，要不，又怎麼正視自己的命運？

你問她還看不看下去？

你快說完吧。

你說她得把手指分開，你撥弄她的手指，說得看是她掌握她自己的命運還是命運掌握她。

那你說究竟誰掌握誰呢？

你叫她把手再捏緊，你緊緊握住，將她的手舉了起來，叫大家都看！

眾人全笑了起來，她硬把手抽走。

你說真不幸，說的是你而不是她。她也噗哧一笑。

你問還有沒有誰要看的？姑娘們全都沉默。這時一隻長手指的手掌伸了過來，一個怯生生的聲音說，你看看我。

你說你只看手相，並不看人。

叫你看看我的命運！她糾正你。

這是一隻有力的手，你捏了捏。
不許說別的，你只說一說我有沒有事業。
你說你說的是這手挺有個性。
你就簡單說說我事業上能不能成功？
你只能說這是一隻有事業的手，有事業並不一定等於成功。
不成功還算什麼事業呢？她反駁你。
說有事業也可以是一種寄託。
你這是什麼意思？
意思就是說沒有野心。
她鬆了口氣，僵硬的手指跟著鬆弛了。是沒有野心，這她承認。
你說她是個倔強的姑娘，只缺野心，並不想支配別人。
是這樣的，她咬了咬嘴唇。
事業往往同野心又分不開，對一個男人來說，說他有野心就是說他是個有事業的人，野心是事業的基礎，野心無非要出人頭地。
是的，她說，她不想出人頭地。
你說她只想肯定自己，她不算漂亮，可心地善良。事業的成功總少不了競爭，由於她過於善良，也就打敗不了對手，自然也不會有出人頭地的意義上的成功。

她低聲說她知道。

有事業不一定成功也還是一種幸福，你說。

可她說那不能算幸福。

事業上不成功不等於沒有幸福，你一再肯定。

那你說是一種什麼樣的幸福？

你指的是感情上的。

她輕聲噓了口氣。

你說有一個人偷偷愛她，可她並不重視，甚至都沒有想到。

那你說是誰？

你鬆開她的手說，這就得好好想一想。

她睜大眼睛，凝神的當口眾人又都笑了，她於是不好意思，也埋下頭笑。

這真是一個愉快的夜晚，姑娘們都圍攏你，紛紛伸出手來，爭著要你給她們看相。你說你不是算命先生，你只是個巫師。

巫師，這太可怕了！女孩子們都叫。

不，我就喜歡巫師，就愛巫師！一個姑娘摟住你，伸出一隻胖乎乎的手。看看，我有錢還是沒錢？她擋開別的手說，我才不管什麼愛情和事業，我只要一個丈夫，一個有錢的丈夫。

找一個老頭子不就得了?另一個姑娘嘲笑道。

爲什麼非得找個老頭?胖手姑娘反駁她。

老頭一死，錢不都歸你?再去找你愛的小伙子。這姑娘有點尖刻。

要是不死呢?那不慘了?別這麼壞啊!胖手姑娘衝著那女孩子去。

這肉乎乎的胖手非常性感，你說。

所有的人都拍手，吹口哨，叫好。

你看手相呀!她命令道，大家不許打岔!

說這隻手性感，你一本正經，意思是這手招來許多人求愛，弄得都難以選擇，不知如何是好。

有的是人愛這倒不壞，可錢呢?她嘟囔著嘴問。

眾人跟著都笑。

不求錢而求愛的卻沒有愛情，追求錢的沒錢卻有的是人愛，這就是所謂命運，你嚴正宣告。

這命就夠好的啦!有個女孩子叫道。

胖手姑娘聳聳鼻子，我沒錢怎麼打扮自己?只要打扮得漂漂亮亮，還怕沒有人要?

說得對!姑娘們一起附和。

你呀，就想要女孩子們全圍著你轉，你真貪心!一個姑娘在你背後說，你愛得過來嗎？

可你嚮往那麼個快快活活的夜晚，你說你哪隻手都愛，哪隻手都要。

不，不，你只愛你自己！一隻隻手都揮舞著，抗議，喊叫。

五十七

我是從北邊的房縣進入神農架的，如今盛傳野人出沒之地。據清末的《鄖陽府志》記載，這南北八百里的林區，當年「林虎晝嘯，野猩時啼」，足見蠻荒。我並非調查野人而來，實在想看看這片原始森林是否還在。我也並非懷著那種未曾泯滅的使命感，它壓迫我，令我活得十分不自在，只是想既然已經從長江上游的高原和大山裡一路下來，中游這一片山區不能漏了不看。沒有目的便是目的，搜尋這行爲自成一種目標，且不管搜尋什麼。而生命本身原本又沒有目的，只是就這樣走下去罷了。

夜間大雨滂沱，到早晨也還小雨不斷。公路兩邊已沒有像樣的林木，山上只爬滿了葛藤和獼猴桃，河裡和溪澗都是渾黃的濁流。我上午十一點到了縣城，去林業局招待所想找進林區的便車，碰上正在召開三級幹部會。我弄不清是哪三級，總歸同木材有關。

中午會議上聚餐，聽說我是從北京來的作家，負責張羅的一位科長便拉我一起進餐，還安排了下午要出車的一名司機坐在我邊上，一味勸酒。

「沒有作家不會喝酒的！」這科長長得圓實，人滿豪爽。大碗大碗燙熱的米酒很好進口，人人酒性煥發，面泛紅光。我不能掃興。也跟著豪飲。一頓酒飯下來，我頭暈乎乎的，那司機也不能出車了。開會的人下午繼續開會，司機則領我推開一間客房，各人找個鋪，倒下一覺睡到了傍晚。

晚餐還有剩菜剩酒，乾脆再醉。我只得在招待所過夜了。司機來說，山水把道路沖壞了，明天能不能出車還很難說。好在休養生息，他也樂得。

晚上，這科長來同我聊天，他想打聽首都宴會上都吃些什麼？先上什麼菜？後上什麼菜？說是去過北京故宮看過的人回來說，給慈禧太后做一頓飯得殺掉一百隻鴨子，問可是真的？毛主席老人家中南海裡住的地方是否還開放參觀？電視裡播放的那打補丁的睡衣我見過沒有？我借此也問問他這裡的掌故。

他說解放前這裡沒有多少人，伐木的南河有一家，斗河有一家，放到大河裡才紮排，全年木材外銷量不到一百五十立方米。從這裡到神農架，一路上只有三戶人家。一直到六〇年以前，森林基本上未遭到破壞。之後通了公路，情況就不一樣啦，現今每年要上交五萬立方米木材，生產發展了，人也來多了。原先每年第一次春雷，山洞裡就出魚，用竹匾堵在洞口水流上，一接一籮筐，現在是魚都吃不到了。

我又問這縣城的歷史。他脫了鞋，盤腿坐上床說：

「要講歷史嘛，可就古老啦，離這裡不遠，他們來考古的在山洞裡還發現了古猿人的牙齒！」

他見我對古猿興趣不大，又講起野人。

「這東西要碰上了，他會抓住你肩膀直搖，弄得你暈頭轉向，他哈哈大笑，轉身倒走了。」

我覺得他這像是從古書上看來的。

「你見到過野人嗎？」我問。

「還是不見到的好。這東西比人高，一般總有兩米多，一身紅毛，披著長頭髮，這麼說說不要緊，真見到可嚇人呢。不過，他輕易不害人，只要你不傷他，還會咿咿呀呀講話，特別見到女人，咧嘴就笑。」

這都是他聽來的，恐怕也講了幾千年了，他講的又不很新鮮，只好打斷他：

「你們職工中有沒有見到的？我不是說農民或山裡老鄉，我是說你們林區的幹部工人中，有見到過的嗎？」

「怎麼沒有？松柏鎮革委會主任，他一起好幾個人坐的一輛小吉普，就在公路上叫野人截住，當時全傻了，眼看他一搖一擺走了。都是我們林區的幹部，我們都認識，都玩得來的。」

「革命委員會這也是好多年前的事了，最近有人見到過沒有？」

「來考查野人的多的是，現在每年好幾百，全國各地都有人來，中央科學院的，上海的大學老師，還有部隊的政委，去年從香港還來了兩個，一個商人，一個是消防隊員，我們沒讓他們進去。」

「有見到過野人的？」

「怎麼沒有？我說的野人考察隊的這政委是個軍人，同車還帶了兩名警衛員。也是下了一夜的大雨，路面沖壞了，第二天又是大霧，就迎面碰上啦！」

「沒抓著？」

「車燈的能見度只有兩三米遠，等他們提槍趕下車這東西就跑掉了。」

我搖搖頭，表示惋惜。

「新近還專門成立了一個野人學會，地區黨委早先的宣傳部長親自掛帥，他們掌握有野人的腳印的照片、野人毛和頭髮。」

「這我倒見過，」我說，「我看過一個展覽，恐怕就是這野人學會舉辦的。也見到過展出的野人腳印的放大的照片，他們還出了一本有關野人的資料，從古書上對野人的記載到國外對雪人和大腳怪的報導，還有好些對目擊者的調查報告，」我一一表示認可。「我還見到一張地方報紙上登了一隻砍下的野人腳掌的照片。」

「什麼樣的？」他彎腰衝我問。

「像一隻風乾了的熊掌。」

「那不對，」他搖搖頭，「熊掌是熊掌，野人腳掌比熊掌要長，同人的腳板差不多。我爲什麼先頭對你講那古猿人的牙齒呢？照我看，這野人就是還沒有進化成人的猿人！你說呢？」

「那也沒準，」我說，打了個呵欠，都是那米酒的緣故。

他鬆下勁來，也打了個呵欠，會議上整天忙碌聚餐夠他累的了。

第二天他們還繼續開會。司機來說路沒修好，我也得再歇一天。我又找到這位科長，說：

「你們開會都很忙，免得打擾。有沒有哪位退休的幹部了解這縣城歷史？我好同他聊聊去。」

他想起了一個勞改釋放回來的前國民黨時代代理過縣長的，說：

「這老頭子什麼都知道，也算是個知識分子。縣委新成立的縣誌編寫小組總找他調查核實材料。」

我在一條陰濕泥濘的小巷裡，挨門挨戶果真問到了他家。

這是個目光敏銳的瘦老頭，請我在他堂屋裡坐下，不停咳嗽，一會讓茶，一會請我吃瓜子，看得出他滿腹疑慮，不明白我的底細。

我說我想寫一部歷史小說，同現今毫無關係，特來拜訪請教。他這才釋然，不咳嗽了，手也不動這動那，點起一支菸，挺直腰桿，靠在硬木椅背上，竟也侃侃而談。

「這裡西周屬於彭國，春秋時屬於楚國；到了戰國時代，成爲秦楚必爭之地。戰禍一起，殺人如麻，歷史儘管久遠，卻一直地廣人稀，滿人入關後，全縣三千多人丁，殺得只剩下十分之一。再說，元代紅巾軍起事以來，這裡土匪就不斷。」

我弄不清他是否把紅巾軍也算做土匪。

「明末李自成，一直到清康熙二年，他的勢力才被消滅。嘉慶元年，這裡全是白蓮教。張獻忠和捻軍也攻占過。再有是太平軍，到了民國時期，官匪、土匪、兵匪，都很多。」

「那麼這裡一直是土匪窩？」我問。

他笑了一笑，也不作答。

「一到太平年景，這裡外遷來的，土生土長的，人丁又興旺起來，也還繁榮。史書記載，周平王曾在這裡采風，也就是說公元前七百多年前，這裡民歌就很盛行。」

「那就太老古了，」我說，「能不能請你講講你親自經歷過的事情？比方說，民國年間，這官匪、土匪、兵匪怎麼個鬧法？」

「官匪，我可舉一例，一個師兩千來人譁變，姦淫婦女就好幾百，還拉了二百多人做葉子，有大人也有小孩，這葉子是土匪的黑話，也就是肉票，要槍枝、彈藥、布匹、手電來贖人，一個人頭動輒一兩千銀元，限期交到。得雇人用籮筐挑到指定的地點，有家人送到晚了半天，連綁去的小孩子也照樣撕票，只贖回了一隻耳朵。至於小土匪鬧，無非殺個把人，搶了錢財就跑。」

「那太平盛世呢？你是否見過？」我問。

「太平盛世……」他想了想，點了點頭，「也有，那年景趕三月三的廟會，這縣城裡有九個戲台，全雕樑畫棟，十幾個戲班子，白天、夜裡連軸轉。辛亥革命之後，民國五年，這縣城裡的學堂也男女同校，還開過盛大的運動會，女子運動員穿短褲賽跑。到民國二十六年以後，民風又是一變，每年初一到十六，十字街上賭桌擺上好幾十，一個大地主一夜輸掉了一百零八個土地廟，你就算算多少田地和山林！妓院就有二十多家，不掛牌子，實際以此爲業，遠近幾百里地的都來，晝夜接客。然後是蔣、馮、閻三家軍閥大戰，抗戰時日本人又大破壞一次。再就是幫會勢力，人民政府接管之前到了高潮，當時城關鎮八百多人，青幫占了四百，勢力滲透到上層，縣政府的祕書都參加進去，下層到貧苦人家，搶親、盜竊、賣寡婦，幹什麼的都有。當小偷也要拜老五。大戶人家婚喪，門口成百的乞丐，要不找到叫花頭子老五買個人情，有槍桿都壓不住。青幫多是二十來歲的青年，紅幫年齡大些，土匪頭子以紅幫爲主。」

「這幫會中人可有什麼暗號，彼此溝通？」我來了興趣。

「青幫是在家姓李，外出姓潘，見面都稱兄弟，叫做口不離潘，手不離三。」他把拇指和食指一環，張開其他三指，做了個手勢。「手勢是個暗示，彼此口稱老五，老九，女的叫四姐，七姐。輩分不一樣的以父子相稱，師父，師母。紅幫彼此稱大爺，青幫稱大哥。只要茶館裡坐下，把帽沿翻過來一擱，只管喝茶抽菸，自有人付帳。」

「你是否也入過幫派，」我小心翼翼問。

他微微一笑，呷了口茶。

「那年月要沒點關係，代縣長也不會做的。」他又搖了搖頭，「都是以前的事啦。」

「你是不是認爲文革的派別也有點這樣！」

「那是革命同志之間，不好類比。」他斷然駁回。

一時冷場無話。他站起來，又開始張羅我吃瓜子喝茶，一邊說：

「政府待我不錯，要不關在牢裡，我這罪人碰上那群眾運動，也不一定活得到今天。」

「太平盛世不可多得呀，」我說。

「現今就是！這不都國泰民安？」他謹慎探問我。

「有飯吃，還可以喝酒。」

「那還圖什麼呢？」他問。

「可不，」我應答道。

「容我讀書才是福，見人多事始知閒，」他望著天井說。

天上又下起細雨來了。

五十八

女媧造人的時候就造就了他的痛苦。女媧的腸子變成的人在女人的血水中誕生，總也洗不清。

不要去摸索靈魂，不要去找尋因果，不要去搜索意義，全都在混沌之中。

人不認可才叫喊，叫喊的也都還沒有領會。人就是這麼個東西，難纏而自尋煩惱。

你中的那個自我，無非是鏡中的映象，水中花的倒影，你走不進鏡子裡面，什麼也撈取不到，只徒然顧影自戀，再不就自憐。

你不如繼續迷戀那眾生相，在慾海中沉淪，所謂精神的需求，不過是自瀆，你做了個苦臉。

智慧也是一種奢侈，一種奢侈的消費。

你只有陳述的意願，靠的是超越因果和邏輯的語言。人已經講了那許多廢話，你不妨再講一遍。

你無中生有，玩弄語言，恰如兒童在玩積木。積木只能搭固定的圖像，結構的種種可能已經包含在積木之中，再怎樣變換，也玩不出新鮮。

語言如同一團漿糊，挑斷的只有句子。你一旦摒棄句子，便如同陷入泥潭，只落得狼狽不堪。

狼狽也如同煩惱，人全都是自我。你跌了進去，再逕自爬出來，沒有救世主去管這類閒事。

你拖著沉重的思緒在語言中爬行，總想抽出一根絲線好把自己提起，越爬卻越加疲憊，被語言游絲纏繞，正像吐絲的蠶，自己給自己織一個羅網，包裹在越來越濃厚的黑暗中，心裡的那點幽光越趨暗淡，到頭來網織的無非是一片混沌。

失去了圖像，便失去了空間。失去了音響，便失去了語言。喃喃吶吶而沒有聲音，不知講述的究竟是什麼，只在意識的核心還殘存點意願。倘這點意願竟也廝守不住，便歸於寂滅。

怎麼才能找到有聲響，又割不斷，且大於旋律，又超越詞法和句法的限定，無主謂賓語之分，跨越人稱，甩掉邏輯，只一味蔓延，不訴諸意象比喻聯想與象徵的明淨而純粹的語言？能將生之痛苦與死之恐懼，苦惱與歡喜，寂寞與欣慰，迷茫與期待，遲疑與果斷，怯弱與勇敢，嫉妒與悔恨，沉靜與焦躁與自信，寬厚與侷促，仁慈與憎惡，憐憫與沮喪，與淡泊與平和，與卑賤與惡劣，與高貴與狠毒，與殘忍與善良，與熱情與冷漠，與無動於衷，與傾心，與淫邪，與虛榮，與貪婪，與輕蔑與敬重，與自以為是與疑惑，與虛心與傲慢，與頑固與悲憤，與哀怨與慚愧，與詫異與驚奇，與倦怠，與昏聵，與恍然大悟，與總也不明白，與弄也弄不明白，與由它去了，統統加以表述？

五十九

我靠在有乾淨罩單的彈簧床上，牆上貼的帶模壓花紋的淡黃壁紙，窗上掛著鉤花的白窗簾，深紅的地毯鋪在地上，對面還擺了一對罩上大毛巾的沙發，房裡有帶澡缸的衛生間，要不是手裡捧著這本田間號子《薅草鑼鼓》油印資料，我很難相信是在這神農架林區裡。這座新的兩層樓房本來為美國科學考察隊蓋的，由於某種原因他們未曾能來，便成了下來視察的各級領導的招待所。我得到那位科長的關照，到這林區又受到特別照顧，房錢和伙食都按最低標準收費，每頓飯還有啤酒，儘管我覺得還是米酒更加好喝。享受到這種整潔和舒適，畢竟令我心情平靜，正可以安心多住幾天，那麼匆匆趕路細想也無甚必要。

房裡有種吟吟聲，我先以為是蟲鳴，四下看了一遍，連房頂也粉刷得雪白，裝的滾圓的乳白燈罩，沒有蟲子棲身的地方。這聲音不斷吟唱，懸在空中，不可捉摸。細聽像一個女人的歌聲，總繚繞我，等我放下手中的那本材料，就又沒有了。我拿起再看，卻又在耳邊。我恐怕是耳鳴，索性起來走動一下，推開窗戶。

樓前，外面鋪了沙石的平場子上，陽光明亮。將近中午時分，遠近無一人影，莫非它來自我心裡？這是一種我難以追隨的曲調，沒有唱詞，可又覺得似乎熟悉，有些像我聽過的山區農婦哭喪。

我決定出去看看，打開房門，從大門到了樓前的場子上，坡下一條湍急的小河被陽光照得碧清。四面青山嶺雖然沒有成片的森林，植被尚茂盛，坡下一條通汽車的土路伸向前方一兩公里遠的林區中心的小鎮。左邊，青蔥高聳的山嶺下有一所學校，球場上沒有學生，大概都在教室裡上課。這山鄉的教師總不會向學生教唱喪歌。況且四下清靜，只有山上的風濤聲，再就是河水嘩嘩聲響。河邊有個臨時的工棚，工棚外沒有人。吟唱聲不知不覺消失了。

我回到房裡，在臨窗的書桌前坐下，想就這本民歌資料作點摘抄，卻又聽見它吟唱起來，像大悲痛之後趨於平靜尚不可抑止的憂傷，緩緩流淌。這就有點怪異了，我必須找出個究竟，是真有人唱還是我自己心裡的毛病？我仰頭，它就在我後腦勺，我轉過身去，它又懸在空中，分明得如同一縷游絲。風中飄過的蛛絲還有形跡，它卻無形，而且把握不住。我循聲站到沙發的扶手上，才發現它來自房門上的氣窗。我搬把椅子，站上去琢磨這擦得錚亮的玻璃，連灰塵也不明顯。我打開氣窗，它便到了走廊上。我從椅子上下來開了房門，它又上了廊簷。我把椅子搬出來，站上去，也還搆不到高處。走廊外面，陽光裡是一個水泥地面的小院，拉了根鐵絲曬著我早上洗的幾件衣服，自然都不會唱。再就是依山的圍牆，圍牆後擋著一片荒草和荊條叢生的山坡，沒有路。我從廊下走進陽光裡，那聲音有點分明了，彷彿來自頭頂的陽光。我瞇眼仰望，刺目的陽光中有種又尖銳又鈍重的金屬撞擊聲。眼睛暈眩了一下，等那炫目的太陽褪變成墨蘭的映象時，手遮擋下才看見了半山腰一片裸露的岩壁上有幾個細小的人影在活動，金屬撞擊聲從那裡遠遠傳來。進而，又看清了是幾個採石工，一個好像穿的紅背心，其他幾個脫光的上身同炸開的褐黃的岩壁分不很清楚。吟唱聲順著風勢飛揚在陽光中，時而清晰，時而隱約。

我想起可以用我那相機的變焦鏡頭拉近來看，立刻回房裡取了相機。果真是個穿紅背心的漢子在掄大錘，聽來像是女人哭腔的高亢的吟唱應著鋼釺的聲響，扶釺的另一個赤膊的男人像在應和。

大概是相機鏡頭上太陽的反光被他們察覺了，歌聲消失了。那幾個採石工都停下了手上的活計，朝我這方向望。什麼聲音也沒有了，沉寂得令人燥熱。可我多少有點快意，終於證明了並非我心病，聽覺也還正常。

我回到房裡，想寫點什麼，可寫什麼呢？那怕描述一下打石號子的吟唱也好，提筆卻寫不出一個字來。

我想不妨晚間找他們喝酒聊天去，倒也是種排遣，便擱下筆，到小鎮上去了。

從一家小鋪子提了一瓶燒酒，買了包下酒的花生出來，不料在路上遇到了借我這本資料的朋友，他說他還收集到山裡好些民歌的手抄本，我正求之不得，請他來聊聊。他這會有事，說好晚飯後再來。

夜裡等他到了十點多鐘，這招待所裡只我一位來客，四下寂靜得好生煩悶。我正後悔沒去找那些石匠聊聊，突然有人敲窗戶。我聽出是他的聲音，開了窗。他說大門推不開，樓上的女服務員準是鎖門已經睡覺了。我接過他的手電筒和一個紙包，他從窗戶爬了進來，這令我多少有些快活，立刻開了酒瓶，一人倒上半茶杯。

我已經無法追憶他的模樣，我記得他似乎瘦小，又好像個子細高，看上去有點怯弱，言談中還又透出一股未被生活壓垮的熱情。他的相貌無關緊要，令我喜悅的是他向我展示的他那分寶藏。他把報紙包打開，除了些筆記本，全是些破損不堪的民間流傳的手抄本。

我一一翻閱，他見我喜歡得不行，十分慷慨，說：

「你喜歡哪首，只管抄去。這山裡民歌早年多的是，要找到個老歌師，幾天幾夜唱不完。」

我於是問起這山上打石工唱的號子，他說：

「噢，那是高腔，巴東那邊來的，他們山那邊樹都砍光了外出來打石頭。」

「也有一套套的唱腔和唱詞？」

「唱腔多少有個譜，唱詞大都即興的，想到什麼唱什麼，多半都很粗俗。」

「有許多罵人的髒話？」

他笑著說：

「這些石工長年在外沒女人，拿石頭來發洩。」

「我聽起來音調怎麼有種悲涼動人的東西？」

他點頭說：「是這種曲調，不聽詞像是在哭訴，滿好聽的，可唱詞沒什麼意思。你看看這個。」

他從紙包裡拿起個筆記本，翻到一頁遞給我看。寫著「《黑暗傳》歌頭」，下面記錄的是：

吉日良辰，天地開張。
孝家和眾友，請我們歌鼓二人，
來到歌場，開個歌頭。
一二三四五，金木水火土。

歌頭非是容易開，
未曾開口汗長流。
夜深人靜，月明星稀，
我們準備開歌頭。
開個長的夜又深，
開個短的到不了天亮，
只有開個不長也不短的，
才不耽誤眾位歌郎。

一開天地水府，
二開日月星光，
三開五方土地，
四開閃電娘娘，
五開盤古分天地，
六開三皇五帝，歷代君王，
七開青獅白象，黃龍鳳凰，
八開守門的惡犬，

九開魑魅魍魎，
十開虎豹豺狼，
叫你們站在一邊，閃在一旁，
讓我們唱歌的郎君，來進歌場！

「太精采了！」我讚嘆道，「你哪裡抄來的？」

「這是我前兩年在山裡當小學教員時，請一個老歌師邊唱邊記錄下來的。」

「這語言真叫漂亮，完全是打心裡流出來的，根本不受所謂民歌體五言七言格律的限制！」

「你這就說對了，這才是真正的民歌。」

他喝著酒，表面的那種怯弱全然消失了。

「這是沒被文人糟蹋過的民歌！發自靈魂的歌！你明白嗎？你拯救了一種文化！不光是少數民族，漢民族也還有一種不受儒家倫理教化汙染的真正的民間文化！」我興奮得不行。

「你又說對了，慢點，你再往下看！」

他神采飛揚，也脫去了基層小幹部的那種表面的謙卑，乾脆接過筆記本，一邊描述一邊模仿歌師唱頌時的舉止模樣，高聲唱頌道：

我在這裡高拱手，

你是哪裡的歌手？哪裡的歌郎？
家在哪州哪府？又因何事來到此方？
我在這裡答禮：
我是揚州來的歌鼓，
柳州來的歌郎，
只因四海歌場訪友，
才來到貴方寶地，
乞望照看原諒。

你肩挑一擔是什麼？
你手提一籠是何物？
壓得背兒駝駝，腰兒彎彎，
還望歌師指點。

我肩挑的是一擔歌本，
手提的是一部奇書，
不知歌師是否看過？

我為領教特來尊府。

我彷彿已見其人，已聞其聲，一聲響鑼，鼓聲點點，但是窗外只有山風聲濤和嘩嘩水聲。

歌有三百六十擔，
你挑的是哪一擔？
歌有三萬六千本，
你提的是哪一卷？
叫聲歌師我知情，
第一卷是先天之書，
第一本是先天之文，
一聽我就明白，
歌師本是行家，
能知先天之事，
能知後世地理天文。
我這裡也來相問，
哪年哪月歌出世？
哪天哪月歌出生？

黑暗一個淒涼蒼老的聲音，隨著風聲鼓點，我彷彿也都聽見。

伏羲來製琴，
女媧來做笙，
有陰才能言，
有陽才有聲。
陰陽相配才有人，
有人才能有聲音，
有了聲音才有歌，
歌多才能出歌本。
當年孔子刪下的書，
丟在荒郊野外處，
一本吹到天空中，
才有牛郎織女情。
二本吹到海裡去，
漁翁撿到唱怨魂。
三本吹到廟堂裡，
和尚道士唱聖經。

四本落到村巷裡，
女子唱的是思情。
五本落到水田中，
農夫當作山歌唱，
六本就是這《黑暗傳》，
歌師撿來唱亡靈。

「這只是個開場的歌頭，那麼這《黑暗傳》呢？」我在房裡走動，站住問。

他說這本是山裡早年做喪事時唱的孝歌，死者的棺材下葬前，在靈堂的歌場上一連得唱上三天三夜。但是輕易是不能唱的，這歌一唱起來，別的歌子都必須噤聲。他只記下了一小部分，沒想到這老歌師一病就死了。

「你當時為什麼不記下來呢？」我盯住他問。

「老頭兒當時病得好厲害，靠在個小木椅子上，腰間圍著一床棉被，」他解釋說，好像是他的過錯，又恢復了那怯弱的樣子。

「這山裡就沒有別的人會唱嗎？」

「能唱個開頭的人倒還有，可要全唱下來找不到了。」

他說他認識個老歌師，有一銅箱子的歌本，其中就有一部全本《黑暗傳》。那時候查抄舊書，這《黑暗傳》是作為反動迷信重點抄查的對象。老頭兒把銅箱子埋到地下。過了幾個月，他挖出一看發霉了，又攤開來在院子裡曬，叫人發現報告了。林區當時還出動了公安員，逼著老頭全部上交。這老頭沒多久也就死了。

「還哪裡去找對靈魂的敬畏？哪裡還能再找到這應該端坐靜穆乃至於匐伏傾聽的歌？該崇敬的不去崇敬，只崇拜些莫名其妙的東西！一個靈魂空虛荒涼的民族！一個喪失了靈魂的民族！」我慷慨激昂一番。

從他一言不發望著我那副愁苦的樣子，我才知道我一定是酒喝猛了，邪火攻心。

早晨，一輛吉普停到樓前，有人來通知我，林區的好幾位領導和幹部爲我專門召開一個會議，請我去要向我彙報工作，弄得我有些慚愧。我想準是我在縣城裡那一通豪飲，迷迷糊糊信口開河，發了一通豪言的緣故，人便以爲我是從首都來視察的，至少也可以向上替他們轉達下情。車都停到了大門口，我也無法推託。

林區管理處會議室裡，幹部們早已先到了，每人面前有個茶杯。等我就坐，我那杯茶也立刻泡上，就像我已往隨同作家協會組織的參觀團，到工廠、部隊、農場、礦山、民間工藝研究所、革命紀念館去所謂體驗生活時一樣。那時候，照例有作家們的領導，或領導作家的作家，坐在主賓席上致詞，像我這樣湊數的小作家可以隨便找個不顯眼的位置，在一角待著，只喝茶而不說話，可人爲我開的這會我不能不考慮能說點什麼。

一位負責幹部先對林區的歷史和建設作了一番回顧，說一九〇七年，有個英國人叫威爾遜的，進來收集過標本，當時這裡處於封閉狀態，他也只到了邊沿地帶。這裡一九六〇年以前，還不見天日只聞水聲，茫茫一片原始森林。三〇年代，國民黨政府企圖砍伐，沒有公路，也不曾進得來。

「六〇年，林業部航測繪製了地圖，共有山林三二五〇平方公里。

「六二年開始開發，從南北兩端進入，六六年，打通了幹線。

「七〇年，形成區劃，現有農民五萬多人，幹部和林業工人以及家屬一萬若干。目前向國家上交的木材九十多萬立方。

「七六年，科學家們呼籲保護神農架。

「八〇年，提出設立保護區。

「八二年，省政府作出決定，劃出一二〇萬畝作爲保護區。

「八三年，保護區建組，把保護區內的林業隊撤出，四周設立四個標誌門，組織巡邏組。關得住車，關不住人。去年一個月，就有三、四百人挖黃連，剝迎春樹皮當杜仲（中藥材），偷伐偷獵都有，還有帶帳篷來找野人的。

「科研方面，有一個科研小組，人工種植栱桐一百畝。香果樹也繁殖成功，無性繁殖。野生藥物栽培：頭頂一顆珠，江邊一碗水，文王一支筆，七葉一枝花，死亡還陽草（學名？）。

「還有個野生動物考察組，包括考察野人。再有，金絲猴，金錢豹，白熊，靈貓，麂子，青羊，蘇門羚，錦雞，大鯢，還有其他未知動物，豬熊，驢頭狼，吃小豬，農民反映。

「八〇年以後，動物回來了，去年發現灰狼和金絲猴搏鬥，聽見金絲猴叫，見一猴王擋住灰狼——三月，從樹上捉到個小金絲猴，絕食死了。太陽鳥，吃杜鵑花蜜，紅身，藍尾，細尖嘴。

「存在問題：對自然保護認識上有差異。有工人罵，拿不到獎金了。木頭少了，上面也有意見。財政機關不肯撥錢。保護區內還有四千農民，都不好辦。保護區幹部和工人二十人，尚住簡易工棚，人心不安，也無設施。關鍵是經費不落實，多次呼籲……」

幹部們也紛紛談開了，似乎我能爲他們呼籲來錢，我只好停止記錄。

我不是作家的領導或是那種領導作家的作家，可以侃侃而談，即席發表面面俱到的指示，再作一番空頭的許諾，諸如說，這問題嘛，可以同某某部長打個招呼，向有關領導部門反映反映，大聲疾呼，造成輿論，動員全民都來保護我們民族生存的生態環境！可我自己都保護不了我自己，我還能說什麼？只能說保護自然環境是很重要的事業，關係到子孫後代，長江已成了黃河，泥沙俱下，三峽上還要修大壩！我當然也不能這麼說，只好把話題轉到野人，我說：

「這野人，倒是鬧得全國都轟動……」

大家即刻也談起野人。

「可不，中央科學院都組織了好幾次考察。第一次是一九六七年，然後七七年，八〇年，都專門來人調查。一九七七年規模最大，人數也最多，光考察隊就一一〇人，還不算我們林區派出的幹部和工人，考察隊一多半是軍人，還有一位師政委……」

他們又彙報開了。

我找一種什麼樣的語言才能同他們隨便談談心？問問他們這裡生活如何？肯定又得談到物資供應，物價，工資，我自己的財政尚且虧空。再說，這難道是聊天的場合？我也不能說這世界越來越不可理解，人和人類的行為這麼古怪，人都不知道人要做什麼，還去找野人？那麼，除了野人還又能談什麼？

他們說，去年還有個小學教員看見了這東西，六、七月間，也是這季節，他沒敢張揚，只同他一個最要好的朋友說了，還叫他別外傳。對了，前不久，有位作家寫了篇〈神農野人哀史〉，發表在湖南《洞庭》雜誌上，不知誰弄來的，他們都傳看了。找野人這運動從這裡發端，已經擴展到湖南，江西，浙江，福建，四川，貴州，安徽……都有報導！（只缺上海）廣西真的抓到個小野人，那裡叫山鬼，農民認為不吉利，放了（可惜）。還有吃野人肉的，談談，說說，這沒什麼關係，他們考察隊來都調查核實過，寫有書面材料。那是——一九七一年，張仁關，王良燦他們二十幾個人，大部分都是我們林場的工人，就在陽日灣農場食堂，吃過一隻野人的下腿和腳！腳掌長四十公分左右，大趾粗五公分，長十公分，他們整理的材料都打印了，腳肚粗二十公分，重十五公斤，每人吃一大碗。這野人是泮水的一個農民下墊槍打死的，賣了一條腿給陽日灣農場食堂，再有，曾憲

野人？

國，七五年在橋上公社去魚鰓一隊的山路上，被一個兩米多高的紅毛野人打了一巴掌，昏倒在地，半天醒不來，跑回家三、四天說不出話。這都是他們調查時用比較解剖學統計法對他的口述作的紀錄。趙奎典不是在他回老家的路上，大白天，看見個野人吃馬桑果？那是哪一年？七七年還是七八年？就他們科學院第二次考察隊來的前幾天。這些嘛，當然也可信可不信，他們考察隊裡也有兩派意見。不過，要是聽山裡農民講起來就邪了，什麼野人追女人啦，找小姑娘玩，胡鬧啦，還有說野人也會說話啦，高興和生氣的時候發出的聲音都不一樣，他們都說。

「在座的諸位，不知有誰親眼見過的沒有？」我問。

他們都望著我笑，也不知道這意思是見到過還是沒見過。

後來，我就由一位幹部陪同進入這被採伐過的自然保護區中心地帶。主峰早在一九七一年就被部隊的一個汽車團，說是國防用材，砍了兩年，剃光了。我只在將近兩千九百公尺的高度，見到一片秀美的亞高山草甸，嫩綠的草浪在霧雨中起伏不息，之間點綴著圓圓的一蓬蓬的冷箭竹叢。我在冷風中佇立良久，心想該是這片自然剩下的一點原始生態。

兩千多年前的莊子早就說過，有用之材夭於斧斤，無用之材方爲大祥。而今人較古人更爲貪婪。達爾文的進化論也值得懷疑。

我在山裡一家人的柴棚裡倒見到了一隻熊崽子，頸上套了個繩索，像隻小黃狗，在柴堆上爬來爬去，只嗚嗚叫個不停，還不能自衛咬人。主人家說他從山上順手撿來的，我無須問老熊是不是已經被他打死了，只覺得這小狗熊十分招人喜愛。他見我戀戀不捨，說出二十塊錢就由我牽走。我又沒打算學馬戲，牽上牠再怎麼遊蕩？我還是保存這一點自由。

我還見到人家門口曬的一張作墊褥用的豹子皮，不過已經被蟲蛀了。老虎當然十多年前早已絕跡。

我也還見到個金絲猴的標本，想必是從樹上捉到的那隻，絕食而亡。野獸失去自由，不肯被馴養也只有這一招，不過也還需要足夠的毅力，人卻並非都有。

也還在這自然保護區辦公室門前，我見到了牆上貼的一條嶄新的大標語：「熱烈歡呼老人運動委員會成立！」我以爲又要發動什麼政治運動了，連忙問貼標語的幹部，他說上面來的電話指示，叫貼就貼，同你我都沒有關係，只是年過六旬的老革命幹部最少可以領到一百元的體育運動津貼，可他們這裡年紀最大的幹部只有五十五歲，剛夠領個紀念冊，以示安慰。我後來碰到一位年輕的記者，說這老委會主任是已經離任的前地區黨委書記，爲慶祝這老委會成立硬要地區政府撥款一百萬元。他想寫一條內部參考消息，直送中央紀律檢查委員會，問我有沒有什麼途徑。我理解他的義憤，不過我建議他還是郵寄，總比交給我更爲牢靠。

再就是，在這裡我還見到了一位細巧的姑娘，鼻子上長了點雀斑，穿的敞領的短袖棉毛衫，即所謂T恤，不像這山裡人打扮。一問，果真是南面長江邊上屈原的故鄉秭歸來的，中學畢業了，來這裡找她表哥，想在保護區裡謀個工作。說是她那裡縣政府已經通知，三峽大壩工程即將上馬，縣城也將淹入水底。家家戶戶都填寫了人口疏散登記表，動員居民自謀生路。之後，我沿著出美人的香溪南下，經過河邊山腰上古代佳人王昭君黑瓦飛檐的故里，到了宜昌。一位業餘作者又告訴我，這城市已預定為行將成立的三峽省的省會，連未來的省作家協會的主席人選也已內定，竟然是我聽說過卻說不上喜歡的一位得獎的詩人。

我早已沒有詩性，寫不出什麼詩來了。我不知道現今還是不是詩歌的時代。該唱該呼喊的似乎都唱完也呼喊完了，剩下的只用沉重的鉛條加以排印，人稱之為意象。那麼，根據我看到的野人考查學會印發的以目擊者口述科學測定並加以繪製的野人圖，這垂臂彎腰圈腿長髮咧嘴向人嘻笑的野人也該是一個意象。而我在這號稱原始林區神農架木魚坪最後的一個夜晚，看到的那怪異的景象又是否也算一首詩？

明月當空，森然高聳的山影下的一片空場子上，豎起兩根長竹篙，上面吊著雪亮的汽油燈，下端拉起一塊幕布。一個雜技班子，吹起一支壓癟了的有點走調的銅喇叭，敲著一面受潮了悶聲的大洋鼓，在場上演出。約莫二百來人，這小山村裡的大人小孩傾家出動，包括保護區管理處的幹部工人和他們的家屬，也包括長點雀斑身穿敞領短袖衫按英文音譯為T恤的細巧的來自屈原故鄉的那位姑娘，裡外三層，緊緊圍成了大半個圓圈。盡裡的坐在自家帶來的板凳上，中層站著觀看，後來的把頭又伸在中層的人頭空隙之間。

節目無非是氣功剁磚，一塊，兩塊，三塊，劈掌兩半。勒腰帶，吞下鐵球，再從喉嚨裡連吐沫星子一起嘔吐出來。胖女子爬竹竿，倒掛金鉤。噴燄火，假的假的，先是圍觀的婦人家悄悄說，小子們跟著便叫。禿頭班主也大喝一聲：

「好，再玩真的！」

他接過一支標槍，叫吞鐵球的那主先將鐵槍頭頂住他胸口，再抵咽喉，直到將竹標桿頂成一張彎弓，這漢子禿腦門上青筋畢露，有人鼓掌，觀眾這才服了。

場上的氣氛開始變得輕鬆，喇叭在山影裡迴盪，鼓也不悶，人心激盪。明月在雲影裡走動，汽油燈顯得越加輝煌。那壯實的胖女人頭頂水碗，手上一把竹竿，根根耍著磁盤子直轉。完了，轉動圓腰，學電視裡歌舞演員的樣子踮起腳尖，跳跳蹦蹦謝場，也有人鼓掌。這班主油嘴滑舌，俏皮話越來越多，真玩藝兒越耍越少，場子上熱了，人怎麼都樂。

到了最後一個節目柔術，一直在場上撿場的著紅綢衣褲的一名少女躍上方桌，桌上又架起兩條板凳，板凳上再加一張，她人便高高突出在漆黑的山影裡，被雪亮的燈光照得一身豔紅，夜空中掛的一輪滿月霎時暗淡，變得橙黃。

她先金雞獨立，將腿輕輕抱住，直舉過頭。眾人鼓掌。再正面兩腿橫開劈叉，穩坐在條凳上，紋絲不動，人又叫好。繼而岔開兩腿，後仰折腰，瘦小的脾間挺突出陰阜，眾人都屏住了氣息。又見她頭從胯下緩緩伸出，便怪異了，再收緊兩腿，夾住這顆拖著長辮子的少女的頭，倒睜兩顆圓黑的眼睛，透出一股悲哀，彷彿望著的是一個陌生的世界。然後，雙手抱住她那張孩子氣的小臉，像一隻怪異的人形的紅蜘蛛，詢視眾人。有人剛要鼓掌即刻又止住了。她改用手撐住身體，抬起下垂的兩腿，再單手旋轉起來，紅綢衣裡兩粒乳頭綳得分明。聽得見人聲喘息，空中散發出頭髮和身上的汗味。一個小兒剛要說什麼，抱著他的女人噓了一聲，輕輕打了一巴掌。這紅衣女孩咬緊牙關，小腹微微起伏，臉上亮著潤濕的光澤。都在這清明澄澈的月光之下，背後是幽深的山影，她扭曲得失去了人形，只有兩片薄薄的嘴唇和一雙烏亮的眼睛還顯出痛苦，這種痛苦也煽動人殘忍的慾望。

這一夜，人都興奮得不行，像打了雞血，雖已夜深，遠近的房舍大都透出燈光，屋裡說話和東西的碰撞響動良久。我也無法入睡，信步又回到已經空無一人的空場子上，吊在竹篙上的汽油燈已經撤走了，只有明澈如水的月光。我很難相信，在這座莊嚴肅默深邃的山影下，人們才演出過這人形扭曲得超乎自然的場面，疑心是夢。

六十

「你跳舞的時候，不要三心二意。」

你才同她認識，跳第一個舞，她就這麼說。你問她：

「怎麼啦？」

「跳舞就是跳舞，不要故作深沉。」

你哈哈笑了。

「嚴肅點，摟著我。」

「好的，」你說。

她噗哧又笑。

「笑什麼？」你問。

「你不會摟緊點？」

「當然會。」

你摟緊她，感到她有彈性的胸脯，又聞到了她敞領的頸脖肌膚溫暖的香味，房裡燈光很暗，擱在牆角的台燈擋上一把張開的黑布傘，一對對跳舞的人臉都模糊不清。錄音機放著輕柔的音樂。

「這樣就很好，」她低聲說。

她柔軟的鬢髮被你呼吸吹動，撩觸你的臉頰。

「你挺討人喜歡，」你說。

「什麼話？」

「我喜歡你，可不是愛。」

「這樣更好，愛太累得慌。」

你說你也有同感。

「你同我是一路貨，」她笑著感慨道。

「正好配對。」

「我不會同你結婚的。」

「為什麼要？」

「可我就要結婚了。」

「什麼時候？」

「也許是明年。」

「那還早。」

「明年也不是同你。」

「這不用你說我也知道，問題是同誰？」

「總之得同人結個婚。」

「隨便什麼人？」

「那倒不一定。不過我總得結回婚。」

「然後再離婚？」

「也許。」

「那時咱倆再一起跳舞。」

「也還不會同你結婚。」

「為什麼一定要？」

「你這個人感覺很好。」她似乎是由衷之言。

你說了聲謝謝。

透過玻璃窗可以看見密集的萬家燈火，那些整整齊齊豎起明暗不一的燈光該是同這一樣長方盒子式的一幢幢高層住宅，轟轟不息的車輛聲隱隱傳來。有一對舞伴突然在這不大的房裡轉起圈來，從背後撞了你一下，你趕緊煞住腳，扶抱住她。

「你不要以為我誇獎你舞跳得好，」她抓住機會又來了。

「我跳舞不是為的表演。」

「那為什麼？同女人親近？」

「也還有更親近的辦法。」

「你這張嘴也不饒人。」

「因為你總不放過我。」

「好，我不說了。」

她偎依著你，你閉上眼睛，同她跳舞真是一種享受。

你再見到她，在一個深秋的夜裡，颳著寒冷的西北風。你頂風蹬著自行車，馬路上落葉和紙屑被風追逐得時不時騰起。你突然想去看一位畫家朋友，等風小點再走。拐進一條路燈昏黃的小巷，只見一個獨單的行人縮頭縮腦的背影，頓時有點淒涼。

他那漆黑的小院裡，只在窗上透出點光亮，微微閃動。你敲了一下房門，裡面一個低沉的嗓子應了一聲。他開了房門，提醒你注意暗中腳下的門檻。房裡有一根小燭光，在一個鋸開的椰子殼裡搖晃。

「夠意思，」你挺欣賞這一點溫暖，「幹什麼呢？」

「不幹什麼，」他回答道。

屋裡挺暖和，他只穿了件寬厚的毛衣，一蓬茅草樣的頭髮。冬天取暖的火爐子也裝上了煙筒。

「你是不是病了？」你問。

「沒有。」

燭光邊上有什麼動了一下，你聽見他那張破舊的長沙發的彈簧吱吱作響，這才發現沙發一角還靠著個女人。

「有客人？」你有些抱歉。

「沒關係，」他指著沙發說，「你坐。」

你這才看清了，原來是她。她懶洋洋伸出手同你拉了一下，那手也有氣無力，十分柔軟。她垂著長頭髮，用嘴吹了一下垂在眼角的一縷。你開個玩笑：

「要是我沒記錯的話，你原先好像沒這麼長的頭髮。」

「我有時紮起來，有時散開，你沒注意就是了。」她抿嘴笑。

「你們也認識？」你這畫家朋友問。

「一起在一個朋友家跳過舞。」

「你這倒還記得？」她有點嘲笑的意味。

「同人舞都跳過，還能忘了？」你也開始了。

他去捅爐子，暗紅的爐火映照在房頂的紙棚上。

「你喝點什麼？」

你說你只是路過，就便來坐一坐，一會就走。

「我也沒什麼事，」他說。

「沒關係……」她也說了聲，聲音很輕。

之後，他們都沉默了。

「你們繼續說你們的，我來取暖，寒流來了。等風小一些，我還得趕回去，」我說。

「不，你來得正好，」她說，下面就又沒話了。

「應該說我來得不巧。」你想你還是應該起身。

你這朋友不等你起身便按住你肩膀說：

「你來了正可以一起談點別的，我們倆該談的已經談完了。」

「你們談你們的，我聽著，」她蜷縮在沙發裡，只見她蒼白的臉上一點輪廓，鼻子和嘴都很小巧。

你沒有想到，過了很久，有一天，大中午，她突然找到你門上。你開了房門，問：

「你怎麼知道我住這裡？」

「難道不歡迎？」

「不，正相反。請進，請進。」

你把她讓進門裡，問是不是你那位畫家朋友告訴她你的地址。你已往見她都在昏暗的燈光下，你不敢確認。

「也可以是他，也可以是別人，你的地址也保密嗎？」她反問你。

你說你只是想不到她居然光臨，不勝榮幸。

「你忘了是你請我來的。」

「這完全可能。」

「而且地址是你自己給我的，你都忘了？」

「那肯定就是這麼回事，」你說，「總之，我很高興你來。」

「有模特兒來，還能不高興？」

「你是模特兒？」你更詫異。

「當過，而且是裸體的。」

你說你可惜不是畫家，但你搞業餘攝影。

「你這裡來人都站著？」她問。

你趕緊指著房間說：

「在這裡就如同在你自己家裡一樣，隨便怎樣都行。你看這房間也就知道，房主人沒一點規矩。」

她在你書桌邊坐下，環顧了一眼，說：

「看來這屋裡需要個女主人。」

「如果你願意的話，只不過別是這房子主人的主人，因爲這房子的所有權也不屬於房主人。」

你同她每次一見面就鬥嘴，你不能輸給她。

「謝謝，」她接過你泡的茶，笑了笑，「說點正經的。」

她又搶在你之前。你只來得及說聲：

「好。」

你給自己的茶杯也倒滿水，在書桌前的靠椅上坐下，這才覺得安適了，轉而向她。

「可以討論一下，先說點什麼。你真是模特兒嗎？我這也是隨便問問。」

「以前給畫家當過，現在不當了。」她吹了吹垂在臉上的頭髮。

「可以問爲什麼嗎？」

「人家畫膩了，又換別的模特兒了。」

「畫家是這樣的，這我知道，總不能一輩子總畫一個模特兒。」

你得爲你的畫家朋友辯護。

「模特兒也一樣，不能只爲一個畫家活著。」

她這話也對。你得繞開這個話題。

「說真的，你真是模特兒嗎？我是問你的職業，你當然不會沒有工作。」

「這問題很重要嗎？」她又笑了，精靈得很，總要搶你一著。

「說不上怎麼重要，不過問問，好知道怎麼跟你談，談點什麼你我都有興趣的話。」

「我是醫生。」她點點頭。你還沒來得及接上她的話，她又問：「可以抽菸嗎？」

「當然可以，我也抽菸。」

你趕緊把桌上的香菸和菸灰缸推過去。

她點起一支菸，一口氣全吸了進去。

「看不出來，」你說，開始捉摸她的來意。

「我所以說職業是不重要的。你以爲我說是模特兒就真是模特兒？」她仰頭輕輕吐出吸進去的煙。

說是醫生就真是醫生嗎？這話你沒說出口。

「你以爲模特兒就都很輕佻？」她問。

「那不一定，模特兒也是個嚴肅的工作，袒露自己的身體，我說的是裸體模特兒，沒什麼不好，自然生成的都美，將自然的美貢獻出來，只能說是一種慷慨，同輕佻全然沒有關係。再說美的人體勝過於任何藝術品，藝術與自然相比總是蒼白貧乏的，只有瘋子才會認爲藝術超越自然。」

你信口侃侃而談。

「你爲什麼又搞藝術呢？」她問。

你說你搞不了藝術，你只是寫作，寫你自己想說的話，而且隨興致所來。

「可寫作也是一門藝術。」

你堅持認爲寫作只是一門技術：

「只要掌握了這門技術，比方說你，掌握了手術刀，我不知道你是內科大夫還是外科大夫，這也不重要，只要掌握了這技術，誰都可以寫作，就像誰都可以學會開刀一樣。」

她哈哈笑了。

你接著說你不認爲藝術就那麼神聖，藝術不過是一種活法，人有不同的活法，藝術代替不了一切。

「你挺聰明的，」她說。

「你也不笨，」你說。

「可有笨的。」

「誰？」

「畫家，只知道用眼睛來看。」

「畫家有畫家的感受方式，他們比寫作的人更重視視覺。」

「視覺能了解一個人的內在價值嗎？」

「好像不能，但問題是什麼叫價值？這因人而異，各有不同的看法，不同的價值只對於持有同樣價值觀的人才有意義。我不願意恭維你長得漂亮，我也不知道你內裡是否就美，可我能說的是同你交談很愉快，人活著不就圖點快活？傻瓜才去專找不痛快。」

「同你在一起我也很愉快。」

她說著，不覺拿起你桌上的一把鑰匙，在手裡玩弄，你看出來她一點也不愉快。你便同她談起鑰匙。

「什麼鑰匙？」她問。

「就你手裡的這把鑰匙。」

「這鑰匙怎麼了？」

你說你把它丟失了。

「不在這兒嗎？」她攤開手掌心上的鑰匙。

你說你以爲它丟了，可此刻就在她手裡。

她把鑰匙放回桌上，突然站起來說她要走了。

「你有急事？」

「有一點事，」她說，隨後又補充一句，「我已經結婚了。」

「那恭喜你。」你有點苦澀。

「我還會再來。」

這是一種安慰。

「什麼時候來？」

「得看我高興。我不會在我不高興的時候來，讓你也不高興。也不會在我特別高興的時候——」

「這是很明白的事，隨你方便。」

你還說你願意相信，她還會來。

「來同你談你丟失了的鑰匙！」

她仰頭把頭髮掠到肩後，詭譎笑著，出門下樓去了。

六十一

我這位十多年來未曾見面的少年時代的老同學從抽屜裡拿出一張照片給我看，是他和一位中年或者老年，或者介乎兩者之間，看不出年齡也看不出性別，他說是個女人，在種了一片菜地的一座破廟前的合影。他問我知道「荒江女俠」嗎？

我當然記得，那還是我剛上初中的時候，不知是班上的哪位同學把家藏的那種校方禁讀的長篇多卷武俠小說，什麼《七劍十三俠》、《峨嵋劍俠傳》、《十三妹》之類的舊書弄到學校裡來，有交情的才能帶回家過一宿，沒交情的只能在上課的時候，塞在課桌的抽屜裡偷偷看上幾眼。

我還記得，我更小的時候，有過一套《荒江女俠》的連環畫片，打彈子的時候輸掉了幾張，再也湊不齊全，我曾經可惜得不行。

我又記得，也是這「荒江女俠」，或是「十三妹」，或是什麼別的女俠，同我少年時性意識懵懵懂懂的覺醒也有關係。那大概是從舊書鋪子裡來的一本連環畫，前一頁畫的是一枝在勁風中零落的桃花，底下的文字說明寫的大抵是可憐一夜風雨知多少，隱約的意思是這女俠被一個惡少，自然也是有武功的，霸占了。之後又有一頁，是這女俠拜了武林長者高手，學成了一手飛刀絕技，一心雪恨，終於找到了這仇人，甩出的飛刀本鈎住了他的首級，卻又動了無法明白的惻隱之心，只將他一隻手臂割斷，反放了一條生路。

「你相信不相信，現在還有女俠？」我這老同學問我。

「就是這照片上的她？」我弄不清他是不是在開心。

照片上我這位戴著眼鏡身材高大的老同學，穿著地質隊的野外工作服，神態憨厚，我總覺得他像托爾斯泰的小說《戰爭與和平》中的那個書呆子彼埃爾。我讀這部小說的時候他還很瘦，只不過他那張善良的圓臉當時就戴的一副眼鏡，總掛在鼻梁上，同一位俄羅斯畫家的一本托爾斯泰作品插圖集中的彼埃爾有些相似。可他身邊那位只到他肩膀高的俠客，穿的同老農民一樣，一件寬大的對襟大褂，大褲腳下又是一雙當兵的那種平口膠鞋，沒有性別的臉上一對小眼，除了像農村女幹部那樣齊耳根的短髮表明她還是個女性，同我從武俠小說，畫片和連環畫上得來的那一身短打，束腰提氣英姿鳳眼的女俠毫無相似之處。

「你別小看了她，一身功夫，殺人如割草，」他說得一本正經。

我從株州東來的路上，火車晚點了，停在一個小站上，大概是等從對面開來的一趟特別快車。我一看站名，突然想起了我這位老同學在這地方的一個勘探隊工作，十多年來失去了聯繫。去年，一家刊物的編輯竟然轉來了他寄給我的一篇小說稿子，信封上寫的就這地名。我沒有帶上他的地址，可我想這麼個小地方總不會有好幾個勘探隊，不難問到，當即下了火車。他是我少年時的好友，人世間快樂事不多，老朋友出其不意相見，正是一樂。

我從長沙經株州轉車，本來也無意停留，那城市我一無親屬，二無熟人，又無民俗，也無古可考，卻也曾在湘江邊上和城裡轉了整整一天，後來才明白無非是爲了追溯另一個想來都很無聊的印象。

我帶著鋪蓋捲，像難民一樣從北京趕出來，弄到我兒時曾經逃難過的這山區，去所謂「五七幹校」接受「再教育」，也已經是十二、三年前的事了。同一機關裡人與人的關係被反覆折騰的政治運動弄得十分緊張，人人高喊革命口號，死守住自己這一派，生怕被對方打爲敵人。沒想到又來了個最新的「最高指示」，軍代表也進駐到文化機關，大家夥於是全都弄到山區來種田了。

我打出生起就逃難。我母親生前說，她生我的時候，飛機正在轟炸，醫院產房的玻璃窗上貼滿了紙條，防爆炸的氣浪。她幸運躲過了炸彈，我也就安全出世，只不會哭，是助產醫師在我屁股上打了一巴掌，才哭出聲來。這大概就注定了我這一生逃難的習性。我倒是已經習慣於這種動盪，也學會了在動盪的空檔中找點樂趣。眾人在站台裡坐在鋪蓋捲上傻等的當口，我把行李託給人，像一頭喪家之犬，在這城裡大街小巷亂轉，竟然同對方派別的一位死硬分子在一個小飯鋪裡遇上了。那時豬肉定量供應，一人每月一張肉票，只能買一斤豬肉。我想他同我一樣，無非想吃頓肉食。這飯鋪裡居然有辣子狗肉，我和他各要了一盤。好歹都淪落在外，便坐到一張桌上，而且不約而同爭著買酒。於是一起就狗肉喝酒，彷彿並沒有這場你死我活的階級鬥爭，誰同誰也不是敵人，當然誰也沒有提及政治。飯桌上居然有那麼多共同可說的，關於這條老街，諸如可以買到發出稻草香味的草紙，手織的不要布票的土布，茶葉也不憑證券定量供應，而且還可以買到北京根本見不到的五香花生米。他和我也都買了，也都從包裡摸出來，攤到桌上下酒。就這麼點不值得記憶的記憶，竟讓我從長沙過株州轉車時停了一整天。那麼，我少年時的好友更沒有理由不找他一找，何嘗不給他也帶來一分意想不到的快樂？

我在這小站邊上的旅店要下一個鋪位，把背包寄存了。如果找不到他，回到旅店還可以打個盹，趕一早的火車。

我在賣夜宵的小攤子上吃了碗綠豆稀飯，疲勞頓時消失了。我向街邊上稅務所門前躺在靠椅上乘涼的一位公職幹部打聽，這裡有沒有個勘探隊？他坐起，立刻肯定有，先說離街二里地，再說三里，最多五里，從這街的盡頭，到路燈沒了的地方，由一條小巷裡進去，經過一片水田，再過條小河，河上有個木橋，河對岸走不多遠，有幾幢孤零零的新式樓房，便是勘探隊部。

出了市鎮，夏夜繁星滿天，一片蛙鳴。我一腳踩進水坑裡，這都是次要的，只一心要找到他。夜半子時，我居然摸黑敲到了他的房門。

「你這鬼！」他驚喜叫道，老大的個子，又高又胖，穿個短褲，打個赤膊，用手上的大蒲扇使勁拍我，直給我搧風。這也還是小時候大家拍肩膀的習慣。我當時班上年紀最小，同學間稱爲小鬼，如今自然是老鬼了。

「你怎麼來的？」

「從地底下鑽出來的，」我也好快活。

「拿酒來，不，拿西瓜來，這天太熱。」他招呼他妻子，一個實實在在的壯實的女人，看來是當地人，只是笑笑，並不多話。他顯然在這裡成的家，仍不失當年的豪爽。

他問我有沒有收到他寄給我的他的稿子，說是看到我這幾年發表的一些作品，想必是我，才把稿子寄到一家發表我文章的刊物編輯部，請他們轉給我，還真聯繫上了。

他說他也手癢，耐不住了，才寫了這麼篇東西，算是投石問路。

我怎麼說呢？他這小說講的是一個農村孩子，祖父是個老地主，在學校裡總受到同學的冷眼，又天天聽老師講要同階級敵人劃清界線。便覺得他的種種不幸原來都來自這病而不死的糟老頭子，就在他喝的湯藥裡放了打豬草時也得撿出來的一種叫藥罌花的野花。早起，村裡廣播喇叭唱起〈東方紅〉招呼村民下田做活的時候，小孩醒來一看，老頭子趴在地上，滿嘴烏血，已經斷氣了。寫的是個孩子的心理，用一個農村孩子的眼光來看這個無法理解的世界。我把這稿子交給我認識的一位編輯看了，他對我倒是不用通常退稿的行話，打一通文壇的官腔，諸如情節欠提煉，立意不高遠，性格不鮮明，或者說不夠典型，照直說了，認為寫得不錯，可作者走得太遠，領導肯定通不過發不出來。我也只好說作者是搞野外勘探的，走慣了山路，哪知道當今的文壇的尺寸。我如實告訴了他。

「那，這尺寸在哪裡呢？」他眼鏡裡透出不解，依然像書呆子皮埃爾的模樣。「前幾天報紙上不是又重申創作自由還是要講的，文學還是要寫真實的。」

「我就是為這他媽的什麼真實不真實倒的楣，才奔你這裡來，」我說。

他哈哈大笑，說：

「這荒江女俠的故事也就算了。」

他拿起照片，扔進抽屜裡，又說：

「我野外作業在那破廟裡住了幾天，同她熟了，聊天時勾起了她的心事，足足同我談了一整天。我記了半本子，都是她的親身經歷。」

他從抽屜裡又拿出個筆記本，朝我晃了晃，說：

「足夠寫本書的，書名本來我都想好了，叫《破廟手記》。」

「這可不是武俠小說的題目。」

「當然不是。你要有興趣，拿去看好了，作個小說素材。」

說完，他把筆記本也扔回抽屜裡，對他妻子說：

「還是拿酒來。」

「別說寫小說了，」我說，「我現在連以前寫的散文都發不了，人見我名字就退稿。」

「你呀，還是老老實實弄你的地質，瞎寫什麼呀？」他妻拿來酒，插了一句。

「那你現在怎麼樣？說說！」他十分關心。

「到處流浪，逃避作檢查呢。這出來已經好幾個月了，等風聲過了，能回去再回去。要情況惡化，就先物色幾個地方，到時溜之大吉。總不能像當年的老右，像牽羊樣的，乖乖送去勞改。」

兩人都哈哈大笑。

「我給你講個開心的故事怎麼樣？我跟一個小分隊，上面下來的任務，去找金礦，沒想到在大山裡逮到個野人，」他說。

「別逗了，你親眼看到的？」我問。

「看到算什麼，還逮到了！我們幾個在山嶺上竄，想少繞點路，好天黑前趕到宿營地。山嶺下的林子有一片放火燒過，種的包穀。枯黃的包穀地裡，有一處直晃動，從上往下看，清清楚楚，肯定有個野物。爲安全起見，進這樣的大山裡，那時候都帶有槍。這幾個都說，要不是狗熊就是野豬，找不到金子，弄點肉吃，也算有口福。幾個人就分頭包抄。那東西顯然聽見動靜，朝林子方向就跑。當時下午三點多鐘，太陽偏西，山谷裡還滿亮，這東西跑動的時候，從包穀穗子之間露個頭來，一看是個披著長毛的野人！這夥計幾個也都看見了，興奮得不行，全使勁叫野人！別叫牠跑啦！跟著就砰砰放槍。成天在山溝裡轉，好不容易有個放槍的機會，也發洩發洩。一個個都來勁了，又跑、又叫、又放槍。臨了，總算把牠逼出來了，全身上下赤條條的，屌彈精光，舉手投降，撲通一聲跪倒在地上，只有副眼鏡，用繩子套在頭上，鏡片一圈圈的，磨損得像毛玻璃一樣。」

「你編的吧？」我說。

「這都是真事？」女人在裡間房裡說，也還沒睡。

「要編也編不過你，你現在是小說家。」

「真正的小說家是他，」我朝裡間對他女人說，「他是天生講故事的好手，當年班上沒人能講過他。只要他一開講，全都傻聽著。可惜，才寫了篇小說，沒出籠就給斃了。」

我爲他不免有點惋惜。

「他也是，只有你來才這樣講，平常連句多話都沒有，」他妻在房裡說。

「你就聽著，」他對他女人說。

「說下去！」他真的提起了我的興致。

他喝口酒，重又提起精神。

「這幾個上去，把他眼鏡除了，用槍管撩撥撩撥他，厲聲問：你要是人，跑什麼？他渾身哆嗦，噢噢亂叫。有個夥計拿槍頂了他一下，嚇唬他說，你要再裝神弄鬼，就把你斃了！他這才哭出聲來，說他是從勞改農場逃出來的，不敢回去。問他犯什麼罪了？他說他是右派分子。這夥都說，右派分子都哪年的事了？早平反了，你還不回去？他說他家裡人不敢收留他，才躲到這大山裡來的。問他家在哪裡？他說在上海。這夥兒說你家裡人都他媽的混蛋，爲什麼不收留你？他說他們怕受牽連。大家又說，受個鬼的牽連，右派分子都補發了一大筆工資，這會人還巴不得家裡有個右派分子呢。又說，你是不是有精神病吧？他說他沒有病，只是高度近視。幾個夥計都止不住直樂。」

他女人在房裡也笑出聲來。

「你才是個鬼，只有你才講得出這樣的故事。」我也止不住笑，好久沒這麼快活。

「他是五七年打成右派，五八年弄到青海農場勞改。六〇年鬧災荒，沒吃的，浮腫得不行，差點死掉，逃回上海，躲在家裡養了兩個月。家人硬要他回去，那時候定量的口糧人都不夠吃，再說，又怎麼敢長期把他藏在屋裡？他這才輾轉跑進大山裡，已經二十年了。問他這些年怎麼活下來的？他說頭一年，山裡一戶人家收留了他，他幫他們打柴，做些農活。後來下面的公社裡聽到了風聲，要查他來歷，他才又躲進這大山裡，平時靠那戶人家暗中給他點接濟，弄盒火柴，給點油鹽。問他怎麼打成右派的？他說他在大學裡研究甲骨文，當時年輕氣盛，開會討論，對時局發了幾句狂言。眾人說，跟我們走吧，回去研究你的甲骨文。他卻硬是不肯走，說要把這片包穀收了，是他一年的口糧，怕走了叫野豬給糟蹋了。眾人都起鬨說，叫牠們拉屎吧！他要去拿他一身衣服。問他衣服在哪裡？他說在崖壁下一個山洞裡，天不是太冷的話，平時捨不得穿。有人給他一件上衣，讓他紮在腰上，才領著他一起回到營地。」

「完了？」

「完了。」他說，「不過，我還想了個另外的結尾，拿不準。」

「說說看。」

「一天之後，他也吃飽了，喝足了，沉沉一覺睡醒過來，突然一個人號啕大哭起來，都弄不清他又怎麼了？只好過去問他。他涕淚俱下，哽噎了半天，才說出句：早知道世上還有這許多好人，就不至於白白受這許多年冤枉罪！」

我想笑卻沒笑出來。

他眼鏡裡閃爍出一點狡獪的笑容。

「這結尾多餘，」我想了想說。

「是我故意加的，」他承認，摘了眼鏡，放到桌上。

我發現他散漫的眼光與其說是狡獪，倒不如說有點淒涼，同他戴上眼鏡時那種總嘻笑憨厚的樣子判若兩人，我以前沒見過他這模樣。

「你要不要躺一會？」他問。

「不要緊，橫直也睡不著，」我說。

窗外已見晨曦，外面暑熱退盡，吹進習習涼風。

「躺著一樣聊，」他說。

他給我支上個竹涼床，自己拿了個帆布躺椅，把燈滅了，靠在躺椅上。

「你要知道，當時運動中審查我，也就這幫抓野人的夥計，差一點沒把我槍斃掉，子彈擦著頭皮飛過，沒被他們失手打死，算我命大。事不關己，人人都是好漢。」

「這也就是你這野人的故事的妙處，聽來人人快活，其實人都非常殘酷，你也就不必再把它點穿了。」

「你講的是小說，我講的是人生。我看來還是寫不了小說。」

「一說有蚤子，大家都去捉，生怕自己是蚤子，有什麼辦法？」

「人要都不去捉呢？」

「也還怕被人捉。」

「你不就不肯去捉嗎？」

「也還是被人捉。」

「就這麼車轂轆轉下去？」

「總還有點進步吧？要不我敢來找你喝酒？早當野人去了。」

「我也一樣收留不下你。要不，哥兒倆一起當野人去？」他也笑得從躺椅上坐了起來。「這結尾還是不要的好，」他想了想也說。

六十二

你說他把鑰匙丟了。

她說她懂。

你說他當時明明看見那鑰匙放在桌上，轉身就再也找不到了。

她說是的，是的。

你說，那是一把赤裸裸的鑰匙，沒有鑰匙串的鑰匙，原先有個鑰匙串，鍊子上還掛著個捲毛小狗，一隻紅色塑料的小哈巴狗。再早也沒有鑰匙串，是他的一位朋友送的，當然是一位女朋友，並不是那個意思上的女朋友。

她說她明白。

你說，後來那小狗斷了，挺滑稽的，打脖子那兒斷了，就只剩下個紅色的小狗頭，他覺得有些殘忍，就把鑰匙從上面取下來了。

明白，她說。

你說，就那麼一把赤裸裸的鑰匙，他好像是放在書桌上的檯燈座子上，座子上還有幾顆圖釘，圖釘都在，可鑰匙卻不在了。他把桌上的書從這頭倒騰到那一頭，還有幾封待覆而一直沒想好怎樣覆的信，就擱在檯燈邊上。還有一個信封蓋住了檯燈的開關。你說他就沒看見那把鑰匙。

就是這樣的，她說。

他出門去有事情，不能讓房門開著。關上的話，那鎖碰上不帶鑰匙他又無法進來。他必須找到鑰匙。桌上的書，紙，信件，零錢，一些硬幣，鑰匙和硬幣很容易分得清楚。

是的。

可那鑰匙就找不到了，他又爬到桌子底下，用掃把掃出好些帶灰塵的絨毛，還有一張公共汽車票。鑰匙落在地上總有聲響。地上只堆了些書，他都翻過，碼齊了，書和鑰匙是完全不同的兩回事，不可能混淆在一起。

那當然。

就這樣找不到了，那鑰匙。

抽屜裡呢？

也翻過了。他記得他好像開過抽屜。他曾經有過這習慣，把鑰匙放在抽屜的右角，可這也是好久以前的習慣了。抽屜裡塞滿了信件，稿子，自行車牌照，公費醫療證，煤氣供應卡和各種其他單據。也還有一些紀念章，一個金筆盒子，一把蒙古刀和一把景泰藍的小劍，都是些不值錢扔了又可惜的東西，只多少還保留些記憶。

誰都有，可誰都珍貴。

記憶未必都是珍貴的。

是的。

喪失了反倒是一種解脫。還有那些掉了永遠也不會再用的鈕扣，原先釘著這顆墨藍色有機玻璃的鈕扣的那件衣服早就紮了拖把，可這鈕扣居然還留著。

是的，後來呢？

後來把所有的抽屜全都拉開了，裡面的東西都翻了出來。

那不會有的。

明知道不會有還要去翻。

是這樣的。口袋掏過了嗎？

全掏過了，褲子前後的幾個口袋都摸過不下五六遍，扔在床上的上衣口袋也掏過了，所有放在外面的衣服口袋都摸過，只有放在箱子裡的沒動。

然後——

然後把桌上的東西弄到地上，把床頭櫃上的雜誌順理一遍，書櫃子也都打開，連被子也抖過了，床墊子，床底下，噢，還有鞋子！鞋子裡面，有一回，一個五分錢的硬幣掉進去了，穿上鞋出了門硌腳才知道。

這鞋不是穿著的嗎？

本來是穿著的，可桌上的書都堆到了地上，沒處下腳，總不能穿著鞋往書上踩，就乾脆把鞋脫了，跪在書上翻找。

真可憐。

這赤裸裸的沒有鑰匙串的鑰匙就淹沒在這房間裡了。他也沒法出去，望著這弄得亂糟糟的屋子，一籌莫展。十分鐘前，他生活都還井井有序。他不是說這房裡原先就收拾得多麼乾淨，如何有條有理，這屋裡從來就談不上十分整潔，可總還算順眼。他有他自己生活的秩序，知道什麼東西放在什麼地方，他在這屋子裡過得也還算舒適。總之他已經習慣了，習慣了就適意。

是的。

不是的，一切都放得不是地方，一切都不是！

不要急躁，好好想一想。

他說他煩惱透了，睡沒睡的地方，坐沒坐的地方，連立足之地都沒有，他的生活就成了一堆垃圾。他只能蹲在書堆上。他不能不激憤，可又只能怨他自己。這怪不得別人，是他自己失去了自己房門的鑰匙，弄得這樣狼狽不堪。他無法擺脫這團混亂，這種被弄糟了的生活，而且無法出門，可他必須出去！

是的。

他不願意再看見，也不願再回到這房裡來。

不是還有個約會嗎？

什麼約會不約會，對了，他是要出去的，可是已經晚了一個小時，連約會也耽誤了。人不會傻等上一個小時。再說，他也記不很確切這約會在什麼地方？是去會誰？

會一個女朋友，她輕聲說。

也許，也許不是。他說他確實記不起來了，但是他必須出去，這亂糟糟的，他無法再忍受。

就讓房門開著呢？

他只好開著房門走了。下了樓梯，到了街上，行人照樣來來往往，車輛穿流不息，總這樣繁忙，也不知忙些什麼。他下了台階，走上人行道。沒有人知道他丟了鑰匙，沒有人知道他房門開著，當然也就不會有人去他房裡把東西都搬走。去的只會是他的熟人朋友，人見無處下腳，要不是坐在書堆上翻著書等他，等不了的轉身會走，他不用顧及。可他偏要去顧及他那不值得去偷的房間，無非一些書，毫不值錢的最平常的衣服和鞋子，最好的一雙鞋他正穿在腳上，再就是那一堆還沒寫完他自己就已經討厭了的稿子。想到這，他開始覺得快意了，再也不必去理會他那房門和那把遺失了的該死的鑰匙，就這樣沒有目的在街上漫步。他平時總匆匆忙忙，不是爲這事那事就是爲自己奔波。此時此刻，他什麼都不爲，從來沒有這樣輕快過。他放慢了腳步，他平時很難放慢腳步，先伸出左腳，右腳不必急於抬起，可這也不容易做到。他已經不會從容走路，不會散步了。說的就是散步，全腳掌著地，全身心鬆弛。

他覺得他這樣走十分古怪，行人好像都在注意他，看出他古怪。他悄悄注意迎面走來的人，卻發現他們那一雙雙直勾勾的眼睛看的也還是他們自己。當然，他們有時也看看商店的櫥窗，看櫥窗的時候心裡盤算的是價錢合算不合算。他頓時才明白，這滿街的人只有他在看人，而人並不理會他。他也才發現只有他一個人才在走路，像熊一樣用的是整個腳掌，而人卻用腳後跟著地，整天整年走路的時候都這樣敲觸腦神經，沒法不弄得十分緊張，煩惱和焦躁就這麼自己招來的，真的。

是的。

他越走下去，在這條熱鬧的大街上越覺得寂寞。他搖搖晃晃，在這喧鬧的大街上像是夢遊，車輛聲轟轟不息，五光十色的燈光之下，夾在擁擠的人行道上的人群之中，想放慢都放不慢腳步，總被後面的人碰上，撥弄。你要是居高臨下，在臨街的樓上某個窗口往下俯視的話，他就活像個扔了的軟木塞子，混同枯樹葉子，香菸盒子，包雪糕的紙，用過的快餐塑料盤子，及各種零食的包裝紙，漂浮在雨後路邊下水道口，身不由己，旋轉不已。

看見了。

看見什麼了？

那個在人流中漂浮的軟木塞子呀。

那就是他。

那就是你。

那不是我，那是一種狀態。

明白。你說下去。

說什麼？

說那個軟木塞子？

那是個丟失了的軟木塞子？

誰丟失的？

他自己丟失了他自己。他想回憶都回憶不起來。他努力去想，努力去回憶和什麼人有過什麼關係，他爲什麼到這街上來？這分明是一條他熟悉的街，這座灰色難看的百貨大樓。這大樓總在擴建，總也在加高，總也嫌小，只有對面的那家茶葉鋪子至今沒有翻修，還帶個老式的閣樓。再過去是鞋店，鞋店的對面是文具店和一個銀行的儲蓄所，他都進去過。他同這儲蓄所似乎也有關係，曾經存過錢取過錢，那也是很久以前的事了。他似乎也有過妻子，又分手了，已不再想她，也不願再想。

可他曾經愛過她。

似乎愛過，那也模模糊糊的。總之他覺得他曾經同女人有過什麼關係。

而且不止一個女人。

好像是的。他這一生中總還應該有什麼美好的事情，可那似乎也很遙遠，只剩下一些淡淡的印象，像曝光不足的底片，在顯影液裡再怎樣浸泡，只有個隱約的輪廓。

可總還有讓他動心的姑娘，留下些值得他回憶的細節。

他只記得她嘴唇小巧，線條分明，她說不的時候顏色是朱紅的，她說不的時候身體是順從的。

還有呢？

她要他把燈關了，她說她害怕亮光——

她沒有說。

她說了。

好，不去管她說了沒有，接下去是他到底找到他那鑰匙沒有？

他也就想起了他出門去赴的那個約會，其實也可去可不去，大家見面無非是天南海北閒扯，再講講熟人之間，誰在鬧離婚，誰又同誰好了，出了什麼新書，新戲，新電影。下回再去這些新書新戲新電影也就老而乏味。再就是某某大員有什麼新的講話，那話其實翻來覆去不知講過多少年了，早已是陳腔濫調。他所以去，無非是忍受不了孤獨，之後也還得再回到他那凌亂的房間裡來。

房門不是開著？

對，他推開房門，在攤得滿地的書刊前止步，見那靠牆放的書桌邊上正躺著他那把沒有鑰匙串的鑰匙，只不過被靠在檯燈座子上橫放的一封要覆而未覆的信擋住，跨過書堆進到房裡反倒看不見了。

六十三

我原準備到龍虎山去，拜謁一下那著名的道教洞天，火車經過貴溪，我沒有立即就下。悶熱的車廂裡，走道上都坐滿了人，要從人的腳縫中，一步步挪到堵滿了的車廂盡頭，出一身汗不說，也得好幾分鐘。我此刻有幸坐在車廂中部左手窗口的位置上，面前的小桌上還泡了一杯濃茶，正猶豫，車廂響動了一下，便緩緩出站了。

隨著越來越均勻的震盪聲，茶杯的蓋子輕輕吟唱。風迎面吹來，倒還清爽。想打個盹，又睡不著。這東去西來的火車沒有一趟不超載，無論白天還是夜間。不管哪個小站都擠上擠下，總有那麼多人匆匆忙忙，也不知忙碌些什麼。李白的詩句不妨改成：出門難，難於上青天。只有那幾節軟臥車廂裡，有外匯券的外國人和多少級以上由公家報銷的所謂領導幹部才能享受一點旅行的滋味。我得計算一下我能動用的這點錢還能混上多少時間。

我自己的積蓄早已花光，已經在債務中生活。一家出版社好心的編輯預支了我幾百元稿費，爲一本若干年尚不知能否出版的書，這本書我也不知寫不寫得出來，稿費卻已花掉了一多半。這似乎只是一筆人情帳，誰又知道若干年之後如何？總之，我盡量不再住旅店，得找能不花錢或儘少花錢的地方落腳。可我已經錯過了去貴溪的機會，有一個女孩子答應過我，她家可以接待。

我在一個渡口等船時遇到她的，紮著兩條小辮，興致勃勃，紅潤的臉蛋，一雙靈活的眼睛，看得出來她對這亂糟糟的世界還充滿新奇感。我問她去哪兒，她告訴我去黃石。我說那地方灰撲撲的天空下全是鋼鐵廠冒的黑煙，有什麼好玩？她說她去看她姑媽，還反過來問我。我說我走到哪裡算哪裡，無一定目的。她睜著一雙大眼，又問我幹什麼的？我說是投機倒把。她聽了格格笑，說她不信。我又問她：

「我像不像一個騙子？」

她直搖頭否認：

「一點不像。」

「你說像什麼？」

「我不知道，」她說，「總歸不像騙子。」

「那麼，就是個流浪漢。」

「流浪漢也不壞，」她還有一種信念。

「流浪漢倒多半是好人，」我得肯定她這種信念，「那一本正經的才往往是騙子。」

她止不住直笑，像誰呵了她癢，真是個快活的姑娘。

她說她也想到處流浪，可她爸爸媽媽不准，只許她到她姑媽家去，還說她學校畢業了，馬上就要工作，這是她最後一個暑假，得好好利用一下。我爲她惋惜，她也嘆了口氣，說：

「其實，我很想到北京去看看，可惜北京沒有熟人，我爸爸媽媽不讓我一個人去。你是北京人嗎？」

「說北京話並不一定就是北京人，我儘管也住在北京，可這城市人活得憋氣，」我說。

「那爲什麼！」她十分詫異。

「人太多，擠得慌，你只要稍不當心，沒準腳後跟就叫人踏了。」

她努努嘴。

「你家在哪兒？」我又問。

「貴溪。」

「那裡有個龍虎山？」

「只剩個荒山，廟子早都毀了。」

我說我就想找這種荒山，越沒人去的地方我越想去。

「好去騙人？」她一臉調皮的樣子。

我只好笑笑說：

「我想去當道士。」

「才沒人收你呢，早先的道士不走也都死光了，你去都沒有住處，不過，那裡山水倒滿好。離縣城只二十公里路，都可以走去，我和同學一起去玩過。你要真想去，可以住在我家，我爸爸媽媽都很好客，」她說得挺認真。

「你不是要到黃石去？他們又不認識我。」

「我十多天就回去。你不也還在流浪？」

說著渡船便靠岸了。

車窗外，平地拔起一簇簇灰褐的山巒，那背後想必是龍虎山，這些山巒則恐怕是仙崖。我旅途中經人輾轉介紹，訪問過一位博物館的主任，他給我看了仙崖的一組照片，那臨河的崖壁上的許多洞穴裡也發現懸棺，是戰國時代古越人的墓葬群。他們清理的時候，還找到了黑漆的木扁鼓和將近兩米長的木琴，從孔眼判斷，可以安十三根琴絃。我即使去，也聽不到漁鼓咚咚和清音激越的琴聲了。

團團仙崖在遠處緩緩移動著退去，越來越小，終於消失了。我同她下船分手的時候，相互留了姓名和地址。

我喝了口茶水，品味著一種苦澀的遺憾。我想她也許有一天會來找我，也許不會。不過這萍水相逢畢竟給我一點愉悅。我不會去追求這麼個天真的姑娘，或許也不會真愛一個女人。愛太沉重，我需要活得輕鬆，也想得到快樂，又不想負擔責任，跟著沒準又是婚姻，隨後而來的煩膩和怨恨都太累人。我變得越來越淡漠，誰也不能再讓我熱血沸騰。我想我已經老了，只剩下些說不上是好奇心的一點趣味，又不想去尋求結果。這結果都不難想像，總歸是沉重的。我寧願飄然而來，飄然而去，不留下痕跡。這廣大的世界上有那麼多人，那麼多去處，卻沒有一處我可以扎下根來，安一個小窩，老老實實過日子，總遇見同樣的鄰居，說一樣的話，你早或是你好，再捲進沒完沒了的日常繁瑣的糾葛中去。把這一切都弄得確鑿不移之前，我就已經先膩味了。我知道，我已不可救藥。

我還遇見個年輕的道姑，她細白的面孔嬌美端莊，寬鬆的道袍裡挺拔的身材，透著潔淨和新鮮。她把我安置在正殿側院廳堂的客房裡，地板未曾油漆過，顯露出紋理分明的木頭本色，拖洗得一塵不染，床上的被褥散發出才漿洗過的氣息，我在這上清宮住了下來。

她每天早晨給我端來一盆洗臉的熱水，再泡一杯碧綠的清茶，說上一會話。她聲音像這新茶一樣甘甜，談笑都落落大方。她是高中畢業自願報考當的道姑，我不便問她出家的原因。

這宮觀裡同她一起收錄的還有十多名男女青年，都至少受過初中以上的教育。道長是一位年過八旬的大師，言談清晰，步履輕捷。他不辭勞苦，奔波了好幾年，同地方政府和各級機關交涉，把山裡的幾位老道召集起來，這青城山上清宮才得以恢復。他們老少同我交談都無拘束，用她的話說，大家都喜歡你，她說的是大家，不說她自己。

她說你願意住多久就住多久，還說張大千就在這裡住過多年。我在上清宮邊上的伏羲神農軒轅祠裡見到了張大千的老子像的石刻，後來又知道晉代的范長生和唐代的杜庭光都曾在這裡隱居著述。我不是隱士，也還要食人間煙火。我不能說我所以留下，是我喜歡她舉止自然和她那種不經意的端莊，我只是說我喜歡這宮觀中的和平。

從我住的客房裡出來，古色古香的廳堂裡擺著楠木條案，扶手方椅和茶几。牆壁上掛的字畫，堂上的橫匾和廊柱上的楹聯是倖存的早年的木刻。她說你可以在這裡看書寫作，累了也可以到廳後的天井裡散步。這四方的天井裡長著古柏和墨綠的蘭草，水池裡的假山石上爬滿蔥綠的苔蘚。早起和晚間，透過雕花的窗欞聽得到裡面傳來的道姑們的說笑。這裡沒有佛門寺廟裡那種森嚴和禁戒，令人壓抑，卻有一番寧靜和馨香。

我也喜歡黃昏後，不多的遊人散盡，三清殿下宮院裡清寂肅穆。我獨自坐在宮門正中的石檻上，望著眼面前地上陶瓷拼嵌的一隻大公雞。殿堂正中的四根圓柱分別寫著兩副聯句，外聯是：

道生一一生二二生三三生萬物

人法地地法天天法道道法自然

這正是我在原始森林裡聽到的那位老植物學家的話的出處。

內聯是：

視不見聽不聞妙哉希夷合玉清上清太清三旨
知其幾觀其竅湛然澄靜為天道地道人道之宗

老道長同我講述這兩個聯句時說：

「道既是萬物的本源，也是萬物的規律，主客觀都相互尊重就成爲一。起源是無中生有和有中之無，兩者合一就成了先天性的，即天人合一，宇宙觀與人生觀都達到了統一。道家以清淨爲宗，無爲爲體，自然爲用，長生爲真，而長生必須無我。簡要說來，這就是道家的宗旨。」

他同我論道時，這些男女青年道徒也都圍攏來聽，擠坐在一起。一位小道姑還把手臂搭在一個男孩子肩上，凝神而率真。我不知道我是否能達到這無我無欲澄靜的境界。

一天，也是晚飯之後，老少男女來到殿下宮院裡，比賽看誰能吹響堂下立著的一隻比狗還大的陶瓷青蛙。有吹響的，有吹不響的。熱鬧了好一陣子，方才散了，都去做晚間功課。剩下我一人又獨坐在石門檻上，仰望著沒有猙獰的龍蛇鰲魚累贅的裝飾的觀頂。

飛檐揚起，線條單純。背後山上林木巍然，在晚風中無聲搖曳。霎時間，萬籟俱寂，卻不覺聽見了清明的簫聲，不知從哪裡來的，平和流暢，俄而輕逸。於是觀門外石橋下的溪水聲潮，晚風颯颯，頓時都彷彿從心裡溢出。

六十四

她再來的時候剪著短髮，這回你算是看清楚了。你問她：

「怎麼把頭髮剪了？」

「我把過去都割斷了。」

「割得斷嗎？」

「割不斷也得割斷，我就當已經割斷了。」

你笑了。

「有什麼可笑的？」她又輕聲說，「我還是有些可惜，你知道那一頭多好的頭髮。」

「這樣也很好，更輕鬆，你不必老用嘴去吹，吹得夠煩人的。」

這一回是她笑。

「你別總頭髮不頭髮，講點別的好不好？」

「講什麼呢？」

「講你那鑰匙呀，你不是丟了嗎？」

「又找到了。當然也可以這麼說，丟就丟了，丟了又何必再找。」

「割斷就割斷了。」

「你說的是頭髮？我可說的是鑰匙。」

「我說的是記憶。你我真是天生的一對，」她抿住嘴。

「可總差那麼一點。」

「怎麼叫差一點？」

「我不敢說你比我差，我是說總擦肩而過。」

「我這會兒不是來了？」

「沒準馬上起身又走。」

「也可以留下不走。」

「那當然很好。」你反而有些尷尬。

「你這人就是只說不做。」

「做什麼？」

「做愛呀，我知道你需要的是什麼。」

「是愛？」

「是女人，你需要一個女人，」她竟這樣坦然。

「那麼，你呢？」你盯住她的眼睛。

「也一樣，需要一個男人，」她眼睛裡閃著挑戰的光。

「一個，恐怕不夠，」你有些猶豫。

「那就說需要男人。」她來得比你乾脆。

「這就對了，」你輕鬆了。

「一個女人和一個男人在一起的時候——」

「世界就存在了。」

「就只剩下情慾。」她接下你的話。

「真服你了，」你這是由衷之言。「那麼，現在正是一個男人和一個女人在一起——」

「那就來一次吧，」她說。「你把窗簾拉起來。」

「你還是要在黑暗中？」

「可以忘掉自己。」

「你不是什麼都忘了，還害怕你自己？」

「你這個人真沒勁，又想又不敢。還是讓我來幫助你吧。」

她走到你跟前，撫弄你的頭髮。你把頭埋在她懷裡，低聲說：

「我來把窗簾拉起來。」

「不用。」

她搖晃身體，低頭，一手把牛仔褲的拉鏈嘩的一聲拉開。你看見了內褲花邊綁緊的細白的肉體中一個漩渦，把臉貼上去，吻住柔軟的小腹，她按住你的手，說：

「不要這樣性急。」

「你自己來？」

「是的，這不更刺激？」

她把罩衫從頭上扯下，還習慣擺了擺頭，她那一頭短髮已沒有這必要。她全都褪光了，亮出同她頭髮一樣烏黑的一叢閃著光澤蓬鬆的茸毛，站在你面前的一攤衣物之中，只剩下一副脹滿的乳罩。她雙手伸轉到脊背上，皺起眉頭埋怨道：

「你怎麼連這都不會？」

你被她怔住了，一時沒明白過來。

「獻點殷勤呀！」

你立刻站起，轉過她的身子，替她解開搭扣。

「好了，現在該你了，」她舒了口氣，說著便走到你對面的扶手椅前坐下，目不轉睛直望著你，嘴角透出一絲隱約的嘲笑。

「你是個女鬼！」你憤憤甩著脫下的衣服。

「是一個女神。」她糾正。

她赤身裸體，居然顯得那麼莊嚴，一動不動，等你接近。隨後才閉上眼睛，讓你吻遍她全身。你喃喃吶吶想說點什麼。

「不，什麼也別說！」

她緊緊摟住，你於是默默融入她身體裡。

半個小時，也許是一個小時之後，她從床上坐起，問：

「有咖啡嗎？」

「在書架上。」

她沖好了一大杯，用勺子攪拌，到你床邊坐下，看著你喝下滾熱的一口，說：

「這不很好嗎？」

你沒話可說。她自己津津有味喝著，彷彿什麼事情也沒有發生。

「你是個奇怪的女人，」你望著她豐滿的乳房上瀰散開的乳暈說。

「沒什麼可奇怪的，一切都很自然，你就需要女人的愛。」

「不要同我談女人和愛，你同誰都這樣？」

「只要我喜歡，又趕上我有情緒。」

她那平淡的語氣激怒了你，你想丟出幾句刺傷她的話，卻只說出了一句：

「你真蕩！」

「你不要的就是這樣？只不過沒有女人來得方便。女人要是看穿了，爲什麼不也享受享受？你還有什麼可說的？」

她把手中的杯子放下，將一對褐色碩大的乳頭轉向你，懷著一種憐憫的神情對你說：

「真是個可憐的大孩子，你不想再來一次？」

「爲什麼不？」

你迎向她。

「你總該滿足了吧？」她說。

你想點點頭，代替回答，只覺得一種適意的睏倦。

「你說點什麼吧？」她在你耳邊央求。

「說什麼呢？」

「隨便什麼。」

「不說那鑰匙？」

「只要你有的可說。」

「這鑰匙可以這麼說——」

「我聽著。」

「丟了就丟了。」

「這也已經說過了。」

「總之他出門上街去了——」

「街上怎麼了？」

「滿街上人都匆匆忙忙。」

「說下去！」

「他有點詫異。」

「詫異什麼？」

「他不明白人都忙些什麼？」

「他們就好這樣忙忙碌碌。」

「難道有這必要？」

「他們要不忙點什麼就止不住心裡發慌。」

「是這樣的，所有的人臉上都有種古怪的表情，都滿腹心事，」

「還非常莊嚴，」

「莊嚴走進商店，又莊嚴出來，莊嚴夾一雙拖鞋，莊嚴掏一把零錢，莊嚴買一根雪糕，」

「吸吮得也莊嚴，」

「別講雪糕，」

「是你講起的，」

「你不要打岔，我講到哪兒了？」

「講到掏一把零錢，在小攤販前莊嚴討價還價，莊嚴，還莊嚴什麼呢？還有什麼可莊嚴的？」

「對著小便池撒尿，」

「然後？」

「店鋪全都關了門，」

「人又都匆匆忙忙往家趕，」

「他並不急著要去哪裡，他似乎也有個可回的地方，人通常稱之爲家，爲了得到這間房，他還同管房子的吵了一架，」

「他總算有了一間房，」

「可鑰匙卻找不到了，」

「門不是還開著？」

「問題是他是否非回去不可？」

「他就不能隨便在哪裡過夜？」

「像一個流浪漢？像一陣風，在這城市的夜裡隨意飄盪？」

「隨便跳上一趟火車，就由它開往哪裡！」

「他根本不曾想過，一程又一程，興之所來，想到哪裡就哪裡下，」

「找那麼個人，熱熱烈烈愛上一回！」

「瘋狂到筋疲力歇，」

「死了也値得，」

「是這樣的，晚風，從四面八方來，他站在一個空場子上，聽到一種聲音，蕭蕭索索，他分不清究竟是風聲還是心聲，他突然覺得他丟去了一切負擔，得到了解脫，他終於自由了，這自由原來竟來自他自己，他可以一切從頭做起，像一個赤條條的嬰兒，掉進澡盆裡，蹬著小腿，率性哭喊，讓這世界聽見他自己的聲音，他想盡情哭鬧一番，卻又發覺他徒有一個軀殼，內裡空空，竟呼喊不出，他就望著空盪盪的廣場上站著的不知要去哪裡的他自己的那個軀殼，他該招呼一聲，拍拍他的臂膀，開他個玩笑，可他知道這時候只要碰碰他，就會喪魂落魄，」

「像夢遊一樣，靈魂出了竅，」

「他這才明白，他原來的痛苦都來自這軀殼，」

「你想驚醒他？」

「又怕他承受不了，你小時候聽老人說過，對夢遊的人，只要從頭頂澆一桶冷水，就會死掉，你遲遲不敢下手，手都舉了起來，又遲疑了，還是沒敢拍他肩膀，」

「爲什麼不把他輕輕弄醒？」

「你只在他身後，跟隨他那軀殼，他似乎又還要到什麼地方去了，」

「還回他那個家？他那個房間？」

「你說不清楚，只跟著他走，穿過一條大街，進入一條巷子裡，從另一頭出來，又到了大街上，又進入另一個巷子裡，又從這巷子裡再出來，」

「又還回到原來的街上！」

「眼看快要天亮，」

「就再來一次吧，再來一回……」

六十五

我早已厭倦了這人世間無謂的鬥爭，每一次美其名曰所謂討論，爭鳴、辯論，不管什麼名目，我總處於被討論，挨批判，聽訓斥，等判決的地位，又白白期待扭轉乾坤的神人發善心干預一下，好改變我的困境。這神人好不容易終於出場了，卻不是變臉，就轉身看著別處。

人都好當我的師長，我的領導，我的法官，我的良醫，我的諍友，我的裁判，我的長老，我的神父，我的批評家，我的指導，我的領袖，全不管我有沒有這種需要，人照樣要當我的救主，我的打手，說的是打我的手，我的再生父母，既然我親生父母已經死了，再不就儼然代表我的祖國，我也不知究竟何謂祖國以及我有沒有祖國，人總歸都是代表。而我的朋友，我的辯護士，說的是肯爲我辯護的，又都落得我一樣的境地，這便是我的命運。

可我又充當不了抗拒命運的那種失敗的英雄的悲劇角色，我倒是十分敬仰總也不怕失敗，碰得頭破血流，拎著腦袋爬起來再幹像刑天一樣的勇士，卻只能遠遠望著，向他們默默致敬或者致哀。

我也當不了隱士，說不清爲什麼又急著離開了那上清宮，是忍受不了那清淨無爲？是沒有耐心看那藏經閣裡多虧幾位老道求情才沒被劈了當柴燒殘存的幾千冊明版的《道藏》刻版？還是懶得再打聽那些飽經滄桑的老道們的身世？也怕去刺探那些年輕道姑內心的隱祕？還是爲了別敗壞自己的心境？看來，充其量我只不過是個美的鑑賞者。

我在海拔四千多公尺通往西藏的一個道班裡烤火。這道班只有一幢裡面被煙子熏得烏黑的石頭房子，前去便是冰雪皚皚的大雪山。公路上來了一輛客車，熱熱鬧鬧下來了一群人，有挎背包的，有拿小鐵榔的，也有背個標本夾子的，像是來實習考察的大學生。他們朝窗戶都堵死了的這黑屋子裡探了一下頭，都走開了，只進來了一位打著把紅布小傘的姑娘，外面正在飄雪。

她可能以爲我是這裡的養路工，進門就向我要水喝。我拿起一把鐵勺，從吊在石塊圍住的火堆上長滿油煙黑毛的鐵鍋裡舀了一勺遞給她。她接過就喝，哇的叫了一聲，燙著了嘴。我只好道歉。她湊近火光，看了看我，說：

「你不是這裡的人吧？」

她裹在毛圍巾裡的臉蛋凍得紅撲撲的，我進這山裡還沒見過膚色這麼鮮豔奪目的姑娘，想逗逗她：

「你以爲山裡人不會道歉？」

她臉更紅了。

「你也來實習的？」她問。

我不好說我能當她老師，便說：

「我是來拍照片的。」

「你是攝影師？」

「就算是吧。」

「我們來採集標本。這裡風景真好！」她感嘆道。

「是的，沒得說的。」

我大概也就是美的鑑賞者，見了這麼漂亮的姑娘，沒法不動心，便提議道：

「我能給你拍張照片嗎？」

「我可以打傘嗎？」她轉動著小紅傘問。

「我這是黑白膠卷。」我沒說我買的是整盤的電影膠片次品，自己剪了裝的卷。

「不要緊，真正搞藝術攝影的都用黑白卷，」她好像還挺在行。

她跟我出了門，半空中飛舞著細小的雪花，她頂風撐住豔紅的小傘。

當時山外雖說已經是陽春五月，這山坡上積雪還未化盡。殘雪間到處長的開紫色小花的貝母，間或有那麼一叢叢低矮的深紅的景天。裸露的岩石下，一棵綠絨蒿伸出毛茸茸的花莖，開出一大朵厚實的黃花。

「就在這兒吧，」我說，背景上的大雪山早晨還皚皚分明，此刻在細雪中灰濛濛的成了個虛影。

「我這樣好嗎？」她歪頭，擺弄姿勢，山風遒勁，雨傘總也抓不穩。

她抓不住傘抗抵山風的時候模樣更好。

前面有一條涓涓細流，結著薄冰，水邊上的高山毛茛大朵大朵的黃花開得異常茂盛。

「往那邊去！」我指著水流喊。

她邊跑邊同風奪傘，我拉近了鏡頭。她氣喘吁吁，雪花又變成霧雨，毛圍巾和頭髮上都結著閃亮的水珠。我給她打了個手勢。

「完了？」她頂風大聲問，睫毛上水珠晶瑩，這模樣最好，可惜膠卷已經到頭了。

「這照片你能寄給我嗎？」她滿懷期望。

「如果你留給我地址的話。」

開車之前，她跑進車裡，從車窗遞給我一張從筆記本裡撕下來的一頁，寫著她的姓名和在成都某街的門牌，還說歡迎我去，擺擺手告別了。

我之後回到成都，經過這條老街，我記得她那門牌號，從這門前經過卻沒有進去。之後也沒把照片寄給她。我那一大堆膠卷沖出來之後，除少數幾張有特定的需要，大都未曾印放成照片。我不知道我會不會有一天去放印這許多照片，也不知道放印出來她是否還那麼動人。

我在武夷山的主峰黃崗山，接近山頂的那片亞高山草甸下方的針葉林帶拍到了一棵俊

樹精

美的落葉松。主幹在半截的高度斷然分爲幾乎水平的兩根枝幹，像鼓動翅膀正要騰飛的一隻巨大的隼，兩翼正中的一個樹節看上去恰如頭喙在向下俯視。

自然造物就這樣奇妙，不僅顯現出如此生動的性靈和精緻而瞬息變化的女性美，也製造邪惡。也在這武夷山南麓的自然保護區裡，我見到了一棵巨大而老朽的榧子樹，樹心上下全空朽了，蟒蛇足可以做窩，鐵黑的軀幹只橫腰斜伸出的幾根枝杈，還抖動點暗綠的小葉片。斜陽西下，山谷浸在陰影裡，它高高突出在被夕陽映照得碧橙一片看去細柔的竹海之上，那些折斷了的老朽的烏黑枝椏，肆意恣張，活脫一個邪惡的鬼怪。這張照片我倒是洗印出來了，每次翻到都讓我心裡一陣陰冷，不能久看。我明白是它泛起我靈魂深處陰森的一面，令我自己都畏懼。可無論在美與邪惡面前，我也只能望而卻步。

我在武當山見到了也許是最後一位正一派的老道，正像是這種邪惡的化身。我在進山的路上那個叫老營的地方打聽到他的。毀於兵火的明皇室的碑庭院牆外，搭的半間破屋，一位老道姑棲身在那裡。我向她了解這座道教名山早年的盛況，談到了道教的正宗。她說正一派的老道如今只剩下一位，八十多歲了，從不下山，終年廝守在金頂上，就沒有人敢動他分毫。

我趕清晨第一趟班車從這裡到了南崖，再沿山路爬到金頂，已過正午。陰雨天山頂上很冷，見不到遊人。在清冷曲折的迴廊裡我轉了一圈，門不是從裡面插上便都掛著鐵鎖。只有一扇釘著鐵條的厚重的門還露出一線門縫。我一使勁，竟推開了。蓬髮滋鬢穿著長袍的一位老者從炭火盆邊上轉身站了起來。他身高體寬，面膛紫黑，一股凶煞氣，惡狠狠問道：

「做什麼的？」

「請問，您是這金頂的住持？」我語氣盡量客氣。

「這裡沒有住持！」

「我知道這裡道觀還沒恢復活動，您是不是此地早先的道長？」

「這裡沒有道長！」

「那麼請問您老人家是道士嗎？」

「道士又怎麼樣？」他黑白相雜的眉毛也滋張著。

「請問您是正一派的嗎？我聽說只有這金頂上還有一位——」

「我不管什麼派！」

他不等我說完，便關門轟我出去。

「我是記者。」我只好趕緊說，「現今政府不是說要落實宗教政策，我也許能幫您反映點情況？」

「我不知道什麼記者不記者的！」他把門砰的合上了。

其時，我看見房裡火塘邊還坐著一位老婦人和一個年輕姑娘，不知是不是他的家人。我知道正一派道士可以娶妻養育兒女，乃至於種種男女合而修煉的房中術，我止不住以最

樹怪

大的惡意去揣度他。他濃眉滋生下的眼睛睜睜恰如一對銅鈴，聲音也粗厚洪亮，咄咄逼人，顯然武功在身，無怪多年竟無人敢觸動他。我即使再敲門未必有更好的結果，只得順著岩壁上鐵鍊防護的狹窄的山道，繞到黃銅澆鑄的金殿上。

山風夾著細雨，嗚嗚吼叫。我轉到殿前，見到個粗手大腳的中年婦人，面對鎖閉的這座銅殿，拱手禮拜。她一身裝束像個農婦，可那派擺開的架式全然是跑慣江湖的女流之輩。我信步走開，倚著穿在石柱間的鐵欄杆上，佯作觀賞風光。山風呼嘯，盤結在岩縫裡橫生的矮小松樹都抖動不已。一陣陣雲霧掠過下面的山道，時不時顯現一下這麼黑森森的林海。

我轉身看了一眼，她叉開兩腿正在我身後站樁，眼睛細閉，表情木然。他們自有一個我永遠也走不進去對我封閉的世界，他們有他們生存和自衛的方式，游離在這被稱之爲社會之外。我卻只能再回到眾人習以爲常的生活中去苟活，沒有別的出路，這大概也是我的悲哀。

我順著山道往下走，平坡上有一家飯館，還開著門，沒有遊客，只有幾個穿白褂子的服務員圍在一張桌上吃飯。我沒有進去。

山坡上，有一口倒扣在泥土裡的大鐵鐘，足有一人多高。我用手拍了拍，紮紮實實、沒有一絲回響。這裡想必曾有一座殿堂，如今只滿目荒草在風中抖索，我順山坡下去，見到一條陡直下山的石道。

我止不住腳步，越下越快，十多分鐘光景便進入一片幽靜的山谷。石級兩邊林木遮天，風聲隱退，甚至感覺不到濛濛的細雨，那雨或許只在山頂的雲霧之中。林子裡越來越陰暗，我不知是不是進入了在金殿前俯視時霧雨中顯現的那片黑森林，我也不記得來時上山走過這樣的路，回頭看看陡直下來的無數石級，再一級一級爬上去尋來路又太吃力了，不如索性這樣墮落下去。

石級越見頹敗，不像來時的山路多少經過修整，我明白我已轉到山陰，只聽任兩腳急步下跑，人臨終時靈魂通往地獄大抵也是這樣止不住腳步。

起初我心裡還有點遲疑，時不時扭頭回顧一下，爾後被地獄的景象迷惑，再也顧不上思考。陰森的山道兩旁，兩行石柱的圓頂越來越像一顆顆剃光的腦袋。幽谷深處更見潮濕，石柱歪歪斜斜，石頭又都風化了，更像兩排擱在柱子上的頭骨。我擔心是否當時對老道心頭不潔淨引起他的詛咒，對我施加了法術，令我墜入迷途，恐怖從心底油然而起，神智似乎錯亂。

繚繞的霧氣在我身前身後瀰漫開來，林子裡更加陰森，橫三豎四潮濕的石條和灰白泛光的石柱如同屍骸。我在一具白骨中穿行，腳步登登不聽使喚，就這樣不可遏止墮入死亡的深淵裡，脊背直在冒汗。

我必須煞住腳步，趕緊離開這山道，不顧林中荊棘叢生，借一個拐彎處一頭衝進林子裡，抱住一棵樹幹，才煞住腳步。臉和手臂火辣辣有些疼痛，臉上流動的可能是血。我抬

原始林相

頭見樹幹上竟長了一隻牛眼，逼視著我。我再環顧，周圍遠近的樹幹都睜開一隻又一隻巨大的眼睛，冷冷俯視。

我必須安慰自己，這不過是一片漆樹林，山裡人割過生漆之後廢棄了才長成這幽冥的景象。我也可以說，這僅僅是一種錯覺，出於我內心的恐懼，我陰暗的靈魂在窺探我自己，這一隻隻眼睛不過是我對自己的審視。我總有種被窺探的感覺，令我周身不自在，其實也是我對於自身的畏懼。

回到山道上，路上飄著細雨，石條都濕漉漉的，我不再看，只盲目走下去。

六十六

對死亡最初的驚慌，恐懼，掙扎與躁動過去之後，繼而到來的是一片迷茫。你迷失在死寂的原始林莽中，徘徊在那棵枯死了只等傾倒的光禿禿的樹木之下。你圍著斜指灰濛濛上空的這古怪的魚叉轉了許久，不肯離開這惟一尚可辨認的標誌，這標誌或許也只是你模模糊糊的記憶。

你不願意像一條脫水的魚釘死在魚叉上，與其在搜索記憶中把精力耗盡，不如捨棄通往你熟悉的人世這最後的維繫。你自然會更加迷失，畢竟還抱有一線生機，這已是非常明白的事。

你發現你在森林和峽谷的邊緣，又面臨最後一次選擇，是回到身後茫茫林海中去，還是就下到峽谷裡？陰冷的山坡上，有一片高山草甸，間雜稀疏灰暗的樹影，烏黑崢嶸處該是裸露的岩石。不知爲什麼陰森的峽谷下那白湍湍的一線河水總吸引你，你不再思索，甩開大步，止不住跑了下去。

你即刻知道再也不會回到煩惱而又多少有點溫暖的人世，那遙遠的記憶也還是累贅。你無意識大喊一聲，撲向這條幽冥的忘河，邊跑邊叫喊，從肺腑發出快意的吼叫，全然像一頭野獸。你原本毫無顧忌喊叫著來到世間，爾後被種種規矩、訓戒、禮儀和教養窒息了，終於重新獲得了這種率性盡情吼叫的快感，只奇怪竟然聽不見自己的聲音。你張開手臂跑，吼叫，喘息，再吼叫，再跑，都沒有聲息。

你看見那湍白的一線也在跳躍，分不清哪是上端哪是下方，彷彿在飄搖，又消融在煙雲之中，沒有輕重，舒張開來，得到了一種從未體驗過的解脫，又有點輕微的恐懼，也不知恐懼什麼，更多是憂傷。

你像是在滑翔，迸裂了，擴散開，失去了形體，悠悠然，飄盈在深邃陰冷的峽谷中，又像一縷游絲，這游絲似乎就是你，處在不可名狀的空間，上下左右，都是死亡的氣息，你肺腑寒徹，軀體冰涼。

你摔倒了，爬起來，又吼叫著再跑。草叢越來越深，前去越加艱難。你陷入灌叢之中，用手不斷分開枝條，撥亂其間，較之從山坡上直衝下來更費氣力，而且需要沉靜。

你疲憊極了，站住喘息，傾聽嘩嘩的水聲。你知道已接近河邊，你聽見漆黑的河床中灰白的泉水洶湧，濺起的水珠一顆顆全像是水銀閃閃發亮。水聲並非嘩嘩一片，細聽是無數的顆粒在紛紛撒落，你從來沒這樣傾聽過河水，聽著聽著居然看見了它的映像，在幽暗中放光。

你覺得你在河水中行走，腳下都是水草。你沉浸在忘河之中，水草糾纏，又像是苦惱。此刻，一無著落的那種絕望倒也消失了，只雙腳在河床底摸索。你踩著了卵石，用腳趾扒緊。真如同夢遊，在黑幽幽的冥河中，惟有激起水花的地方有一種幽藍的光，濺起水銀般的珠子，處處閃亮。你不免有些驚異，驚異中又隱約歡欣。

隨後你聽到了沉重的嘆息，以爲是河水發出的，漸漸辨認出是河裡溺水的女人，而且不止一個。她們哀怨，她們呻吟，一個個拖著長髮從你身邊淌過，面色蠟白，毫無一點血色。河水中樹根的空洞叫水浪拍打得咕嚕咕嚕作響的地方，有一個投水自盡的女孩，她頭髮隨著水流的波動在水面上飄盪。河流穿行在遮天蔽日的黑魆魆的森林裡，透不出一線天空，溺水的女人都嘆息著從你身邊淌走，你並不想拯救她們，甚至無意拯救你自己。

你明白你在陰間漫遊，生命並不在你手中，你所以氣息還延續，只出於一種驚訝，性命就懸繫在這驚訝的上一刻與下一刻之間。只要你腳下一滑，腳趾扒住的石頭一經滾動，下一腳踩不到底，你就也會像河水漂流的屍體一樣淹沒在冥河裡，不也就一聲嘆息？沒有更多的意義。你也就不必特別留心，走著就是了。靜靜的河流，黑死的水，低垂的樹枝上的葉子掃著水面，水流一條一條的，像是在河水漂洗被沖走的被單，又像一條條死狼的皮，都在這忘河之中。

你同狼沒有多大的區別，禍害夠了，再被別的狼咬死，沒有多少道理，忘河裡再平等不過，人和狼最後的歸宿都是死。

這發現令你多少有些快活，你快活得想大喊一聲，喊叫又沒有聲音，有聲音的只是河水咕嘟咕嘟拍著樹根下的空洞。

空洞又從何而來？水域漫無邊際，並不很深，卻沒有岸邊。有個說法，苦海無邊，你就在這無邊的苦海中蕩漾。

你看見一長串倒影，誦經樣唱著一首喪歌。這歌並不真正悲痛，聽來有點滑稽，生也快活，死也快活，這都不過是你的記憶。遙遠的記憶中來的映象，又哪有什麼誦經的唱班？細細聽來，這歌聲竟來自苔蘚底下，厚厚的好柔軟的苔蘚起伏波動，覆蓋住泥土。揭開一看，爬滿了蟲子，密密麻麻，蠢動跑散，一片令你噁心的怪異。你明白這都是屍蟲，吃的腐爛的屍體，而你的軀體早晚也會被吃空，這實在是不怎麼美妙的事情。

六十七

我由兩位朋友陪同，在這河網地帶已經遊蕩了三天。走幾十里路，搭一段車，乘一程船，全然由著性子，到這市鎮上來純屬偶然。

我新交結的這位朋友是位律師，當地的風土人情，社會官場，沒有不熟悉的。他帶上的女友，這年輕女人更一口吳儂軟語，由他們領著，在這水鄉市鎮遊玩，再鬆心不過。我這流浪漢在他們眼裡竟成了一位名士，他們說，陪我玩藉此也樂得逍遙。他們雖然各自都有家室掛牽，用我這位律師朋友的話說，人本是自由的鳥兒，何苦不尋些快活？

他才當了兩年律師，被人遺忘了的這行業重新開張時，他報考上了，便辭掉原來的公差。他一心想將來自己開個律師事務所，說這同作家一樣，本是個自由的職業，想爲誰辯護就爲誰受理，多少有點自己的意志。他可惜無法爲我辯護，說是有朝一日，法制健全了，我要打官司，儘可找他出面。我說我這本不成其爲官司，一沒有銀錢糾紛，二沒有傷人毛髮，三沒損人名譽，四沒有偷盜詐騙，五沒販賣毒品，六沒有強姦婦女，原本用不著打的，可要打也注定打不贏。他揮揮手說，他知道，不過說說罷了。

「做不到的事，不要瞎許願，」他這位女友說。

他望著她，眨眨眼睛，轉而問我：

「你不覺得她特別漂亮？」

「別聽他的，他有的是女朋友，」他這女友也對我說。

「說你漂亮又有什麼不對？」

她便伸手佯裝打他。

他們挑了一家臨街的酒樓，請我吃的晚飯。吃完已夜裡十點多鐘，又上來了四個青年，一人要了一大碗白酒，叫了一桌的菜，看來不喝到半夜，不會罷休。

下樓來街上的一些雜貨鋪和吃食店燈光通明，還未打烊，這市鎮又恢復了早年的熱鬧。一天下來，此刻要緊的是找一家清爽的旅店，洗一洗，再泡上一壺茶，解解疲乏，鬆散一下，或靠或躺，聊聊閒天。

第一天，跑了幾個還保留明代舊居建築群落的老村子，看看舊戲台，找那麼個祠堂，給老牌坊拍照，認殘碑，訪遺老，又進了幾座村人集資翻新或新建的廟子，順帶抽籤看卦。晚上在一個小村子邊上一家剛蓋的新屋裡過的夜。主人是個退伍的老兵，歡迎大家來作客，還做了菜飯，陪坐，講了一通他當年參加剿匪的英勇事蹟。然後又講到本地江湖早年土匪的故事。直到見眾人都乏了，才領到還沒打隔斷的樓板上，鋪上新鮮稻草，抱來幾床被褥，說是要點燈的話，小心火燭。也就沒有要燈，由他把煤油燈拿到樓下，黑暗中各自躺倒。他們兩位嘀嘀咕咕還說了一會話，我不知不覺睡著了。

第二夜，頭頂星光，走到一個鄉鎮，敲開了一家小客店，只有個値班的老頭，沒有其他旅客。幾間客房門都開著，三人各挑了一間。我這律師朋友又到我房裡來聊天，他那位女友也說她那空盪盪的房裡她一人害怕，也撿一張空床，躺進被子裡，聽他同我閒扯。

他有一大堆離奇的新聞，不像那老兵的那些故事都老得沒牙。他利用做律師的方便，看過案卷口供和筆錄，有的犯人他還直接有過接觸，說起來更繪聲繪色，特別是一些性犯罪的案件。他那位女友像貓一樣蜷曲在被窩裡，老問是真的嗎？

「怎麼不是真的？我自己就問過好些案犯。前年打擊流氓罪犯，一個縣抓了八百，絕大部分都是青少年性苦悶，夠不上判刑，真夠上死罪的更是極少。可一槍斃就幾十，上面下來的指標，連公安局裡有些頭腦清醒的幹部都覺得爲難。」

「你爲他們辯護了嗎？」我問。

「我辯護又有什麼用？打擊刑事犯罪也搞成政治運動，那就沒法不擴大。」

他從床上坐起，點上一支菸。

「說說那裸體舞的事，」他那女友提醒他。

「有一個城郊生產隊的糧倉，現今田都分了，打下的穀子人囤在自家屋裡，空著沒用。每逢星期六，天一黑，總有一大幫城鎮的青年，騎自行車，開摩突的，後座上再帶個女孩子，拎個錄音機，進裡面跳舞。門裡有人把著，當地農村的都不放進去。穀倉的氣窗很高，從外面也搆不著。村裡人好奇，夜裡有人搬了個梯子爬上去，裡面漆黑，什麼也看不見，只聽見音樂響，就報告了。公安局出動，突擊清查，一下抓了一百多，大都是二十歲上下的，有當地幹部的子弟、青工、小商販、售貨員和無業青年，還有少數未成年的男女中學生，後來都判刑的判刑，勞動教養的勞動教養，還槍斃了好幾個。」

「他們真跳裸體舞？」她問。

「有跳的，大部分都有些輕微的性行爲，當然也有在裡面性交的，有一個女孩子，只二十剛出頭，她說她有二百多人次，也真叫瘋狂。」

「那她怎麼還記得？」還是她問。

「她說她後來麻木了，她只計算次數。我見過她，同她談過。」

「你沒有問她爲什麼到這地步？」我問。

「她說她最初是好奇，去這舞會之前，她並沒有性經驗，但一開了閘門，就收不住了，這是她原話。」

「這倒是真話。」她躺在被窩裡說。

「她什麼模樣？」我問。

「看上去，你不會相信，平平常常，那張臉你甚至會覺得有點平淡，沒什麼表情，不像放蕩的樣子，剃了光頭，穿著囚服，看不出她的身材體型，總之個子不高，圓圓的臉，只是說話沒一點顧忌，你問她什麼，她說什麼，不動聲色。」

「那當然……」她低聲說。

「後來，斃了。」

大家都沉默了。過了好一會，我問：

「什麼罪名？」

「什麼罪名？」他自問自，「還不是流氓教唆犯，她不僅自己去，還帶別的女孩去。當然，後來這幾個也都有過這種事。」

「問題是她有沒有誘姦或幫助別人強姦的行爲？」我說。

「嚴格的說，那裡強姦是沒有的，我看過供詞，但是誘姦這就很難說了。」

「在那種情況下……這都很難說得清，」她也說。

「那麼她的動機？不是說她自己，她帶別的女孩子去，出自於一種什麼樣的心理？或者，有沒有別的男人要她這樣做，或是給了她錢財收買她？」

「這我也問過，她說她只是同和她有過關係的男的一起吃飯喝酒玩過，她沒收過別人的錢，她自己有工作，好像在一個藥房或什麼診所裡管藥，她受過教育——」

「這同教育沒有關係。她不是妓女，只是心理有病，」她打斷了。

「什麼病？」我轉而問她。

「這還用問？你是作家。她自己墮落了，就希望她身邊的女人都墮落。」

「我還是不明白，」我說。

「你其實什麼都明白，」她頂回我。「性慾人人都有，只不過她很不幸，她肯定愛過什麼人，又得不到，就想報復，先在她自己身上報復……」

「你也想嗎？」律師扭頭問她。

「我要是落到那一步，就先殺了你！」

「你那麼狠嗎？」他問。

「誰心裡都有些非常殘酷的東西，」我說。

「問題是能不能夠上死罪？」這律師說，「我認爲原則上只有殺人縱火販毒犯才能判死刑，因爲這造成了別人的死亡。」

「強姦犯也就沒有罪？」她爬起問。

「我沒有說強姦犯沒罪，我認爲誘姦是不成立的，誘姦是雙方的事。」

「誘姦少女也沒有罪？」

「得看少女的定義是什麼，如果是十八歲成年以前。」

「可十八歲以前難道就沒有性慾？」

「法律總得有一個界定。」

「我不管法律不法律。」

「可法律管著你。」

「管我什麼？我又不犯罪，犯罪的都是你們男人。」

律師和我都笑了起來。

「你笑什麼？」她衝著他去。

「你比法律還過分，連笑也管？」他扭頭反問她。

她不顧只穿著內衣，撐起胳膊，盯住問他：

「那你老實交代，你嫖過妓女沒有？你說！」

「沒有。」

「你說說那熱湯麵的事！讓他判斷判斷。」

「那有什麼？不過就是一碗熱湯麵。」

「天知道！」她叫道。

「怎麼回事？」我當然好奇。

「妓女並不都只看錢，也一樣有人情。」

「你說你請她吃熱湯麵了沒有？」她打斷他。

「請了，只是沒有睡覺。」

她撇了一下嘴。

他說是一天夜裡，下著小雨，街上只有極少幾個行人。他看見路燈燈柱下站著個女人，便去試著招惹她。沒想到還真跟他走了一程，路邊上有個張著個大油布傘的賣餛飩湯麵的擔子。她說她想吃碗熱麵。他便陪她一人吃了一碗，他當時身上沒有帶更多的錢。他說他沒有同她睡覺，可他知道隨便他領她到哪裡她都會跟他走。他只同她在路邊堆著的修下水道用的泥管子上坐了一會，摟住她聊了會天。

「她年輕漂亮嗎？」她朝我使了個眼色。

「也就二十來歲，長的個朝天鼻子。」

「你就那麼老實？」

「我怕她不乾淨，染上病。」

「這就是你們男人！」她憤憤然躺下了。

他說他真有些可憐她，她穿得單薄，衣服都濕了，雨天裡還是很冷的。

「這我完全相信。人身上除了殘酷的東西，也還有善良的一面，」我說，「要不怎麼是人呢？」

「這都在法律之外，」他說，「可法律如果把性慾也作爲有罪的話，那人人都有罪！」

她則發出了一聲輕輕的嘆息。

從飯館出來，走完了半條街，到了一座石頭拱橋前，沒見到一家旅店。河岸上只在橋頭有一盞暗淡的路燈。眼睛稍許習慣之後，才發現石條岸邊河裡還停著一排烏篷船。

小橋上過來了兩個女人，從我和他身邊走過。

「你看，就是幹那個的！」這律師的女友抓了一下我的胳膊，悄悄說。

我未曾留意，趕緊回頭，卻只見梳得光亮的頭髮上別的個塑料花夾子的後腦勺和另一個女人半邊臉，像是抹過粉脂，身材都矮而胖。

我這位朋友盯住看了一會，見她們肩挨肩緩緩走遠了。

「她們主要招徠船工，」他說。

「你能肯定？」我詫異的是如今這小市鎮上公然也有。我原先只知道她們出沒在一些中大城市的車站碼頭附近。

「一眼就看得出來，」他這女友說，女人天生敏感。

「她們有暗語，對上就可以成交，都是附近農村的，夜裡掙點閒錢，」他也說。

「她們看見我在，要只你們兩個男的，會主動上來搭話。」

「那麼也就有個場所，跟她們上村子裡？」我問。

「她們附近肯定有條船，也可以跟人上旅店去。」

「旅店也公開做這交易？」

「有串通好了的。你一路沒遇到過？」

我於是想起有一位要進京告狀的女人，說沒車錢買票，我給過她一塊錢，可我不敢肯定。

「你還做什麼社會調查？如今是什麼都有。」

我只能自愧不如，說我做不了什麼調查，只是一頭喪家之犬，到處亂竄，他們都開心笑了。

「跟著我，領你好好玩玩！」

他又來主意了，大聲朝河下暗中招呼：

「喂！有人沒有？」

他從石砌的河岸跳到一條烏篷船上。

「做什麼的？」篷子裡一個悶聲悶氣的聲音。

「這船夜裡走不走？」

「去哪裡？」

「小當陽碼頭，」他來得個快，信口報出個地名。

「出多少錢？」一個赤膊的中年漢子從篷子裡鑽出來。

「你要多少吧？」

於是討價還價。

「二十塊。」

「十塊。」

「十八塊。」

「十塊。」

「十五塊。」

「十塊。」

「十塊不去。」

那男人鑽回篷子裡。裡面傳來女人低聲說話的聲音。

大家面面相覷，又都搖搖頭，卻止不住笑聲。

「就到小當陽碼頭，」另一個聲音，隔著好幾條船。

我這朋友向我和她做了噤聲的手勢，大聲答道：

「十塊錢就去！」他純粹在開心。

「到前頭上船，等我把船撐過去。」

他還真知道價錢。一個披著件褂子的人影出來了，弄篙撐船。

「怎麼樣？你看，也省得住旅店了，這就叫月夜泛舟！可惜沒有月亮，但不能沒有酒。」

他叫住船家等一會，這幾個又跑回鎮上的小街，買了一瓶大麯，一包鹽水蠶豆和兩支蠟燭，都快快活活跳上了篷船。

撐船的是個乾瘦的老頭。掀開篷子，進去，摸黑盤腿坐到船板上。我這朋友，打著打火機，要點蠟燭。

「船上不好點火，」老頭甕聲甕氣說。

「爲什麼？」我以爲有什麼禁忌。

「要把篷子燒著的，」老頭嘟囔。

「燒你的篷子做什麼？」律師說，接連幾下，打火機的火苗都被風吹滅了，他把篷子拉攏一些。

「老人家，燒著了賠你。」他這女友擠在我和他之間，更是快活。大家頓時都添了生氣。

「不好點的！」老頭放下撐篙，進來干預。

「不點算了，黑夜裡行船更有味道，」我說。

律師便打開酒瓶，叉開腿，把一大包鹽水豆擱在船艙底板鋪的竹篙子上。我同他面對面，腳抵腳，遞著酒瓶，她靠在他身上，不時從他手裡接過酒瓶，也喝上一口。平靜的河灣裡只聽見船櫓吱咕作響和攪動河水的聲音。

「那傢伙準在忙乎那事呢。」

「只要多出五塊就肯走，價錢看來也不高。」

「就一碗熱湯麵！」

大家都變得惡毒了。

「自古以來，這水鄉就是煙花之地，你禁得了？這裡的男女都浪著呢，能把他們都殺了？人就這麼活過來的，」他在黑暗中說。

陰沉的夜空開了一陣，亮出星星，後來又昏暗了。船尾總咕嚕咕嚕的搖櫓聲，兩側船幫子上河水時不時輕聲拍打。冷風涼颼颼的，從已經拉攏的篷子前方灌進來，裝化肥的塑料口袋做成的擋風雨的簾子也放了下來。

倦意襲來，三人都蜷曲在船中這段狹窄的船艙裡。我和律師各在一頭，縮向一邊，她擠在兩人中間，女人就是這樣，總需要溫暖。

迷濛之中，我大致知道，兩邊的河堤後面是田地，那沒有堤壩的地方則是長滿葦子的湖蕩。從一個又一個灣汊裡進入到茂密的蘆葦叢中的水道裡，可以殺人沉屍不留痕跡。

畢竟三對一，雖然有一個女的，對方又只是個老頭，儘可以放心睡去，她已經轉過身，我腳踵碰到她的脊背，她屁股緊挨我大腿，都已經顧不得這許多了。

水鄉十月正是成熟的季節，到處總看到乳房的顫動和閃爍潤澤的眼神。她身上就有一種不加矯飾的女人的性感，引誘人去親近，去撫愛。她偎在他懷裡，也肯定感到了我的體溫，一隻手伸過來，按在我腿上，彷彿也給我一點安慰，說不清是輕浮還是仁慈。接著，就聽見一聲吼叫，細聽是一種沉吟，從船尾傳來。本想咒罵的，卻止不住去聽。那是種悲涼的哀號，這靜夜裡，在涼風颼颼的河面上，飄泊在夜空中，就是他，那搖櫓的老頭在唱。唱得那樣專注，從容不迫，並非用的嗓子，聲音從喉嚨深處胸腔裡出來，一種鬱積了許久終於得以釋放的哀號。先含混不清，爾後漸漸聽出些詞句，也都聽不完整，他那吳語方言中還帶著濃厚的鄉音，似乎是儂十七的妹子十八的姑……跟了個娘舅子好命苦……漂漂格……浪浪格……勿一樣……伊格小妮子……好風光……失去了線索，更聽不清楚。

我拍了拍他們，輕聲問：

「聽到了嗎?他唱的什麼？」

他們身子也都在動彈，並沒睡著。

「喂，老頭，你這唱的什麼呀？」律師抽回腿，坐了起來，衝篷子外面大聲問。

撲翅膀的聲音，一隻鳥驚飛起從篷頂上呼呼過去，我拉開點篷子，船正貼著岸邊行進，堤壩的土坎子上灰黑一蓬蓬的大概是種的毛豆。老頭不再唱了，颼颼涼風吹著，我也清醒了，問得比較客氣。

「老人家，你唱的可是歌謠？」

老頭一聲不響，只是搖櫓，船在勻速前進。

「歇一歇，請儂吃酒，唱一段把大家聽聽！」律師也同他拉近乎。

老頭依舊不作聲，還是不緊不慢搖著櫓。

「勿要急，進來吃點酒，暖和暖和，加兩塊鈔票把儂，唱一段把大家聽聽，好勿好？」

律師的話都像投進水裡的石子，沒有回響。難堪也罷，惱怒也罷，船就在水面上滑行，伴隨槳插進水裡帶起的漩渦的汩嚕聲，還有水浪輕輕拍打在船幫上的聲響。「睡吧，」律師的女友柔聲說。

都有些掃興，只好又躺下。這回三人都平躺著，船艙顯得更窄，身體相互貼得也更緊。我感覺到她的體溫，是慾望也許是慈愛。她捏住我的手，也就僅此而已，都不願敗壞已經被敗壞了的這夜的神祕的悸動。她和律師之間，也沒有聲響。我感到了傳播她體溫的軀體的柔軟，悄悄鬱積一種緊張，被抑制住的興奮正在增長，夜就又恢復了那種神祕的悸動。

過了許久，迷濛中又聽見了那種哀號，一個扭曲的靈魂在呻吟，一種慾望之不能滿足，又是困頓又是勞苦，燃燒過的灰燼在風中突然閃亮，跟著就又是黑暗，只有體溫和富

高山草甸

有彈性的觸覺，我和她的手指同時捏緊了，可誰也沒有再出聲，沒人再敢打擾，都屏住氣息，聽著血液中的風暴在呼號，那蒼老的聲音斷斷續續，唱罷女人香噴噴的奶子，又唱女人酥痳痳的腿，但沒有一句能聽得全然真切，捕捉不到一句完整的唱詞，唱得昏昏迷迷，只有氣息和觸覺，一句疊套一句，沒一句完全重複，總又大致是那些詞句，花兒格花蕊漲紅只面孔儂勿弄格倍根荷花根蒂小羅裙白漂漂午格小腰身柿子滋味苦勿苦澀千隻眼睛浪裡蕩天蜻蜓點水勿呀勿牢靠……

他顯然沉浸在記憶裡，用種種感覺來搜尋語言的表達，這語言並非有明確的語義，只傳達直覺，挑動慾念，又流瀉在歌吟之中，像在哀號，又像是嘆息。長長一大段終於終止，她捏住我的手這才鬆開了。大家都沒有動彈。

老頭兒在咳嗽，船身有點搖晃。我坐起推開點篷子，河面上微微泛白，船經過一個小鎮。岸上的房屋一家挨著一家，路燈下門都緊閉，窗戶裡全沒有燈光。老頭在船尾連連咳嗽，船搖晃得厲害，聽得見他在河裡撒尿的水聲。

六十八

你卻還在爬山，將近到山頂筋疲力竭的時候，總想這是最後一次。等你登到山頂片刻的興奮平息之後，竟又感到還未滿足。這種不滿足隨著疲勞的消失而增長，你遙望遠處隱約起伏的山峰，重新生出登山的慾望。可是凡你爬過了的山，你一概失去興趣，總以爲那山後之山該會有你未曾見過的新奇，等你終於登上那峰頂，並沒有你所期待的神異，一樣又只有寂寞的山風。

久而久之，你竟然適應了這種寂寞，登山成了你一種痼疾，明知什麼也找不到，無非被這盲目的念頭驅使，總不斷去爬。這過程之中，你當然需要得到安慰，便生出許多幻想，爲自己編造出一些神話。

你說你在一片石灰崖底下見到一個洞穴，洞口用石塊壘起，差不多封死了，你以爲這就是石老爺屋，裡面住著羌族山民傳說的那位神人。

你說他坐在一張鋪板上，木頭已經朽了，一碰便掉渣。朽木屑捏在手裡濕漉漉的，石屋裡陰濕不堪，石頭壘起的鋪前甚至有一條水流，凡能下腳處全長滿苔蘚。

他身靠石壁，你進去的時候，臉正朝向你，眼窩深陷，瘦得像一根劈柴。那桿有魔法的槍正掛在他頭頂上方，插在石縫裡的一個樹楔子上，伸手就能搆到，槍身一點沒鏽，抹的熊油全成了烏黑的油垢。

「你來幹什麼？」他問。

「來看您老人家。」

你做出恭敬的樣子，甚至顯出幾分畏懼。他不像那種已不明事理小孩子一樣任性的老人，你貌似恭敬哄哄也就夠了。你知道他一旦發作儘可以拿槍殺人，要的就是你對他畏懼。面對他那雙空洞的眼眶，你連眼神都不敢稍稍抬起，生怕透露你有垂涎他那槍的意思，你乾脆連槍也不看。

「看我來幹什麼？」

你說不出要幹什麼，想要幹的又不能說。

「很久沒有人到我這裡來，」他齉聲齉氣，聲音像出自於空洞裡，「來這裡的棧道不是都朽了？」

你說你是從深澗底下的冥河裡爬上來的。

「你們都把我忘了吧？」

「不，」你趕緊說，「山裡人都知道您石老爺，酒後談起，只是不敢來看您。」

你說是勇敢不如說是好奇，聽了便來了，你當然不便這樣說明。傳說既已得到見證，見了他又總還得再說點什麼。

「這裡離崑崙山還有多遠？」

你怎麼問起崑崙山？崑崙山是一座祖山，西王母就住在那裡。虎面人身豹尾，漢墓裡出土的畫像磚這般刻畫她的形象，沉重的漢磚可實實在在。

「啊，再往前去便是崑崙山了。」

他說這話就像人說再往前去就是廁所，就是電影院一樣。

「前去還有多遠？」你斗膽再問。

「前去——」

你等他下文，偷偷望了一眼他那空洞的眼眶，見他那癟嘴蠕動了兩下，又閉上了。你不知道他到底說了沒說，還是準備要說。

你想從他身邊逃開，又怕他突然發作，只好眼睛直勾勾望著他，做出十分虔誠的樣子，彷彿在聆聽他的教導。可他並不指示，或者根本沒可指示的。你只覺得你顏面的肌肉在這種僵局中過於緊張，悄悄把嘴角收攏，讓面頰鬆弛下來，換成一副笑容，還是不見他反應。你於是移動一隻腳，把重心移過去，整個身體不覺在向前傾，你瞅近他深陷的眼窩，眼珠木然，像是假的，或許就是一具木乃伊。

你見過江陵楚墓和西漢馬王堆出土的這種不朽的古屍，沒準就這樣坐化。

你一步一步走近，不敢觸動，生怕一碰他就倒下，只伸手去取掛在他身後石壁上塗滿了熊油汙垢失去光澤的那桿獵槍。誰知剛握住槍筒，它竟然像油炸的薄脆一捏就碎。你趕快退了出來，拿不定主意是不是還去西王母那裡。

頭頂上便炸開了響雷，天庭震怒了！天兵天將用雷獸的腿骨做成的鼓槌敲打東海的夔牛皮做成的大鼓。

九千九百九十九隻白蝙蝠尖叫，在崖洞裡飛來飛去，山神們都驚醒了，山頂上滾下一塊塊巨大的頑石，石塊牽動石塊，山崖全部崩塌，又像是千軍萬馬騰地而起，整座大山一片煙塵。

啊，啊，天空一下子出現九個太陽！男人有五條肋骨，女人有十七根神經，都敲擊彈撥起來，全止不住叫喊呻吟……

你靈魂跟著出竅，只見無以計數的蟾蜍朝天張開一張張大口，又像一群沒頭的小人向蒼天全都伸出雙手，絕望喊叫：還我頭來！還我頭來！還我頭來！還我頭來！還我頭來！還我頭來！我頭還來！我頭還來！我頭還來！還我頭來！還我頭來！頭還來我，頭還來我，還頭我來，還頭我來，我來頭還，頭來我還，來還我頭……我還頭來……

六十九

睡夢裡被隱約的一片緊迫的鐘鼓聲驚醒，我一時不清楚身在何處。四下漆黑，漸漸才認出一方窗戶，窗櫺的小方格似有若無。我需要弄清楚是否尚在夢中，努力去睜沉重的眼皮，才辨清手錶上的螢光，凌晨三時整，即刻意識到是早禱開始了，這才想起我寄宿在寺廟裡，連忙翻身爬起。

推開房門，到了庭院，鼓聲已止住，鐘依然一聲一聲更加分明。樹影下天空灰暗，鐘聲來自高牆後面大雄寶殿那邊。我摸到迴廊裡通往齋堂的門，從外面插上了。我轉向迴廊的另一端，上下摸索，都是磚牆，竟像個囚徒，被關在高牆隔離的這庭院裡，叫喚了幾聲，無人答應。

白天我再三要求在這國清寺留宿，接受香客布施的和尚打量我，總懷疑我的虔誠。我執意賴著不走，一直等到廟門關閉，最後他們總算請示了住持老和尚，才把我單獨安置在寺廟後面的這側院裡。

我不甘禁閉，一心要見識一下這千年來香火未斷的大廟是否還保留天台宗的儀軌，想必不至於觸犯寺廟的清規，重又摸索到庭院，居然發現角落裡有一絲微弱的光線，透過一條縫隙漏了出來，用手觸摸，是一扇小門，逕自開了。可見畢竟是佛門，倒無禁地。

繞過門後的壁障，裡面一個不大的經堂點著幾支蠟燭，香煙裊裊，香案前垂掛下一塊紫紅錦緞，繡著「香爐乍熱」四個大字，令我心頭一動，似乎是一種啓示。爲表明我心地光明，並非來窺探佛地的隱祕，乾脆拿起燭台。四壁掛了許多古老的字畫，我沒想到寺廟裡還有這樣雅靜的內室，可能是大法師起居的地方，私自闖入，不免有點內疚，顧不得細看是否還保留寒山、拾得兩位唐代名僧的手跡，又放下燭台，循著早禱的鐘聲，從經堂的正門出去。

又一進庭院，四廂燭影幢幢，大概都是僧房，冷不防一個披黑袈裟的和尚從我身後越過，我吃了一驚，然後便明白他或許爲我引路，尾隨他接連穿過好幾道迴廊。轉眼間，人又不見了，我有些納悶，只好尋有燭光的地方去。剛要跨進門檻，抬頭一看，一尊四、五米高的護法金剛，舉著降魔杵，怒目睜睜向我打來，嚇得我出了一身冷汗。

我趕緊逃開，在漆黑的走廊裡摸索前去，見有點微光，走近是一個圓門，過了門洞，誰知正是大雄寶殿下那廣大的庭院。大殿飛檐兩翼，一邊一條蒼龍，守護當中的一輪明鏡，在參天古柏間透出的黎明前藍森森的夜空，顯得格外奇幻。

高台階上，鐵鑄的大香爐後面，殿堂裡燭光輝煌，宏大的鐘聲轟然湧出。披著灰黑袈裟的和尚推著一根當空吊起的大木柱，正撞擊這口巨鐘，它卻紋絲不動，彷彿只出於感應，從鐘口下的地面鐘聲緩緩升騰到梁柱之間，在殿堂裡充盈了再迴旋著湧向門外，將我全身心席捲進聲浪之中。

幾個和尚逐個點燃兩側十八羅漢前的紅燭，整把整把燒著的線香分別插到各個香爐裡。僧人們紛紛潛入殿內，全一色灰黑的袈裟，幽幽身影緩緩游移到一個個蒲團前，每個蒲團繡的蓮花各不相同。

隨後，又聽見嘭嘭兩擊鼓聲，厚沉得令五臟六腑跟著震盪。這鼓在殿堂左邊，立在一人多高的鼓架上，鼓面的直徑比站在梯架的平台上擊鼓的和尚還高出一頭。唯獨這鼓手沒穿袈裟，一身短打扮，紮住褲腿，蹬著一雙麻鞋，他舉手過頭。

嗒嗒

嘭！嘭！又是兩下。

嗒嗒

最後一響鐘聲剛飄逸消散，鼓聲便大作，腳底的地面跟著顫抖。開始時還能辨別一聲聲震盪發自鼓心，節奏隨即越來越快，重重疊疊，轟然一片，人心跟著搏動，血也沸騰。

渾然一片的鼓聲毫不減緩，簡直不容人喘息，接著響起一種音調稍高稍許分明的節奏，浮起在鼓心皮實而持久的震盪聲之上，另一種更爲急促的鼓點又點綴其間，之後，在或高或低不同聲部上，出現不斷變化的鼓點，同震耳欲聾的轟鳴和那急速的間奏又交錯，又對比，竟統統來自這一面大鼓！

擊鼓的是一位精瘦的中年僧人，手中並沒有鼓槌，只見他赤裸的兩臂間光亮的後腦勺晃動不已，拍、擊、敲、打、指、點、踢，手掌，手指，拳頭，肘，腕和膝蓋乃至於腳趾，全都用上，整個身軀像貼在鼓皮上的一條壁虎，著魔了似的撲在鼓面上彈跳，從鼓心到鑲滿鐵釘的鼓邊，沒有不被他敲擊的地方。

這持續不斷的緊張的轟鳴交響中，突然錚錚然一聲鈴聲，輕微得讓人差一點以爲是錯覺，像寒風中一根游絲，或是深秋夜裡顫禁禁一聲蟲吟，那麼飄忽，那麼纖細，那麼可憐，在這混沌的轟響之上畢竟分明，明亮得又不容置疑。隨後便勾引起大大小小六七個不同音色的木魚，或沉悶，或空寂，或清脆，或嘹亮，再帶動渾厚和鳴的銅磬，一一連串，都交織融合到這片鼓樂聲中。

我找尋這鈴聲的來源，發現是一位極老的高僧，空晃晃撐在一件破了一補再補的袈裟裡，左手持一只酒盅的小鈴，右手捻一根細鋼籤，只見他鋼籤在銅鈴上一點，游絲樣的鈴聲同煙香一起冉冉飄逸，又猶如漁網的拉線，網羅起一片音響的世界，讓人不由得沉浸其中，我最初的驚異和興奮於是隨之消失。

殿上前後兩幅掛匾，分別寫著「莊嚴國土」，「利樂有情」，大殿頂上垂掛下層層帳幔，如來端坐其中，端莊得令人虛榮頓失，又慈祥到淡漠無情，塵世的煩惱刹那間消失殆盡，時間此時此刻也趨於凝聚。

鼓聲不知什麼時候停息了，長老持鈴在前，乾癟的嘴唇囁囁嚅嚅，牽動深陷的兩頰和灰白的眉毛，眾和尚參差不齊，一片誦經聲隨著鈴聲的尾音緩緩而起，一，二，三，四，五，六，七，八，九，十……一共九十九名僧人，跟在他身後魚貫而行，環繞大殿中央的如來，一面游動，一面唱誦。我於是也加入這行列，混同他們合掌念唱南無阿彌陀佛，又聽見一個明亮的聲音，在經文的每個句子將近完結的當口，聲調總要從眾多的唱誦聲中稍稍揚起，就還有一種未曾泯滅的熱情，還有一顆仍受煎熬的靈魂。

七十

——面對龔賢的這幅雪景，還有什麼可說的沒有！那種寧靜，聽得見霰雪紛紛落下，似是有聲又無聲。

——那是一個夢境。

——河上架的木橋，臨清流而獨居的寒舍，你感覺到人世的蹤跡，卻又清寂幽深。

——這是一個凝聚的夢，夢的邊緣那種不可捉摸的黑暗也依稀可辨。

——一片濕墨，他用筆總這樣濃重，意境卻堆得那麼深遠。他也講究筆墨，筆墨情趣之中景象依然歷歷在目。他是一個真正的畫家，不只是文人作畫。

——所謂文人畫那種淡雅往往徒有意旨而無畫，我受不了這種作態的書卷氣。

——你說的是故作清高，玩弄筆墨而喪失自然的性靈。筆墨趣味可學，性靈則與生俱來，與山川草木同在。龔賢的山水精妙就在於他筆墨中煥發的性靈，蒼蒼然而忘其所以，是不可學的。鄭板橋可學，而龔賢不可學。

——八大也不可學。他怒目睜睜的方眼怪鳥可學，他那荷花水鴨的蒼茫寂寥不可以模仿。

——八大最好的是他的山水，那些憤世嫉俗之作不過是個山的小品。

——人以憤世嫉俗為清高，殊不知這清高也不免落入俗套，以平庸攻平庸，還不如索性平庸。

——鄭板橋就這樣被世人糟蹋了，他的清高成了人不得意時的點綴，那幾根竹子早已畫濫了，成了最俗氣不過的筆墨應酬。

——最受不了的是那「難得糊塗」，真想糊塗糊塗就是了，有什麼難處?不想糊塗還假裝糊塗又拚命顯示出聰明的樣子。

——他是個落魄才子，而八大是個瘋子。

——先是裝瘋，而後才真瘋了，他藝術上的成就在於他真瘋而非裝瘋。

——或者說他用一雙奇怪的眼光來看這世界，才看出這世界瘋了。

——或者說這世界容忍不了理智的健全，理智便瘋了，才落得世界的健全。

——徐渭晚年也就這樣瘋了，才殺死了他的妻子。

——或者不如說他妻子殺死了他。

——這麼說似乎有些殘酷，可他忍受不了世俗，只好瘋了。

——沒瘋的倒是龔賢，他超越這世俗，不想與之抗爭，才守住了本性。

——他根本不想用所謂理智來對抗糊塗，遠遠退到一邊，沉浸在一種清明的夢境裡。

——這也是一種自衛的方式，自知對抗不了這發瘋的世界。

——也不是對抗，他根本不予理會，才守住了完整的人格。

——他不是隱士，也不轉向宗教，非佛非道，靠半畝菜園子和教書餬口，不以畫媚俗或嫉俗，他的畫都在不言中。

——他的畫毋須題款，畫的本身就表明了心跡。

——你我能做到嗎？

——可他已經做到了，如同這幅雪景。

——你能確定這畫是他的真跡？

——這難道重要嗎？你以爲是他，就是他了。

——以爲不是他呢？

——就不是他。

——換言之，你我不過以爲看見了他。

——那便是他。

七十一

從天台山出來，我又去了紹興，出老酒的地方。這不大的小城，不光老酒出名，也還出過許多偉大的人物，從大政治家，大文學家，大畫家到巾幗英雄，如今他們的故居都成了紀念館。連魯迅筆下的那個小而又小的人物阿Q過夜避風雨的土穀祠也修整一新，油漆彩繪得鮮豔奪目，還掛有當今書法名家題的額匾，這阿Q當作土匪砍頭的那時辰，絕對想不到死後會有這分榮耀。我於是想到這小城裡的小人物也性命難保，更別說那以民族興亡爲己任的革命英烈秋瑾。

她故居掛有她的照片，一位怡靜俊美詩文並茂的大家才女，眉宇清秀，目光明淨，神態嫻淑，年方三十有餘，卻綁縛街頭鬧市，光天化日之下砍掉了頭。

一代文豪魯迅，一生藏來躲去，後來多虧進了外國人的租界，否則等不到病故也早給殺掉了，足見這片國土，哪裡也不安全。魯迅詩文中有句「我以我血薦軒轅」，是我做學生時就背誦的，如今不免有些懷疑。軒轅是這片土地上傳說的最早的帝王，也可作祖國，

禹陵

民族，祖先解，發揚祖先爲什麼偏要用血？將一腔熱血薦出來又是否光大得了？頭本來是自己的，爲這軒轅就必須砍掉？

徐渭的聯句「世上假形骸，任人捏塑，本來真面目，由我主張」，似乎更爲透徹。可這形骸雖假，爲什麼要任人捏塑？假不假且不去說，不任人捏塑難道不行？再說，那本來的真面目，真不真也不去說，問題是是否又主張得了？

小巷深處，他那「青藤書屋」，一個不大的庭院，爬著幾棵老藤，有那麼間窗明几淨的廳房，說是尙保留原來的格局，這麼個清靜的所在，也還把他逼瘋了。大抵這人世並不爲世人而設，人卻偏要生存。求生存而又要保存娘生真面目，不被殺又不肯被弄瘋，就只有逃難。這小城也不可多待，我趕緊逃了出來。

城外會稽山是大禹的陵墓，歷史上第一個有世系可考的朝代的第一位帝王，公元前二十一世紀前後，在這裡一統天下，會聚諸侯，論功行賞。

從若耶溪上的小石橋過去，松林覆蓋的山丘之下，大禹陵址前的場子上，曬滿稻穀，晚稻都已收割。深秋陽光下依然十分暖和，令人有種適意的睏倦。

進到門裡，偌大的庭院清悠閒寂。我只能去想像七千年前在這裡種稻養豬燒製泥人頭面的河姆渡人的苗裔，同五千年前在陶器上刻下幾何圖形孔眼符號的良渚人的後代，那些以鳥爲圖騰斷髮紋身的百越先人，如何接受大禹的檢閱。慶典之時，偏偏有一位不知趣的巨人防風氏，披件麻衣，紮條牛皮繩子，吊兒郎當，晚來了一步，被大禹喝令左右，砍下了首級。

兩千多年前，司馬遷親自來此做過調查，寫下了那部巨著《史記》。他也得罪了皇帝，雖勉強保住了腦袋，也還割掉了睪丸。

正殿頂上，兩條蒼龍之間，一輪明鏡映射耀眼的陽光。陰涼的殿堂裡有一尊新塑的大禹偶像，慈祥得不免俗氣，倒是他背後象徵治平九州水土的九把斧鉞多少透出點消息。

據《蜀本紀》記載：「禹本汶山廣柔縣人，生於石紐。」我正是從那一帶而下，即當今汶川羌族地區，也是大熊貓的巢穴。禹出熊腹而生，成書更早的《山海經》可以佐證。

他治水的功績，通常說是疏通了黃河，我也懷疑。我以為他是從岷江上游（古之長江源一向以岷江為主導，有《水經注》可供查考），沿長江，過三峽，北攻積石之山，南攻共工之國，東攻雲雨之山，一路征戰，直打到這東海之濱。在當年出產象徵瑞祥的九尾狐狸的青丘之國，之後改名為會稽的這蒼翠的塗山之下，遇到了那位妖嬈的女媧，合歡之時，露出了熊的本相。這小處女倉皇不已，神聖的大禹不免情急，追將上去，大聲喝道：「啓！」才生出了人世間繼承帝位的第一名皇太子。這禹在他妻子眼裡是一頭熊，在百姓口裡傳為神，史家筆下他是帝王，寫小說的則可以將他寫成第一個扼殺他人實現自己意志的人。至於這洪水的傳說，當然不妨也可以從胎兒的羊水中去找尋先天記憶的因子，外國就有人做這學問。

這禹陵裡如今殘存可考的古蹟，只有大殿對面的一塊石碑，斑剝的若干蝌蚪般的文字專家學者尚無人能辨認。我左看右看，琢磨來，琢磨去，恍然大悟，發現可以讀作：

歷史是謎語

也可以讀作：歷史是謊言

又可以讀作：歷史是廢話

還可以讀作：歷史是預言

再可以讀作：歷史是酸果

也還可以讀作：歷史錚錚如鐵

又能讀作：歷史是麵糰

再還能讀作：歷史是裹屍布

進而又還能讀作：歷史是發汗藥

進而也還能讀作：歷史是鬼打牆

又同樣能讀作：歷史是古玩

乃至於：歷史是理念

甚至於：歷史是經驗

甚而還至於：歷史是一番證明

以至於：歷史是散珠一盤

再至於：歷史是一串因緣

抑或：歷史是比喻

或：歷史是心態

再諸如：歷史即歷史

和：歷史什麼都不是

以及：歷史是感嘆

　　歷史啊歷史啊歷史啊歷史

原來歷史怎麼讀都行，這真是個重大的發現！

七十二

「這不是一部小說！」

「那是什麼呢？」他問。

「小說必須有個完整的故事。」

他說他也講了許許多多的故事，只不過有講完的，有沒講完的。

「全都零散無序，作者還不懂得怎麼去組織貫穿的情節。」

「那麼請問怎麼組織？」

「得先有鋪墊，再有發展，有高潮，有結局，這是寫小說起碼的常識。」

他問是不是可以有常識以外的寫法？正像故事一樣，有從頭講到尾的，有從尾講到頭的，有有頭無尾的，有只有結局或只有片段講不下去的，有講也講不完的，沒法講完的，可講可不講的，不必多講的，以及沒什麼可講的，也都算是故事。

「故事不管你怎麼講，總還得有個主人公吧？一個長篇好歹得有幾個主要人物，你這——？」

「書中的我，你，她和他，難道不是人物？」他問。

「不過是不同的人稱罷了，變換一下敘述的角度，這代替不了對人物形象的刻畫。你這些人稱，就算是人物吧，沒有一個有鮮明的形象，連描寫都談不上。」

他說他不是畫肖像畫。

「對，小說不是繪畫，是語言的藝術。可你以爲你這些人稱之間耍耍貧嘴就能代替人物性格的塑造？」

他說他也不想去塑造什麼人物性格，他還不知道他自己有沒有性格。

「你還寫什麼小說？你連什麼是小說都還沒懂。」

他便請問閣下是否可以給小說下個定義？

批評家終於露出一副鄙夷的神情，從牙縫裡擠出一句：

「還什麼現代派，學西方也沒學像。」

他說那就算東方的。

「東方更沒有你這糟糕的！把遊記，道聽塗說，感想，筆記，小品，不成其為理論的議論，寓言也不像寓言，再抄錄點民歌民謠，加上些胡編亂造的不像神話的鬼話，七拼八湊，居然也算是小說！」

他說戰國的方志，兩漢魏晉南北朝的志人志怪，唐代的傳奇，宋元的話本，明清的章回和筆記，自古以來，地理博物，街頭巷語，道聽塗說，異聞雜錄，皆小說也，誰也未曾定下規範。

「你又成了尋根派？」

他連忙說，這些標籤都是閣下貼的，他寫小說只是耐不住寂寞，自得其樂，沒想到竟落進文學界的圈子裡，現正打算爬出來，本不指望寫這種書吃飯，小說對他來說實在是掙錢謀生之外的一種奢侈。

「你是一個虛無主義者！」

他說他壓根兒沒主義，才落得這分虛無，況且虛無似乎不等於就無，正如同書中的我的映像，你，而他又是你的背影，一個影子的影子，雖沒有面目，畢竟還算個人稱代詞。

批評家拂袖而去。

他倒有些茫然，不明白這所謂小說重要的是在於講故事呢？還是在於講述的方式？還是不在於講述的方式而在於敘述時的態度？還是不在於態度而在於對態度的確定？還是不在於對態度的確定而在於確定態度的出發點？還是不在於這出發點而在於出發點的自我？

還是不在於這自我而在於對自我的感知？還是不在於對自我的感知而在於感知的過程？還是不在於這一過程而在於這行爲本身？還是不在於這行爲本身而在於這行爲的可能？還是不在於這種可能而在於可能的選擇？還是不在於這種選擇與否而在於有無選擇的必要？還是也不在於這種必要而在於語言？還是不在於語言而在於語言之有無趣味？而他又無非迷醉於用語言來講述這女人與男人與愛情與情愛與性與生命與死亡與靈魂與肉體之軀之快感與疼痛與人與政治對人之關切與人對政治之躲避與躲不開現實與非現實之想像與何者更爲真實與功利之目的之否定之否定不等於肯定與邏輯之非邏輯與理性之思辨之遠離科學超過內容與形式之爭與有意義的形式與無意義的內容與何爲意義與對意義之規定與上帝是誰都要當上帝與無神論的偶像之崇拜與崇尚自我封爲哲人與自戀與性冷淡而發狂到走火入魔與特異功能與神經分裂與坐禪與坐而不禪與冥想與養身之道非道與道可道與可不道與不可不道與時髦與對俗氣之造反乃大板扣殺與一棍子打死之於棒喝與孺子不可教與受教育者先受教育與喝一肚子墨水與近墨者黑與黑有何不好與好人與壞人非人與人性比狼性更惡與最惡是他人是地獄乃在己心中與自尋煩惱與涅槃與全完了與什麼完了什麼都不是與什麼是是與不是與生成語法之結構之生成與什麼也未說不等於不說與說也無益於功能的辯論與男女之間的戰爭誰也打不贏與下棋只來回走子乃涵養性情乃人性之本與人要吃飯與餓死事小失節事大不過真理之無法判斷與不可知論與經驗之不可靠的只有枴杖與該跌跤準跌跤與打倒迷信文學之革命小說與小說革命與革小說的命。

這一章可讀可不讀，而讀了只好讀了。

七十三

我來到東海之濱這小城，一位單身獨居的中年女人一定要我上她家去吃飯。她來我留宿的人家請我的時候，說她一早上班之前，已經爲我採買了各種海味，不僅有螃蟹、蟶子，還買到了肥美的海鰻。

「你遠道來，到這海口，哪能不嘗嘗新鮮？別說內地，這大城市裡也不一定都有。」她一臉殷勤。

我難以推卻，便對我寄宿的這家房主人說：「要不，你同我一起去？」

房主人同她是熟人，說：「人專爲請你，她一個人怪悶的，有事要同你談談。」

他們顯然商量好了，我只好隨同她出門。她推上自行車，說：

「還有一程路，要走好一陣子，你坐上車，我帶你。」

這人來人往的小街上，我又不殘廢。

「還是我帶你吧，你說往哪裡騎？」我說。

她跨上車後座，車子把手直搖晃，我不斷揿鈴，招搖過市，在人群中穿行。

有女人單獨請吃飯本何樂而不爲，可她已經過了女人的好年華，一張憔悴的黃臉，顴骨突出，說話推車跳車的舉止都沒有一點女性的風韻。我邊騎邊沮喪，只好同她找點話說。

她說她在一個工廠裡當出納，怪不得，一個管錢的女人。我同這樣的女人沒少打過交道，可說是個個精明，別想從她們手裡多得一分，這自然是職業養成的習慣，而非女人的天性。

她住在一個老舊的院落裡，裡面好幾戶人家。她把自行車靠在院裡她窗下，這輛自行車破舊得都無法支撐。

門上掛把大鎖。她開了房門，只一間小屋，進門就一張占了半間房的大床，邊上一張小方桌，已經擺好了酒和菜。地上磚頭碼起，疊放兩口大木箱，女人家的一點梳妝用品都擱在箱子上的一塊玻璃板上，只在床頭堆了幾本舊雜誌。

她注意到我在觀察，連忙說：

「真對不起，亂七八糟，不像樣子。」

「生活可不就這樣。」

「也就混日子，我什麼都不講究。」

她開了燈，張羅我在桌前坐下，又到門口牆邊打開爐門，坐上一鍋湯。然後，給我倒上酒，在我對面坐下，雙肘支在桌上，說：

「我不喜歡男人。」

我點點頭。

「我不是說你，」她解釋道，「我是講一般的男人，你是作家。」

我不知該不該點頭。

「我早就離婚了，一個人過。」

「不容易呀，」我是說生活不容易，人人如此。

「我早先有個女朋友，從小學起，一直很要好。」

我猜想她可能是同性戀。

「她已經死了。」

我沒有話。

「我請你來，是想講講她的事。她長得很漂亮，你要見了她的照片，肯定喜歡，誰見了誰都會愛上。她不是一般的漂亮，美得那個出眾，瓜子臉，櫻桃小口，柳葉眉，水靈靈一雙杏仁大眼，那身腰更不用說了，就像過去的小說裡描寫的古典美人。我爲什麼對你講這些？就因爲可惜的是她的照片我一張也沒能留下，我當時沒防備，她死後她媽來一下全收走了。你喝酒呀。」

她自己也喝，囁酒那老練的樣子一看便是老手。她房裡四壁沒一張照片，也沒有畫，更沒有女人通常喜愛的花和小動物。她在懲罰她自己，錢大概都化作杯中物下肚了。

「我是想讓你把她的身世寫成小說，她的一切我都可以告訴你，你又有的是文筆，小說嘛——」

「就是無中生有，」我笑著說。

「我不要你編，你那怕用她的真名實姓。我請不起作家，付不起稿費，我要有錢，還真捨得出。我這找你是幫個忙，請你把她寫出來。」

「這就——」我欠身，表示感謝她招待。

「我不是收買你，你要覺得這姑娘冤枉、可憐，你就寫，只可惜你看不到她的照片。」

她目光有些茫然。這死去的姑娘在她心中顯然是個沉重負擔。

「我從小長得醜，所以特別羨慕長得漂亮的女娃，想同她們交朋友。我同她不在一個學校，總是上學放學路上迎面碰到，一晃也就過去了。她那副長相，不光男的，女人也動心，我就想同她接近。我見她總獨來獨往，有一天，守在她放學的路上，跟上去說我特別想同她說個話，希望她不要見怪。她說好，我陪她就走了一路。以後上學，我總到她家門附近等她，就這樣認識了。你別客氣，吃酒呀！」

她端上清燉的海鰻，湯是很鮮美的。

我喝著湯，聽她急速講述她怎麼成了她家的人，她母親待她如同女兒一般。她經常不回自己家，就同她睡在一個被窩裡。

「你不要以爲有那種事，我懂得男女間的事也是在她關進牢裡判了十年徒刑，又同我鬧翻了，不要我去探監，之後我才隨便找了個男人結的婚。我同她是女孩子間那種最純潔的感情，這你們男人不一定都懂，男人愛女人就像頭畜生，我不是說你，你是作家，吃螃蟹呀！」

她掰開生醃的帶腥味的螃蟹，堆到我碗裡。還有煮的蟶子，沾作料吃。又是男女之間的戰爭，靈魂同肉體之戰。

「她父親是個國民黨軍官。解放軍南下，她媽當時懷著她，得到她父親帶到的口信趕到碼頭，兵艦已經跑了。」

又是個這種陳舊的故事，我對這女孩已失去興趣，只用功吃著螃蟹。

「有一天夜裡，她在被窩裡摟住我哭起來，我嚇了一跳，問她什麼事？她說她想她爸爸。」

「她不是沒有見過他？」

「他那些穿軍裝的照片她媽都燒了，可她家裡還有她媽穿著白紗裙同她父親的結婚照，她父親穿的西裝，人很瀟灑，她也給我看過。我使勁安慰她，心疼她，後來摟緊她，同她一起哭了。」

「這可以理解。」

「要都像你這樣想就好了，可人並不理解，把她當作反革命，說她想變天、企圖逃到台灣去。」

「那年月的政策不像如今，這會不是又變過來鼓勵回大陸探親？」我能說什麼呢？

「她一個年輕女孩，雖說那時候已經上了高中，哪懂這些？她把她想她父親的話都寫在日記本裡！」

「這要被人看到告發了，那時候是能判她刑的，」我說。我想知道的是這戀父情結和同性戀之間是不是有某種轉化。

她講到這女孩因爲出身關係上不了大學，怎麼被京劇團看上去當了學員。有回劇團的女主角病了，叫她臨時頂替，一下怎麼走紅，怎麼又引起那女主角的妒嫉。她們劇團外出巡迴演出時，那女人偷看到她的日記，報告上去，等劇團回到城裡，公安員怎麼找她母親去談話，叫她動員她女兒自首，交出日記。而這女孩怕公安員查抄，又怎樣把日記本轉移到她家。可她也怕公安員找來，就又把這些日記本送到這女孩的舅父家。她母親經過審問，供出她女兒平時交往的只有她和她舅父兩家。女孩的舅父於是也被傳訊了，又怕被揭發出來，主動交出了她的日記本。公安員又如何轉來找到她，她自然也害怕，只好一五一十作了交代。這女孩先是隔離在劇團裡不讓回家，之後定爲書寫反動日記妄圖變天的反革命罪行，正式逮捕入獄。

「就是說，你們都檢舉揭發了她，包括她母親，她舅父？」

這蟹腥，吃不下去，我擱下了，一手指蟹黃，沒有個擦手的布。

「都寫了交代揭發材料，蓋了手印。就連她舅父那麼大年紀，也嚇得不敢再同我見面。她母親硬說是同我在一起把她女兒帶壞了，是我向她灌輸了這些反動思想，不准我再進她家門！」

「她怎麼死的？」我希望趕快知道個結局。

「你聽我說——」她像是在辯解。

我也不是審判官。這事那時候如果落到我頭上，也未必清醒。我想起小時候我見我母親從我外婆的箱子底下翻出那一卷數十年前早已典當了的田契，塞進爐膛裡燒掉的時候，一樣也有種毀滅罪證的反感。幸虧沒人追查這筆陳年老帳，如果當時審訊到我頭上，我沒準也會揭發給我買過陀螺的我外婆和養育我的母親，就那年代！

惡心的不是這腥味的醃蟹，也包括我自己，我沒法吃得下去，一味喝酒。

她突然哽咽了幾下，接著用手捂住臉，嚎啕大哭起來。

我不能滿手沾滿蟹黃去勸慰她，只好問：

「能用用你的毛巾嗎？」

她指指門背後架子上的臉盆，盛的一盆清水。我洗了洗手，擰了個手巾把子遞給她，這才止住了哭聲。我嫌惡這醜陋的女人，對她毫不同情。

她說她當時懵了，一年後才緩過氣來，打聽到這姑娘的下落，買了許多吃的去探監。這女孩被判了十年徒刑，不想再見到她。可她說她不結婚，決心等她刑滿出獄，將來同她廝守一起，她有工作，可以供養她，這女孩才收下了她帶去的東西。

她說她同她在一起是她一生中最幸福的日子，她們相互交換日記，一起說些小姊妹之間的親熱話，發誓一輩子不出嫁，將來永遠在一起。誰是丈夫？誰是妻子？那當然是她。她們在被窩裡便相互格支得格格直笑，她只要聽見她的笑聲，她說她就滿足了。而我寧願用最大的惡意來想像她。

「你後來怎麼又結婚了？」我問。

「是她先變了，」她說，「我有次去看她，她臉有些浮腫，態度突然變得很冷淡。我莫名其妙，一直問她，到了閉監的時候，每次總共也只讓見二十分鐘，她叫我結婚去，以後別再來了。我追問之下，她才說她已經有人了，我問誰，她說一個犯人！以後我就再也沒見到她。我又寫了好多封信，也沒收到她一封回信，我這才結婚的。」

我想說是她害了她，她母親對她的怨恨不錯，要不這姑娘也會正常戀愛，正常結婚，養育子女，不致落到這種下場。

「你有孩子嗎？」我問。

「我故意不要的。」

一個刻毒的女人。

「我結婚不到一年就分居了，又鬧了年把，才辦了離婚手續。以後我一直一個人過，我討厭男人。」

「她怎麼死的？」

我岔開了。

「我是後來聽說，她在牢裡想逃跑，被警衛開槍打死了。」

我不想再聽下去，只等她趕快把這故事結束。

「我把這湯再熱一熱？」她望著我，有些惶惑。

「不用了。」

她無非找我來，發洩一通，這頓飯吃得十分惡心。

她還說她怎麼千方百計找到同她在一個牢房關過刑滿釋放的一個女犯人，知道她在牢裡同一名男犯人傳遞過紙條，剝奪了放風探監的權利。她又企圖逃跑，說她那時候神智已不很正常，時常一個人又哭又笑。還說她後來也找到這名釋放出來的男犯人，到他住處時屋裡有個女人。她問起她的情況這男人不知是怕那女人吃醋，還是根本就無情無義，都推說不知道。總共沒說上十句話，她氣得就走了。

「這能寫出來嗎？」她低頭問。

「看看吧！」我最後說。

她要騎車送我，或是讓我騎她的車走，我一概謝絕了。路上，從海的方向吹來陣陣涼風，像要下雨的樣子。回到房主人家裡，半夜裡我上吐下瀉，那海味怕是並不新鮮。

七十四

他們說，這濱海的山上，夜裡總有些奇怪的鐘鼓樂聲，是那些道士和道姑在做祕密道場。他和她都說親眼見過，也都偶然碰上的，回來還告訴了別人。要是白天上山去找，那道觀卻總也找不到。

據他們回憶，說是在臨海的懸岩上。他說將近山頂。她說不，從靠海的峭壁上一條小路上去，應該在半山腰。

又都說是一座精緻的道觀，就建在一條裂開的崖縫裡，只有順著那條狹窄的山路上去，才能夠走到。因此，白天無論是海上作業的漁船，還是爬到山頂採草藥的，從遠處都無法看到。他們也都是走夜路的時候，循著樂聲，摸黑來到那道場，突然見燈火通明，觀門洞開，香菸繚繞。

他看見有百十來個男男女女，全抹著花臉，穿著道袍，手裡拿著飛刀和火燭，眼睛半閉，又唱又跳。一個個放聲哭喊，涕淚橫流。而且男女相雜，沒有任何顧忌，進入近乎狂歡和歇斯底里的狀態，又是仰面，又是頓腳。

她說她遇上的那次沒那麼多人，可也打扮得花枝招展，老少都有，從小丫頭到老太婆，只是沒有男人。臉上全塗的大紅的臙脂，嘴唇抹得血紫，眉毛用炭條描畫過，頭上紮的紅布髻子，還插上一串串茉莉花，也有吊著銅耳環的，穿沒穿鼻孔她記不清了。也是又唱又跳，甩著袖子，咿咿呀呀，熱鬧非凡。

你問她不是做夢吧？她說同她一起還有一位女同學，上山玩去走岔了路，天黑了沒下得山來，聽見聲音，摸索前去才碰巧遇上，人家也不避諱，觀門就敞開著。

他說他也是，不過當時只他一個人。他走慣了夜路，並不害怕，防的是歹人，這些道士只做他們的道場，並不害人。

他們都說是親眼見到的，要只是聽說，他們也不會相信。他們都受過高等教育，神智健全，都不信鬼神。如果是幻覺，這怎麼都能分辨。

他們也互不相識，分別同你說起的，說的又都是這臨海的山上。你同他們雖然是初交，卻一見如故，立刻同你推心置腹神聊，之間無利害之爭，毋須誰提防誰，誰算計誰，誰誆騙誰的必要。他們犯不著使你上當，事後也都百思不得其解，明明是親身經歷，不吐不快。

都說你既然到了這海濱，一路找尋奇蹟，不妨去走一遭。他們也都想陪你去，怕只怕專門去找，倒未必遇上，這種事情，無心就有，有意去尋，偏偏徒勞。你可信可不信，可他們自己親眼見到明火紅燭之下，倦意全消。他們都可以發誓，倘若發誓能有效應，能叫你信，他們馬上就都發誓，無奈發了誓也不能頂替你親身經歷一回，你沒法不相信他們的誠意。

你還是去了，趕在太陽落下之前，登到山頂，坐看車輪一般赤紅如火渾圓的太陽，光芒收斂，落在蒼茫的海平面上跳躍著和水面相接，顫顫的沉入變得灰藍的海域裡。金光像水蛇般游動，只剩下似乎割斷了的通紅的半圓的冠頂，像是一頂橢圓的帽子，浮動在深黑的海水裡，然後跳動了兩下，便被茫茫蒼海吞沒了，只留下滿天的雲霞。

你這才開始下山，很快包圍在暮色中。你撿了一根樹枝，作爲手杖，一步一點，敲著陡直而下的山道上的石級。不一會，你便落入昏暗的山谷裡，既看不見海也辨不清路。

你只能貼住山道旁長滿小樹和灌叢的岩壁，生怕失足跌進路邊一側的深淵裡，越走腿越發軟，全憑手上的樹枝探路。你也不知下一腳是否安穩，猶豫如同這越來越濃厚的黑暗從你心底滋生。你對手中的枴杖也失去信心，想起口袋裡還有個打火機，且不管它能否維持到你走上平坦的正路，好歹能照亮一程。濃重的黑暗之中，打火機那一點火花只照亮這驚慌不已抖動的火苗，你還得用手掌替它擋風。咫尺之外，更豎起一道黑牆，令你疑惑，誘你沒準一步就跨進深淵。你由它被陰風熄滅，像瞎子一樣，全靠手上的那根樹枝一點點一點點在腳下敲打。哆哆嗦嗦移動腳步，這路走得真提心吊膽。

你好歹摸進個山窪裡，又像是個崖洞，竟看到一絲微光，像是一線門縫。到了跟前果不其然，推了推，反插上了。你貼住門縫，只見裡面孤燈一盞，空空的殿堂上供著太上三清，道德天尊，原始天尊，靈寶天尊，三尊造像。

「做什麼的？」

冷不防背後有人厲聲喝道，你猛的一驚，既聽見了人聲，隨即倒寬下心來。

道觀洞天

你說你是個遊人，這山中夜裡迷了路，找不到歸宿。

他也不多言語，領著你登登踏上了木樓梯，進了一間亮著油燈的屋裡。你這才看清他穿的一身玄衣，紮住褲腳，深陷的眼窩裡一對目光炯炯有神，顯然是位有修煉的老道。你不敢說你來窺探他道觀的祕密，一再表示打擾了，請求留宿，說好天亮就走。

他沉吟片刻，從板壁上取下一串鑰匙，拿起燈盞，你乖乖跟隨他，上了一層樓板。他打開一扇房門，二話不說，下樓去了。

你打著打火機，裡面有一張光的鋪板，僅此而已。你於是和衣躺下，蜷縮成一團，不敢有別的心思。之後，你聽見樓板上再高一層，有一個很輕的鈴聲，隨著鈴聲的敲擊，似乎還有個女聲隱約在念誦。你不免詫異，開始相信他們講述的那奇異的道場。你想可能就在這樓上，正舉行什麼神祕的儀式，想要探個究竟而終於沒有動彈，那是一種令人安逸的催眠聲，黑暗中倦意止不住襲來，你彷彿看見一個年輕的女子的背影，盤腿束髮端坐，在敲一只銅鈴，輕盈的聲浪擴散開，有一種光的波動，你禁不住相信機緣和命運，祈求冥冥之中，你靈魂能得以安息……

早晨，天已大亮。你爬起來，順著樓梯，登上頂層，門敞開，裡面竟然是一個空空的廳堂，別說是香案和帷幔，神像牌位額匾一概沒有，只正中壁上掛了偌大的一面鏡子，鏡面朝向除了一道木欄杆沒有別的遮攔的洞口。你走向鏡前，只見一片青天，令你默然佇立在鏡前。

下山路上，你聽見一陣嗚咽，拐彎前去，見一個赤條條的小孩坐在路當中間，自顧自低聲抽噎，嗓子有些嘶啞，顯然哭了一陣子，已經累了。你上前彎腰問他：

「就你一個人？」

他見來人，哇的一聲，又大哭起來。你抓住他細小的胳膊，拉起他，拍拍他光屁股上的泥土。

「你家大人呢？」

你越問他越加哭得厲害，前後左右不見村舍。

「你爸你媽呢？」

他直搖頭，望著你，淚眼巴巴。

「你家在哪裡？」

他依然哭，撇著小嘴。

「再哭就不理你！」你威脅他。

這多少管用，他即刻止住哭聲。

「你從哪裡來的？」

他不說話。

「就你一個人？」

他還是呆望你。

「你會不會說話？」你做出發怒的樣子。

他即刻又要哭了。

「別哭！」你止住他。

他咧開小嘴，要哭又不敢哭。

「再哭就打你屁股！」

他好歹忍住了，你抱起他。

「小傢伙，你要上哪裡？說話呀！」

他摟住你脖子，好生自在。

「你難道不會說話？」

他滿臉泥手抹過的淚痕，就傻望著，弄得你毫無辦法。他也許是這附近農家的孩子，父母也不加照看，真夠荒唐。

你抱他走了一程，依然不見房舍，手臂也痠了，總不能抱著這麼個啞巴孩子一直走下去，你同他商量。

「下來走一段好不好？」

他搖搖頭，一副可憐相。

你堅持又走了一程，仍不見人家，山谷下也沒有炊煙。你疑心會不會是個棄兒？人故意把這啞巴孩子丟棄到山路上？你得把他抱回原處，沒有人領他父母總還會找來。

「小東西，下來走幾步，手臂都麻了。」

你拍拍他屁股，竟然睡著了。他扔在這山道上肯定已有好一個時辰，做大人的居然下得了這狠心。你心裡開始咒罵他生身的父母，既無力撫養，又何苦生下他來！

你端詳他淚痕斑斑的小臉，睡得很熟，對你就這麼信賴，平時恐怕不曾得到過關懷。陽光從雲層穿射出來，照在他臉上，他睫毛煽動，身子扭曲了一下，把臉埋進你懷裡。

一股溫熱打你心底湧出，你許久沒有過這種柔情。你發現你還是愛孩子的，早該有個兒子。看著看著，越看越覺得像你，你莫不是貪圖一時快活，才偶然給他生命？爾後又全然不顧，將他丟棄？甚至不曾再想過他，可詛咒的正是你自己！

你有點害怕，怕他醒來，怕他會說話，怕他明白過來。幸虧是啞巴，幸虧睡著了，並未醒悟到他的不幸。你得乘他未醒扔回山道上，乘人還未發現，趕緊逃之夭夭。

你把他放回路上。他滾動了一下，蜷曲小腿，雙手抱住頭臉，肯定感到土地冰涼，馬上就會醒來。你撒腿便跑，光天化日之下，像一個逃犯，你似乎聽見背後在哭喊，再不敢回頭。

七十五

我路過上海，在火車站排著龍蛇長陣的售票處截到了一張去北京的特快車的退票，一個多小時之後便坐上了火車，十分慶幸。這龐大而擁擠的千萬人的都市對我已沒有什麼意思，我想看的我那位遠房伯父比我父親死得更早，他們都沒能活到光榮告老。

那條穿過市區烏黑的吳淞江成天散發惡臭，魚鱉都死絕了，真不明白這城市裡的人怎麼活得下去？連日常飲用的處理過的自來水總是渾黃的且不說，還一股消毒藥品氯氣味，看來這人比魚蝦更有耐性。

長江口我以前去過，除了浩蕩渾黃的波濤上浮游的不怕生鏽的鋼鐵貨輪，就是被濁浪沖刷的長滿蘆葦的泥岸。水裡的泥沙還在沉積，直到有一天把這東海也變成漫無邊際的沙洲。

我記得我小的時候，長江水無論晴天雨天總還清澄。岸邊的魚攤從早起到傍晚都擺著比小孩還長的魚，斬開分段來賣。我去了沿江許許多多的口岸，別說再也沒見到這麼大的魚，連魚攤都難得碰上。只在三峽出口前的萬縣，石砌的三四十公尺高的堤岸，見到過幾個魚攤，竹籮筐裡全是幾寸長的小毛魚，早先只作爲貓食。那時候，我總愛站在江邊的碼頭上，看人從躉船上下鐵的滾鉤，魚出水當口，那一番緊張，活脫魚同人的搏鬥。如今光長江規劃辦公室這麼個機構就有上萬人在那裡規劃，他們的一個什麼處下的什麼科裡的接待我的一位科員，等他領導走開，私下裡告訴我，這江裡上百種淡水魚已瀕臨絕跡。

也就在那萬縣夜泊時，望著岸上的一片燈光，輪船上的大副同我在甲板上抽菸聊天，說他就躲在那駕駛艙裡，目睹了文革武鬥時一場大屠殺，殺的當然是人而不是魚。三個人一串，用鐵絲拴住手腕，統統被掃射的機槍趕下江去。只要一個被撂倒，這一串全拖進水裡，像魚上鉤一樣，劈劈拍拍一陣子掙扎，然後，像一條條死狗隨江水漂去。可奇怪的是，人越殺越多，魚越捕越少，要倒過來呢？該有多好。

人和魚倒有一點相同，那就是大魚和大人弄得都沒有了，足見這世界並不爲他們而設。

我這遠房的伯父恐怕是大人中最後的一個，我講的不是大人物，那什麼時候都濟濟滿堂，只要有慶典，只要有宴會。我說的大人是我敬仰的人，我敬仰的我這位伯父打錯了針藥，本來住院只是肺炎，一針下去，只兩個小時，便進了太平間。我聽說過醫院裡殺人的事，總不願相信他死得也這麼慘。我就在那大動亂之中，最後一次見他，也是他第一次同我這毛頭小伙子，說的是當時，正經談起文學與政治。這之前，他只哄過我玩。他喉音深沉，能用世界語唱〈國際歌〉，還帶點哮喘。他年紀不大就有這毛病，說是戰爭時期菸草的代用品抽多了的緣故。他說戰地弄不到菸葉子的時候，菸癮上來了，什麼都能抽，比如把白菜和棉花葉子烘乾了，也能抽上幾口，人不論到哪種境地，都想得出辦法。

他也總有辦法逗小孩子開心。我大概是同我母親賭氣，絕食對抗，她爲我盛上的雞湯熱麵我故意涼著就是不吃，那是一場意志的較量。我人小也有人的尊嚴，弓繃在弦上，正僵持不下，眼看我母親就要發火，等著我的只能是出醜。我這伯父拉我便走，領我上大街買冰淇淋去了。

街上剛下過暴雨，水流成河。他脫了軍人的大皮鞋，挽起褲腳，涉水領我進了一家冷飲店，我足足吃了整整兩大塊雪糕，之後再也沒有一次吃過那麼多冷食。回到家裡，我母親見他拎著皮鞋那副狼狽樣，也就笑了，我同我母親之間的冷戰便宣告結束。他，我這位伯父，才真正具有大人的風度。

他的父親，更早已死於吃鴉片玩女人，是個買辦資本家。當時給他幾千銀元，要他去美國留洋，不讓他再捲入共產黨的地下活動，他卻分文不要，偷跑到江西，參加新四軍抗戰救亡去了。

他說他在皖南山區新四軍軍部的時候，從一個農民手裡買下了一隻豹崽子，偷偷養在他床鋪底下的鐵絲籠子裡，一到夜間這東西野性發作，總吼叫不已。部隊開拔時，沒捨得殺掉，只好送人了。

他當時談話的對手是我父親，他把送他來的汽車司機和隨身的警衛員打發走，每次來總從皮包裡拿出一瓶市場上買不到的好酒，給我的則是一大包上海的什錦糖果。他們一談起來便通宵達旦，講他們童年少年時的往事，同我現今和我少年時的同學偶爾相聚時一樣。

他講到他們那長滿瓦楞草的故居老屋的淒涼，講到秋風冷雨，他從城外小學堂回來，流了一衣襟的鼻血。小孩子受了驚駭，邊跑邊哭，那一條長街的熟人和遠房的親戚都站在屋簷下或坐在櫃檯後面冷眼看著，只有個賣豆腐的老闆娘出來一把攔住，拖進她磨房裡，用草紙捻子給他堵住鼻血。

他還講到他們老家，我那瘋子曾祖父放火又被家人搶救下來的老屋，那隔壁一個殉情的女子，前一天還看見她從布店裡夾一塊花布出來，以爲她要做嫁妝，沒兩天她卻穿著這花布做的一身新衣褲吞針自殺了。

我裹著被子傻聽著不肯去睡，見他哮喘，還一根接一根抽菸，說到激動處，就在房裡踱步。他說他只想有朝一日辭了官，找個地方去寫書。

我去上海最後一次見他，他手裡捏個什麼激素的噴管，哮喘得止不住時，往喉嚨裡便噗哧一下。我問起他書寫了沒有，他說幸虧沒寫，要不這條命還不知在不在。這也是他唯一的一次不把我當作孩子，正告我這不是做文學的時代，也不要去搞什麼政治，一捲進去便不知東南西北，腦袋掉了還不知道。我說我大學裡學的業務也弄不成。那就去當觀察家，他說他現在就是觀察家，這場革命之前，農村餓死人報紙上反右傾的那年代，已經隔離審查過一回，多年來早就靠邊站了。怪不得那時候我父親也同他失去聯繫，他只帶了個口信，說他軍務在身，上海南島天涯海角視察去了，當時並不知道他這話裡還有話。

我這才開始觀察，就在這條京滬線上，見到手持鐵矛，頭戴柳條帽，箍著紅袖章所謂文攻武衛的戰士，在站台上一字排開。火車剛一停，全堵到各車廂門口，一位正要下車的旅客轉身又往回擠。他們立刻湧了進來。這人高喊救命，車廂裡竟沒有一個人敢動彈。眼看他被揪住拖下車去，站台上的一夥立即圍上，又踢又打。火車在嚎叫聲中徐徐開動，再

東海之濱

也不知這人死活。

當時，沿途的一個個城市全都瘋了，圍牆，廠房，高壓電線桿，水塔，人手營造的一切建築物都喊起誓死捍衛，打倒，砸爛和血戰到底的口號。車裡的廣播和車外所經之處的高音喇叭全都高唱戰歌，火車也一路吼叫，到了長江北邊一個叫明光的車站，天知道怎麼還有這麼個地名，從站台到鐵軌兩旁，密密集集全是逃難的人。火車乾脆不開車門，人紛紛從敞開的車窗爬上來，落進已成沙丁魚罐頭的車廂裡，令人窒息的車廂裡的眾人拚命又去關窗。於是，以窗玻璃為界，本來都在逃難的眾人裡外頓時又互為敵人。這透明的窗玻璃就這麼古怪，一旦隔開，對方的臉全都變形，充滿憤怒和仇恨。

火車吼叫著起動了，石塊像暴雨一樣襲來，咒罵聲，撞擊聲，碎裂聲伴隨驚叫，響成一片，人下地獄時大抵就這番景象，還都以為在為真理而受難。

也還在那些年代裡，也還在這條鐵路線上，我見到一段赤裸的女人的軀體，像快刀斬魚一樣，叫車輪軋得整整齊齊。列車先是猛烈震盪，汽笛，金屬和玻璃都尖叫起來，以為發生了地震。那年月也真叫奇怪，彷彿天人感應，地也發瘋，震個沒完。

火車又衝出了一兩百公尺，方才煞住。列車員，乘警和旅客跳下車。沿線路基的枯草莖上到處掛的血肉絲，空中瀰漫一股腥味，人血比魚血更腥。路基的斜坡上躺著這段沒有頭頸手臂和下肢的渾圓的女人的身軀，血漿大概全迸飛了，蒼白得竟然沒有一絲血跡，較之斷殘的大理石雕更多一層肌膚的潤澤，這健美的年輕的女性的肉體依然殘留生命和慾念的痕跡。旅客中一位老人，從遠處的枯枝上拾回來一塊絞爛了的衣服的碎片，蓋在這軀體的腰下。司機用帽子擦著汗，拚命解釋，說他怎樣看見這女人走在兩條鐵軌當中，他鳴笛了人還不跑開，他同時拉閘，又不能拉得再猛，一車人都在車上，眼看就撞上了，她才突然躍起，她剛跳……唉，她就是要自殺，明的找死，是個下放的女學生？是個農村婦女？還沒生過孩子，這不用說了，旅客們紛紛議論，她肯定並不想死，要不她跳開做什麼？死有那麼容易？死也得下狠心！她說不定在想心思？這又不是過馬路，都大白天，迎面來的是火車！除非聾子，她成心不活了！活著還不如一死，說這話的人趕緊走開。

我只為生存而戰，不，我不為什麼而戰，我只守護我自己。我沒有這女人的勇氣，還不到絕望的境地，還迷戀這人世，還沒有活夠。

七十六

他孑然一身，遊蕩了許久，終於迎面遇到一位拄拐杖穿長袍的長者，於是上前請教：

「老人家，請問靈山在哪裡？」

「你從哪裡來？」老者反問。

他說他從烏伊鎮來。

「烏伊鎮？」老者琢磨了一會，「河那邊。」

他說他正是從河那邊來的，是不是走錯了路？老者聳眉道：

「路並不錯，錯的是行路的人。」

「老人家，您說的千真萬確，」可他要問的是這靈山是不是在河這邊？

「說了在河那邊就在河那邊，」老者不勝耐煩。

他說可他已經從河那邊到河這邊來了。

「越走越遠了，」老者口氣堅定。

「那麼，還得再回去？」他問，不免又自言自語，「真不明白。」

「說得已經很明白了。」老者語氣冰冷。

「您老人家不錯，說得是很明白……」問題是他不明白。

「還有什麼好不明白的？」老者從眉毛下審視他。

他說他還是不明白這靈山究竟怎麼去法？

老者閉目凝神。

「您老人家不是說在河那邊？」他不得不再問一遍。「可我已經到了河這邊——」

「那就在河那邊，」老者不耐煩打斷。

「如果以烏伊鎮定位？」

「那就還在河那邊。」

「可我已經從烏伊鎮過到河這邊來了，您說的河那邊是不是應該算河這邊呢！」

「你不是要去靈山？」

「正是。」

「那就在河那邊。」

「老人家您不是在講玄學吧？」

老者一本正經，說：

「你不是問路？」

他說是的。

「那就已經告訴你了。」

老者抬起拐杖，不再理會，沿著河岸一步一步遠去了。

他獨自留在河這邊，烏伊鎮的河那邊，如今的問題是烏伊鎮究竟在河哪邊？他實在拿不定主意，只記起了一首數千年來的古謠諺：

「有也回，無也回，莫在江邊冷風吹。」

七十七

不明白這片反光有什麼意義，不大的水面，樹葉都落光了，灰黑的枝桿，最靠近的一棵像是柳樹，再遠一些更接近水面的兩棵可能是榆樹，面前的柳樹蓬鬆細細的枝條，後兩棵光禿的枝椏上只有些小杈，那反光的水面上不知是否結了冰，天冷時，早晨有可能結上一層，天空灰濛濛的像要下雨，沒有雨，沒有動靜，樹枝並不搖曳，也沒有風，都凝結了，如死一般，只有那麼一點音樂，飄忽而不可捉摸，這幾棵樹長得都有些歪曲，兩棵榆樹分別多少向右向左傾斜，那高大些的柳樹主幹則偏向右，在主幹上生出的三根幾乎同樣粗細的枝杈又都向左，畢竟取得了一種平衡，然後，就固定不動了，像這片死水，一張畫完了的畫，不再有任何變化，也沒有改變的意願，沒有騷亂，沒有衝動，沒有慾念，土地和水和樹和樹的枝椏，水面上幾道黑褐色，稱不上洲，渚，或島嶼，只能算是水中隆起的幾小塊土地，可畢竟還有點意味，否則，這水面就單調得不自然，水邊還長著一棵引不起注意的小樹，在最右邊，長得不高，向四面分出好些枝子，像乾枯的手指，這比喻未必恰當，張開就是了，並無收攏的意圖，而手指可以收攏，都沒有意味，最近的這棵柳樹下，有塊石頭，供人坐著乘涼的？還是水大漫過來的時候行人可以墊腳不濕鞋子？也許什麼都不爲，也許根本就不是石頭，不過兩個土塊，那裡可能是一條路，或近乎於路，通向這水面？水大的時候又都會被淹沒，柳樹第一枝杈分開的高度，和這枝杈平行處，像是一道堤，水大時該成爲岸，可又有不少缺口，水也還會再漫溢過來，這近乎堤岸處並非完全靜止，有一隻鳥從那裡飛起，落到柳樹細網狀的枝條裡，要不是看牠飛落上去，真難以察覺，存在與不存在只在於是否飛動，鳥兒到底活生生，細看還不止一隻，在樹下地面上跳動，飛起又落下的都比剛才那鳥要小，也沒那麼黑，很可能是痲雀，那麼隱藏在柳樹枝條裡的該是一隻八哥，如果牠還未曾飛走，問題只在於覺察與否，並不在於有與沒有，有而未曾發覺便如同沒有，對岸又有什麼在移動，水面的那一邊，灰黃的草叢之上，是一輛車子，後面有一個人在推，前面躬腰的該是拉車的人，一輛膠皮輪子的板車可以載重半噸，它緩緩移動，不像麻雀，幾乎覺察不到，只是認識到是車子時才注意到它會動，這都取決於意念，意念認爲有路那便是路，便是一條正正經經的路，即使雨後漲水也不至於淹沒，從灰黃的草叢上方還可以追溯斷斷續續的一線，再找尋車子，卻已經走得很遠了，進入到柳樹梢裡，一眼看去以爲是個鳥巢，進入樹梢之前既已確認爲一輛車子，看去便自然是車，悄悄移動，而且負載很重，一車磚石或一車泥土，這景象中的樹，鳥，車子，也思索自身的意義？這灰色的天空同反光的水面和樹，鳥，車子又有什麼聯繫？灰色的……天空……一片水面……樹葉落光了……沒一點綠色……土丘……都是黑的……車子……鳥兒……使勁推……不要激動……一陣一陣的波濤……麻雀在聒噪……透明的……樹梢……皮膚飢渴……什麼都可以……雨……錦雞的尾巴……羽毛很輕……薔薇色……無底的夜……不錯……有點風……好……我感激你……無形的空白中……一些帶子……捲曲……冷……暖……風……傾斜了搖晃……螺旋……現在交響……大大的……蟲子……沒有骨骼……深淵裡……一只鈕扣……黑的翅膀……張開夜……到處是……急躁……火點亮……工筆的圖案……連著黑絲綢……一隻草鞋蟲……細胞核在細胞質裡旋轉……先生眼睛……他說格式……有自生的能力……一個耳垂……沒有名字的印痕……不知道什麼時候下的雪，不知道什麼時候停的。潔白薄薄的一層，枝頭上還沒來得及囤積。柳樹斜的主幹上反方向生出三個枝杈變得烏黑。那兩棵張開的榆樹，一棵向左，一棵向右，枝頭上方原先泛光的水面白淨一片，像雪落在平坦的水泥地上，水面肯定結了冰。那難以稱之爲洲渚，島嶼的土丘成了黑的影子，要是不知道原先是土丘就不會明白爲什麼成爲黑影，即使知道原先是土丘也還不明白爲什麼積不了雪。再遠，草叢也還是草叢，依然灰黃，之上顯出了一條路的意識，依然看不分明。張開枝杈的那棵小樹上方能找出白色的向上爬行的曲線，那輛板車想必先前就從這裡推上坡去。此刻，路上沒有車，也沒有行人，雪地上行人該非常分明。柳樹前的兩塊石頭或類似石頭的土塊也沒有了，雪把這些細節全都掩蓋，走過的路雪後反而像脈絡一樣顯露出來。就這樣一番平時不加注意的景色，在心中造成一些印象，讓我突然生出一種願望，想走進去，走進這片雪景裡，就會成一個背影，這背影當然也不會有什麼意義，如果不在這窗口注視那背影的話。暗淡的天空，雪地比天空更加明亮，沒有八哥和麻雀，雪吸收了意念和涵義。

七十八

一個死去的村莊，被大雪封住，背後默默的大山也都積雪覆蓋，灰黑的是壓彎了的樹的枝幹，那灰的蓬鬆的該是杉樹上的針葉，黯淡的影子只能是雪堆積不上的岩壁，全都沒有色彩，不知是白天還是夜晚，昏暗中又都明亮，雪好像還在下，走過的腳印跟著就模糊了。

一個痲瘋村。

也許。

也沒有狗叫？

都死絕了。

你叫喊一下。

不必，這裡有過人家，一堵斷牆，被雪壓塌了，好沉重的雪，都壓在睡夢中。

睡著睡著就死掉了？

這樣倒好，怕的是屠殺，斬盡殺絕，無毒不丈夫，先用肉包子打狗，肉餡裡摻了砒霜。

狗垂死時不會哀叫？

一扁擔打過去，打狗的鼻子，高明的打手。

爲什麼不打別處？

狗打鼻子才能頓時喪命。

他們就沒一點反抗？

全扼殺在屋子裡，沒出門一步。

丫頭和小兒也沒逃得出？

用的是板斧。

連女人也不放過？

姦殺女人時更加殘忍——

別說了。

害怕了？

這村子不能就一戶人家？

一家三兄弟。

他們也死絕了？

說的是血族復仇，要不是瘟疫，或是發了横財，他們在河床裡淘到金子。

他們被外人殺死的？

他們霸占了河床不准外人來淘。

河床在哪裡？

你我腳下。

怎麼就看不見？

看見的只是幽冥中升騰的水氣，這只是種感覺，這是條死河。

你我就在這死河之上？

對了，讓我領著你走。

去哪兒？

到河的對岸，到那白皚皚的雪地裡，雪地的邊沿有三棵樹，再過去就到山前，被雪覆蓋的房屋壓塌在積雪之下。只這段殘壁還矗立，斷牆背後可以撿到破了的瓦罐和青瓷碗片。你止不住踢了一腳，一隻夜鳥撲撲飛了起來叫你心驚，你看不見天空，只看見雪還在飄落，一道籬笆上茸茸的積雪，籬笆後面是個菜園。你知道菜園裡種有耐寒的雪裡蕻和像老婆婆面皮樣的瓢兒菜，都埋在雪下。你熟悉這菜園子，知道哪裡是通往這菜園的後門檻，坐在門檻上你吃過煮熟了的小毛栗，是兒時的夢還是夢中的兒時你也弄不清楚，弄明白要費很大氣力，你現在呼吸微弱，只能小心翼翼，別踩住了貓尾巴，那東西眼睛在暗中放光，你知道牠在看著你，你假裝並沒看牠，你得一聲不響穿過天井，那裡豎著根筷子，筷子上扣著個篾匾，你和她就躲在門背後牽著根麻繩，等麻雀兒來，大人們在屋裡打牌，他們都戴著銅邊的圓眼鏡，像金魚的鼓眼泡，眼珠突出在眼眶外面，可什麼也看不見，捻的紙牌一張張湊到眼鏡跟前，你們便爬到桌子底下，看見的全是腿，一隻馬的蹄子，還有一條肥尾巴拖得老長，你知道那是狐狸，牠擺動擺動，變得邦邦硬，成了一條花斑母老虎，蹲坐在太師椅上，隨時準備撲向你，你無法從牠面前走開，你知道格鬥會很殘酷，而牠就撲向你！

你怎麼啦？

沒什麼，好像做了個夢，夢中的村莊落著雪，夜空被雪映照，這夜也不真實，空氣好生寒冷，頭腦空空盪盪，總是夢到雪和冬天和冬天在雪地上留下的腳印，我想你。

不要同我講這個，我不要長大，我想我爸爸，只有他真愛我，你只想跟我睡覺，我不能沒有愛情也做愛，

我愛你，

假的，你不過是一時需要，

你說到哪兒去了？我愛你！

是的，在雪地裡打滾，像狗一樣，一邊去吧，我只要我自己，

那狼會把你叼走，把你內臟吃空，還有狗熊，把你搶到洞裡成親！

你就想著這樣，關心我，關心我的情緒，

什麼情緒？

猜猜看，你好笨喲，我想飛——

什麼？

我看見黑暗中一朵花，

什麼花？

山茶花，

我摘給你戴上，

不要破壞它，你不會爲我去死，

爲什麼要死？

你放心好了，我不會要你爲我去死，我真寂寞，沒有一點回聲，我大聲喊叫，四周靜悄悄，泉水聲也沒有，連空氣都這麼沉重，他們淘金的河流在哪兒？

在你腳下的雪下，

胡說，

那是一條地下的暗河，他們都躬著腰在河上刷洗，

有一個刺棵，

什麼？

什麼也沒有，

你真壞，

誰叫你問來著，喂，喂，好像有回聲，前面，你帶我過去，

想過去就過去好了，

……

我看見，你和她，在雪地裡，灰濛濛的夜，不甚分明，又還看得見，你在雪地裡，一雙赤腳。

不冷嗎？

不知道冷。

你就這樣同她在雪地裡一起走著，周圍是森林，深藍色的樹木。

沒有星星？

沒有星星，也沒有月亮。

也沒有房屋？

沒有。

也沒有燈光？

都沒有，只有你和她，在一起走，走在雪地上，她戴著毛圍巾，你赤腳。有點冷，又不太冷。你看不見你自己，只覺得你赤腳在雪地裡走，她在你身邊，挽住你的手。你捏住她手，領著她走。

要走很遠嗎？

很遠，很遠，不害怕嗎？

這夜有些古怪，墨藍又明亮，有你在身邊，就並不真的害怕。

有一種安全感？

是的。

你在我懷裡？

是的，我依著你，你輕輕摟住。

吻了你嗎？

沒有。

想我吻你嗎？

想，可我也說不清楚，這樣就很好，一直走下去，我還看見了一隻狗。

在哪兒？

在我前面，牠好像蹲在那兒，我知道牠是一隻狗，我還看見你哈著氣，騰騰的水氣。

你感到了溫熱？

沒有，可我知道你哈出的是熱氣，你只是哈氣，沒有說話。

你睜著眼睛？

不，閉著，可我都看見了，我不能睜開眼睛，我知道，睜開眼睛，你就會消失，我就這樣看下去，你就這樣摟住我，不要那麼緊，我喘不過氣來，我還想看，還想留住你，啊，他們現在分開了，在朝前走。

還在雪地裡？

是的，雪有些扎腳，但挺舒服，腳有點冷，也是我需要的，就這樣走下去。

看得見自己的模樣？

我不需要看見，我只要感覺，有點，有一點點扎腳，感覺到雪，感覺到你在我身邊，我就安心了，放心走下去，親愛的，你聽見我叫你嗎？

聽見了。

親親我，親親我的手心，你在哪兒？你別走呀！

就在你身邊。

不，我叫你的魂呢，我叫你，你可要過來，你不要拋棄我。

傻孩子，不會的。

我怕，怕你離開，你不要離開我，我受不了孤獨。

你這會不就在我懷裡？

是的，我知道，我感激你，親愛的。

睡吧，安心睡吧。

我一點也不瞌睡，頭腦清醒極了，我看見透明的夜晚，藍色的森林，上面還有積雪，沒有星光，沒有月亮，這一切都看得清清楚楚，好奇怪的夜晚，我就想同你永遠待在這雪夜裡，你不要離開，不要把我拋棄，我想哭，不知爲什麼，不要拋棄我，不要離我這麼遠，不要去吻別的女人！

七十九

我有個朋友來說，也是這冬天，下了場雪，他勞改的那時候。他望著我窗外的雪景，細瞇起眼睛，像是雪光反射太強，又像是沉浸在他的回憶裡。

有一個大地座標，他說，就在這勞改農場裡，總有，他仰頭望了望窗外不遠處的一座高樓，目測了一下，少說有五六十米高吧，不會比那樓矮。一大群烏鴉圍著尖頂飛來飛去，來了又去了，去了又來，轉個不歇，還呱呱直叫。農場的隊長，管這一幫勞改犯的，是朝鮮戰場下來的老兵，立過二等戰功，負過傷，一隻腿長，一隻腿短，走路一瘸一拐。不曉得倒了什麼楣，官到連長就沒再上得去，打發到這農場來管這些犯人，成天罵罵咧咧。

媽的個屄，什麼屌名堂？搞得老子都睏不著覺！他一口蘇北話，披著件軍大衣，圍繞座標轉了一圈。

爬上去看看！他命令我。我只好把棉襖脫了，爬唄。上到半截子，風大，腿肚子哆嗦，再朝下一看，這腿簡直不行，抖個不停。正是鬧災荒年分，周圍農村都有餓死的。這勞改農場倒好，種的山芋和花生，隊長扣下了一部分，倉庫裡堆著，沒都上交。大家口糧定量還能保證，人就是有些浮腫，也還能出工。可要爬高，就虛得不行。

隊長！我只好朝下喊。

叫你看看頂上有什麼東西？他也在底下叫。

我抬頭瞅。

尖頂上好像掛了個布包！我說。眼睛也冒金星了，我只好朝下喊。

爬不上去啦！

爬不上去就換人！他粗歸粗，人倒不壞。

我下來了。

把偷給我找來！他說。

偷也是個勞改犯，十七、八歲的小鬼，在公共汽車上扒人錢包給抓來的，偷就成了他的代號。

我把偷找來了。這小鬼昂頭瞅著，不肯上去。隊長發火了。

又沒叫你去死？

偷說他怕跌下來。

隊長下令給他根繩子，又說，再爬不上去，就扣他三天口糧！

這偷才腰間繫了根繩子，上去了。底下望著的都替他捏把汗。他爬到還剩三分之一的地方，上一格，在鐵架上紮一回繩子，總算到了頂。成群的烏鴉還圍著他盤旋。他揮手趕著烏鴉，從上面悠悠飛下來一個麻袋。大家過去一看，叫烏鴉啄得滿是孔眼的麻袋裡竟半口袋的花生！

媽的屄！隊長罵開了。

集合！

又吹哨子。好，全體集合。他開始訓話。問哪一個幹的？

沒一個敢吭氣的。

它總不會自己飛上去吧？我還當是死人肉呢！

也都忍住，沒一個敢笑。

不交代出來，全體停伙！

這大家都慌了，互相瞅著，可大家心裡明白，除了偷誰能爬上去？眼光自然都落到他身上。這小子低頭，受不住，蹲了下去，承認是他夜裡偷偷擱上去的，說，他怕餓死。

用繩子了沒有？隊長問。

沒用。

那你剛才還裝什麼洋蒜？就罰他媽的王八蛋一天不吃飯！隊長宣布。

眾人都歡呼起來。

偷兒放聲哭了。

隊長一瘸一瘸走了。

我還有個朋友，說他有件非常要緊的事，要同我商量。

我說行，說吧。

他說這事說來話長。

我說長話短說。

他說再簡短也得從頭講起。

那你就講吧，我說。

他問我知道不知道滿清的某位皇帝的御前侍衛，他對我說了這皇帝的聖名和年號，以及這位侍衛長官的姓氏大名，說他就是這當年的顯貴直系七世長孫。這我完全相信，並不驚奇，他那位先人是歷史的罪人或皇上的功臣，同他如今也不會有多大的牽連。

可他說不，這關係很大。文物局，博物館，資料檔案館，政協和骨董店的都來找過他，反覆動員，弄得他煩惱不堪。

我問他莫非手上保存了一兩件什麼珍貴文物？

他說你還說少了。

價值連城？我問。

連城不連城他不知道，總歸是無法估量，別說百萬，千萬，幾個億都不見得打得住。他說那不是一件兩件，從殷商以來的青銅禮器，玉璧，到戰國的寶劍，更別說歷代的珍希古玩，金石字畫，整整一個博物館，早年刻印的線裝的藏品目錄就足足四冊。這上善本圖書館裡可以查到，要知道是從他七世祖起一輩輩累集，直到同治年間，二百年來的收藏！

我說這傳出去當然不妙，我開始擔心他的安全。

他說他安全沒問題，主要是他再也不得清靜，連他們家中，他們是個大家庭，他祖父，父親，叔伯各房的親戚都接連來找他，吵個不歇，他頭都大了。

都想來瓜分？

他說沒什麼可瓜分的，那十幾萬冊古籍，金銀，瓷器和別的家當從太平天國到日本人到各派軍閥就不知燒過搶過多少回，之後從他祖父，他父母手上又不知上交，變賣，抄家過多少次，他現在手上一件文物也沒有。

那還爭什麼呢？我有些不解。

所以這事還得從頭談起，他說，十分苦惱的樣子。你知道玉屏金匱樓嗎？這打個比方，他當然說了這藏古籍珍寶的樓的名字，史書，地方志和他祖上的家譜裡都有這樓名的記載，如今他南方老家文物部門的人都知道，說是太平軍進城放火的時候，基本上已是一座空樓，大部分古籍風聲吃緊先已運到他們家的田莊去了，至於目錄上的這批珍寶，後輩家人中一直傳說，都偷偷窖藏起來了。他父親去年病故之前才告訴他，確實埋在他家故宅的什麼地方，準確的地點他父親也不知道，只說他祖父傳下的他曾祖的一本詩文手跡裡有一張墨線勾畫的故居庭院的全景，庭台樓閣，花園假山，錯落有致，畫的右上角寫了四句偈語，便暗示的這批寶藏埋的位置。可這本詩文集子叫紅衛兵抄家時一併席捲而去，之後平反也查無下落。那四句偈語老頭倒還背得，又憑記憶給他畫了個故居祖宅的草圖。他默記在心裡，今年初去舊址實地察看過，不過如今那一片廢墟已蓋上了好些樓房，有機關的辦公樓，也有居民的住宅。

這還有什麼可說的，都埋到樓底下去了，我說。

他說不，如果在樓底下，蓋樓挖地基早就尋出來了，特別是現在蓋的樓房，那麼多地下管道要安裝，地基都挖得很深。他找建築工程隊了解過，他們修建時沒有發現什麼出土文物。他說他潛心研究過那四句偈語，加上對地形的觀察分析，八九不離十，他能把這位置確定下來，差不多在兩幢樓之間一塊綠化了的地方。

你打算怎麼辦？把它挖出來？我問他。

他說這就是他要同我商量的。

我問他是不是等錢用？

他並不看著我，望著窗外雪地幾棵光禿的小樹。

怎麼說呢？就我和我老婆的工資，養一個兒子，剛夠吃飯，別想再有什麼開銷，可我總不能把祖宗這樣賣了。他們當然會給我一筆獎金，一個零頭的零頭。

我說還會發一條消息，某某的七世孫某某捐獻文物受獎的新聞。

他苦笑了笑，說，爲分這一筆獎金那一大幫遠近叔伯親屬還不得同他打破頭？衝這也犯不上。他主要想這對國家倒是一筆財富。

出土文物挖的難道還少了？就富了？我反問他。

是這話，他點點頭，說是他又一想，要是他哪天得個急病，再不，碰上個車禍死了，就鬼都不知道了。

那把這幾句偈語傳給你兒子好了，我建議道。

他說他不是沒想過，可他兒子長大要是不成器再賣了呢？他自問自。

你不會先關照他？我插了一句。

兒子還小呢，讓他安心念書吧，說別叫他兒子將來再像他這樣爲這屁事弄得神經衰弱，他斷然否決了。

那就留點東西叫後人考古的也有事做。我還能說什麼呢？

他想了想，巴掌在腿上一拍，得，就照你說的辦，由它埋著吧！他這才起身走了。

又有朋友來，穿件嶄新的雪花呢大衣，腳上是一雙光亮的三截頭鏤花鑲邊的黑皮鞋，像出國進行國事訪問的幹部。

他一邊脫大衣，一邊大聲說，他做買賣發了財！今日之他已非昨日之他。大衣脫去，裡面是一身筆挺的西裝，硬領襯衫上還打了一條紅花領帶，又像是駐外公司的代表。

我說這天氣你穿這點在外面跑也真不怕冷。

他說他不擠公共汽車了，叫出租車來的，他這回住北京飯店！你不相信怎麼的？這種高級賓館不能只外國人住！他甩出帶銅球的鑄有英文字樣的鑰匙串。

我告訴他這鑰匙出門應該交給旅館服務台。

過去窮慣了，鑰匙才總帶在身上，他自我解嘲。然後便環顧這房間。

你怎麼就住這麼間房？你猜猜我現在住幾間？

我說我猜不著。

三室一廳，在你們北京也夠個司局長的規格！

我看著他刮得青青的腮幫子泛出紅光，不像我外出結識他時那乾瘦邋遢的樣子。

你怎麼也沒個彩電？他問。

我告訴他我不看電視。

不看也做個擺設，我家裡就兩台，客廳和我女兒房裡各一架。我女兒和她媽各人看各人的節目。你要不要來一架？我馬上陪你到百貨大樓去拉一台來！我是說真的。他睜大眼睛望著我。

你怕是錢燒得慌？我說。

做買賣嘛，當官的我都送，他們就吃這個，你不要他們批計畫給指標嗎？不送禮門也沒有。可你是我朋友！你缺不缺錢花？一萬元以內都包在我身上，沒有問題。

你別犯法，我警告他。

犯法？我無非送點禮，犯法的不是我，該抓的是大頭！

大頭也抓不了，我說。

這你當然比我清楚，你在首都，什麼不知道！我告訴你吧，抓我也沒那麼容易，我該交的稅都交，縣太爺，地區商業局長，我現在都是他們家的座上客。我不是當城關鎮小學教員的那陣子啦，那時候，為了從鄉里調進這城關，我一年裡少說四個月的工資都用來請教育幹事吃飯了。

他瞇起眼睛，後退一步，扠腰端詳我牆上掛的一幅水墨雪景，屏息了一會，轉身說，你不還誇獎過我的書法？你都看得上，可我當時想在縣文化館搞個書法展都通不過。一些大官名人的字，那也拿得出手？人不也是什麼書法研究會的名譽主席，副主席，還好意思登到報上！

我問他還寫字嗎？

書法吃不了飯，正像你寫的書一樣，除非有一天我也混成個名人，就都跟到你屁股後面來求墨寶了。這就是社會，我算是看透了。

看透了也就甭說了。

我來氣！

那你就還沒看透。我打斷他，問他吃飯了沒有？

別張羅了，我待會叫個車拖你一起上飯館，你說哪裡就哪裡，我知道你時間金貴。我先把要說的說了，我來找你幫個忙。

幫什麼忙？你說吧。

幫我女兒進一所名牌大學。

我說我不是校長。

你也當不了，他說，可你總有些關係吧？我現在算是發財了，可在人眼裡，到底也還是個投機倒把做買賣的，我不能叫我女兒跟我這輩子一樣，我要讓她進名牌大學，將來好進入上層社會。

再找個高幹的兒子？我問。

那我管不著，她自己會知道該怎麼辦。

要是她就不找呢？

你別跟我打岔，這忙你到底幫不幫？

這得憑成績，這忙我幫不了。

她有的是成績。

那考就得了。

你真迂腐，那些大官的子女都是考上的？

我不調查這些事。

你是作家。

作家怎麼的？

你是社會的良心，得爲人民說話！

甭逗了，我說，你是人民？還是我是人民？還是那所謂的我們是人民？我只說我自己的話。

我看中的就是你說的都是真話！

真話就是，老兄，你穿上大衣，找個地方一起吃飯去，我餓了。

又有人敲門了。開門的是個我不認識的人，拎個黑皮塑料包。我說我不買雞蛋，我出去吃飯。

他說他不是賣雞蛋的。他打開提包讓我看，裡面沒有凶器，不是作案的流竄犯。他怯生生拿出一大疊稿紙，說是特地來找我請教，他寫了一部小說，想請我過目。我只好讓他進門，請他坐。

他說他不坐，可以把稿子先留下，改日再來拜訪。

我說甭改日了，有什麼話這會就可以說完。

他便雙手在口袋裡摸索，掏出一包香菸。我遞過火柴等他趕快點著菸好把話講完。

他結結巴巴，說他寫的是一個真實的故事——

我只好打斷他，說我不是新聞記者，對真實不感興趣。

他更結巴了，說他知道文學不同於新聞報導，他這也還是一部小說，只是在真人真事的基礎上加以合理的虛構。他請我看的目的是看能不能發表？

我說我不是編輯。

他說他知道，他只是想請我推薦，包括修改，如果我願意的話，甚至可以署上我的名字，算是合作，當然，把他的名字放在後面，我的名字在前。

我說要署上我的名字恐怕就更難發表了。

爲什麼？

因爲我自己的作品都很難發表。

他哦了一聲，表示明白了。

我怕他還不十分明白，又解釋說，他最好找個能發表作品的編輯。

他不說話了，看得出來猶豫不決。

我決定幫他一把，問，您是不是可以把這部小說拿回去？

您能不能轉給有關的編輯部？他瞪大眼睛反問。

由我轉不如您直接送去，沒準還少惹點麻煩。我露出笑容。

他也就笑了，把稿子擱回提包裡，含糊說了聲感謝的話。

我說不，我感謝他。

又敲門了，我不想再開。

八十

你喘息，一步歇一步，走向冰山，好不艱難。碧綠的冰河陰沉而透明了。冰層下，墨綠得像翡翠巨大的礦脈。

你在光潔的冰面上滑行，嚴寒刺扎你凍得麻木的面頰，剛能覺察的冰花，五顏六色在眼前閃爍，呵出的水氣在眉尾上立即結一層白霜。四下一片凝固了的寂靜。

河床突起，冰川以無法覺察的速度，一年幾米，十幾米，幾十米，一點一點移進。

你逆冰川而行，像一隻快要凍僵了的爬蟲。

前面，陽光照不到的陰影裡，矗立被風掃蕩過的冰的平面。當風暴起來，以每秒百公尺以上的速度，將這一面面潔淨的冰壁全都拋光了。

你在這冰晶的斷牆之間，不動也喘息不已。肺臟有種撕裂的疼痛，腦髓已經凝結，不能再思考，近乎一片空白，這不就是你尋求達到的境界?像這冰雪的世界，只有一些不能確定的陰影構成的各種模糊的圖像，不訴說什麼，沒有意義，一片死寂。

每一步你都可能摔倒，摔倒就摔倒了，再掙扎滑著爬行，你手腳早已失去了疼痛的感覺。

冰層上積雪越來越少，殘留在風掃蕩不到的某些死角。雪層堅硬，綿軟只不過是表象，都裹在冰晶的硬殼中。

腳下冰谷裡一隻禿頭鷲鷹在盤旋，除你之外的另一個生命，你也弄不清是不是你的一種印象，要緊的是你還有視象。

你迴旋而上，在迴旋之中，在生死之間，還在掙扎，這麼個存在，也就是說，血管裡的血還在流動，這條性命也還沒斷。

這巨大的沉寂裡，晶鈴鈴，一個微弱的鈴聲剛可以捉摸，像冰晶撞擊，你以爲你聽見了。

冰山巔出現了紫色的雲霞，顯示風暴正高速在雲霞裡旋轉，邊緣緲裊的雲翳顯示出這風暴的力度。

一個越來越分明的鈴聲喚起了你心底的悸動，你看見一個女人騎在馬上，馬頭同她一起顯露在雪線以上，背後襯著陰森的冰淵。你彷彿還聽見馬鈴伴隨的歌聲。

昌都來的那個女人喲，

頭上絲線盤的辮子，

耳上墜的綠松石耳環，

手上戴的熠熠閃亮的銀手鐲，

袍子上紮的五彩腰帶……

像是在大雪山海拔五千六百公尺的公路標桿旁你曾經見到過的一個騎馬的藏族女人，她朝你回頭一笑，在誘你墮入冰晶的深淵，你當時止不住還朝她走去……

都不過是一些追憶，這鈴聲只固守在你心裡，又像是在你腦門上響，肺腑撕裂的痛楚難以忍受，心臟瘋狂搏動，七上八下，腦袋就要炸裂開來。炸裂之時也就是血液在血管裡凝固之時，一種無聲無息的爆炸。生命是脆弱的，又頑強掙扎，只是本能的固執。

你睜開眼睛，光芒令你刺痛，什麼也看不見，只知道還在爬行，惱人的鈴聲竟成了遙遠的記憶，一種不甚分明的懷念，如同閃爍的冰花，細碎，飄忽不定，在視網膜上炫耀，你努力去辨認彩虹的顏色，你顛倒旋轉，漂浮著後退，失去了自主的能力，都是徒然的努力，不分明的願望，不肯泯滅，黑森森的空洞，一個骷髏的眼窩，貌似深邃，什麼也沒有，一個不和的旋律，分裂開來，轟的一下！

……從未有過的明澈，又全部那麼清新，你體會到這難以察覺的幽微，一種沒有聲響的聲音，變得透明，被梳理、過濾、澄清了，你在墜落，墜落之中又飄浮，這般輕鬆，而且沒有風，沒有形體的累贅，情緒也不浮躁，你通體清涼，全身心都在傾聽，又全身心都聽到了這無聲而充盈的音樂，你意念中那一縷游絲變細，卻越益分明，呈現在眼前，纖細猶如毫髮，又像一線縫隙，縫隙的盡頭就融合在黑暗中，失去了形，瀰散開來，變成幽微的毫光，轉而成爲無邊無際無數的微粒，又將你包容，在這粒粒分明的雲翳之中，毫光凝聚，進而游動，成爲如霧一般的星雲，還悠悠變幻，逐漸凝爲一團幽冥發藍的太陰，太陽之中的太陰，變得灰紫，就又瀰漫開，中心倒更加凝集，轉爲暗紅，發出紫瑩瑩的霞光，你閉目，拒絕它照射，卻止不住，心底升起的悸動和期望，黑暗的邊沿，你聽見了音樂，這有形之聲逐漸擴大，蔓延，一顆顆亮晶晶的聲音穿透你的軀體，你無法辨別你自己的方位，這些晶瑩透亮的聲音的細粒，四面八方將你全身心浸透，一片正在形成的長音中有個渾厚的中音，你捕捉不住它的旋律，卻感到了聲音的厚度，它銜接另一片音響，混合在一起，舒張開來，成了一條河流，時隱時現，時現時隱，幽藍的太陽在更加幽冥的太陰裡迴旋，你凝神屏息，失去了呼吸，到了生命的末端，聲音的波動卻一次比一次更有力，湧載你，推向高潮，那純粹的精神的高潮，你眼前，心裡，不知身居何處的軀體中，幽冥的太陰中的太陽的映象在不斷湧進的持續轟鳴中擴張擴張擴張擴張擴張擴擴擴擴張張張一聲炸裂——又絕無聲響，你墮入更加幽深的黑暗，重又感到了心的搏動，分明的肉體的痛楚，這生命之軀對於死亡的恐懼是這樣具體，你這副拋棄不掉的軀體又恢復了知覺。

黑暗中，房間的角落裡，錄音機上那排明亮通紅的音標上下跳躍。

八十一

窗外的雪地裡我見到一隻很小很小的青蛙，眨巴一隻眼睛，另一隻眼圓睜睜，一動不動，直望著我。我知道這就是上帝。

他就這樣顯示在我面前，只看我是不是領悟。

他用一隻眼睛在同我說話，一張一合，上帝同人說話的時候不願人聽到他的聲音。

我也毫不奇怪，似乎就應該這樣，彷彿上帝原來就是隻青蛙，那一隻聰明的圓眼睛一眨不眨。他肯審視我這個可憐的人，就夠仁慈的了。

他另一隻眼，眼皮一張一合在講人類無法懂得的語言，我應該明白，至於我是否明白，這並不是上帝的事情。

靈山

我儘可以以爲這眨動的眼皮中也許並沒有什麼意義，可它的意義也許就正在這沒有意義之中。

沒有奇蹟。上帝就是這麼說的，對我這個不知饜足的人說。

那麼，還有什麼可追求的？我問他。

周圍靜悄悄的，雪落下來沒有聲音。我有點詫異這種平靜。天堂裡就這麼安靜。

也沒有喜悅。喜悅是對憂慮而言。

只落著雪。

我不知我此時身在何處，我不知道天堂裡這片土地又從何而來，我四周環顧。

我不知道我什麼也不懂，還以爲我什麼都懂。

事情就出在我背後又總有隻莫名其妙的眼睛，我就只好不懂裝懂。

裝作要弄懂卻總也弄不懂。

我其實什麼也不明白，什麼也不懂。

就是這樣。

一九八二年夏至一九八九年九月

北京——巴黎

附錄

西元二〇〇〇年諾貝爾文學獎得獎頌辭／瑞典皇家學院

西元二〇〇〇年諾貝爾文學獎授予中文作家高行健，「以表彰其作品放諸四海皆準的價值、刻骨的洞察力和精妙的語言，為中文小說藝術和戲劇開闢了新的道路。」

在高行健的作品中可以見到文學從個人在群眾歷史中的掙扎得到新生。他識見深遠，見解獨到，不認爲這個世界是可以解釋的，確信只有透過寫作，方能得到解脫。

巨著《靈山》獨樹一格，自成一類，其他作品無法與之相較。小說的根據是作者在中國南部和西南偏遠地區的漫遊印象。這裡仍流傳著巫術、民謠和江湖好漢的奇談，然當地人並不以爲荒誕，還視爲真人真事。在此，也可能遇上仙風道骨的人物。小說由多重敘事編織而成，有互相映襯的多個主人公，藉以展現同一自我的不同面向。作者靈活自在地運用人稱代名詞，急遽轉換敘事觀點，迫使讀者對所有人物的告白產生質疑。這種寫作策略來自於他的戲劇創作。他的劇作常常要求演員在扮演角色的同時，又抽離自身，從外部描述。由「你」、「我」、「他／她」等人稱代名詞，呈現複雜多變的內心距離。

《靈山》不但是一部敘述主人公旅程的朝聖小說，也代表一個反思的過程，這條反思之路的兩邊，分別是虛構與真實人生、幻想與記憶。而探討知識問題的形式是漸行漸深，以擺脫目的和意義。這種多聲部的敘述，文體的交融與寫作本質的深入探究，讓人聯想到宏偉的德國浪漫主義宇宙詩。

高行健的另一部長篇《一個人的聖經》，主題與《靈山》一脈相承，但更好掌握。小說的核心是在為中國文化大革命的喪心病狂算總帳。作者毫無保留、掏心剖腹地敘述自己獻身政治行動、遭受迫害，乃至身為旁觀者的經驗。他的敘述或許可能凝聚成異議人士的道德化身，但他不願站在這個位置，也拒絕擔任救贖者。他的文字從來就不是柔順的，對善意亦然。劇作《逃亡》不但激怒了當權者，在中國民主運動中也引起一番非議。

高行健曾指出，西方非自然主義戲劇潮流對他戲劇創作的影響。他提到阿鐸（Artaud）、布雷希特（Brecht）、貝克特（Beckett）和坎托爾（Kantor）等人。然而，「挖掘大眾戲劇資源」對他來說同樣重要。他創作的中國話劇結合了中國古代的儺戲、皮影、舞蹈和說唱傳統。他也歡迎這樣的可能：就像中國國劇，僅僅借用一招一式，或者隻言片語就能在表演舞台上的時空中自由穿梭。在當代人性鮮明的意象中，穿插了變化多端、奇詭怪異、象徵式的夢境語言。情色主題使得他的文本帶有狂熱與激情；而誘惑的情節則是他作品中的基本模式。因此，他筆下呈現的女性面向，與男性的質量可等量齊觀——只有少數男性作家能做到這點。

文學的理由——得獎演說

／高行健

我不知道是不是命運把我推上這講壇，由種種機緣造成的這偶然，不妨稱之爲命運。上帝之有無且不去說，面對這不可知，我總心懷敬畏，雖然我一直自認是無神論者。

一個人不可能成爲神，更別說替代上帝，由超人來主宰這個世界，只能把這世界攪得更亂，更加糟糕。尼采之後的那一個世紀，人爲的災難在人類歷史上留下了最黑暗的紀錄。形形色色的超人，號稱人民的領袖、國家的元首、民族的統帥，不惜動用一切暴力手段造成的罪行，絕非是一個極端自戀的哲學家那一番瘋話可以比擬的。我不想濫用這文學的講壇去奢談政治和歷史，僅僅藉這個機會發出一個作家純然個人的聲音。

作家也同樣是一個普通人，可能還更爲敏感，而過於敏感的人也往往更爲脆弱。一個作家不以人民的代言人或正義的化身說的話，那聲音不能不微弱，然而，恰恰是這種個人的聲音倒更爲真實。

這裡，我想要說的是，文學也只能是個人的聲音，而且，從來如此。文學一旦弄成國家的頌歌、民族的旗幟、政黨的喉舌，或階級與集團的代言，儘管可以動用傳播手段，聲勢浩大，鋪天蓋地而來，可這樣的文學也就喪失本性，不成其爲文學，而變成權力和利益的代用品。

這剛剛過去的一個世紀，文學恰恰面臨這種不幸，而且較之以往的任何時代，留下的政治與權力的烙印更深，作家經受的迫害也更甚。

文學要維護自身存在的理由而不成爲政治的工具，不能不回到個人的聲音，也因爲文學首先是出自個人的感受，有感而發。這並不是說文學就一定脫離政治，或是文學就一定干預政治，有關文學的所謂傾向性或作家的政治傾向，諸如此類的論戰也是上一個世紀折騰文學的一大病痛。與此相關的傳統與革新，弄成了保守與革命，把文學的問題統統變成進步與反動之爭，都是意識形態在作怪。而意識形態一旦同權力結合在一起，變成現實的勢力，那麼文學與個人便一起遭殃。

二十世紀的中國文學的劫難之所以一而再，再而三，乃至於弄得一度奄奄一息，正在於政治主宰文學，而文學革命和革命文學都同樣將文學與個人置於死地。以革命的名義對中國傳統文化的討伐導致公然禁書、燒書。作家被殺害、監禁、流放和罰以苦役的，這百年來無以計數，中國歷史上任何一個帝制朝代都無法與之相比，弄得中文的文學寫作無比艱難，而創作自由更難談及。

作家倘若想要贏得思想的自由，除了沉默便是逃亡。而訴諸言語的作家，如果長時間無言，也如同自殺。逃避自殺與封殺，還要發出自己個人的聲音的作家不能不逃亡。回顧文學史，從東方到西方莫不如此，從屈原到但丁，到喬依斯，到托馬斯·曼，到索忍尼辛，到一九八九年天安門慘案後中國知識分子成批的流亡，這也是詩人和作家還要保持自己的聲音而不可避免的命運。

在毛澤東實施全面專政的那些年代裡，卻連逃亡也不可能。曾經庇護過封建時代文人的山林寺廟悉盡掃蕩，私下偷偷寫作得冒生命危險。一個人如果還想保持獨立思考，只能自言自語，而且得十分隱祕。我應該說，正是在文學做不得的時候我才充分認識到其所以必要，是文學讓人還保持人的意識。

自言自語可以說是文學的起點，藉語言而交流則在其次。人把感受與思考注入到語言中，通過書寫而訴諸文字，成爲文學。當其時，沒有任何功利的考慮，甚至想不到有朝一日能得以發表，卻還要寫，也因爲從這書寫中就已經得到快感，獲得補償，有所慰藉。我的長篇小說《靈山》正是在我的那些已嚴守自我審查的作品卻還遭到查禁之時著手的，純然爲了排遣內心的寂寞，爲自己而寫，並不指望有可能發表。

回顧我的寫作經歷，可以說，文學就其根本乃是人對自身價值的確認，書寫其時便已得到肯定。文學首先誕生於作者自我滿足的需要，有無社會效應則是作品完成之後的事，再說，這效應如何也不取決於作者的意願。

文學史上不少傳世不朽的大作，作家生前都未曾得以發表，如果不在寫作之時從中就已得到對自己的確認，又如何寫得下去？中國文學史上最偉大的小說《西遊記》、《水滸傳》、《金瓶梅》和《紅樓夢》的作者，這四大才子的生平如今同莎士比亞一樣尚難查考，只留下了施耐庵的一篇自述，要不是如他所說，聊以自慰，又如何能將畢生的精力投入生前無償的那宏篇巨製？現代小說的發端者卡夫卡和二十世紀最深沉的詩人費爾南多・畢索瓦不也如此？他們訴諸語言並非旨在改造這個世界，而且深知個人無能爲力卻還言說，這便是語言擁有的魅力。

語言乃是人類文明最上乘的結晶，它如此精微，如此難以把握，如此透澈，又如此無孔不入，穿透人的感知，把人這感知的主體同對世界的認識聯繫起來。通過書寫留下的文字又如此奇妙，令一個個孤立的個人，即使是不同的民族和不同的時代的人，也能得以溝通。文學書寫和閱讀的現實性同它擁有的永恆的精神價值也就這樣聯繫在一起。

我以爲，現今一個作家刻意強調某一種民族文化總也有點可疑。就我的出生、使用的語言而言，中國的文化傳統自然在我身上，而文化又總同語言密切相關，從而形成感知、思維和表述的某種較爲穩定的特殊方式。但作家的創造性恰恰在這種語言說過了的地方方才開始，在這種語言尚未充分表述之處加以訴說。作爲語言藝術的創造者沒有必要給自己貼上個現成的一眼可辨認的民族標籤。

文學作品之超越國界，通過翻譯又超越語種，進而越過地域和歷史形成的某些特定的社會習俗和人際關係，深深透出的人性乃是人類普遍相通的。再說，一個當今的作家，誰都受過本民族文化之外的多重文化的影響，強調民族文化的特色如果不是出於旅遊業廣告的考慮，不免令人生疑。

文學之超越意識形態、超越國界，也超越民族意識，如同個人的存在原本超越這樣或那樣的主義，人的生存狀態總也大於對生存的論說與思辨。文學是對人的生存困境的普遍關照，沒有禁忌。對文學的限定總來自文學之外，政治的、社會的、倫理的、習俗的，都企圖把文學裁剪到各種框架裡，好作爲一種裝飾。

然而，文學既非權力的點綴，也非社會時尚的某種風雅，自有其價值判斷，也即審美。同人的情感息息相關的審美是文學作品唯一不可免除的判斷。誠然，這種判斷也因人而異，也因爲人的情感總出自不同的個人。然而，這種主觀的審美判斷又確有普遍可以認同的標準，人們通過文學薰陶而形成的鑑賞力，從閱讀中重新體會到作者注入的詩意與美，崇高與可笑，悲憫與怪誕，幽默與嘲諷，凡此種種。

而詩意並非只來自抒情。作家無節制的自戀是一種幼稚病，誠然，初學寫作時，人人難免。再說，抒情也有許許多多的層次，更高的境界不如冷眼靜觀。詩意便隱藏在這有距離的觀注中。而這觀注的目光如果也審視作家本人，同樣凌駕於書中的人物和作者之上，成爲作家的第三隻眼，一個盡可能中性的目光，那麼災難與人世的垃圾便也經得起端詳，在勾起痛苦、厭惡與惡心的同時，也喚醒悲憫、對生命的愛惜與眷戀之情。

植根於人的情感的審美恐怕是不會過時的，雖然文學如同藝術，時髦年年在變。然而，文學的價值判斷同時尚的區別就在於後者唯新是好，這也是市場的普遍運作的機制，書市也不例外。而作家的審美判斷倘若也追隨市場的行情，則無異於文學的自殺。尤其是現今這個號稱消費的社會，我以爲恰恰得訴諸一種冷的文學。

十年前，我結束費時七年寫成的《靈山》之後，寫了一篇短文，就主張這樣一種文學：

文學原本同政治無關，只是純然個人的事情，一番觀察，一種對經驗的回顧，一些臆想和種種感受，某種心態的表達，兼以對思考的滿足。

所謂作家，無非是一個人自己在說話、在寫作，他人可聽可不聽，可讀可不讀，作家既不是為民請命的英雄，也不值得作為偶像來崇拜，更不是罪人或民眾的敵人，之所以有時竟跟著作品受難，只因為是他人的需要。當權勢需要製造幾個敵人來轉移民眾注意力的時候，作家便成為一種犧牲品。而更為不幸的是，弄暈了的作家竟也以為當祭品是一大光榮。

其實，作家同讀者的關係無非是精神上的一種交流，彼此不必見面，不必交往，只通過作品得以溝通。文學作為人類活動尚免除不了的一種行為，讀與寫雙方都自覺自願。因此，文學對於大眾不負有什麼義務。

這種恢復了本性的文學，不妨稱之為冷的文學。它所以存在僅僅是人類在追求物欲滿足之外的一種純粹的精神活動。這種文學自然並非始於今日，只不過以往主要得抵制政治勢力和社會習俗的壓迫，現今還要對抗這消費社會商品價值觀的浸淫，求其生存，首先得自甘寂寞。

作家倘從事這種寫作，顯然難以為生，不得不在寫作之外另謀生計，因此，這種文學的寫作，不能不說是一種奢侈，一種純然精神上的滿足。這種冷的文學能有幸出版而流傳在世，只靠作者和他們的朋友的努力。曹雪芹和卡夫卡都是這樣的例子。他們的作品生前甚至都未能出版，更別說造成什麼文學運動，或成為社會的明星。這類作家生活在社會的邊緣和夾縫裡，埋頭從事這種當時並不指望報償的精神活動，不求社會的認可，只自得其樂。

冷的文學是一種逃亡而求其生存的文學，是一種不讓社會扼殺而求得精神上自救的文學，一個民族倘竟容不下這樣一種非功利的文學，不僅是作家的不幸，也該是這個民族的悲哀。

我居然在有生之年，有幸得到瑞典皇家學院給予的這巨大的榮譽與獎賞，這也得力於我在世界各地的朋友們多年來不計報酬、不辭辛苦，翻譯、出版、演出和評介我的作品，在此我就不一一致謝了，因爲這會是一個相當長的名單。

我還應該感謝的是法國接納了我，在這個以文學與藝術爲榮的國家，我既贏得了自由創作的條件，也有我的讀者和觀眾。我有幸並非那麼孤單，雖然從事的是一種相當孤獨的寫作。

我在這裡還要說的是，生活並不是慶典，這世界也並不都像一百八十年來未有過戰爭如此和平的瑞典，新來臨的這世紀並沒有因爲經歷過上世紀的那許多浩劫就此免疫。記憶無法像生物的基因那樣可以遺傳。擁有智能的人類並不聰明到足以吸取教訓，人的智能甚至有可能惡性發作而危及到人自身的生存。

人類並非一定從進步走向進步。歷史，這裡我不得不說到人類的文明史，文明並非是遞進的。從歐洲中世紀的停滯到亞洲大陸近代的衰敗與混亂乃至二十世紀兩次世界大戰，殺人的手段也越來越高明，並不隨同科學技術的進步人類就一定更趨文明。

以一種科學主義來解釋歷史，或是以建立在虛幻的辯證法上的歷史觀來演繹，都未能說明人的行爲。這一個多世紀以來對烏托邦的狂熱和不斷革命，如今都塵埃落地，得以倖存的人難道不覺得苦澀？

否定的否定並不一定達到肯定，革命並不就帶來建樹，對新世界的烏托邦以剷除舊世界作爲前提，這種社會革命論也同樣施加於文學，把這本是創造的園地變爲戰場，打倒前人，踐踏文化傳統，一切從零開始，唯新是好，文學的歷史也被詮釋爲不斷的顛覆。

作家其實承擔不了創世主的角色，也別自我膨脹爲基督，弄得自己精神錯亂變成狂人，也把現世變成幻覺，身外全成了煉獄，自然活不下去的。他人固然是地獄，這自我如果失控，何嘗不也如此？弄得自己爲未來當了祭品且不說，也要別人跟著犧牲。

這二十世紀的歷史不必匆匆去作結論，倘若還陷入在某種意識形態的框架的廢墟裡，這歷史也是白寫的，後人自會修正。

作家也不是預言家，要緊的是活在當下，解除騙局，丟掉妄想，看清此時此刻，同時也審視自我。自我也一片混沌，在質疑這世界與他人的同時，不妨也回顧自己。災難和壓迫固然通常來自身外，而人自己的怯懦與慌亂也會加深痛苦，並給他人造成不幸。

人類的行爲如此費解，人對自身的認知尚難得清明，文學則不過是人對自身的觀注，觀審其時，多少萌發出一縷照亮自身的意識。

文學並不旨在顛覆，而貴在發現和揭示鮮爲人知或知之不多，或以爲知道而其實不甚了了的這人世的真相。真實恐怕是文學顛撲不破的最基本的品格。

這新世紀業已來臨，新不新先不去說，文學革命和革命文學隨同意識形態的崩潰大抵該結束了。籠罩了一個多世紀的社會烏托邦的幻影已煙消雲散，文學擺脫掉這樣或那樣的主義的束縛之後，還得回到人的生存困境上來，而人類生存的這基本困境並沒有多大改變，也依然是文學永恆的主題。

這是個沒有預言沒有許諾的時代，我以爲這倒不壞。作家作爲先知和裁判的角色也該結束了，上一個世紀那許許多多的預言都成了騙局。對未來與其再去製造新的迷信，不如拭目以待。作家也不如回到見證人的地位，盡可能呈現真實。

這並非說要文學等同於紀實。要知道，實錄證詞提供的事實如此之少，並且往往掩蓋住釀成事件的原因和動機。而文學觸及到真實的時候，從人的內心到事件的過程都能揭示無遺，這便是文學擁有的力量，如果作家如此這般去展示人生存的真實狀況而不胡編亂造的話。

作家把握真實的洞察力決定作品品格的高低，這是文字遊戲和寫作技巧無法替代的。誠然，何謂真實也眾說紛紜，而觸及真實的方法也因人而異，但作家對人生的眾生相是粉飾還是直陳無遺，卻一眼便可看出。把真實與否變成對詞義的思辨，不過是某種意識形態下的某種文學批評的事，這一類的原則和教條同文學創作並沒有多大關係。

對作家來說，面對真實與否，不僅僅是個創作方法的問題，同寫作的態度也密切相關。筆下是否真實同時也意味下筆是否真誠，在這裡，真實不僅僅是文學的價值判斷，也同時具有倫理的涵義。作家並不承擔道德教化的使命，既將大千世界各色人等悉盡展示，同時也將自我袒裎無遺，連人內心的隱祕也如是呈現，真實之於文學，對作家來說，幾乎等同於倫理，而且是文學至高無上的倫理。

哪怕是文學的虛構，在寫作態度嚴肅的作家手下，也照樣以呈現人生的真實爲前提，這也是古往今來那些不朽之作的生命力所在。正因爲如此，希臘悲劇和莎士比亞永遠也不會過時。

文學並不只是對現實的摹寫，它切入現實的表層，深深觸及到現實的底蘊；它揭開假象，又高高凌駕於日常的表象之上，以宏觀的視野來顯示事態的來龍去脈。

當然，文學也訴諸想像。然而，這種精神之旅並非胡說八道，脫離真實感受的想像，離開生活經驗的根據去虛構，只能落得蒼白無力。作者自己都不信服的作品也肯定打動不了讀者。誠然，文學並非只訴諸日常生活的經驗，作家也並不囿於親身的經歷，耳聞目睹以及在前人的文學作品中已經陳述過的，通過語言的載體也能化爲自己的感受，這也是文學語言的魅力。

如同咒語與祝福，語言擁有令人身心振盪的力量，語言的藝術便在於陳述者能把自己的感受傳達給他人，而不僅僅是一種符號系統、一種語義建構，僅僅以語法結構而自行滿足。如果忘了語言背後那說話的活人，對語義的演繹很容易變成智力遊戲。

語言不只是概念與觀念的載體，同時還觸動感覺和直覺，這也是符號和信息無法取代活人的言語的緣故。在說出的詞語的背後，說話人的意願與動機，聲調與情緒，僅僅靠詞義與修辭是無法盡言的。文學語言的涵義得由活人出聲說出來才充分得以體現，因而也訴諸聽覺，不只以作爲思維的工具而自行完成。人之需要語言也不僅僅是傳達意義，同時是對自身存在的傾聽和確認。

這裡，不妨借用笛卡爾的話，對作家而言，也可以說：我表述故我在。而作家這我，可以是作家本人，或等同於敘述者，或變成書中的人物，既可以是他，也可以是你，這敘述者主體又一分爲三。主語人稱的確定是表達感知的起點，由此而形成不同的敘述方式。作家是在找尋他獨特的敘述方式的過程中實現他的感知。

我在小說中，以人稱來取代通常的人物，又以我、你、他這樣不同的人稱來陳述或關注同一個主人公。而同一個人物用不同的人稱來表述，造成的距離感也給演員的表演提供了更爲廣闊的內心的空間，我把不同人稱的轉換也引入到劇作法中。

小說或戲劇作品都沒有也不可能寫完，輕而易舉去宣布某種文學和藝術樣式的死亡也是一種虛妄。

與人類文明同時誕生的語言有如生命，如此奇妙，擁有的表現力也沒有窮盡，作家的工作就在於發現並開拓這語言蘊藏的潛能。作家不是造物主，他既剷除不了這個世界，哪怕這世界已如此陳舊。他也無力建立什麼新的理想的世界，哪怕這現世界如此怪誕而非人的智力可以理解，但他確實可以多多少少做出些新鮮的表述，在前人說過的地方還有可說的，或是在前人說完了的地方才開始說。

對文學的顛覆是一種文學革命的空話。文學沒有死亡，作家也是打不倒的。每一個作家在書架上都有他的位置，只要還有讀者來閱讀，他就活了。一個作家如果能在人類已如此豐盛的文學庫存裡留得下一本日後還可讀的書該是莫大的慰藉。

然而，文學，不論就作者的寫作而言，還是就讀者閱讀而言，都只在此時此刻得以實現，並從中得趣。爲未來寫作如果不是故作姿態，也是自欺欺人。文學爲的是生者，而且是對生者這當下的肯定。這永恆的當下，對個體生命的確認，才是文學之爲文學而不可動搖的理由，如果要爲這偌大的自在也尋求一個理由的話。

不把寫作作爲謀生的手段的時候，或是寫得得趣而忘了爲什麼寫作和爲誰寫作之時，這寫作才變得充分必要，非寫不可，文學便應運而生。文學如此非功利，正是文學的本性。文學寫作變成一種職業是現代社會的分工並不美妙的結果，對作家來說，是個十足的苦果。

尤其是現今面臨的這時代，市場經濟已無孔不入，書籍也成了商品。面對無邊無際盲目的市場，別說是孤零零一個作家，以往文學派別的結社和運動也無立足之地。作家要不屈從於市場的壓力，不落到製作文化產品的地步以滿足時興的口味而寫作的話，不得不自謀生路。文學並非是暢銷書和排行榜，而影視傳媒推崇的與其說是作家，不如說做的是廣告。寫作的自由既不是恩賜的，也買不來。而首先來自作家自己內心的需要。

說佛在你心中，不如說自由在心中，就看你用不用。你如果拿自由去換取別的什麼，自由這鳥兒就飛了，這就是自由的代價。

作家所以不計報酬還寫自己要寫的，不僅是對自身的肯定，自然也是對社會的某種挑戰。但這種挑戰不是故作姿態，作家不必自我膨脹爲英雄或鬥士，再說英雄或鬥士所以奮鬥不是爲了一個偉大的事業，便是要建立一番功勳，那都是文學作品之外的事情。作家如果對社會也有所挑戰，不過是一番言語，而且得寄託在他作品的人物和情境中，否則只能有損於文學。文學並非憤怒的吶喊，而且還不能把個人的憤慨變成控訴。作家個人的情感只有化解在作品中而成爲文學，才經得起時間的損耗，長久活下去。

因而，作家對社會的挑戰不如說是作品在挑戰。能經久不朽的作品當然是對作者所處的時代和社會一個有力的回答。其人其事的喧囂已蕩然無存，唯有這作品中的聲音還呼之即出，只要有讀者還讀的話。

誠然，這種挑戰改變不了社會，只不過是個人企圖超越社會生態的一般限定，做出的一個並不起眼的姿態，但畢竟是多多少少不尋常的姿態，這也是做人的一點驕傲。人類的歷史如果只由那不可知的規律左右，盲目的潮流來來去去，而聽不到個人有些異樣的聲音，不免令人悲哀。從這個意義上說，文學正是對歷史的補充。歷史那巨大的規律不由分說施加於人之時，人也得留下自己的聲音。人類不只有歷史，也還留下了文學，這也是虛妄的人卻也還保留的一點必要的自信。

尊敬的院士們，我感謝你們把諾貝爾這獎給了文學，給了不迴避人類的苦難，不迴避政治壓迫而又不爲政治效勞獨立不移的文學。我感謝你們把這最有聲譽的獎賞給了遠離市場的炒作不受注意卻值得一讀的作品。同時，我也感謝瑞典皇家學院讓我登上這舉世注目的講壇，聽我這一席話，讓一個脆弱的個人面對世界發出這一番通常未必能在公眾傳媒上聽得到的微弱而不中聽的聲音。然而，我想，這大抵正是這諾貝爾文學獎的宗旨。謝謝諸位給我這樣一個機會。

領獎答謝辭

／高行健

尊敬的國王陛下：

站在您面前的這人，還記得，他八歲的時候，他母親叫他寫日記，他就這樣寫下去了，一直寫到成年。

他也還記得，上中學的時候，教作文的一位老教師在黑板上掛了一張招貼畫，說不出題目了，大家就寫這張畫吧。可他不喜歡這畫，寫了一大篇對這畫的批評。老先生不但沒生氣，給了他個好分數，還有個評語：「筆力很健」。他就這樣一直寫下去，從童話寫到小說，從詩寫到劇本，直到革文化的命來了，他嚇得全都燒掉了。

之後，他弄去耕田好多年。可他偷偷還寫，把寫的稿子藏在陶土罈子裡，埋到地下。

他後來寫的，又禁止發表。

再後來，到了西方，他也還寫，便再也不在乎出版不出版。即使出版了，也不在乎有沒有反響。突然，卻來到這輝煌的大廳，從國王陛下手中接受這樣高貴的獎賞。
於是，他止不住問：國王陛下，這是真的嗎？還是個童話？

二〇一〇國際筆會東京大會文學論壇開幕式演講

環境與文學——今天我們寫什麼

／高行健

我首先感謝日本筆會會長阿刀田高先生對我的信任，邀請我在東京舉行的世界各國作家們的這一盛會上，以「環境與文學——今天我們寫什麼」爲題作這番演講，提出一些問題和看法，供大家討論。

文學面臨的環境大抵無非是人與自然和人與社會的這兩重關係，如今都困境重重。自然環境污染日趨嚴重，而地球大氣暖化也已經成了全人類普遍的焦慮，自然生態環境的惡化雖然早已經成了政治和媒體日常的公眾話題，卻絲毫不見什麼有效的政策和實施，哪怕稍許延緩人類賴以生存這唯一的環境的惡化，對自然環境的破壞卻相反正在加速進行。

另一方面，人類生存的社會環境也同樣免除不了政治的干擾和市場經濟的侵淫，政治和廣告通過鋪天蓋地的媒體侵入到社會生活的每一個角落，現今這偌大的地球恐怕再也找不到一片不受污染的淨土，這便是現今文學面臨的環境，可以說是十足的困境。

面對這樣的困境，作家能做些什麼？或者說文學能否改變人類面臨的這種困境？這就是我要提出的第一個問題。

現今的作家面對這無邊無際的困境，應該說，確實無奈，而文學也無非是作家個人的聲音，這如此脆弱的個人如果不訴諸神話和科幻又能做些什麼？文學改造不了這個世界，只能採取文學的方式，去描述人類生存的這種困境，成爲人的生存條件的見證。而如何描述現時代人的真實處境，換言之，首先是如何認識這種處境，這才是作家的工作。

作家在現今社會並不具有獨特的社會地位，既無權力又無特權，如果不投入政黨政治的話，孑然一身，倘若沒有別的職業或自家經濟來源的支撐，僅僅以寫作謀生，又能否抵制市場的壓力，保持精神上的獨立不移，把他的觀察與思考寫到書中去？對現時代的作家來說，這才是既真實又嚴峻的現實處境。

這裡說的文學，是這種面對人的真實處境的文學，而非書市的排行榜上的暢銷書，這種文學所面臨的困境，也正是當今文學的處境。現時代的作家如果不肯捲入政黨政治，爲選戰捧場或充當政治權力的吹鼓手，又不追隨市場炮製的時尚，不得不面對這無需爭辯的現實。現時代人類的生存困境同作家和文學的困境就這樣緊密聯繫在一起。

在現今的社會條件下，且不說作家如何去改變困境，在這種困境中如何堅持這種超越功利的寫作，抵抗各種各樣的壓力和誘惑，維護精神的獨立，都是非常艱難的，這就是我們進而要討論的。

作家並非聖人，而聖人安在？作家也非超人，既非造物主又非救世主，也不必把自己打扮成人民的代言人，時代的喉舌或社會正義的化身，再說這樣的角色不如留給政客，而且也已經太多了，像走馬燈一樣，媒體上天天在表演，卻並沒有拯救這個世界。

文學改造不了世界，把文學作爲工具或武器，乃是出於政治的需要。文學介入政治，絲毫改變不了政治乃是權力的較量和現實利益的交易所達到暫時的平衡，這也是政治言詞背後掩蓋不了的真相。所謂政治正確則隨著這短暫的平衡的打破而時過境遷，再立新的標準。文學介入政治的結果只能是文學爲政治效勞。再說，這現實的政治無非是政黨的政治，何曾見到能由作家來掌控的政治？作家從政，不成爲政治的點綴便成爲政治鬥爭的犧牲品，這剛剛過去的二十世紀，西方和東方、歐洲和亞洲，都屢見不鮮，就不用細說了。

在極權政治的統治下，這種敢於面對人的生存困境的文學從來受到打壓、查禁和封殺。即使前共產黨集權的國家如今也對資本主義的市場經濟開放，這樣的文學並沒有就此解脫政治的審查，還又落入市場的機制，可說是更加艱難。在民主政治下，政治權力雖然不直接監控文學，但所謂政治正確卻通過意識形態也還在牽制文學。作家倒是可聽可不聽，然而，自由卻從來也不是免費賜予的，是選擇自由還是選擇市場，對作家仍然是嚴峻的考驗。一個作家要是既非左派，又非右派，獨立不移的表述，也得耐得住寂寞。

文學要超越政治，又不屈從市場而獨立，在當今社會可說是相當艱難。文學也不可避免從社會生活中日益邊緣化。文學不僅從新聞媒體中退出，也已不再受到大眾的關注。然而，我們要討論的正是這種不爲政治服務，又不屈從市場消費，面對人的生存困境獨立自主的文學。

這種文學超越政治的功利，卻並不迴避政治，不介入政治權力的爭鬥而抽身靜觀，不做簡單的是非和倫理的判斷。再說，現今這時代是非善惡的判斷早已由種種政治正確所取代。各個黨派都設立一番以維護自身的現實利益爲標準的政治正確，並且隨時調整，各說各有理，而且總也有理。作家當然不必跟隨這種政治風向，而這種政黨政治的晴雨表隨權力鬥爭的演變今是而昨非，這種短淺的價值觀往往等不到一部長篇大作寫完便已時過境遷。作家並非記者，新聞有新聞的價值，又當別論，而這種不進入媒體的文學自然得由作家去做出自己的價值判斷。

對作家而言，真實與否才是文學固有的價值判斷。作品是否揭示了人生的真相，即使人物是虛構的，而人物的境遇與感受是否令讀者信服，真實與否的這種價值判斷因而又並非是作家任意確立的，而是不言而喻，建立在人性上人人相通的共識，自然也超越現實功利，同樣也超越時代，由人類長期形成而且可以世代相傳的良知所確認。

作家在他的作品中注入的這種真情實感首先來自作家對人世的認識，是否洞察人生百態和人世的艱難。這裡首先還不取決才能，關鍵在於作家是否真誠面對他的創作，恰恰要排除現實功利的考慮，切實寫出作家真實的感受和認知，因而真誠與真實的同一便成了文學所要求的獨特的倫理與價值觀。

作家倘若確認文學的這種倫理與價值觀，也就百無禁忌，贏得精神上的獨立和充分的自由，既超越政治，也超越爲政治提供理由充足律的意識形態。

剛過去的二十世紀是一個意識形態氾濫的時代，意識形態取代了以往的宗教，製造了一個又一個革命的現代神話，從共產主義到民族主義，形形色色的大大小小的革命，也包括革命文學和文學的革命，以各種各樣的模式來打造文學，把文學變成意識形態的解說，以革命的宣傳來代替道德的說教。隨著這些革命一個個的蛻變，這種烏托邦和新人、新社會的神話如今已紛紛破滅，這種宣揚群衆暴力，鼓吹革命戰爭，歌頌革命領袖，爲革命黨高唱讚歌的作品如今都成了廢紙，也無人再翻閱。然而，以批判資本主義爲前提的這種意識形態從馬克思主義、列寧主義到毛主義，陰影卻並未消散，仍然時不時左右人們的思想，影響人對世界作出清醒的認識。

文學要認知這真實的世界，不僅要超越政治功利，也還需要從意識形態的思想模式中解脫出來。以一個預設的烏托邦來裁決現存的社會，由此進行的社會批判並沒有隨同共產主義革命而終結，資本主義的全球化卻通行無阻，前共產國家如今較之西方老資本主義國家對金錢的追逐還更爲狂熱。世界未必日益走向進步，這種社會進化論與唯物主義的歷史觀提供的是否就是真理？也大可懷疑。

人類究竟向何處去？這樣的意識形態解答不了，而哲學的思辨恐怕也同樣無能爲力。文學並不企圖給世界作出一個完備的解說，這也正是作家同哲學家的區別。當哲學家努力建構一個盡可能周全的對世界的解說，作家卻只描述永遠也不完備的世界。哲學家精心建構自己的思想體系，作家卻面對活生生的人世，努力給予一個審美的呈現。

如果說真實是文學作品最基本的價值判斷，而審美便是作家賦予作品的主觀的情感的判斷，以取代政治是非或倫理的善惡判斷。作家不裁決人生，也不企圖改造世界，且不說無能爲力，改造不了。然而，作家對他筆下的人物給予某種審美的判斷，悲劇或喜劇，或亦悲亦喜，或滑稽，或怪誕，或荒謬。作家對他的人物的感情盡在其中，這種判斷如此有力，而且永遠伴隨人物，世世代代如此，只要這作品日後還值得再讀的話，並不隨政治是非和社會習俗的變遷而有所改變。

文學超越政治，也超越意識形態，自有文學固有的價值和獨特的審美判斷。這也是文學自主而獨立存在的理由，而且從來如此。文學介入政治並依附政治，乃至於從屬政治，不過是二十世紀流行的一種時代病，從革命文學鬧到文學革命，再弄成黨派的文學，也是二十世紀那種特定的意識形態的產物。從歐洲的列寧主義所謂文學的黨性原則，演變成亞洲的毛澤東的文藝爲工農兵服務，把文學弄成無產階級專政機器上的螺絲釘，而作家則弄成黨的宣傳員。

這種意識形態的根據也來自馬克思主義，一旦把人的本質歸結爲社會關係的總和，而階級關係便決定人的社會地位。人在現代社會也即資本主義社會中的異化，也就成了政治生物。而政治又是社會關係的集中表現。革命被認爲是推動歷史的火車頭，文學介入政治，呼喚革命也就理所當然。批判資本主義則是建構這種意識形態的前提，文學納入意識形態，也就成了批判的武器。

經過幾代馬克思主義知識分子精心建構的這種意識形態，隨同共產主義革命的終結，如今只剩下一個空洞的邏輯構架，並不提供對現實社會和人的認知。其後繼者的不斷革命，也即所謂顛覆，不僅絲毫動搖不了現今的社會結構，相反得化解到文化消費的市場中去。顛覆只是一種修辭的策略，用語義的解析來消解意義。這種智能的遊戲有時乾脆變成作秀，在當代藝術和後現代主義的言說中也一再重複，到令人生厭的地步。

文學不預設前提，既不企圖建構烏托邦，也不以社會批判爲使命。文學當然關注社會，乃至於種種社會問題，然而，文學並非社會學，關注的是社會中的人，回到人，回到人性，回到人性的複雜，回到人的真實處境，才是文學的宗旨。

帶有革命和顛覆標記的二十世紀的現代性和後現代性是否也該結束了？這種時代性的標記如果納入賴以建立的唯物主義歷史觀，自然不可能永存，較之人性也只是膚淺的標籤。相對不變的倒還是人性，既不可能改造，也異化不了。這也正是文學不變的主題，人性的複雜與幽深同樣也難以窮盡。

文學面對的人，一個個具體的活生生的人，哪怕是出於虛構，也來自作家切身的經驗和感受。抽象的人不如留給哲學。而那個大寫的人則不過是關於人的理念。對人權的呼喚，如果不落實到個人，在人所處的社會環境中不能得以實現，則不過是一句空話。文學恰恰得杜絕這樣的空話，觸及的是人的真實處境，換句話說，恰恰是人的困境。

人能否理解這個世界？且不說把握自己，更別說改造這個世界。卡夫卡首先揭示了現代人在工業文明的社會中的真實處境，這荒謬感隨後又由卡繆和貝克特做了進一步的表述。世界是否可以解釋並非只是哲學的命題，不如說是人的問題，而且是認知最基本的出發點，這才是文學的出發點。文學的理由正是人對自身存在的叩問。把理性，不如說工具理性，還給科學，邏輯還給形而上的思辨，文學確有文學認知的對象和方法。

人的生存之無法解說曾經長時期歸結爲宗教，基督教文明發源的經典《聖經》完全可以作爲一部文學作品來讀，而作爲文學來讀才更能讀出其中的奧義。東方的佛經同文學也難分難捨。從《聖經》之前的古希臘神話和西元前三世紀亞洲大陸楚國流亡詩人屈原的《天問》，到卡夫卡的現代寓言，其實都在探究人賴以生存的世界。這樣回頭來看文學的歷史，一概脫離現實的功利，乃是人精神的追求，內心的需要。

人何以爲人？如同世界是否可以認知？都不訴諸理性，用科學的工具理性來衡量，或是邏輯的實證也達不到。這不可知，或稱之爲上帝，一個人格化的形象，或稱之爲命運，對人的主宰或命定，而現時代稱之爲荒謬，正是人真實的處境。荒謬不僅僅是人的一種感覺，同樣也是現實的屬性，人注定無法改變人在現實世界的這種困境。

人與自然，人與社會，人與不可知的命運，或稱之爲上帝，或稱之爲死亡，脆弱的個體生命的極限，都是個人不可以把握的。這也是當今文學無法迴避的主題。

從卡夫卡的時代到如今，又過了一個世紀，人的處境並沒多少改變。這後工業社會或者說信息社會，如果借用社會文明的標誌的話，科技的進步並不見改善人生存的基本困境。人面對生存環境之無能爲力，甚至有增無減。人面對生態環境的日益惡化、政治的喧囂、鋪天蓋地的媒體和無處不在的市場與廣告，這可憐無力無助的個人，何其渺小。如何才能聽到這渺小的個人真實的聲音？

文學，也只有文學，才能說出政治說不出，而意識形態不可能說出的這種個人的聲音和真切的感受。每一個時代的作家從各自的經驗出發，去摸索人生終極的意義，這是一條無止境的路。這種追求出於人對自身確認的需要，文學才發出這永恆的叩問。又因人而異，各有各的解答，也無所謂過時與否，並不在乎是否貼上時代的標記。這也就是爲什麼文學的歷史不可能寫成一部進化史，也不受政治權力的更替和時間的磨損，可以一讀再讀，人類的經驗和由此得來的認知才世代相傳。

人與人的溝通在於精神上的這種聯繫，對終極意義的叩問，換言之，也是對死亡的叩問，打動每一個人。這種叩問喚起的對不可知的敬畏，令人卻步，也是人之爲人的極限，由此產生的悲憫和謙卑這種近乎宗教的情懷，又是宗教產生的根據，把人們聯繫起來，得以溝通。

悲天而憫人，這悲劇意識的緣起轉化爲審美而訴諸文學。

人的認識雖然無法窮盡，卻畢竟有限，這看似矛盾，似乎是一個悖論，然而卻超越哲學的思辨，是極爲實在的。人不知究竟要往何處去？人不知等待他的是什麼？這巨大的問號又落在何處？也是無人能解答的。人所以訴諸文學，只能通過審美來舒緩和超越這種焦慮，以此確認人的存在。悲劇把不能解決的困惑通過情感的宣洩而得以化解，喜劇以笑來解脫人在現實生活中的窘迫。

文學所確認的人是一個他者化了的人，作家借助審美，將自身的經驗與感受轉化爲不同的人物，內心的焦慮得以昇華。文學作品所以成爲創作，並非對世界的摹寫，也非對現實的改造。人不是造物主，有所能，有所不能。人所能把握的是工藝，作家掌握的是語言，用書寫來創造一個內心的世界，充分表達自己的認知，也是對自身的確認。

一個多少新鮮的問題是，現時代人自我的覺醒，或者說自我的無節制的膨脹，也日益成爲當代文學的重要主題。沙特的命題「他人是地獄」，講的還是人與社會的關係。殊不知，這我在他人眼裡也同樣是地獄。自我之一片混沌，不僅給他人造成災難，往往也導致自身的毀滅。弗洛伊德對自我的揭示不只開創了精神分析，也給現代文學帶來莫大的啓示。

人能否面對這我，又怎樣面對自我？如同面對自然、面對社會、面對那不可知，同樣是文學不可迴避的重大課題。而文學的認知，還首先建立在對自我認知的基礎上。

人的空虛與失落感，妄念與焦慮，瘋狂與明智，與孤獨，與良知，都首先取決於對自我的認知。人有無自省、自嘲、自我調節的能力，既靜觀這喧鬧的世界紛繁的人世的衆生相，又抽身觀審這混沌躁動不安的自我？這便需要作家洞察幽明的慧眼，通過文學加以呈現。

誠然，作家也非聖賢，同樣是個凡人，人所有的種種弱點與病痛作家也不能倖免。而文學的奇妙就在於，文學創作的這種他者化的過程，有助於作家抽身觀審，以凌駕於自身之上的另一個眼光，不妨稱之爲第三隻眼睛，智慧的眼睛，來關照他書寫的對象。所以，文學寫作這創作的過程，便有助於作家內心的淨化。這種寫作當其時自然脫離任何現實的功利，成爲內心的一種需要。

這是老意識形態分崩離析的時代，其實倒也不壞。世界本無主義，也毋須枉費心機，去建構什麼新的主義，把人們的思想重新套上籠頭。而作家尤其不堪忍受的是思想的框架，精神的獨立和文學的自主乃是創作必要的條件。文學不爲誰服務，不屈從於什麼指令，不管來自政治權力，還是官方或在野的政黨，也不就範於正統的或所謂持不同政見的意識形態。文學乃是作家個人的認知，也是人的良知的覺醒，只要不迴避人生存的真實困境，而又觸及人性的深處，便超越地域和國界，甚至超越語種，是可以翻譯的，並且超越民族文化，普世相通。文學潛藏的普世性，其實古往今來，無論西方還是東方，從來如此。

民族文化的認同是一種政治話語，以便把文學納入民族國家設置的軌道。作家不是國家的公務員，並不負有義務爲國家權力效勞。民族文化是歷史長期積澱形成的，最輝煌的創造者恰恰是其時代的作家和藝術家個人，而非龐大的國家機器。而制約文學藝術創作的壓迫，首先來自於國家權力。國家對文學沒有適當寬容的話，作家要不是就範，用當今的話說也即自我審查，而這種自我審查並非只在集權國家中，便是沉默或逃亡，逃亡乃作家的自救。古代的東方如屈原，西方有但丁，而現時代的歐洲也好，亞洲也好，無以計數的作家流亡在國外，特別是二十世紀以來，大批優秀作家都是在流亡中寫作，有被迫的，有自我放逐的，喬伊斯、海明威、納博科夫、他們都不去認同民族文化，卻創造出世界文學新的經典。

現今這時代，沒有一個作家不曾吸收多重文化的影響，強調對某種民族文化的認同，對作家的創作來說沒有多大的意義。文學不是旅遊廣告，無須以此招徠讀者。而作家無疑是他得以出生的本民族文化的載體，更爲重要的還是一個創造者，以他的作品來豐富和更新以往的文化遺產。在這個資訊交流和文化傳播如此方便的時代，也沒有一個作家自願封閉在民族文化的傳統中，民族的身分認同和文化認同只是出於民族國家的政治需要。

文學沒有國界，文學作品也無需護照，作家的精神自由遠超越狹隘的民族主義和愛國主義，古往今來的文學作品通過翻譯，已成爲全人類的精神財富。連唯利是圖的資本在這全球化的時代都無視國界，原本不謀求功利的文學更沒有理由不放眼世界。作家從他的精神視野來說，乃是天生的世界公民，不受政治權力乃至國家的約束，天馬行空，來去自由，這也是文學本身具有的品格。

文學創作無疑是作家對他所處的社會環境的挑戰，也是人對存在的挑戰。正因爲有這種挑戰，人對自身無法克服的困境才有所認識，並留下生存的印記。這種挑戰並非對社會的造反，或所謂文化革命，推翻舊世界，將前人一概打倒，把文化遺產統統掃蕩。文學創作不必以否定爲前提，二十世紀這種屢見不鮮的文學和藝術革命也該結束了。

文學的革新與繼承兩者原本割不斷的，新鮮的認識和方法總是從文學本身蘊藏的機制中發掘出來。二十世紀製造的對革命的迷信一度把文學也弄得不斷革命，不論是文學創作還是文學評論，都變成了不斷的否定，把否定的否定這樣一種辯證法的思維模式也引入文學。一波又一波的「作家已死」和「文學已死」這種似是而非的論說，把文學的革新與演變也納入進步與反動的編年史，或以一個預設的理念來宣告歷史的終結。這種徒有論說的文學觀和理論把文學變成觀念的遊戲，由此建立種種遊戲規則，卻不見留下可看的作品。

這樣一種歷史主義也是意識形態的產物，同文學創作沒有關係。作家的創作總在當下，面對前人的作品的參照，而參照還不能沒有，沒有憑空而來的文學。作家面對以往的文學作品，不管是喜愛還是排斥，都在建立一系列的坐標，從而走出自己的路，而前人的作品依然存在，也不必打倒。恰恰相反，正因爲有了前人的作品墊底，才可以登上一層樓，更新視野。文學既然講究創作，而非製作，沒有必要把前人已呈現的再描述一遍。文學本非戰場，作家也非鬥士，沒有輸贏，只陳述。

文學留下的見證還無所謂過時與否。如果作家竭盡心智，真留下了其時其地人生深刻的寫照的話，這作品也就不朽。文學作品較之權力書寫的歷史更爲真實，那大寫的官修的歷史隨同政權的更迭一再改寫，像玩把戲一樣不斷變臉，用以證明權力的合法性。而文學作品一經發表便不再更改，這便是作家對歷史巨大的承諾，從而提供了人類更爲真實的心靈的歷史。

現今這沒有主義的時代，而沒有主義的文學倒更符合文學的本性，更貼近人生和人性的真實。沒有主義不是沒有思想，作家把經驗、觀察和感受生成爲一個個感性的形象，也大於觀念的解說和宣講。是作品和人物在述說，也用不着作家聲嘶力竭去吶喊。

這是一個沒有宣言，沒有文學運動的時代，作家在世界各地各自的角落，身處社會的邊緣，既然文學在當今社會也已邊緣化，不妨靜觀這大千世界的眾生相，把自己的思考和浮想訴諸筆墨。這久經磨難的世界也已不再年輕了，經歷過人類歷史上前所未有的兩次世界大戰和翻天覆地的共產主義革命浩劫的世界，也該告別它的青春期和領袖崇拜。這也是一個沒有思想領袖的時代，其實本該如此。作家無須聽從領袖的教導，都有自己的頭腦，也不必跟隨某一哲學家發瘋，用腦袋倒立，而腳踏實地，將現時代人無法解脫的重重困境從實道來。

人道主義曾經呼喚的那個體魄和思想健全的人，現今這時代何在？而人權如果不能落實到個人身上，不過是一句空話。對作家而言，生存和人身自由之外，最重要的莫過於思想和表述的自由，而誰能給予作家這自由？也只有作家自己，這自由從來也不是無償賜予的，全靠作家自己去爭取，就看是選擇自由，還是別的什麼？

這物欲橫流精神貧困的時代，全球金融危機的爆發，資本的利潤法則無限蔓延，無人能阻擋，又有誰說得出此中的真相？恐怕只有文學才能揭示這人性中的貪婪。

這末日的陰影籠罩下的世界，西方的經濟危機和頹敗看不見緩解，所謂新興國家不過重走一遍西方國家走過的資本積累輪迴的老路，並不給人類文明帶來什麼新的希望。下一輪的文藝復興何時到來？也沒有人能回答。文學，恐怕也只有文學，才能提供一些啓示。恰如莎士比亞的戲劇之於從中世紀出來的那陰沉的英格蘭，也恰如曹雪芹的小說《紅樓夢》之於封建專制下暗啞的大清帝國，居然由偶然出現的兩位作家把歷史給照亮了。至於現今這令人困惑的時代，我們也只好指望文學，日後或許能得以照亮。

——二〇一〇年九月廿六日

高行健的生平與作品

高行健出生於一九四〇年一月四日，江西贛州人，祖籍江蘇泰州。父親任職銀行，母親是業餘演員，她引導高行健進入文學世界，並刺激了他在戲劇與寫作上的興趣。此外，他也自幼學畫。一九五七年考入北京外國語學院法文系，一九六二年畢業，在校時已開始編導戲劇。畢業後分發到外文出版局從事翻譯工作。

一九六六年文化大革命爆發，爲避免受到迫害燒毀大量手稿，一九七一年下放幹校，在農村教書，繼續暗中寫作。一九七五年返回北京外文出版局工作，一九七八年任職中國作家協會翻譯。一九七九年擔任中國作家代表團翻譯，首度出國訪問巴黎，並開始公開發表作品。一九八〇年調至北京人民藝術劇院擔任編劇。

一九八〇年至一九八七年間，他在文學雜誌上發表了短篇小說、評論和劇本，並出版了四本書。一九八一年的《現代小說技巧初探》引起了文壇對「現代主義」（Modernism）的爭論，一九八五年的《有隻鴿子叫紅唇兒》是中篇小說集，《高行健戲劇集》也出版於一九八五年，《對一種現代戲劇的追求》則出版於一九八七年。

他的劇作受到布雷希特(Brecht)、阿鐸(Artaud)和貝克特(Beckett)的影響，一九八二年，《絕對信號》由北京人民藝術劇院首演，極爲成功，並開創了中國大陸的實驗戲劇。一九八三年的《車站》演出後，因爲「清除精神汙染運動」而被攻擊爲中共建國之後最有毒害的戲劇，很快遭到禁演。一九八五年的大型劇作《野人》同樣引起爭論，但也開始受到國際的注目。這一年，他在北京首次舉行個人畫展，並受邀訪問德國、法國，舉辦個人作品朗誦會與畫展。

一九八六年的《彼岸》再度被禁，自此他的劇作無法在中國演出。一九八七年再度赴德，隔年以政治難民身分定居巴黎。一九八九年天安門事件爆發後，宣布脫離中國共產黨。同年十月完成《逃亡》，其部分主旨是對天安門事件的抗議。從這年開始他被中共列爲「不受歡迎人物」，作品完全遭禁。

在小說創作方面，一九八二年夏天開始構思《靈山》，一九八三、八四年間，爲了寫這本書，他去長江流域做過三次旅行，在群山叢林間漫遊，最長的一次，行程達一萬五千公里。這本小說花了七年時間，於一九八九年九月在巴黎完稿，一九九〇年十二月由台灣聯經出版公司出版。

短篇小說集《給我老爺買魚竿》，於一九八九年二月由聯合文學出版社出版，收集了一九八〇年至一九八六年的十七個短篇。另一本長篇小說《一個人的聖經》亦由聯經在一九九九年四月出版。

《靈山》與《一個人的聖經》已相繼譯爲各種語文，他的戲劇也在世界各地演出。一九九二年，法國政府授予他藝術與文學騎士勛章。二〇〇〇年，義大利羅馬市授予他費羅尼文學獎，同年十月十二日，瑞典皇家學院（The Swedish Academy）授予他諾貝爾文學獎。

高行健也是一位獨樹一幟的水墨畫家，已在世界各地舉行過大約三十次的畫展，獲得許多好評。

高行健作品年表

書名	年份	出版社
《現代小說技巧初探》（論文集）	一九八一年	廣州，花城出版社
《有隻鴿子叫紅唇兒》（中篇小說集）	一九八五年	北京出版社
《高行健戲劇集》（劇作集） 收入《絕對信號》 《車站》 《野人》 《獨白》 《現代折子戲四齣》	一九八五年	北京，群眾出版社
《對一種現代戲劇的追求》（論文集）	一九八七年	北京，中國戲劇出版社

《給我老爺買魚竿》（短篇小說集）	一九八九年	台北，聯合文學出版社
《靈山》（長篇小說）	一九九〇年	台北，聯經出版公司
《山海經傳》（劇作）	一九九三年	香港，天地圖書公司
《對話與反詰》（劇作，中法文對照）	一九九三年	法國，外國作家出版社
《高行健戲劇六種》（劇作集） 一集《彼岸》 二集《冥城》、《聲聲慢變奏》 三集《山海經傳》 四集《逃亡》 五集《生死界》、《對話與反詰》 六集《夜遊神》	一九九五年	台北，帝教出版社
《沒有主義》（論文集）	一九九五年	香港，天地圖書公司
《周末四重奏》（劇作）	一九九六年	香港，新世紀出版社
《一個人的聖經》（長篇小說）	一九九九年	台北，聯經出版公司
《八月雪》（劇作）	二〇〇〇年	台北，聯經出版公司
《周末四重奏》（劇作，修訂本）	二〇〇一年	台北，聯經出版公司
《另一種美學》（美學評論，畫冊）	二〇〇一年	台北，聯經出版公司
《論創作》	二〇〇八年	台北，聯經出版公司
《論戲劇》	二〇一〇年	台北，聯經出版公司

當代名家

靈山 諾貝爾文學獎得獎十周年紀念新版

1991年1月初版
2010年3月初版第三十七刷
2010年10月二版
2018年9月二版十六刷

定價：新臺幣精裝580元
平裝450元

著者 高行健
叢書主編 邱靖絨
校對 吳美滿
楊蕙苓
整體設計 莊謹銘
攝影提供 高行健
封面繪圖 高行健

出版者 聯經出版事業股份有限公司
地址 新北市汐止區大同路一段369號1樓
編輯部地址 新北市汐止區大同路一段369號1樓
台北聯經書房 台北市新生南路三段94號
電話 (02)23620308
台中分公司 台中市北區崇德路一段198號
暨門市電話 (04)22312023
郵政劃撥帳戶第0100559-3號
郵撥電話 (02)23620308
印刷者 世和印製企業有限公司
總經銷 聯合發行股份有限公司
發行所 新北市新店區寶橋路235巷6弄6號2F
電話 (02)29178022

總編輯 胡金倫
總經理 陳芝宇
社長 羅國俊
發行人 林載爵

行政院新聞局出版事業登記證局版臺業字第0130號

本書如有缺頁，破損，倒裝請寄回台北聯經書房更換。
聯經網址 http://www.linkingbooks.com.tw
電子信箱 e-mail:linking@udngroup.com

ISBN 978-957-08-3688-2 (精裝)
ISBN 978-957-08-3689-9 (平裝)

國家圖書館出版品預行編目資料

靈山 諾貝爾文學獎得獎十周年紀念新版/
高行健著．二版．新北市．聯經．2010年10月
（民99年）．616面．14.8×21公分（當代名家）
ISBN 978-957-08-3688-2（精裝）
ISBN 978-957-08-3689-9（平裝）
[2018年9月二版十六刷]

857.7 99018766